Contos de Terramar

Contos de Terramar

URSULA K. LE GUIN

CICLO TERRAMAR, VOLUME 5

Tradução
Heci Regina Candiani

MORROBRANCO
EDITORA

Contos de Terramar

ISBN: 978-65-60990-53-1

Impresso no Brasil — 1ª Edição, 2025 — Edição revisada conforme o Acordo Ortográfico da Língua Portuguesa de 2009.

Dados Internacionais de Catalogação na Publicação (CIP)
(BENITEZ Catalogação Ass. Editorial, MS, Brasil)

G964c
1.ed. Guin, Ursula K. Le
Contos de Terramar / Ursula K. Le Guin ; tradução Heci Candiani. - 1.ed. - Rio de Janeiro : Morro Branco, 2025.
304 p.; 13,8 x 21 cm. - (Ciclo Terramar ; 5)

Título original: Tales from Eartsea.
ISBN 978-65-60990-53-1

1. Ficção de fantasia - Literatura norte-americana. I. Candiani, Heci. II. Título. III. Série.

05-2025/226 CDD 813.5

Índice para catálogo sistemático:

1. Ficção de fantasia : Literatura norte-americana
813.5

Aline Graziele Benitez - Bibliotecária - CRB-1/3129

Produção Editorial: Grupo Editorial Alta Books
Diretor Editorial: Anderson Vieira
Vendas Governamentais: Cristiane Mutüs
Coordenadora Editorial: Illysabelle Trajano
Produtora Editorial: Luana Maura

Tradução: Heci Regina Candiani
Copidesque: Beatriz Guterman
Revisão: Ellen Andrade
Diagramação: Natalia Curupana
Ilustração: Charles Vess

ALTA BOOKS
GRUPO EDITORIAL

Rua Viúva Cláudio, 291 — Bairro Industrial do Jacaré
CEP: 20.970-031 — Rio de Janeiro (RJ)
Tels.: (21) 3278-8069 / 3278-8419
www.altabooks.com.br — altabooks@altabooks.com.br
Ouvidoria: ouvidoria@altabooks.com.br

Editora **afiliada à:**

SUMÁRIO

Prefácio

Ao final do quarto livro de Terramar, *Tehanu*, a história chegou ao que eu sentia ser o *agora*. E, assim como no agora do denominado mundo real, eu não sabia o que aconteceria em seguida. Eu podia imaginar, prever, temer, torcer, mas não sabia.

Incapaz de continuar a história de Tehanu (pois ela ainda não havia acontecido) e partindo ingenuamente do princípio de que a história de Ged e Tenar tinha atingido seu final feliz, dei ao livro um subtítulo: "O Último Livro de Terramar".

Ah, que escritora ingênua. O *agora* se move. Mesmo no tempo da narrativa, no tempo dos sonhos, no tempo do era-uma-vez, o *agora* não é o *passado*.

Sete ou oito anos depois da publicação de *Tehanu*, fui convidada a escrever uma história ambientada em Terramar. Uma mera espiada no lugar me revelou que as coisas continuaram acontecendo por lá enquanto eu não estava olhando. Já era hora de voltar e descobrir o que estava se passando no *agora*.

Eu também queria informações sobre vários acontecimentos do *passado*, antes de Ged e Tenar nascerem. Muita coisa sobre Terramar, os feiticeiros, a Ilha de Roke e os dragões tinha começado a me intrigar. Para compreender os fatos atuais, eu precisava fazer algumas pesquisas históricas, passar um tempo nos Arquivos do Arquipélago.

A maneira de pesquisar sobre uma história inexistente é contá-la e descobrir o que aconteceu. Acredito que não seja tão diferente do que fazem os historiadores do denominado mundo real. Mesmo quando estamos presentes em um evento histórico, será que o compreendemos — ou podemos ao menos nos lembrar dele — antes de conseguirmos contá-lo como uma história? E no que se refere a eventos de épocas ou lugares externos à nossa experiência, não temos nenhum recurso além das histórias que outras pessoas nos contam. Afinal, os eventos passados só existem na memória, que é uma forma de imaginação. O evento é real *agora*, mas quando se torna o *passado*, sua realidade contínua depende inteiramente de nós, de nossa energia e honestidade. Se deixamos que o evento escape da memória, somente a imaginação pode restaurar um mínimo vislumbre dele. Se mentimos sobre o passado, forçando-o a contar a história que queremos que conte, a expressar o que queremos que expresse, ele perde sua realidade, se torna uma farsa. Atravessar o tempo trazendo o passado conosco nos alforjes do mito e da história é uma tarefa pesada; mas como diz Lao Tsé, as pessoas sábias nunca perdem de vista sua bagagem.

Quando você constrói ou reconstrói um mundo que nunca existiu, uma história totalmente fictícia, a pesquisa é de uma ordem um tanto diferente, mas o impulso básico e as técnicas são bastante semelhantes. Você olha para o que acontece e tenta compreender o porquê aquilo acontece, você ouve o que as pessoas do lugar lhe contam e observa o que elas fazem, você pensa seriamente na história e tenta contá-la com sinceridade, para que ela tenha peso e faça sentido.

***

Os cinco contos deste livro exploram ou ampliam o mundo estabelecido pelos quatro primeiros romances de Terramar. Cada conto é uma história independente, mas eles se beneficiam de uma leitura posterior, e não anterior, à dos romances.

"O Descobridor" se passa cerca de trezentos anos antes da época dos romances, em um período sombrio e conturbado; sua história esclarece como alguns dos costumes e instituições do Arquipélago surgiram. "Os Ossos da Terra" conta sobre os feiticeiros que ensinaram o feiticeiro que foi o primeiro mestre de Ged e mostra que é preciso mais de um mago para impedir um terremoto. "Rosa Negra e Diamante" pode se passar em qualquer momento dos últimos dois séculos em Terramar; afinal, uma história de amor pode acontecer em qualquer época, em qualquer lugar. "No Pântano Alto" é uma história dos breves, mas movimentados, seis anos durante os quais Ged foi Arquimago de Terramar. E a última história, "Libélula", que se passa alguns anos depois do fim de *Tehanu*, é a ponte entre tal livro e o seguinte, *O outro lado do vento*. Uma ponte em formato de dragão.

Para que minha mente pudesse viajar entre os anos e séculos sem desordenar as coisas, e para reduzir as contradições e discrepâncias ao mínimo enquanto escrevia estes contos, eu me tornei (um pouco) mais sistemática e metódica, e reuni meu conhecimento sobre os povos e sua história em "Uma Descrição de Terramar". A função desse texto é a mesma do primeiro grande mapa que desenhei de todo o Arquipélago e dos Extremos, quando comecei a trabalhar em *O feiticeiro de Terramar* há mais de trinta anos: eu precisava saber onde as coisas ficam e como ir de um lugar para outro, tanto no tempo quanto no espaço.

Como esse tipo de fato fictício, a exemplo dos mapas de reinos imaginários, é de real interesse para parte do público leitor, incluí a descrição depois dos contos. Também redesenhei os mapas geográficos para este livro e, enquanto fazia isso, felizmente descobri um mapa muito antigo nos Arquivos em Havnor.

Ao longo dos anos, desde que comecei a escrever sobre Terramar, eu evidentemente mudei, assim como as pessoas que leram os livros. Todas as épocas são épocas de mudança, mas a nossa é uma época de sólida e rápida transformação moral e mental. Os arquétipos tornam-se pedras de moer, grandes simplicidades se complicam, o caos se torna elegante e aquilo que todo mundo sabe ser verdadeiro acaba se tornando aquilo que algumas pessoas costumavam pensar.

É perturbador. Apesar de toda nossa satisfação no impermanente, na centelha fascinante dos eletrônicos, também ansiamos pelo inalterável. Apreciamos as histórias antigas por sua constância. Arthur sempre sonha em Avalon. Bilbo pode andar "para lá e de volta outra vez", e "lá" é sempre o Condado querido e familiar, Dom Quixote parte sempre para matar um moinho de vento... Assim, as pessoas se voltam para os reinos da fantasia em busca de estabilidade, verdades antigas, simplicidades imutáveis.

E os moinhos do capitalismo as fornecem. A oferta encontra a demanda. A fantasia se torna uma mercadoria, uma indústria.

A fantasia convertida em mercadoria não corre riscos: não inventa nada, mas imita e banaliza. Ela passa a privar as histórias antigas da complexidade intelectual e ética que as caracteriza, transformando o que era ação em violência, os atores em bonecos e a verdade em platitude sentimental. Heróis erguem suas espadas, lasers, varas de condão tão mecanicamente quanto operam ceifadoras, colhendo lucros. Escolhas morais profundamente alarmantes são higienizadas, promovidas como graciosas, promovidas como seguras. As ideias de grandes contistas, concebidas com paixão, são copiadas, estereotipadas, reduzidas a brinquedos, moldadas em plástico colorido, anunciadas, vendidas, quebradas, descartadas; são substituíveis, intercambiáveis.

O que os comerciantes da fantasia calculam e exploram é a imaginação insuperável de quem lê, criança ou adulto, e que dá vida até mesmo a essas coisas mortas, inferiores, por algum tempo.

A imaginação, como todas as criaturas viventes, vive *agora*, e vive de, com e a partir da verdadeira mudança. Como tudo o que fazemos e temos, a imaginação pode ser cooptada e degradada; mas sobrevive à exploração comercial e didática. A terra sobrevive aos impérios. Os conquistadores podem até deixar deserto o lugar onde havia floresta e prado, mas a chuva cairá, os rios correrão para o mar. Os reinos instáveis, mutáveis e mentirosos do era-uma-vez fazem parte da história e do pensamento humanos tanto quanto as nações de nossos atlas caleidoscópicos, e alguns deles são mais resistentes.

Por muito tempo, habitamos tanto reinos reais como imaginários. Mas não vivemos em nenhum desses dois lugares do modo como nossos pais ou ancestrais viveram. O encantamento se altera com a idade e com a época.

Conhecemos uma dúzia de Arthurs diferentes agora, todos eles verdadeiros. O Condado mudou de maneira irrevogável ainda durante a vida de Bilbo. Dom Quixote foi cavalgando para a Argentina, onde conheceu Jorge Luis Borges. *Plus c'est la méme chose, plus ça change.*

Para mim, foi uma alegria voltar a Terramar e ainda encontrá-lo lá, totalmente familiar, mas mesmo assim mudado e ainda mudando. O que pensei que aconteceria não é o que está acontecendo, as pessoas não são quem (ou o que) eu pensava que eram, e me perco em ilhas que eu pensava conhecer de cor.

Por isso, estes são os relatos de minhas explorações e descobertas: contos de Terramar para quem gostou ou acha que pode gostar do lugar, e que se dispõe a aceitar as seguintes hipóteses:

as coisas mudam:
escritoras e feiticeiros nem sempre são confiáveis.
ninguém pode explicar um dragão.

O Descobridor

I. Na Idade das Trevas

Esta é a primeira página do *Livro das Trevas*, escrito há cerca de seiscentos anos em Berila, na ilha de Enlad:

"Depois que Elfarran e Morred pereceram e a ilha de Soléa submergiu no mar, o Conselho dos Sábios governou para a criança Serriadh até que ele assumisse o trono. Seu reinado foi brilhante, mas breve. Sete reis o sucederam em Enlad, e o domínio deles se expandiu em paz e riqueza. Até que os dragões começaram a atacar as terras ocidentais, e os feiticeiros se colocaram contra eles, em vão. O Rei Akambar transferiu a corte de Berila, em Enlad, para a cidade de Havnor, de onde enviou sua frota para combater os invasores das Terras Kargad e os expulsou novamente para o leste. Eles, porém, ainda enviavam navios de ataque para o Mar Central. Dos quatorze reis de Havnor, o último foi Maharion, que estabeleceu a paz com os dragões e os kargs, mas a um alto custo. E depois que o Anel das Runas foi quebrado, que Erreth-Akbe morreu com o grande dragão e que Maharion, o Bravo, foi morto por traição, nada de bom parecia acontecer no Arquipélago.

"Muitos reivindicaram o trono de Maharion, mas ninguém conseguiu mantê-lo, e as disputas entre os requerentes dividiram todas as lealdades. Não restou nenhuma comunidade e nenhuma justiça, apenas a vontade dos ricos. Homens da nobreza, mercadores e piratas, qualquer um que pudesse contratar soldados e feiticeiros se autodenominava senhor, reivindicando terras e cidades como sua propriedade. Os senhores da guerra escravizavam aqueles que conquistavam, e as pessoas que eles contratavam eram, na verdade, escravos, que tinham somente seus senhores para protegê-los dos senhores da guerra rivais que se apoderavam das terras, dos piratas do mar que invadiam os

portos e dos bandos e hordas de homens sem lei e miseráveis, destituídos de seu sustento, e compelidos, pela fome, a invadir e roubar".

O *Livro das Trevas*, escrito no final dessa época, é uma compilação de histórias autocontraditórias, biografias parciais e lendas distorcidas. Mas é a melhor entre os registros que sobreviveram aos anos de trevas. Querendo elogios, não a história, os senhores da guerra queimaram os livros nos quais a população pobre e impotente poderia aprender o que é poder.

Mas quando os livros de ensinamentos de um feiticeiro chegavam às mãos de um senhor da guerra, era provável que ele os tratasse com cautela, trancando-os para mantê-los inofensivos ou dando-os a um feiticeiro de sua confiança para que fizesse o que bem entendesse. Nas margens das listas de feitiços e de palavras e nas páginas finais desses livros de ensinamentos, um feiticeiro ou seu aprendiz poderia registrar uma praga, uma onda de fome, um ataque, uma troca de mestres, juntamente com os feitiços usados em tais eventos e seu sucesso ou fracasso. Esses registros aleatórios revelam um momento claro aqui e ali, embora tudo entre esses momentos seja escuridão. Eles são como vislumbres de um navio iluminado em alto-mar em meio à escuridão e à chuva.

E há canções, antigos poemas narrativos e baladas de pequenas ilhas e das tranquilas terras altas de Havnor, que contam a história daqueles anos.

O Grande Porto de Havnor é a cidade que fica no coração do mundo, com torres brancas se elevando sobre a baía; na torre mais alta, a espada de Erreth-Akbe capta a primeira e a última luz do dia. Por essa cidade passa todo o comércio, o ensino e a arte de Terramar, uma riqueza que não se acumula. Nela está sentado o Rei, tendo retornado após a cura do Anel, em um sinal de cura. E naquela cidade, nesses últimos dias, homens e mulheres das ilhas conversam com dragões, em um sinal de mudança.

Mas Havnor também é a Grande Ilha, uma terra ampla e rica; e nas aldeias porto adentro, nas terras agrícolas das encostas do Monte Onn, nada nunca muda muito. Lá, uma canção que vale a pena ser cantada provavelmente será cantada de novo. Lá, os velhos reunidos na taverna falam de Morred como se o tivessem conhecido quando também eram jovens e heróis. Lá, as jovens que saem para levar as vacas para casa contam histórias das mulheres da Mão, que caíram no esquecimento em qualquer outro lugar do mundo, até mesmo em Roke, mas que são lembradas naquelas estradas e campos silenciosos, iluminados pelo sol, e nas cozinhas, junto aos fogões onde as donas de casa trabalham e conversam.

Na época dos reis, os magos se reuniam na corte de Enlad e, mais tarde, na corte de Havnor, para aconselhar o monarca e deliberar em conjunto, usando suas artes para lutar por objetivos que concordavam ser bons. Mas, nos anos de trevas, os feiticeiros vendiam suas habilidades a quem pagasse mais, usando seus poderes uns contra os outros em duelos e combates de feitiçaria, negligentes, ou pior do que isso, em relação aos males que causavam. Pestes e fomes, a falta de fontes de água, verões sem chuva e anos sem verão, vacas e ovelhas que davam à luz cordeiros e bezerros doentes e monstruosos, pessoas nas ilhas que davam à luz crianças doentes e monstruosas — todas essas coisas eram atribuídas às práticas de feiticeiros e bruxas, e muitas vezes com toda a razão.

Assim, tornou-se perigoso praticar feitiçaria, exceto sob a proteção de um senhor de guerra poderoso; e, mesmo assim, se um feiticeiro encontrasse alguém cujos poderes fossem maiores que os seus, ele poderia ser destruído. E se um feiticeiro baixasse a guarda entre pessoas comuns, elas também poderiam destruí-lo, se fossem capazes, por verem nele um ser maligno, a fonte dos piores males que sofriam. Naqueles tempos, na mente da maioria das pessoas, toda magia era maléfica.

Foi então que a feitiçaria das aldeias e, principalmente, a bruxaria das mulheres, adquiriu a má reputação que as acompanha desde então. As bruxas pagavam caro por praticarem as artes que consideravam serem de seu direito. O cuidado com animais e mulheres grávidas, o parto, o ensino de canções e ritos, a fertilidade e os assuntos do campo e do cultivo, a construção e o cuidado com a casa e seus móveis, a extração de minérios e metais — essas importantes atividades sempre tinham ficado a cargo das mulheres. Um legado rico em feitiços e encantamentos era compartilhado entre as bruxas para garantir o bom resultado de tais funções. Mas quando as coisas davam errado no parto ou no campo, a culpa era das bruxas. E as coisas vinham dando mais errado do que certo, enquanto os feiticeiros guerreavam ou usavam venenos e maldições de forma imprudente para obter vantagens imediatas, sem pensar no que aconteceria depois. Eles atraíram secas e tempestades, pragas, incêndios e doenças para toda a terra, e a bruxa da aldeia foi punida por tudo isso. Ela não sabia por que seu feitiço de cura fazia gangrenar uma ferida, por que a criança que trouxe ao mundo não tinha inteligência, por que sua benzedura parecia queimar a semente recém-plantada e estragar a maçã recém-frutificada. Mas a culpa desses males tinha de ser de alguém: e bruxas e ocultistas estavam bem ali, na aldeia ou no vilarejo, não no castelo ou no forte do senhor de guerra, não sob a proteção de homens armados e feitiços de defesa. Ocultistas e bruxas eram lançados em poços envenenados para se afogarem, eram queimados nos campos secos, enterrados vivos para fertilizar novamente a terra morta.

Assim, a prática e a transmissão de suas tradições se tornaram perigosas. Aqueles que se encarregavam disso muitas vezes já haviam sido marginalizados, mutilados, enlouquecidos, abandonados por sua família ou estavam velhos: eram mulheres e homens que pouco tinham a perder. O homem sábio e a mulher sábia, antes confiáveis e reverenciados, deram lugar à figura do ocultista de aldeia, impotente e desajeitado em suas trapaças, e da bruxa cujas poções eram usadas a favor da luxúria, da inveja e da malícia. E uma criança com o dom da magia se tornou uma criatura a ser temida e escondida.

Esta é uma história daqueles tempos. Parte dela foi extraída do *Livro das Trevas* e parte vem de Havnor, das fazendas das terras altas de Onn e das florestas dos Faliern. Uma história pode ser reconstituída unindo esses recortes e fragmentos e, embora trate-se de uma colcha de retalhos, metade feita de boatos e metade de suposições, ainda assim pode ser verdadeira o bastante. Trata-se de um conto da Fundação de Roke e, se os Mestres de Roke disserem que não foi assim que aconteceu, então que nos revelem de que outra maneira se deu. Pois uma nuvem paira sobre a época em que Roke se tornou a Ilha do Sábio, e pode ser que os sábios a tenham colocado lá.

II. Lontra

Em nosso riacho uma lontra vivia
Que qualquer semblante mortal assumiria,
Capaz de urdir todo feitiço de magia
E nas línguas do homem e do dragão falaria.
E assim a água fluía e fluía,
Assim a água fluía.

Lontra era filho de um construtor de barcos que trabalhava nos estaleiros do Grande Porto de Havnor. Sua mãe o batizou com o nome do país dele; ela era uma fazendeira da aldeia de Derradeiro Caminho, a noroeste do Monte Onn. Tinha ido à cidade em busca de trabalho, como muita gente fazia. Pessoas decentes de ofício decente em tempos conturbados, o construtor de barcos e sua família tentavam não chamar atenção para, assim, não acabarem por sofrer. Então, quando ficou claro que o menino tinha o dom da magia, seu pai tentou se livrar desse talento batendo nele.

— Talvez você também possa tirar a chuva de uma nuvem batendo nela — disse a mãe do Lontra.

— Só tome cuidado para não bater tanto a ponto do mal se infiltrar nele — aconselhou a tia.

— E tome cuidado para que ele não use um feitiço para virar o cinto contra você! — disse o tio.

Mas o menino nunca pregou peças no pai. Ele levou as surras em silêncio e aprendeu a esconder seu dom.

Para ele, aquilo não parecia muito importante. Para ele, era muito fácil fazer uma luz prateada brilhar em uma sala escura, ou encontrar um alfinete perdido só de pensar nele, ou ajustar uma madeira empenada passando as mãos e conversando com ela; por isso que não conseguia entender por que as pessoas faziam tanto alarde sobre essas coisas. Mas seu pai se enfurecia com ele por pegar "atalhos" e chegou a bater na boca dele uma vez quando o menino estava conversando com o trabalho, insistindo que ele fizesse sua carpintaria usando as ferramentas, e em silêncio.

Sua mãe tentava explicar.

— É como se você tivesse encontrado uma grande joia — disse ela —, e o que um de nós poderia fazer com um diamante além de escondê-lo? Qualquer pessoa rica o bastante para comprar o seu diamante também é forte o bastante para matar você para ficar com ele. Deixe-o escondido. E fique longe de pessoas importantes e de seus homens ardilosos!

"Homens ardilosos" é como chamavam os feiticeiros naquela época.

Mas um dos dons do poder é reconhecer o poder. Um feiticeiro reconhece outro feiticeiro, a menos que a ocultação seja muito habilidosa. E o garoto não tinha nenhuma habilidade, exceto na construção de barcos, ofício do qual era um aprendiz promissor aos doze anos de idade. Foi perto dessa época que a parteira que havia ajudado a mãe dele no parto apareceu e disse aos pais:

— Falem para Lontra me visitar à noite, depois do trabalho. Ele deve aprender as canções e estar preparado para o dia de seu batismo.

Aquilo não era problema, pois ela havia feito o mesmo com a irmã mais velha de Lontra e, então, os pais o enviavam para ela à noite. Mas ela ensinou a Lontra mais do que a canção da Criação. Ela sabia sobre o dom dele. Alguns homens e mulheres como ela também, pessoas sem fama e algumas até de reputação questionável, tinham todos, em algum grau, o mesmo dom; e compartilhavam, em segredo, qualquer ensinamento e arte que possuíam.

— Um dom não ensinado é como um navio desgovernado — diziam aquelas pessoas a Lontra e ensinaram a ele tudo o que sabiam. Não era muito, mas havia ali alguns princípios das grandes artes; e embora ele se sentisse desconfortável por enganar os pais, não conseguia resistir àquele conhecimento nem à bondade e aos elogios de seus pobres professores. — Esse dom não fará nenhum mal se você nunca o utilizar para o mal — falaram, e foi fácil para ele prometer que não faria isso.

No rio Serrenen, na parte em que ele corre dentro da muralha norte da cidade, a parteira deu a Lontra seu verdadeiro nome, pelo qual ele é lembrado até nas ilhas mais distantes de Havnor.

Entre aquelas pessoas havia um ancião que elas chamavam, entre si, de o Transformador. Ele mostrou a Lontra alguns feitiços de ilusão, e quando o garoto tinha mais ou menos quinze anos, o velho o levou para os campos de Serrenen para mostrar o único feitiço verdadeiro de transformação que ele conhecia.

— Primeiro, tente transformar aquele arbusto em árvore — instruiu ele, e Lontra prontamente o fez. A Ilusão foi tão fácil para o garoto que o velho ficou alarmado. Lontra teve de implorar e fazer todo tipo de pressão para receber mais lições e, por fim, prometeu, jurando por seu nome verdadeiro e secreto, que se aprendesse o grande feitiço do Transformador, nunca o usaria a não ser para salvar uma vida, a sua própria ou a de outra pessoa.

Então o velho ensinou a ele o feitiço. O que não foi muito útil, pensou Lontra, já que ele teria de esconder aquele conhecimento.

O que ele aprendia trabalhando com o pai e o tio no estaleiro pelo menos tinha alguma utilidade; e ele estava se tornando um bom artesão, até mesmo seu pai admitiria isso.

Losen, um pirata do mar que se autodenominava Rei do Mar Central, era então o principal senhor da guerra da cidade e de todo o leste e sul de Havnor. Ele usava os impostos que cobrava naquele rico domínio para aumentar suas tropas e as frotas que enviava para capturar escravos e saquear outras terras. Como disse o tio de Lontra, ele mantinha os construtores de navios ocupados. E eles eram gratos por terem serviço em uma época em que os homens que procuravam trabalho só encontravam a mendicância e os ratos se alastravam pelas cortes de Maharion. Eles faziam um trabalho honesto, opinou o pai de Lontra, e o modo como esse trabalho era usado não era da conta deles.

Mas o outro aprendizado que recebeu tornava Lontra sensível a essas questões, sua consciência pesava. A grande galé que estavam construindo agora seria remada pelos escravos de Losen para a guerra e traria mais escravos como carga. Amargurava-o pensar naquele bom navio sendo usado dessa maneira cruel.

— Por que não podemos construir barcos de pesca, como costumávamos fazer? — perguntou ele, e o pai respondeu:

— Porque os pescadores não têm como nos pagar.

— Não podem nos pagar tão bem quanto Losen. Mas é o suficiente para vivermos — argumentou Lontra.

— E você acha que posso recusar a ordem do rei? Quer que eu seja enviado para remar com os escravos na galé que estamos construindo? Use a cabeça, rapaz!

Assim, Lontra trabalhava com eles com a cabeça fria e o coração cheio de raiva. Eles estavam em uma armadilha. Qual é a utilidade de ter um dom, pensava ele, se não for para sair de uma armadilha?

Sua consciência de artesão não permitiria que ele falhasse na carpintaria do navio de modo algum; mas sua consciência de feiticeiro dizia que ele poderia colocar um feitiço no navio, uma maldição urdida diretamente nas vigas e no casco. Sem dúvidas, estaria usando a arte secreta para um bom objetivo. Para o mal, sim, mas apenas para o mal dos maus. Ele não conversou com os professores sobre isso. Se estivesse agindo errado, não era culpa deles e não saberiam de nada. E ele refletiu sobre isso por um longo tempo, tentando descobrir como fazer, e criando o feitiço com muito cuidado. Era o contrário de um feitiço de descoberta: um feitiço de perda, foi o nome que ele deu. O navio flutuaria bem, seria ótimo de manejar e controlar, mas nunca seria completamente controlado.

Era o melhor que ele podia fazer para protestar contra o mau uso de um bom trabalho e de um bom navio. Ele estava satisfeito consigo mesmo. Quando o navio foi lançado ao mar (e tudo parecia estar bem com ele, pois o defeito não apareceria até que estivesse em alto-mar), ele não conseguiu esconder o que tinha feito de seus professores, do pequeno círculo de homens velhos e parteiras, do jovem corcunda que podia falar com os mortos, da garota cega que sabia o nome das coisas. Ele lhes revelou o truque, e a garota cega riu, mas os idosos disseram:

— Tomem cuidado. Fiquem escondido.

A serviço de Losen havia um homem que se autodenominava Cão de Caça, porque, segundo ele, tinha faro para bruxaria. Sua função era farejar a comida, a bebida, as roupas e as mulheres de Losen, qualquer coisa que pudesse ser usada por feiticeiros inimigos contra o senhor; e também inspecionar seus navios de guerra. Um navio é uma coisa frágil diante de um ambiente hostil, é vulnerável a feitiços e maldições. Assim que Cão de Caça subiu a bordo da nova galé, sentiu o cheiro de algo.

— Ora, ora. Quem será? — Ele foi até o leme e colocou a mão nele. — É inteligente — comentou. — Mas quem será? Um recém-chegado, eu acho. — Ele farejou, avaliando. — Muito inteligente.

Eles chegaram à casa na rua dos Construtores de Barcos depois de escurecer. Chutaram a porta e o Cão de Caça, em pé entre homens armados e usando armaduras, disse:

— É ele. Deixem os outros em paz. — E, dirigindo-se a Lontra, falou em uma voz baixa e amigável: — Não se mova. — Ele sentia o grande poder do jovem, a ponto de ter um pouco de medo dele. Mas o nervosismo de Lontra era muito grande e seu treinamento fora muito curto para que ele pensasse em usar magia para se libertar ou impedir a brutalidade dos homens. Ele se atirou contra eles e lutou como um animal até que bateram em sua cabeça. Também quebraram a mandíbula do pai de Lontra e espancaram a tia e a mãe dele até ficarem inconscientes, para que aprendessem a não criar homens ardilosos. Depois, carregaram Lontra para longe dali.

Nenhuma porta se abriu na rua estreita. Ninguém olhou para fora para ver o que era aquele barulho. Só muito tempo depois da partida dos homens é que alguns vizinhos se aproximaram para consolar a família de Lontra da melhor maneira possível.

— Oh, é uma praga, uma praga, essa magia! — disseram.

***

Cão de Caça disse a seu mestre que eles tinham colocado o responsável pela maldição em um local seguro, e Losen quis saber:

— Para quem ele estava trabalhando?

— Ele trabalhava no estaleiro de Vossa Alteza. — Losen gostava de ser tratado por títulos da realeza.

— Quem o contratou para danificar o navio, idiota?

— Parece que a ideia foi dele mesmo, majestade.

— Por quê? O que ele ia ganhar com isso?

Cão de Caça deu de os ombros. Achou melhor não dizer a Losen que as pessoas o odiavam sem serem movidas por interesses.

— Você diz que ele é ardiloso. Você tem alguma utilidade para ele?

— Posso tentar, Vossa Alteza.

— Que ele seja amansado ou enterrado — disse Losen, e voltou a seus afazeres mais importantes.

Os humildes professores de Lontra haviam ensinado a ele sobre orgulho próprio. Eles haviam incutido nele um profundo desprezo por feiticeiros que trabalhavam para homens como Losen, deixando que o medo ou a ganância pervertessem a magia para fins malignos. Nada, na opinião dele, poderia ser mais desprezível do que a traição à arte que realizavam. Por isso, Lontra estava preocupado por não conseguir odiar Cão de Caça.

Ele havia sido colocado no depósito de um dos antigos palácios de que Losen havia se apropriado. O lugar não tinha janelas, sua porta era de carvalho nodoso, com barra de ferro, e nela foram lançados feitiços que teriam mantido em cativeiro até mesmo um feiticeiro muito experiente. Havia homens de grande habilidade e poder trabalhando para Losen.

Cão de Caça não se considerava um deles.

— Tudo o que tenho é um nariz — dizia.

Ele ia diariamente conferir se Lontra estava se recuperando da concussão e do ombro deslocado, e conversava com ele. Até onde Lontra podia perceber, ele era bem-intencionado e honesto.

— Se você não trabalhar para nós, eles o matarão — avisou. — Losen não pode ter homens como você à solta. É melhor dizer sim enquanto ele o aceita.

— Não posso.

Lontra afirmou isso como um fato lamentável, não como uma afirmação moral. Cão de Caça olhou para ele com apreço. Vivendo com o rei dos piratas, ele estava cansado de arrogâncias e ameaças, de arrogantes e intimidadores.

— Em que você é mais forte?

Lontra ficou relutante em responder. Ele tinha que gostar do Cão de Caça, mas não precisava confiar nele.

— Transformação — murmurou por fim.

— Você assume outras formas?

— Não. São só truques. Transformar uma folha em uma peça de ouro. Na aparência.

Naquela época, não havia nomes fixos para os vários tipos e artes de magia, nem eram claras as conexões entre essas artes. Não havia — como diriam mais tarde os sábios de Roke — nenhuma ciência no que eles sabiam. Mas Cão de Caça tinha certeza de que seu prisioneiro estava escondendo seus talentos.

— Você não consegue mudar de forma, mesmo que só na aparência? — Lontra apenas deu de ombros.

Para ele, era difícil mentir. Ele achava que a causa disso era a falta de prática. Mas Cão de Caça sabia que não era isso. Ele sabia que a própria magia resiste à mentira. Conjuração, ilusionismo e o contato falso com os mortos são falsificações da magia, vidro por diamante, latão por ouro. São fraudes, e as mentiras vicejam naquele solo. Mas a arte da magia, embora possa ser usada para objetivos enganosos, lida com o que é real, e as palavras com as quais ela trabalha são verdadeiras. Portanto, os verdadeiros feiticeiros acham difícil mentir sobre sua arte. Eles sabem, do fundo do coração, que a mentira deles, quando é dita, pode mudar o mundo.

Cão de Caça sentiu pena dele.

— Sabe, se fosse Gelluk que estivesse interrogando você, ele tiraria tudo o que você sabe com apenas uma ou duas palavras, e sua sanidade iria junto. Eu já vi o que o velho Cara Branca deixa para trás quando faz perguntas. Escute, por acaso, você sabe trabalhar com o vento?

Lontra hesitou e disse:

— Sim.

— Você tem uma bolsa?

Os manipuladores do clima costumavam carregar uma bolsa de couro na qual diziam guardar os ventos, desamarrando-a para soltar um vento favorável ou para capturar o vento contrário. Talvez fosse apenas para se exibir, mas todo manipulador do clima tinha uma bolsa, fosse ela um saco grande e comprido ou um alforje pequeno.

— Tenho em casa — falou Lontra. Não era mentira. Ele tinha uma bolsa em casa. Guardava nela suas ferramentas de acabamento e seu prumo de bolha. E ele também não estava mentindo totalmente sobre o vento. Já tinha conseguido várias vezes trazer um pouco de vento mágico para a vela de um barco, embora não tivesse a menor ideia de como combater ou controlar uma tempestade, como deve fazer um manipulador do clima em um navio. Mas ele achava que preferia naufragar em uma galé do que ser assassinado naquele buraco.

— Mas você não estaria disposto a usar essa habilidade a serviço do rei?

— Não há rei em Terramar — disse o jovem, severo e justo.

— A serviço do meu mestre, então — corrigiu Cão de Caça, paciente.

— Não — respondeu Lontra, e hesitou. Ele sentia que devia uma explicação àquele homem. — Veja, não é por não querer, mas por não poder. Pensei em fazer buracos no fundo da galé, perto da quilha... Você sabe o que quero dizer com tampões? Eles, como as madeiras, cederiam quando o barco entrasse em um mar revolto. — Cão de Caça assentiu com a cabeça. — Mas eu não poderia fazer isso. Sou um construtor de navios. Não construo navios para afundarem. Com os homens à bordo. Minhas mãos não fariam isso. Então, fiz o que pude. Fiz a galé seguir seu próprio caminho. Não o caminho do seu mestre.

Cão de Caça sorriu.

— Eles ainda não conseguiram desfazer o que você fez — disse ele. — O velho Cara Branca estava rastejando sobre ela ontem, rosnando e murmurando. Mandou substituir o leme. — Ele se referia ao mago-chefe de Losen, um homem pálido do norte chamado Gelluk, que era muito temido em Havnor.

— Isso não vai resolver.

— Você consegue desfazer o feitiço que colocou?

Um lampejo de complacência apareceu no rosto jovem e cansado de Lontra.

— Não — respondeu ele. — Acho que ninguém consegue.

— É uma pena. Você poderia ter usado isso para barganhar. — Lontra não disse nada. — Um nariz é uma coisa útil, uma coisa que pode ser vendida — continuou Cão de Caça. — Não que eu esteja procurando concorrência. Mas quem fareja sempre pode encontrar trabalho, como dizem... Você já esteve em uma mina?

A adivinhação de um feiticeiro é muito próxima de um saber, ainda que ele possa não saber o que sabe. O primeiro sinal do dom de Lontra, quando ele tinha dois ou três anos de idade, foi sua capacidade de encontrar na hora qualquer coisa perdida, um prego caído, uma ferramenta desaparecida, bastava que ele entendesse a que a palavra se referia. E, quando menino, um de seus maiores prazeres era sair sozinho pelo campo e passear pelos caminhos ou colinas, sentindo nas solas dos pés descalços e em todo o corpo os veios de água subterrâneos, os filões e jazidas de minério, a disposição e a intersecção dos tipos de rocha e terra. Era como se ele andasse por um grande edifício, vendo seus corredores e salas, as descidas para cavernas arejadas, o brilho da prata ramificada nas paredes; e, à medida que avançava, era como se seu corpo se tornasse o corpo da terra e ele passasse a conhecer suas artérias, órgãos e músculos como se fossem seus. Esse poder havia sido um prazer para ele quando menino. Algo que ele nunca tentou usar. E aquele tinha sido seu segredo.

Ele não respondeu à pergunta de Cão de Caça.

— O que há abaixo de nós? — Cão de Caça apontou para o chão, pavimentado com ladrilhos de ardósia áspera.

Lontra ficou em silêncio por um instante. Depois disse em voz baixa:

— Argila e cascalho e, embaixo disso, a rocha que contém granadas. Tudo abaixo desta parte da cidade é feito dessa rocha. Não sei os nomes.

— Mas pode aprender.

— Eu sei como construir barcos, como navegar em barcos.

— Você vai se sair melhor ficando longe dos navios, de todas as lutas e ataques. O rei está explorando as antigas minas de Samory, atrás da montanha. Lá você estará fora do caminho dele. Precisa trabalhar para ele, se quiser continuar vivo. Vou fazer com que você seja enviado para lá. Se aceitar ir.

Depois de um curto silêncio, Lontra disse:

— Obrigado. — E olhou para Cão de Caça, com um olhar breve, questionador e crítico.

Cão de Caça o havia capturado, ficado imóvel vendo sua família ser espancada sem nenhum motivo, e não havia interrompido o espancamento. Mesmo assim, conversava com ele como um amigo. Por quê?, questionava o olhar de Lontra. Cão de Caça respondeu.

— Homens ardilosos precisam se unir. Homens que não têm nenhuma arte, nada além de riqueza... Eles nos colocam uns contra os outros, para a vantagem deles, não a nossa. Nós vendemos nosso poder a eles. Por que fazemos isso? Se seguíssemos nosso próprio caminho juntos, talvez nos saíssemos melhor.

***

O Cão de Caça quis ajudar enviando o jovem para Samory, mas ele não compreendia a força da vontade de Lontra. Nem o próprio Lontra entendia. Ele estava tão acostumado a obedecer aos outros que não era capaz de perceber que, na verdade, sempre tinha seguido o próprio querer, e era jovem demais para acreditar que qualquer coisa que fizesse poderia matá-lo.

O plano dele era, assim que o tirassem da cela, usar o feitiço de autotransformação dos antigos Transformadores e escapar. Sua vida estava em perigo, então sem dúvidas não haveria problema em usar o feitiço. Só que ele não conseguia decidir em que se transformar: um pássaro ou um fio de fumaça, o que seria mais seguro? Enquanto pensava nisso, os homens de Losen, acostumados com os truques dos feiticeiros, envenenaram sua comida e ele simplesmente não conseguiu mais pensar. Eles o jogaram em uma carroça de mulas como se fosse um saco de aveia. Durante a viagem, quando mostrou sinais de reanimação, um deles deu uma pancada na cabeça dele, enfatizando que só queria garantir o seu descanso.

Quando Lontra voltou a si, doente e fraco por causa do veneno e com dores na cabeça, se viu em um quarto com paredes de tijolos e janelas fechadas com tijolos. A porta não tinha grades nem fechadura visível. Mas, quando ele se levantou, sentiu os laços da feitiçaria prendendo seu corpo e sua mente, fortes, resistentes, apertando-o cada vez mais conforme ele se movia. Ele conseguia ficar de pé, mas não podia dar um passo sequer em direção à porta. Nem estender a mão. Era uma sensação horrível, como se ele não fosse dono dos próprios músculos. Sentou-se novamente e tentou ficar quieto. As amarras do feitiço em torno de seu peito o impediam de respirar fundo, e sua mente também parecia sufocada, como se seus pensamentos estivessem amontoados em um espaço pequeno demais para eles.

Depois de muito tempo, a porta se abriu e vários homens entraram. Ele não pôde fazer nada contra eles, porque o amordaçaram e amarraram seus braços para trás.

— Agora você não vai tecer mais encantos nem proferir feitiços, jovem — disse um homem forte de rosto enrugado —, mas você pode mover a cabeça, certo? Eles o enviaram para cá como radiestesista. Se você for um bom radiestesista, se alimentará bem e dormirá tranquilo. Cinabre, é para isso que você deve assentir. O feiticeiro do rei diz que ainda há cinabre aqui, em algum lugar dessas velhas minas. E é o que ele quer. Portanto, é melhor que você o encontre. Agora vou sair com você. É como se eu fosse o descobridor de água e você fosse minha varinha, entende? Você guia. E se quiser ir por aqui ou por ali, incline a cabeça. E quando perceber que há minério subterrâneo, você pisa no local. Esse é o acordo, certo? E se você jogar limpo, também jogarei.

Ele esperou até que Lontra assentisse, mas ele permaneceu imóvel.

— Pode ficar emburrado — disse o homem. — Se você não gosta desse trabalho, tem sempre a torrefação.

O homem, que os outros chamavam de Licky, levou-o para fora em uma manhã quente e tão ensolarada que ofuscava os olhos de Lontra. Ao sair da cela, ele sentiu os feitiços de amarração se afrouxarem e caírem, mas havia outros feitiços, tecidos em outras construções do lugar, especialmente em torno de uma torre alta de pedra, e tais feitiços enchiam o espaço de linhas pegajosas de resistência e repulsão. Se ele tentava atravessá-las, sentia agulhadas agonizante no rosto e na barriga, e aí ele olhava, horrorizado, para o próprio corpo, procurando um ferimento, mas não havia ferimento algum. Amordaçado e amarrado, sem a voz e as mãos para fazer magia, ele não podia fazer nada contra aqueles feitiços. Licky havia amarrado uma ponta de um cordão de couro trançado em volta do pescoço de Lontra e segurava a outra ponta, seguindo-o. Ele deixou Lontra passar por alguns dos feitiços, e depois disso Lontra os evitou. O local onde os feitiços estavam era bastante claro: as trilhas de terra faziam curvas para desviar deles.

Amarrado como um cachorro, ele seguiu adiante, tomado pelo mau humor e tremendo de enjoo e raiva. Olhou ao redor e viu a torre de pedra com uma porta larga ao lado da qual se amontoavam pilhas de madeira, além de um fosso com rodas e máquinas enferrujadas, grandes pilhas de cascalho e argila. Virar a cabeça dolorida o deixava tonto.

— Se você for um radiestesista, trate de encontrar alguma coisa — avisou Licky, se aproximando de Lontra e olhando de soslaio para o rosto dele. — E se não for, o melhor é encontrar mesmo assim. É o único jeito de permanecer sobre a terra por mais tempo.

Um homem saiu da torre de pedra. Passou por eles caminhando depressa, em um andar estranho e cambaleante, olhando fixamente para a frente. O queixo dele brilhava e o peito estava molhado da baba que vazava de seus lábios.

— Esta é a torre de torrefação — afirmou Licky. — É onde eles cozinham o cinabre para obter o metal. Os torrefadores morrem em um ou dois anos. Para onde vamos, radiestesista?

Depois de um breve instante, Lontra acenou com a cabeça para a esquerda, afastando-se da torre de pedra acinzentada. Eles caminharam em direção a um vale comprido e sem árvores, passando por montes de grama alta e lixo.

— Tudo aqui embaixo foi extraído há muito tempo — disse Licky. E Lontra começou a se dar conta do campo estranho sob seus pés: túneis vazios e recintos de ar escuro na terra escura, um labirinto vertical com os fossos mais profundos cheios de água parada. — Nunca houve muita prata, e a água-metal já se foi há muito tempo. Ouça, jovem, você sequer sabe o que é cinabre?

Lontra sacudiu a cabeça.

— Vou lhe mostrar. É isso que Gelluk está buscando. O minério de água-metal. A água-metal dissolve todos os outros metais, até mesmo o ouro, entende. Por isso Gelluk o chama de Rei. Se você encontrar o Rei dele, será bem tratado. Ele vem sempre aqui. Venha, vou lhe mostrar. Um cão só consegue farejar após sentir o cheiro.

Licky o levou até as minas para mostrar as gangas, os tipos de terra onde o minério provavelmente estava presente. Algumas mineiras estavam extraindo o que restava de um longo túnel.

Por serem menores do que os homens e conseguirem se movimentar com mais facilidade em lugares estreitos, ou por se sentirem à vontade com a terra, ou, mais provavelmente, pelo costume, as mulheres sempre trabalharam nas minas de Terramar. Essas mineradoras eram mulheres livres, não escravas, como quem trabalhava na torre de torrefação. Licky explicou que Gelluk o havia nomeado capataz das mineiras, mas ele não trabalhava na mina; as mineiras o proibiam, por acreditarem piamente que se um homem pegasse uma pá ou escorasse uma madeira, teriam o pior dos azares.

— Por mim, tudo bem — disse Licky.

Uma mulher de cabelos e olhos claros, com uma vela amarrada na testa, largou a picareta para mostrar a Lontra um pouco de cinabre em um balde, cheio de pedaços e grumos vermelho-amarronzados. Sombras dançavam sobre superfície da terra em que as mineiras trabalhavam. Vigas antigas rangiam e a poeira caía. Embora o ar fosse fresco na escuridão, os desfiladeiros e túneis eram tão baixos e estreitos que as mineiras tinham que se abaixar e se encolher para passar. Em alguns pontos, o teto havia desabado. As escadas eram instáveis. A mina era um lugar aterrorizante, mas Lontra se sentia abrigado nela. E lamentou um pouco ter de voltar para o dia escaldante.

Licky não o levou para a torre de torrefação, mas para o quartel. De um recinto trancado, ele retirou uma bolsa de couro pequena, macia e grossa, que pesava em suas mãos. Abriu-a para mostrar a Lontra a pequena poça de brilho empoeirado que estava dentro dela. Quando fechou a bolsa, o metal se moveu, inchando-a, pressionando-a, como um animal tentando se libertar.

— Eis o Rei — anunciou Licky, em um tom que poderia ser de reverência ou ódio.

Embora não fosse um ocultista, Licky era um homem muito mais imponente do que Cão de Caça. E, assim como o Cão de Caça, era brutal, não cruel. Exigia obediência, nada mais. Lontra tinha visto escravos e seus senhores ao longo de toda sua vida nos estaleiros de Havnor e sabia que tinha sorte. Pelo menos à luz do dia, quando Licky era seu mestre.

Ele só podia comer na cela, onde tiravam sua mordaça. O que lhe davam era pão e cebola, com um pouco de óleo rançoso sobre o pão. Por mais faminto que estivesse todas as noites, quando se sentava naquela sala cheia de feitiços sobre sua cabeça, mal conseguia engolir a comida. Tinha gosto de metal, de cinzas. As noites eram longas e terríveis, porque os feitiços o pressionavam, pesavam sobre ele, faziam com que acordasse várias vezes aterrorizado, com falta de ar e incapaz de pensar de modo coerente. O lugar era totalmente escuro, pois ele não conseguia fazer a luz enfeitiçada brilhar naquele espaço. A chegada do dia era um alívio indescritível, mesmo que isso significasse que teria as mãos amarradas para trás, a boca amordaçada e uma coleira presa ao pescoço.

Licky o tirava da sala todas as manhãs bem cedo e, muitas vezes, eles ficavam perambulando até o final da tarde. Licky era silencioso e paciente.

Ele não perguntou se Lontra estava sentindo algum sinal do minério; não questionou se ele estava procurando ou só fingindo procurar. O próprio Lontra não seria capaz de responder à pergunta. Naquelas andanças sem rumo, o entendimento do subsolo entrava nele como de costume, e ele tentava evitar isso. "Não vou trabalhar a serviço do mal!", dizia a si mesmo. Mas o ar e a luz do verão reduziam sua resistência, ele sentia a grama seca sob as solas duras dos pés descalços e sabia que, sob as raízes da grama, um riacho se arrastava pela terra escura, infiltrando-se em um amplo rebordo de rocha coberto por camadas de mica, e abaixo desse rebordo havia uma caverna em cujas paredes havia leitos finos e carmesim de cinabre se desintegrando... Ele não fez nenhum sinal. Pensou que talvez o mapa da terra sob os pés que estava se formando em sua mente pudesse ser bem aproveitado, caso ele conseguisse descobrir como.

Mas depois de cerca de dez dias, Licky disse:

— O Mestre Gelluk está vindo aí. Se não tiver nenhum minério, ele provavelmente vai achar outro radiestesista.

Lontra caminhou um quilômetro e meio, pensativo; depois voltou, levando Licky a um outeiro não muito longe do ponto onde acabavam as antigas minas. Lá, ele acenou com a cabeça para baixo e bateu o pé.

De volta à sua cela, quando Licky o soltou e desamarrou a mordaça, ele informou:

— Tem algum minério lá. Vocês podem chegar a ele seguindo diretamente aquele túnel antigo, talvez por uns seis metros.

— Uma boa quantidade?

Lontra deu de ombros.

— Só o suficiente para seguir com as atividades, então?

Lontra não disse nada.

— Por mim, tudo bem — falou Licky.

Dois dias depois, quando reabriram o antigo túnel e começaram a cavar em direção ao minério, o feiticeiro chegou. Licky havia deixado Lontra do lado de fora, sentado ao sol, não na cela do quartel. Lontra sentiu-se grato. Não conseguia ficar totalmente confortável com as mãos amarradas e a boca amordaçada, mas o vento e a luz do sol eram bênçãos poderosas. E ele podia respirar fundo e cochilar sem sonhar que a terra cobria sua boca e narinas, os únicos sonhos que ele tinha durante as noites na cela.

Ele estava semiacordado, sentado sob uma sombra no chão perto do quartel, o cheiro das toras empilhadas ao lado da torre de torrefação trazia a lembrança dos pátios de trabalho em sua terra natal, da fragrância da madeira recém-cortada quando a plaina passava pela tábua sedosa de carvalho. Algum barulho ou movimento o despertou. Ele olhou para cima e viu o feiticeiro em sua frente, avultando-se sobre ele.

Gelluk usava roupas fantásticas, como muitos de sua espécie faziam naquela época. Uma longa túnica de seda de Lorbanery, escarlate, com bordados de runas e símbolos em preto e dourado, e um chapéu de abas largas com a coroa pontuda, fazendo-o parecer mais alto do que um homem poderia ser. Lontra não precisava ver suas roupas para reconhecê-lo. Conhecia a mão que havia tecido suas amarrações e amaldiçoado suas noites, o gosto ácido e o aperto sufocante daquele poder.

— Acho que encontrei meu pequeno descobridor — disse Gelluk. A voz dele era grave e agradável, como as notas de um violino. — Dormindo ao sol, como alguém que cumpriu seu dever. Então você os mandou atrás da Mãe Vermelha, não foi? Você conhecia a Mãe Vermelha antes de vir para cá? Você é um cortesão do Rei? Aqui, agora, não há necessidade de cordas e amarras. — De onde estava, com um movimento de seu dedo, ele desamarrou os pulsos de Lontra e o lenço da mordaça se soltou. — Eu poderia ensinar você a fazer isso sozinho — disse o feiticeiro, sorrindo e observando Lontra esfregar e flexionar os pulsos doloridos e mover os lábios que tinham ficado pressionados contra os dentes por horas. — O Cão de Caça me disse que você é um rapaz promissor e que pode ir longe se tiver a orientação adequada. Se quiser visitar a Corte do Rei, posso levá-lo até lá. Mas talvez você não conheça o Rei de quem estou falando?

De fato, Lontra não fazia ideia se o feiticeiro se referia ao pirata ou à prata movediça, mas arriscou um palpite e fez um gesto rápido na direção da torre de pedra.

Os olhos do mago se estreitaram e seu sorriso se alargou.

— Você sabe o nome dele?

— A água-metal — disse Lontra.

— É assim que a plebe o chama, ou prata movediça, ou água de peso. Mas aqueles que o servem o chamam de Rei, de Rei Supremo e de Corpo da Lua. — O olhar benevolente e inquisitivo dele passou de Lontra para a torre e depois voltou. Seu rosto era grande e comprido, mais branco do que qualquer outro rosto que Lontra já havia visto, com olhos azulados. Cabelos pretos e grisalhos se encaracolavam aqui e ali em seu queixo e nas bochechas. Seu sorriso calmo e aberto mostrava dentes pequenos, vários deles faltando. — Aqueles que aprenderam a enxergar de verdade podem vê-lo como ele é, o senhor de todas as substâncias. A raiz do poder está nele. Você sabe como nos referimos a ele por trás das portas de seu palácio?

O homem alto com seu chapéu alto de repente se sentou na terra ao lado de Lontra, bem perto dele. Seu hálito cheirava à terra. Seus olhos claros olhavam diretamente nos olhos de Lontra.

— Gostaria de saber? Você pode saber o que quiser. Não preciso guardar segredos de você. Nem você de mim. — E ele riu, não de forma ameaçadora, mas com prazer. Ele olhou para Lontra outra vez, com uma expressão suave e pensativa em seu rosto grande e branco. — Poderes você tem, sim, todos os tipos de pequenas habilidades e truques. É um rapaz inteligente. Mas não inteligente demais. Isso é bom. Não é inteligente demais a ponto de não precisar aprender, como alguns... Eu o ensinarei, se quiser. Você gosta de aprender? Gosta do conhecimento? Gostaria de saber o nome pelo qual chamamos o Rei quando ele está sozinho em seu brilho, nas cortes de pedra? Seu nome é Turres. Você conhece esse nome? É uma palavra na língua do Rei Supremo. Seu próprio nome em seu próprio idioma. Em nossa língua, chamaríamos de Sêmen. — Ele sorriu novamente e deu um tapinha na mão de Lontra. — Porque ele é a semente e aquele que dá os frutos. A semente e a fonte do poder e do que é justo. Você verá. Você verá. Venha! Venha! Vamos ver o Rei voando entre seus súditos, concentrando-se a partir deles! — E se levantou, flexível e rápido, pegando a mão de Lontra e erguendo-o com uma força surpreendente. Ele estava rindo de tanta empolgação.

Lontra sentiu como se estivesse sendo trazido de volta à vida, tirado de um estado de semiconsciência interminável, triste e atordoada. Ao toque do feiticeiro, ele não sentiu o horror do vínculo mágico, mas sim uma dádiva de energia e esperança. Disse a si mesmo para não confiar nesse homem, mas desejava confiar nele, aprender com ele. Gelluk era poderoso, magistral, estranho, mas ele o havia libertado. Pela primeira vez em semanas, Lontra caminhou com as mãos livres e sem nenhum feitiço sobre ele.

— Por aqui, por aqui — murmurou Gelluk. — Nenhum mal acontecerá a você. — Eles chegaram à entrada da torre de torrefação, uma passagem estreita nas paredes de quase um metro de espessura. Ele pegou Lontra pelo braço, pois o jovem hesitou.

Licky tinha dito a ele que eram os vapores do metal que subiam do minério aquecido que adoeciam e matavam as pessoas que trabalhavam na torre. Lontra nunca havia entrado nela e nem tinha visto Licky entrar. Ele já havia se aproximado o suficiente para saber que era cercada por feitiços de aprisionamento que feriam, confundiam e prendiam um escravo que tentasse escapar. Agora ele sentia esses feitiços como fios de teia de aranha, cordas de névoa escura, abrindo passagem ao feiticeiro que os havia criado.

— Respire, respire, respire — disse Gelluk, rindo, e Lontra tentou não prender a respiração quando entraram na torre.

O poço de torrefação ocupava o centro de uma enorme câmara abobadada. Apressadas, figuras magras como varas e pretas contra a chama, empilhavam e reempilhavam o minério sobre toras mantidas na chama de torrefação por grandes foles, enquanto outras abasteciam a fornalha e operavam os tubos dos foles.

Do ponto mais alto da cúpula, uma espiral de câmaras subia em direção à torre em meio à fumaça e aos vapores. Nessas câmaras, Licky tinha explicado, o vapor da prata movediça era capturado e condensado, reaquecido e recondensado, até que, na abóbada mais alta, o metal puro escorria para uma cuba ou tigela de pedra e, segundo ele, apenas uma ou duas gotas por dia eram obtidas dos minérios de baixa qualidade que estavam sendo torrados agora.

— Não tenha medo — disse Gelluk, com sua voz forte e musical soando mais alta do que o sopro ofegante dos enormes foles e do que o rugido constante do fogo. — Venha, venha ver como ele voa no ar, tornando-se puro, tornando seus súditos puros! — Ele puxou Lontra para a beira do poço de torrefação. Seus olhos cintilaram com o clarão e o brilho das chamas. — Os espíritos malignos que trabalham para o Rei tornam-se limpos — afirmou, com os lábios perto do ouvido de Lontra. — À medida que salivam, a escória e as manchas fluem para fora deles. A doença e as impurezas apodrecem e saem de suas feridas. E então, quando finalmente estão purificados pelo fogo, eles podem voar até o alto, voar para as Cortes do Rei. Venha, venha, vamos subir a torre dele, onde a noite escura faz nascer a lua!

Seguindo Gelluk, Lontra subiu as escadas sinuosas, espaçosas no início, mas cada vez mais apertadas e estreitas, passando por câmaras de vapor com fornos em brasa, cujas aberturas levavam a salas de refinaria, onde a fuligem do minério queimado era raspada por escravos nus e colocada em fornalhas para ser queimada novamente. Eles chegaram à sala mais alta. Gelluk disse ao único escravo agachado na beira do poço:

— Mostre-me o Rei!

O escravo, baixo e magro, sem pelos, com feridas nas mãos e nos braços, destampou uma xícara de pedra em frente à beira do poço de condensação. Gelluk olhou dentro dela, ansioso como uma criança.

— Tão pequeno — murmurou. — Tão jovem. O pequeno Príncipe, o Senhorzinho, o Senhor Turres. Semente do mundo! Joia da alma!

Da abertura de sua túnica, ele tirou uma bolsa de couro sofisticado decorada com fios de prata. Com uma delicada colher feita de chifre amarrada à bolsa, ele retirou as poucas gotas de prata movediça da xícara e as guardou ali, depois amarrou a tira de couro.

O escravo ficou em pé, imóvel. Todas as pessoas que trabalhavam no calor e na fumaça da torre de torrefação estavam nuas ou usavam apenas tanga e mocassins. Lontra olhou novamente para o escravo, pensando que, por sua altura, devia ser uma criança, e então viu os seios pequenos. Era uma mulher. Ela era calva. Suas articulações eram protuberâncias inchadas nos membros da espessura dos ossos. Ela deu uma olhada em Lontra, movendo apenas os olhos, cuspiu no fogo, limpou a boca ferida com a mão e ficou imóvel outra vez.

— Isso, pequena serva, muito bem — disse-lhe Gelluk em sua voz terna. — Alimente o fogo com sua escória e ela se transformará na prata viva, na luz da lua. Não é uma coisa maravilhosa — continuou ele, puxando Lontra para longe e descendo a escada em espiral — o modo como daquilo que é mais básico surge o que há de mais nobre? Esse é um grande princípio da arte! Da vil Mãe Vermelha nasce o Rei Supremo. Da saliva de uma escrava moribunda é feita a Semente do Poder de prata.

Durante toda a descida da escada de pedra fétida e espiralada, Gelluk falou, e Lontra tentou compreender, porque aquele era um homem de poder dizendo a ele o que era o poder.

Mas quando eles saíram para a luz do dia novamente, sua cabeça continuou girando na escuridão e, depois de alguns passos, ele se curvou e vomitou no chão.

Gelluk o observou com seu olhar curioso e afetuoso e, quando Lontra se levantou, estremecendo e ofegante, o feiticeiro perguntou com gentileza:

— Você tem medo do Rei?

Lontra assentiu.

— Se você compartilhar o poder dele, ele não lhe fará mal. Temer um poder, lutar contra um poder, é muito perigoso. Amar o poder e compartilhá-lo é o caminho real. Veja. Observe o que eu faço. — Gelluk ergueu a bolsa na qual havia colocado as poucas gotas de prata movediça. Sem parar de encarar Lontra, ele abriu a bolsa, levou-a aos lábios e bebeu seu conteúdo. E abriu a boca, que sempre tinha um sorriso, para que Lontra pudesse ver as gotas de prata acumuladas em sua língua antes de engoli-las.

— Agora o Rei está em meu corpo, o nobre hóspede de minha casa. Ele não me fará salivar nem vomitar, nem causará feridas em meu corpo; não, pois não o temo, mas o convido, e assim ele entra em minhas veias e artérias. Nenhum mal me acontece. Em meu sangue corre prata. Vejo coisas desconhecidas para outros homens. Compartilho os segredos do Rei. E quando ele deixa meu corpo, se esconde no espaço dos dejetos, na própria imundície, e mais uma vez, no lugar vil ele espera que eu venha e o pegue e o purifique como ele me purificou, de modo que a cada vez nos tornamos mais puros juntos. — O feiticeiro segurou o braço de Lontra e seguiu andando. Então, disse, sorridente e em tom de confidência: — Sou aquele que caga o luar. Você nunca conhecerá outro igual. E mais do que isso, mais do que isso, o Rei entra em minha semente. Ele é meu sêmen. Eu sou Turres e ele sou eu...

Em sua confusão mental, Lontra estava apenas vagamente ciente de que eles estavam indo agora em direção à entrada da mina. Eles foram para o subsolo. As passagens eram um dédalo escuro, assim como as palavras do feiticeiro. Lontra cambaleou adiante, tentando compreender. Ele viu a escrava na torre, a mulher que havia olhado para ele. Viu os olhos dela.

Eles caminharam no escuro, exceto por uma fraca luz enfeitiçada que Gelluk enviou na frente. Passaram por túneis há muito tempo abandonados, mas o feiticeiro parecia conhecer cada passo, ou talvez ele não conhecesse o caminho e estivesse vagando sem prestar atenção. Ele falava, virando-se às vezes para Lontra para guiá-lo ou adverti-lo, e depois continuava conversando.

Eles chegaram ao local onde as mineiras estavam ampliando o antigo túnel. Lá, o feiticeiro conversou com Licky sob as chamas de velas e entre sombras irregulares. Ele tocou a terra do final do túnel, pegou torrões nas mãos, rolou-os entre as mãos, amassando-os, testando-os, provando-os. Durante esse tempo, ele ficou em silêncio, e Lontra o observou com intensidade, ainda tentando entender.

Licky voltou para o quartel com eles. Gelluk desejou boa-noite a Lontra com sua voz suave. Licky o trancou, como de costume, no quarto com paredes de tijolos, dando a ele um pedaço de pão, uma cebola e uma jarra de água.

Como sempre, Lontra se agachou na opressão incômoda do feitiço mágico. Ele bebeu, sedento. O sabor picante e terroso da cebola era bom, e ele comeu tudo.

Enquanto a luz fraca que entrava no quarto pelas frestas na argamassa da janela de tijolos ia se apagando, em vez de afundar na miséria vazia de todas as noites passadas ali, Lontra continuou desperto, cada vez mais desperto. A agitação mental que sentiu durante todo o tempo em que esteve com Gelluk foi se acalmando lentamente. E algo emergiu dela, aproximando-se, tornando-se nítida: a imagem que ele havia visto na mina, sombria, mas definida, a escrava na câmara alta da torre, aquela mulher com seios murchos e olhos inflamados, que cuspia a saliva que escorria de sua boca envenenada, limpava a boca e ficava parada esperando a morte. Ela tinha olhado para ele.

Ele a via agora com mais clareza do que vira na torre. Ele a via com mais clareza do que jamais tinha visto alguém. Viu os braços finos, as articulações inchadas do cotovelo e do pulso, a nuca infantil. Era como se ela estivesse com ele no quarto. Era como se estivesse dentro dele, como se ela fosse ele. Ela o olhou. Ele a viu olhando para ele. Ele se enxergou pelos olhos dela.

Ele viu a teia de feitiços que o prendia, as pesadas cordas de escuridão, um dédalo de linhas ao seu redor. Havia uma maneira de sair do nó, se ele se virasse para lá, e depois para cá, e se separasse as linhas com as mãos, assim; estaria livre.

Ele não conseguia mais ver a mulher. Estava sozinho no quarto, livre.

Todos os pensamentos nos quais não conseguia pensar há dias e semanas estavam passando por sua cabeça, uma tempestade de ideias e sentimentos, uma sensação de raiva, vingança, pena, orgulho.

No início, foi dominado por fantasias ferozes de poder e vingança: ele libertaria as escravas, enfeitiçaria Gelluk e o lançaria no fogo refinador, ele o amarraria e o cegaria e o deixaria respirando a fumaça de prata movediça naquela câmara alta até morrer... Mas quando seus pensamentos se acalmaram e começaram a ficar mais claros, ele soube que não poderia derrotar um feiticeiro de grande habilidade e poder, mesmo que esse feiticeiro estivesse louco. Sua única esperança era a de brincar com a loucura de Gelluk e levar o feiticeiro a derrotar a si mesmo.

Ele refletiu. Durante todo o tempo em que esteve com Gelluk, tentou aprender algo, tentou entender o que o feiticeiro estava dizendo. No entanto, agora ele tinha certeza de que as ideias de Gelluk, os ensinamentos que ele transmitia com tanto entusiasmo, não tinham nada a ver com seu poder ou com qualquer poder verdadeiro. A mineração e o refino eram, de fato, grandes ofícios com seus próprios mistérios e maestrias, mas Gelluk parecia não saber nada sobre essas artes. Sua conversa sobre o Rei Supremo e a Mãe Vermelha era meras palavras. E não eram as palavras certas. Mas como Lontra sabia disso?

Em toda sua tagarelice, a única palavra que Gelluk havia pronunciado na Língua Arcaica, aquela na qual os feitiços dos feiticeiros eram feitos, foi a palavra *turres*. Ele disse que significava sêmen. O dom de magia de Lontra havia reconhecido esse significado como o verdadeiro. Gelluk havia dito que a palavra também significava prata movediça, e Lontra sabia que ele estava errado.

Seus humildes professores tinham ensinado a ele todas as palavras que conheciam na Língua da Criação. Entre elas não havia nem o nome de sêmen nem o nome de prata movediça. Mas os lábios dele se separaram, a língua dele se moveu.

— *Ayezur* — disse.

Sua voz era a da escrava na torre de pedra. Era ela que conhecia o verdadeiro nome da prata movediça e o dizia por meio dele.

Então, por um tempo, ele manteve corpo e mente imóveis, começando a entender pela primeira vez onde residia seu poder.

Ele ficou trancado no quarto escuro e soube que seria libertado, porque já era livre. Uma tempestade de elogios o invadiu.

Depois de algum tempo, ele retornou à armadilha de feitiços, voltou ao seu antigo lugar por conta própria, sentou-se no catre e continuou pensando. O feitiço de aprisionamento continuava lá, mas já não tinha poder sobre ele. Ele podia entrar e sair como se fossem meras linhas pintadas no chão. A gratidão por essa liberdade pulsava nele de forma tão constante quanto as batidas de seu coração.

Ele pensou sobre o que deveria fazer e como. Não tinha certeza se a havia invocado ou se ela havia surgido por vontade própria; não sabia como ela havia falado a palavra da Língua Arcaica para ele ou por meio dele. Nem sabia o que estava fazendo, ou o que ela estava fazendo, e tinha quase certeza de que a execução de qualquer feitiço despertaria Gelluk. Mas, por fim, precipitado e com medo, pois tais feitiços eram um mero rumor entre seus professores de feitiçaria, ele invocou a mulher da torre de pedra.

Ele a trouxe à mente e a viu como a tinha visto, ali, naquela sala, e a chamou; e ela veio.

Ela apareceu novamente do lado de fora da teia de feitiços, olhando para ele e vendo-o, pois uma luz suave, azulada e desprovida de fonte preenchia o quarto. Os lábios doloridos e esfolados estremeciam, mas ela não disse nada.

Ele falou, revelando a ela seu verdadeiro nome:

— Eu sou Medra.

— Eu sou Anieb — sussurrou ela.

— Como podemos nos libertar?

— Com o nome dele.

— Mesmo que eu o soubesse... Quando estou com ele, não consigo falar.

— Se eu estivesse com você, eu poderia usá-lo.

— Não posso chamar você.

— Mas eu posso ir — disse ela.

Ela olhou em volta, e ele olhou para cima. Os dois perceberam que Gelluk havia sentido algo, que havia despertado. Lontra sentiu os laços se fecharem e se apertarem, e a velha sombra baixar.

— Eu irei, Medra — garantiu Anieb. Ela fechou a mão magra em um punho, depois a abriu com a palma para cima, como se estivesse oferecendo algo a Lontra. Em seguida, desapareceu.

A luz se foi com ela. Ele ficou sozinho na escuridão. O aperto frio dos feitiços o pegou pela garganta e o sufocou, amarrou as mãos e pressionou seus pulmões. Ele se agachou, ofegante. Não conseguia pensar; não conseguia se lembrar.

— Fique comigo — disse e não sabia com quem estava falando. Sentiu medo, mas não sabia de quê. O feiticeiro, o poder, o feitiço... tudo era escuridão. Mas em seu corpo, não em sua mente, ardia um conhecimento que ele não conseguia mais nomear, uma certeza que era como uma pequena luminária que ele segurava nas mãos dentro de um dédalo nas cavernas subterrâneas. Ele manteve os olhos naquela fonte de luz.

Sonhos cansativos e malignos de sufocamento vieram até ele, mas não o dominaram. Ele respirou fundo. Por fim, dormiu. Sonhou com longas encostas de montanhas sob um véu de chuva, que era atravessado pela luz. Sonhou com nuvens passando sobre as orlas das ilhas e com uma colina alta, arredondada e verdejante que despontava em meio à névoa e à luz do sol no fim do oceano.

O feiticeiro que se autodenominava Gelluk e o pirata que se autodenominava Rei Losen haviam trabalhado juntos por anos, um apoiando e aumentando o poder do outro, um acreditando que o outro era seu servo.

Gelluk tinha certeza de que, sem ele, o reino medíocre de Losen logo entraria em colapso e algum mago inimigo eliminaria o rei com meio feitiço. Mas ele deixava Losen agir como o mestre. O pirata era conveniente para o feiticeiro, que havia se acostumado a ter suas necessidades atendidas, seu tempo livre e um suprimento infinito de escravos para suas necessidades e experimentos. Era fácil manter as proteções que ele havia colocado na pessoa, nas expedições e nas incursões de Losen, os feitiços de aprisionamento que ele havia colocado nos locais onde os escravos trabalhavam ou onde os tesouros eram guardados. Mas fazer esses feitiços tinha sido uma questão diferente, um trabalho longo e árduo. E agora que eles estavam em vigor, não havia um só feiticeiro em toda Havnor capaz de desfazê-los.

Gelluk nunca havia conhecido um homem a quem temesse. Alguns dos feiticeiros que haviam cruzado seu caminho eram fortes o suficiente para preocupá-lo, mas ele nunca havia conhecido um com habilidade e poder comparáveis aos seus.

Com o passar do tempo, aprofundando-se cada vez mais nos mistérios de um certo livro de ensinamentos trazido da Ilha de Way por um dos invasores de Losen, Gelluk se tornou indiferente à maioria das artes que havia aprendido ou descoberto sozinho. O livro o convenceu de que todas elas eram apenas sombras ou indícios de um poder maior. Assim como um único elemento verdadeiro controlava todas as substâncias, um único conhecimento verdadeiro continha todos os outros. Aproximando-se cada vez mais dessa maestria, ele entendeu que os ofícios dos feiticeiros eram tão primitivos e falsos quanto o título e o reinado de Losen. Quando ele se unisse ao verdadeiro elemento, seria o único e verdadeiro rei. Sendo o único entre os homens, ele diria as palavras da criação e da destruição. E teria dragões no lugar de seus cães.

Gelluk havia reconhecido no jovem radiestesista um poder, que não havia sido aprendido nem desenvolvido, que ele poderia usar. Ele precisava de muito mais prata movediça do que tinha, portanto, um localizador era necessário. Localizar era uma habilidade básica. Gelluk nunca a havia praticado, mas conseguiu perceber que o jovem tinha esse dom. O melhor a fazer era descobrir o nome verdadeiro do garoto para se certificar de controlá-lo. Gelluk suspirou pensando no tempo que precisaria perder ensinando ao garoto para o que servia. E depois disso, o minério ainda precisaria ser extraído da terra e o metal refinado. Como sempre, a mente de Gelluk saltava os obstáculos e atrasos rumo aos maravilhosos mistérios que o aguardavam no final.

No livro de ensinamentos de Way, que ele levava em uma caixa selada sempre que viajava, havia passagens sobre o verdadeiro fogo do refinador. Tendo estudado essas passagens por muito tempo, Gelluk sabia que, uma vez que tivesse uma quantidade suficiente de metal puro, o próximo estágio seria refiná-lo ainda mais para obter o Corpo da Lua. Ele tinha compreendido que, segundo a linguagem camuflada do livro, para purificar a prata movediça, o fogo deveria ser feito não com madeira, mas com cadáveres humanos. Relendo e refletindo sobre as palavras naquela noite em seus aposentos no quartel, ele discerniu outro possível significado nelas. Sempre havia outro significado nas palavras desse livro de ensinamentos. Talvez o livro quisesse dizer que deveria haver um sacrifício não apenas da carne, mas também do espírito inferior. O grande fogo na torre não deveria queimar cadáveres, mas sim corpos vivos. Vivos e conscientes. A pureza extraída da imundície: a felicidade extraída da dor. Tudo isso fazia parte do grande princípio, perfeitamente claro depois de visto. Ele tinha certeza de que estava certo, de que finalmente havia entendido a técnica. Mas não devia se apressar, devia ser paciente, devia se certificar. Debruçando-se sobre outra passagem, comparou as duas e ficou refletindo sobre o livro até tarde da noite. Por um momento, algo distraiu sua mente, alguma invasão na periferia de sua consciência; o garoto estava tentando fazer algum truque. Com impaciência, Gelluk disse uma única palavra e voltou às maravilhas do reino do Rei Supremo. Ele nunca percebeu que os sonhos de seu prisioneiro haviam escapado de seu controle.

No dia seguinte, ele pediu a Licky que mandasse o garoto até ele. Gelluk estava ansioso para vê-lo, para ser gentil com ele, ensiná-lo e mimá-lo um pouco, como no dia anterior. Então, sentou-se com ele ao sol. O feiticeiro gostava de crianças e animais. Gostava de todas as coisas bonitas. Era agradável ter uma criatura jovem por perto. A admiração perplexa de Lontra era cativante, assim como sua força incompreendida. As escravas eram cansativas com suas fraquezas e truques e seus corpos feios e doentes. É claro que Lontra também era seu escravo, mas o garoto não precisava saber disso. Eles poderiam ser professor e aprendiz. Mas aprendizes eram infiéis, pensou Gelluk, lembrando-se de seu aprendiz Matinal, excessivamente inteligente, a quem ele deveria se lembrar de controlar com mais rigor. Pai e filho: era isso que ele e Lontra poderiam ser. Ele faria o garoto chamá-lo de pai. Então se lembrou de que pretendia descobrir o verdadeiro nome de Lontra. Havia várias maneiras de fazer isso, mas a mais simples, já que o garoto já estava sob seu controle, era perguntar:

— Qual é seu nome? — disse ele observando Lontra atentamente.

A mente do garoto resistiu um pouco, mas a boca se abriu e a língua se moveu:

— Medra.

— Muito bem, muito bem, Medra — disse o feiticeiro. — Você pode me chamar de pai.

***

— Você precisa encontrar a Mãe Vermelha — disse ele no dia seguinte. Eles estavam sentados perto um do outro novamente do lado de fora do quartel. O sol de outono estava quente. O feiticeiro havia tirado o chapéu cônico e os cabelos grossos e grisalhos dele caíam soltos, emoldurando seu rosto. — Sei que você encontrou aquele pequeno trecho para que escavassem, mas ali não há mais do que algumas gotas. Não vale a pena queimar por tão pouco. Se quiser me ajudar e se eu quiser ensiná-lo, precisa se esforçar um pouco mais. Acho que você sabe como. — Ele sorriu para Lontra. — Não sabe?

Lontra assentiu.

Ele ainda estava abalado, estarrecido com a facilidade com que Gelluk o tinha forçado a dizer seu nome, o que dava ao feiticeiro poder imediato e definitivo sobre ele. Agora ele não tinha nenhuma esperança de resistir a Gelluk. Naquela noite, ele havia entrado em total desespero. Mas então Anieb veio à sua mente: veio por vontade própria, por seus próprios meios. Ele não podia mais invocá-la nem pensar nela, e não teria ousado fazer isso porque Gelluk sabia o nome dele. Mas ela vinha, mesmo se ele estivesse com o feiticeiro, não em aparição, mas como uma presença em sua mente.

Era difícil notar a presença dela em meio à fala do feiticeiro e aos feitiços constantes e subconscientes que teciam uma escuridão em torno dele. Mas quando Lontra conseguia notá-la, não era exatamente como se ela estivesse com ele, mas como se ela fosse ele, ou que ele fosse ela. Ele via através dos olhos dela. A voz dela falava em sua mente, mais forte e mais clara do que a voz e os feitiços de Gelluk. Por meio dos olhos e da mente dela, ele podia ver e pensar. E começou a perceber que o feiticeiro estava completamente seguro de que o possuía de corpo e alma, não tendo cuidado com os feitiços que subordinavam Lontra à sua vontade. Uma subordinação é uma conexão. Ele, ou Anieb dentro dele, podia seguir os elos dos feitiços até a mente do próprio Gelluk.

Alheio a tudo isso, Gelluk continuava falando, acompanhando o feitiço interminável de sua própria voz encantadora.

— Você deve encontrar o verdadeiro útero, o ventre da Terra, que contém a semente pura da Lua. Você sabia que a Lua, na verdade, é o pai da Terra? Sim, sim; e ele se deitou com ela, como é o direito do pai. Ele deu vida ao seu barro primitivo com a semente verdadeira. Mas ela não dará à luz o Rei. Ela é forte em seu medo e obstinada em sua vilania. Ela o retém e o esconde nas profundezas, temendo dar à luz o próprio mestre. É por isso que, para dar à luz o Rei, ela precisa ser queimada viva.

Gelluk parou e não disse nada por algum tempo, pensando, com uma expressão animada no rosto. Lontra vislumbrou as imagens em sua mente: grandes fogueiras ardendo, gravetos dotados de mãos e pés em chamas, torrões ardentes que gritavam como a madeira recém-cortada grita no fogo.

— Sim — continuou Gelluk em sua voz profunda, branda e sonhadora —, ela deve ser queimada viva. E depois, só depois, ele surgirá, brilhando! Ah, está na hora, passou da hora. Precisamos libertar o Rei. Precisamos encontrar o grande veio. Ele está aqui; disso não há dúvida: *"O ventre da Mãe repousa sob Samory"*.

Ele parou outra vez. Subitamente, olhou bem para Lontra, que congelou, aterrorizado, pensando que o feiticeiro o tinha flagrado observando sua mente. Gelluk o contemplou por algum tempo com aquele olhar curioso, meio atento, meio sem ver e sorrindo.

— Pequeno Medra! — exclamou ele, como se tivesse acabado de descobrir que ele estava ali. Deu um tapinha no ombro de Lontra. — Sei que você tem o dom de encontrar o que está escondido. É um grande dom, se for treinado adequadamente. Não tema, meu filho. Eu sei por que você conduziu meus servos apenas ao pequeno veio, brincando e protelando. Mas agora que cheguei, é a mim que você serve e não tem nada temer. E não adianta tentar esconder nada de mim, não é mesmo? O filho sábio ama seu pai e o obedece, e o pai o recompensa como ele merece. — Ele chegou bem perto, como gostava de fazer, e disse em um tom gentil e de confidência: — Tenho certeza de que você pode encontrar o grande veio.

— Eu sei onde está — disse Anieb.

Lontra não conseguia falar; ela havia falado por meio dele, usando sua voz, que soava grossa e fraca.

Pouquíssimas pessoas falavam com Gelluk, a menos que ele as obrigasse. Os feitiços com os quais ele silenciava, enfraquecia e controlava todas as pessoas que se aproximavam dele eram tão habituais que ele nem pensava mais a respeito. Estava acostumado a ser ouvido, não a ouvir. Sereno em sua força e obcecado por suas ideias, ele não pensava além delas. Não pensava em Lontra como nada além de parte de seus planos, uma extensão de si mesmo.

— Sim, sim, você vai encontrar o veio — disse ele, e sorriu mais uma vez.

Mas Lontra estava intensamente ciente tanto da presença física como do imenso poder de controle de Gelluk; e parecia que a fala de Anieb havia tirado grande parte do poder de Gelluk sobre ele, dando-lhe um lugar para se manter firme, um ponto de apoio. Mesmo com Gelluk tão próximo, de forma assustadora, ele conseguiu falar.

— Eu o levarei até lá — declarou, em tom rígido e com esforço.

Gelluk estava acostumado a ouvir as pessoas dizerem as palavras que ele havia colocado em suas bocas, se é que diziam algo. Aquelas eram palavras que ele queria ouvir, mas não as que havia esperado ouvir. Ele pegou o braço do jovem, colocando seu rosto bem perto do dele, e o sentiu se encolher.

— Como você é inteligente — falou. — Você encontrou um minério melhor do que aquele primeiro? Um pelo qual valha a pena cavar e torrar?

— É o veio — disse o jovem.

As palavras lentas e rígidas tinham grande peso.

— O grande veio? — Gelluk olhou diretamente para ele, a distância entre seus rostos não era maior do que a largura de uma mão. A luz nos olhos azulados do feiticeiro era como o movimento suave e louco da prata movediça.

— O útero?

— Somente o Mestre pode ir até lá.

— Que Mestre?

— O Mestre da Casa. O Rei.

Para Lontra, aquela conversa foi, mais uma vez, como caminhar em uma vasta escuridão com uma pequena luminária. A compreensão de Anieb era essa luminária. Cada passo revelava o próximo passo que ele deveria dar, mas ele nunca conseguia ver o lugar onde estava. Ele não sabia o que estava por vir e não entendia o que via. Mas ele viu, e foi adiante, palavra por palavra.

— Como você sabe dessa Casa?

— Eu a vi.

— Onde? Aqui perto?

Lontra assentiu.

— Ela está na terra?

Diga a ele o que ele vê, sussurrou Anieb na mente de Lontra, e ele falou:

— Um riacho corre pela escuridão sobre um teto cintilante. Sob o teto está a Casa do Rei. O teto fica bem acima piso, sobre altos pilares. O piso é vermelho. Todos os pilares são vermelhos. Neles há runas brilhantes.

Gelluk tomou fôlego. Em seguida, disse bem baixinho:

— Você consegue ler as runas?

— Não consigo. — A voz de Lontra soava monótona. — Não posso ir até lá. Ninguém pode entrar lá fisicamente, somente o Rei. Somente ele pode ler o que está escrito.

O rosto pálido de Gelluk ficou ainda mais pálido; sua mandíbula tremia um pouco. Ele se levantou de repente, como sempre fazia.

— Leve-me até lá — disse, tentando se controlar, mas forçou Lontra a se levantar e andar com tanta violência que o jovem ficou em pé em um salto e tropeçou vários passos, quase caindo. Depois, caminhou para a frente, tenso e desajeitado, tentando não resistir à vontade coercitiva e apaixonada que apressava seus passos.

Gelluk seguiu ao lado dele, muitas vezes pegando seu braço.

— Por aqui — disse ele várias vezes. — Sim, sim! É esse o caminho. — No entanto, ele estava seguindo Lontra. Seu toque e seus feitiços o empurravam, apressavam-no, mas na direção que Lontra escolhia ir.

Eles passaram pela torre de torrefação, pelo poço antigo e pelo novo, até o longo vale para onde Lontra havia levado Licky no dia em que chegou ali. Já era final de outono. Os arbustos e a grama rasteira que, naquele dia, eram verdes, agora estavam secos e o vento agitava as últimas folhas. À esquerda deles, um pequeno riacho corria entre os salgueiros. A luz suave do sol e as longas sombras se espalhavam pelas encostas.

Lontra sabia que estava chegando o momento em que ele poderia se libertar de Gelluk: disso ele estava certo desde a noite anterior. Ele também sabia que, quando momento chegasse, poderia derrotar Gelluk, destituí-lo de seu poder, caso o feiticeiro, movido por suas visões, esquecesse de se proteger, e se Lontra conseguisse descobrir o nome dele.

Os feitiços do feiticeiro ainda uniam as mentes deles. Lontra se precipitou tentando entrar na mente de Gelluk, buscando o verdadeiro nome dele. Mas ele não sabia onde ou como procurar. Como um descobridor que não conhecia bem a sua arte, tudo o que conseguiu ver com clareza nos pensamentos de Gelluk foram as páginas de um livro de ensinamentos cheio de palavras sem sentido e a visão que ele havia descrito: um vasto palácio de paredes vermelhas onde runas prateadas dançavam nos pilares carmesim. Mas Lontra não conseguia ler o livro ou as runas. Ele nunca tinha aprendido a ler.

Durante todo esse tempo, ele e Gelluk se afastavam cada vez mais da torre, de Anieb, cuja presença às vezes enfraquecia e desaparecia. Lontra não se atrevia a tentar invocá-la.

Poucos passos à frente deles estava o local onde, sob seus pés, no subsolo, a quase um metro de profundidade, a água escura se arrastava e se infiltrava pela terra macia, acima da camada de mica. Abaixo dela se abria a caverna oca e o veio de cinabre.

Gelluk estava quase totalmente absorto na própria visão, mas como a mente de Lontra e a sua estavam conectadas, ele viu partes do que Lontra via. Ele parou, agarrando o braço de Lontra. Sua mão tremia de ansiedade.

Lontra apontou para a encosta baixa que se erguia diante deles.

— A Casa do Rei fica ali — disse. A atenção de Gelluk se desviou completamente do jovem, fixando-se na encosta e na visão que tinha dela. Então Lontra pôde chamar Anieb. Na mesma hora, ela entrou em sua mente e ser, e estava lá com ele.

Gelluk estava imóvel, mas suas mãos trêmulas estavam cerradas, seu corpo alto se contorcia e tremia por inteiro, como um cão de caça que quer perseguir, mas não consegue encontrar o cheiro. Ele estava perdido. A encosta com a grama e os arbustos sob a última luz do sol estava lá, mas não havia entrada. A grama crescida em meio ao cascalho; a terra uniforme.

Embora Lontra não tivesse pensado nas palavras, Anieb falou através dele, usando a mesma voz fraca e monótona:

— Somente o Mestre pode abrir a porta. Somente o Rei tem a chave.

— A chave — disse Gelluk.

Lontra ficou imóvel, obliterado, como Anieb havia ficado na sala da torre.

— A chave — repetiu Gelluk, com urgência.

— A chave é o nome do Rei.

Aquilo foi um salto no escuro. Qual deles havia dito isso?

Gelluk ficou tenso e trêmulo, ainda sem saber o que fazer.

— *Turres* — disse ele, depois de algum tempo, quase sussurrando.

O vento soprava a grama seca.

O feiticeiro avançou de uma só vez, com os olhos brilhando, e gritou:

— Abram em nome do Rei! Eu sou Tinaral! — E suas mãos se moveram em um gesto rápido e poderoso, como se estivessem abrindo pesadas cortinas.

A encosta à sua frente tremeu, se contorceu e se abriu. Uma fenda se aprofundou e se alargou. A água brotou dela e passou pelos pés do feiticeiro.

Ele deu um passo para trás, olhando fixamente, e fez um movimento feroz com a mão que afastou o fluxo em um jato como uma fonte soprada pelo vento. A fenda na terra ficou mais profunda, revelando a camada de mica. Com um estalo agudo, a pedra brilhante se separou. Abaixo dela, a escuridão.

O feiticeiro deu um passo à frente.

— Eu vim — anunciou ele em uma voz alegre e terna, e avançou, destemido, em direção à ferida viva da terra, com uma luz branca dançando em suas mãos e na cabeça. Porém, hesitou ao chegar à borda do teto aberto da caverna e não ver nenhum declive ou escada para baixo e, naquele instante, Anieb usou a voz de Lontra para gritar:

— Tinaral, caia! — Cambaleando descontroladamente, o mago tentou se virar, perdeu o equilíbrio na beirada em ruínas e mergulhou na escuridão, seu manto escarlate esvoaçando e a luz enfeitiçada ao seu redor parecendo uma estrela cadente.

— Feche! — gritou Lontra, caindo de joelhos, com as mãos na terra, na abertura bruta da fenda. — Feche, Mãe! Seja curada, torne-se inteira! — Suplicou, implorou, falando na Língua da Criação palavras que ele nem sequer conhecia até dizê-las. — Mãe, torne-se inteira! — disse ele, e o solo aberto gemeu e se moveu, unindo-se, curando-se.

Uma sutura avermelhada permaneceu, uma cicatriz na terra, no cascalho e na grama arrancada.

O vento agitava as folhas secas dos carvalhos-anões. O sol estava atrás da colina e as nuvens estavam se aproximando em uma massa baixa e cinza.

Lontra se agachou junto ao sopé da encosta, sozinho.

As nuvens escureceram. A chuva passou pelo pequeno vale, caindo na terra e na grama. Acima das nuvens, o sol descia a escadaria oeste da casa radiante do céu.

Por fim, Lontra se sentou. Ele estava molhado, com frio e desnorteado. O que estava fazendo ali?

Ele tinha perdido alguma coisa e precisava encontrá-la. Não sabia o que perdera, mas estava na torre de fogo, o lugar onde as escadas de pedra subiam em meio à fumaça e aos vapores. Ele tinha que ir até lá. Então, se levantou e se arrastou, mancando, sem firmeza, descendo o vale.

Ele não pensou em se esconder ou se proteger. Por sorte, não havia guardas por perto; eram poucos e não estavam alertas, pois os feitiços do feiticeiro mantinham a prisão fechada. Os feitiços haviam desaparecido, mas as pessoas na torre não sabiam disso, continuando a trabalhar sob um feitiço ainda maior, a falta de esperança.

Lontra passou pela câmara abobadada do poço de torrefação e pelos escravos apressados e subiu lentamente as escadas em espiral, escuras e fétidas, até chegar à sala mais alta.

Ela estava lá, a mulher doente capaz de curá-lo, a mulher pobre que guardava o tesouro, a estranha que era ele mesmo.

Ele ficou em silêncio à porta. Ela estava sentada no chão de pedra perto do cadinho, o corpo magro era acinzentado e escuro como as pedras. O queixo e os seios dela brilhavam com a saliva que escorria de sua boca. Ele pensou na fonte de água que havia escorrido da terra aberta.

— Medra — disse ela. Sua boca ferida não conseguia falar com clareza. Ele se ajoelhou e pegou as mãos dela, olhando em seu rosto.

— Anieb — sussurrou ele —, venha comigo.

— Quero ir para casa — disse ela.

Ele a ajudou a se levantar, mas não fez nenhum feitiço para protegê-los ou escondê-los. Sua força havia se esgotado. E, embora ela possuísse uma grande magia, capaz de levá-la com ele em cada passo daquela estranha jornada até o vale e de enganar o feiticeiro para que ele dissesse seu nome, ela não conhecia nenhuma arte ou feitiço e não tinha mais força alguma.

Mesmo assim, ninguém prestou atenção neles, como se um amuleto de proteção os envolvesse. Eles desceram as escadas sinuosas, saíram da torre, passaram pelo quartel e se afastaram das minas. Caminharam por matas ralas em direção aos contrafortes que ocultavam o Monte Onn das planícies de Samory.

Anieb manteve um ritmo melhor do que parecia possível para uma mulher tão faminta e destruída, andando quase nua na chuva fria. Toda sua determinação estava voltada para a caminhada; ela não tinha mais nada em mente, nem ele, nem nada. Mas estava ali, em corpo, com ele, e ele sentiu sua presença de modo tão intenso e estranho quanto da vez em que a invocou. A chuva escorria por sua cabeça e corpo nus. Ele a fez parar para vestir a camisa dele, da qual ele se envergonhava, pois estava suja depois de ser usada durante todas aquelas semanas. Ela deixou que Lontra cobrisse sua cabeça com a camisa e prosseguiu. Não conseguia ir rápido, mas seguia firme, com os olhos fixos na trilha quase indistinta deixada pela carroça por onde eles caminhavam, até que a noite caiu, antecipada pelas nuvens de chuva, e eles não conseguiram mais enxergar onde pisar.

— Faça luz — disse ela. Sua voz soou como um gemido, uma queixa. — Você não consegue fazer luz?

— Não sei — respondeu ele, mas tentou trazer a luz enfeitiçada até eles e, depois de um tempo, o chão se iluminou fracamente diante de seus pés. — É melhor encontrarmos abrigo e descansar.

— Não posso parar — disse ela, e recomeçou a caminhada.

— Você não pode andar a noite toda.

— Se eu me deitar, não vou conseguir me levantar. Quero ver a montanha.

Sua voz fina foi abafada pelas muitas vozes da chuva que varria as colinas e as árvores.

Eles seguiram pela escuridão, vendo apenas a trilha à frente deles sob a cintilação tênue e prateada da luz enfeitiçada entrelaçada às linhas prateadas de chuva. Quando ela tropeçou, ele segurou seu braço. Depois disso, eles seguiram pressionados lado a lado para maior conforto e um pouco de calor. Passaram a andar mais devagar, cada vez mais devagar, mas continuavam caminhando. Não havia nenhum som, a não ser o da chuva caindo do céu escuro e os beijinhos dos pés encharcados na lama e na grama molhada da trilha.

— Olhe — disse ela, hesitante. — Medra, olhe.

Ele quase dormia enquanto caminhava. A palidez da luz enfeitiçada tinha desaparecido, afogada em uma claridade mais fraca e vasta. O céu e a terra estavam cinzentos, mas à frente e acima deles, bem no alto, para além de uma nuvem, a longa cadeia montanhosa cintilava, vermelha.

— Ali — disse Anieb. Ela apontou para a montanha e sorriu.

Olhou para seu companheiro e depois lentamente para chão. Ela caiu de joelhos. Ele se ajoelhou com ela, tentou segurá-la, mas ela escorregou em seus braços. Ele tentou manter ao menos a cabeça dela afastada da lama da trilha. Os membros e o rosto dela se contorciam, os dentes rangiam. Ele a abraçou contra si, tentando aquecê-la.

— As mulheres — sussurrou ela —, a mão. Pergunte a elas. Na aldeia. Eu vi a Montanha.

Ela tentou se sentar outra vez, olhando para cima, mas o tremor e os calafrios a dominaram e a devastaram. Ela começou a ofegar para conseguir respirar. Sob a luz vermelha que agora brilhava do alto da montanha e de todo o céu do leste, ele viu a espuma e a saliva escarlates escorrendo da boca dela. Às vezes, ela se agarrava a ele, mas não falou mais nada. Ela lutava contra a morte, lutava para respirar, enquanto a luz vermelha se esvaía e depois escurecia, transformando-se em cinza à medida que as nuvens voltavam a atravessar a montanha e escondiam o sol nascente. Já era dia e chovia quando sua última expiração difícil não foi seguida por outra.

O homem cujo nome era Medra sentou-se na lama com a mulher morta em seus braços e chorou.

Um carroceiro que andava à frente de sua mula com uma carga de madeira de carvalho os encontrou e levou os dois para a aldeia da

Beira do Bosque. Ele não conseguiu fazer com que o jovem largasse a mulher morta. Mesmo estando fraco e trêmulo, ele se negou a largar seu fardo, mas subiu na carroça segurando-a, e a segurou por todos os quilômetros até Beira do Bosque. Tudo o que ele disse foi:

— Ela me salvou. — E o carroceiro não fez perguntas. — Ela me salvou, mas eu não consegui salvá-la — disse ele fervorosamente aos homens e mulheres da aldeia da montanha. Ele ainda não queria largá-la, segurando o corpo enrijecido e molhado pela chuva contra si, como se quisesse defendê-lo.

Muito lentamente, eles o fizeram entender que uma das mulheres era a mãe de Anieb e que ele deveria entregar o corpo para que ela segurasse. Por fim, ele o fez, observando se ela seria gentil com sua amiga e se a protegeria. Então ele seguiu outra mulher, obediente. Vestiu as roupas secas que ela entregou a ele, comeu um pouco do alimento que ela ofereceu e deitou-se no catre que ela estendeu e, soluçando de exaustão, dormiu.

Depois de um ou dois dias, alguns dos homens de Licky apareceram perguntando se alguém tinha visto ou ouvido falar sobre o grande feiticeiro Gelluk e um jovem descobridor, ambos tinham desaparecido sem deixar rastros, disseram, como se a terra os tivesse engolido. Ninguém em Beira do Bosque disse uma palavra sequer sobre o estranho escondido no pomar de maçãs de Mead. Eles o protegeram. Talvez seja por isso que agora o povo daquele local não o chame mais de Beira do Bosque, como costumava ser, e sim de Refúgio de Lontra.

Ele havia passado por uma longa e difícil provação e havia se arriscado muito contra um grande poder. Logo recuperou a força física, pois ele era jovem, mas sua mente demorou a se encontrar. Ele havia perdido algo, perdido para sempre, perdido como havia encontrado.

Procurou entre as lembranças, entre as sombras, explorando repetidamente as imagens: o ataque à sua casa em Havnor; a cela de pedra e o Cão de Caça; a cela de tijolos no quartel e os feitiços limitantes daquele lugar; as caminhadas com Licky; os dias sentado com Gelluk; os escravos, o fogo, as escadarias de pedra que subiam entre vapores e fumaça até a sala alta da torre. Ele teve de recuperar tudo aquilo, passar por tudo aquilo, em sua busca. Voltou várias e várias vezes àquela sala da torre e olhou para a mulher, e ela olhou para ele. Andou várias vezes pelo pequeno vale, pela grama seca, pelas visões ardentes do feiticeiro, com ela. Viu o feiticeiro ser derrotado repetidas vezes, viu a terra se fechar. Viu o topo vermelho da montanha ao amanhecer. Anieb morreu enquanto ele a segurava, com seu rosto assolado contra o braço dele. Perguntou quem ela era, o que eles tinham feito e como tinham feito, mas ela não conseguia responder.

A mãe de Anieb, Ayo, e a irmã da mãe, Mead, eram mulheres sábias. Elas curaram Lontra da melhor forma possível com óleos quentes e massagens, ervas e cânticos. Elas conversaram com ele e o ouviram quando ele falava. Nenhuma delas tinha dúvida de que ele era um homem de grande poder. O que ele negava.

— Eu não poderia ter feito nada sem sua filha — disse ele.

— O que ela fez? — perguntou Ayo, brandamente.

Ele contou a ela, da forma como podia.

— Nós éramos estranhos. No entanto, ela me disse seu nome — contou ele. — E eu disse o meu a ela. — Ele falava de modo hesitante, com longas pausas. — Fui eu que caminhei com o feiticeiro, compelido por ele, mas ela estava comigo e era livre. E assim, juntos, pudemos usar aquele poder contra ele mesmo, para que ele se autodestruísse. — Lontra refletiu por um longo tempo e disse: — Ela me deu seu próprio poder.

— Sabíamos que ela tinha um grande dom — admitiu Ayo, e depois se calou por algum tempo. — Só não sabíamos como ensiná-la. Não há mais professores na montanha. Os feiticeiros do Rei Losen destroem os ocultistas e as bruxas. Não há ninguém a quem recorrer.

— Certa vez, eu estava nas encostas altas — contou Mead —, e uma tempestade de neve de primavera me atingiu e eu me perdi. Ela apareceu. Ela veio até mim, não em corpo, e me guiou até a trilha. Na época, Anieb tinha apenas doze anos.

— Ela andava com os mortos, às vezes — revelou Ayo em um tom de voz muito baixo. — Na floresta, rumo a Faliern. Ela conhecia os antigos poderes, aqueles de que minha avó me falou, os poderes da terra. Ela dizia que eles eram fortes lá.

— Mas ela também era apenas uma garota como as outras — rememorou Mead, escondendo o rosto. — Uma boa menina — sussurrou.

Depois de um tempo, Ayo disse:

— Ela foi até Firn com alguns dos jovens. Para comprar lã dos pastores de lá. Há um ano, na primavera passada. Aquele feiticeiro de quem falaram apareceu, lançando feitiços. Capturando escravos.

Então, ficaram todos em silêncio.

Ayo e Mead eram muito parecidas, e Lontra viu nelas o que Anieb poderia ter sido: uma mulher baixa, delgada e ágil, de rosto redondo e olhos claros, com uma massa de cabelos escuros, não lisos como os da maioria das pessoas, mas encaracolados e frisados. Muitas pessoas no oeste de Havnor tinham cabelos assim.

Mas Anieb era calva, como todos os escravos da torre de torrefação. Seu nome de uso era Íris, a flor azul das nascentes. A mãe e a tia a chamavam de Íris quando falavam dela.

— O que quer que eu seja, o que quer que eu possa fazer, não é o bastante — lamentou-se ele.

— Nunca é o bastante — respondeu Mead. — E o que alguém pode fazer sozinho?

Ela ergueu o indicador; levantou os outros dedos e os cerrou em um punho; depois, lentamente, girou o pulso e abriu a mão com a palma para fora, como se oferecesse algo. Ele já tinha visto Anieb fazer aquele gesto. Não era um feitiço, pensou, observando atentamente, mas um sinal. Ayo o fitava.

— É um segredo — disse ela.

— Posso saber o segredo? — perguntou ele depois de um tempo.

— Você já sabe. Você o deu a Íris. Ela o deu a você. Confiança.

— Confiança — repetiu o jovem. — Sim, mas contra... contra eles? Gelluk se foi. Talvez Losen seja derrotado agora. Isso fará alguma diferença? Os escravos serão libertados? Os necessitados comerão? A justiça será feita? Acho que há um mal em nós, na humanidade. A confiança o nega. Salta sobre ele. Salta o abismo. Mas ele está lá. E tudo o que fazemos acaba servindo ao mal, porque é isso que somos. Ganância e crueldade. Olho para o mundo, para as florestas e para a montanha aqui, para o céu, e está tudo bem, como deveria estar. Mas nós não estamos. As pessoas não estão. Estamos errados. Nós erramos. Nenhum animal faz coisas erradas. Como poderiam? Mas nós podemos, e fazemos. E nunca paramos.

Elas o ouviram, sem concordar, sem negar, mas aceitando o desespero dele. As palavras dele penetraram no silêncio da escuta delas, repousaram lá por dias e voltaram para ele transformadas.

— Não podemos fazer nada sem uns aos outros — disse ele. — Mas são os gananciosos e os cruéis que se mantêm unidos e se fortalecem mutuamente. E aqueles que não se juntam a eles ficam sós. — A imagem de Anieb como ele a tinha visto pela primeira vez, uma mulher moribunda, sozinha na sala da torre, sempre o acompanhava. — O verdadeiro poder é desperdiçado. Cada feiticeiro usa suas artes contra os outros, servindo aos homens gananciosos. De que serve qualquer arte usada dessa forma? Ela é desperdiçada. Ela dá errado ou é jogada fora. Como a vida dos escravos. Só, ninguém pode ser livre. Nem mesmo um mago. Todos eles aprimorando sua magia em celas de prisão, sem ganhar nada. Não há como usar o poder para o bem.

Ayo fechou a mão e abriu-a com a palma para cima, um esboço fugaz de um gesto, de um sinal.

Um homem subiu a montanha até Beira do Bosque, um carvoeiro de Firn.

— Minha esposa Nesty envia uma mensagem para as mulheres sábias — disse ele, e os aldeões mostraram a ele a casa de Ayo. Quando ele parou diante da porta, fez um movimento apressado, transformando o punho fechado em uma palma aberta. — Nesty diz que os corvos vão voar mais cedo e que o cão de caça está atrás da lontra.

Lontra, sentado em frente à fogueira descascando nozes, ficou calado. Mead agradeceu ao mensageiro e o levou para dentro, para tomar um copo de água e comer um punhado de nozes descascadas. Ela e Ayo conversaram com ele sobre sua esposa. Quando ele se foi, ela se voltou para Lontra.

— O Cão de Caça trabalha para Losen — disse ele. — Partirei hoje.

Mead olhou para a irmã.

— Então está na hora de conversarmos um pouco com você — disse ela, sentando-se diante da lareira. Ayo ficou ao lado da mesa, em silêncio. Um fogo bom ardia na lareira. Era uma época úmida e fria, e lenha era algo que tinham em abundância ali na montanha.

— Existem pessoas em toda esta região, e talvez além dela, que pensam, como você disse, que ninguém pode ser sábio sozinho. Portanto, essas pessoas tentam se apoiar umas nas outras. É por isso que nos autodenominamos a Mão, ou mulheres da Mão, embora não sejamos apenas mulheres. Mas convém nos chamarmos de mulheres, pois os poderosos não esperam que mulheres trabalhem juntas. Ou que reflitam sobre coisas como governo ou desgoverno. Ou que tenham algum poder.

— Dizem — continuou Ayo, ainda em meio às sombras — que há uma ilha onde a ordem de justiça é mantida como na época dos reis. Chamam-na de Ilha de Morred. Mas ela não é a Enlad dos Reis, nem Éa. Dizem que fica ao sul de Havnor, não ao norte. Lá, dizem, as mulheres da Mão conservaram as antigas artes. E as ensinam, não as mantém em segredo, cada uma para si, como fazem os feiticeiros.

— Talvez com esses ensinamentos você possa dar uma lição aos feiticeiros — disse Mead.

— Talvez você consiga encontrar a ilha — disse Ayo.

Lontra olhava de uma para a outra. Era evidente que elas haviam revelado a ele o maior segredo e a esperança que tinham.

— Ilha de Morred — repetiu ele.

— Assim é apenas como as mulheres da Mão a chamam, escondendo o significado de feiticeiros e piratas. Para eles, sem dúvida, ela tem outro nome.

— A jornada até lá seria terrivelmente longa — advertiu Mead.

Para as irmãs e todos aqueles aldeões, o Monte Onn era o mundo, e as margens de Havnor eram o limite do universo. Além deles, havia apenas rumores e sonhos.

— Chega-se ao mar indo para o sul, dizem — revelou Ayo.

— Ele sabe disso, irmã — falou Mead. — Ele não nos disse que era carpinteiro de navios? Mas o caminho até o mar é terrivelmente longo, com certeza. Com esse feiticeiro te farejando, como você vai chegar lá?

— Pela graça da água, que não tem cheiro — respondeu Lontra, se levantando. Um monte de cascas de nozes caiu do colo dele, que pegou a vassoura da lareira e as varreu para as cinzas. — É melhor eu ir.

— Temos pão — disse Ayo, e Mead se apressou em colocar pão duro, queijo duro e nozes em uma bolsa feita de barriga de ovelha. Elas eram pessoas muito pobres. Deram a ele o que tinham. Assim como havia feito Anieb.

— Minha mãe nasceu em Derradeiro Caminho, perto da Floresta Faliern — comentou Lontra. — Você conhece esse vilarejo? O nome dela é Rosa, filha de Rowan.

— Os carroceiros vão para Derradeiro Caminho quando é verão.

— Se alguém pudesse falar com a família dela lá, eles transmitiriam notícias. O irmão dela, Freixinho, costumava ir à cidade a cada um ou dois anos.

Elas assentiram.

— Se ela soubesse que estou viv… — disse ele.

A mãe de Anieb concordou.

— Ela vai receber notícias.

— Agora, vá — disse Mead.

— Vá com a água — falou Ayo.

Ele as abraçou, e elas o abraçaram de volta, e ele deixou a casa.

Desceu correndo do aglomerado de cabanas até o riacho barulhento e de fluxo rápido que tinha ouvido em seu sono durante todas as noites que passou em Beira do Bosque. E fez uma prece a ele:

— Leve-me e salve-me — pediu. E fez o feitiço que o velho Transformador ensinara a ele há muito tempo e pronunciou a palavra de transformação. Naquele momento, nenhum homem se ajoelhou junto à água corrente, mas uma lontra entrou nela e desapareceu.

III. Andorinha

Havia um sábio em nossa colina,
Que encontrou seu caminho com disciplina.
Mudou de forma, mudou de nome,
Mas jamais de sua essência ele desvia.
E assim a água fluía e fluía,
Assim a água fluía.

Certa tarde de inverno, à margem do rio Onneva, ali onde ele deságua no golfo da Grande Baía de Havnor, um homem se levantou na areia lamacenta: um homem malvestido e mal calçado, pardo e magro, de olhos escuros e cabelos tão finos e abundantes que o protegiam da chuva. Chovia nas praias baixas da foz do rio, a garoa fina, fria e funesta daquele inverno cinzento. As roupas dele estavam encharcadas. Ele encolheu os ombros, virou-se e partiu em direção a uma nuvem de fumaça de uma chaminé que avistou à grande distância da margem. Atrás dele ficaram os rastros das quatro patas de uma lontra saindo da água e os rastros de dois pés humanos se afastando dela.

Para onde ele foi depois, as canções não explicam. Dizem apenas que ele vagou, "ele vagou por muito tempo de terra em terra". Se ele percorreu a costa da Grande Ilha, em muitas das aldeias deve ter encontrado parteiras, mulheres sábias ou ocultistas que conheciam o sinal da Mão e o teriam ajudado; mas, com Cão de Caça em seu encalço, o mais provável é que ele tenha deixado Havnor assim que pôde, embarcando como tripulante em um barco de pesca nos Estreitos de Ebavnor ou em um navio mercante no Mar Central.

Na Ilha de Arca, e em Orrimy, localizada em Hosk, e nas Ilhas Noventa, há relatos sobre um homem que procurava uma terra onde as pessoas se lembrassem da justiça dos reis e da honra dos feiticeiros, e ele chamava essa terra de Ilha de Morred. Não há como saber se essas histórias se referem a Medra, já que ele usava muitos nomes, e quase nunca se apresentava como Lontra. A derrota de Gelluk não derrubou Losen. O rei pirata pagava a outros feiticeiros, entre eles um homem chamado Matinal, que teria gostado de encontrar o jovem novato que enfrentou seu mestre, Gelluk. E Matinal tinha uma boa chance de encontrá-lo. O poder de Losen se estendia por toda Havnor e pelo norte do Mar Central, crescendo com o passar dos anos; e o faro do Cão de Caça estava mais aguçado do que nunca.

Talvez tenha sido para escapar da caçada que Medra chegou a Pendor, um lugar muito distante a oeste do Mar Central, ou talvez algum rumor entre as mulheres da Mão em Hosk o tenha levado até lá. Pendor era uma ilha rica antes de ser saqueada pelo dragão Yevaud. Onde quer que Medra tenha ido até então, ele encontrou apenas terras iguais a Havnor ou piores, afundadas em guerras, ataques e pirataria, com os campos cheios de ervas daninhas e os vilarejos cheios de ladrões. Talvez ele tenha pensado, em um primeiro momento, que havia encontrado a Ilha de Morred em Pendor, pois a cidade era bela e pacífica, e o povo, próspero.

Lá ele encontrou um mago, um velho chamado Dracoalto, cujo verdadeiro nome se perdeu. Quando Dracoalto ouviu a história da Ilha de Morred, ele sorriu, parecendo triste, e balançou a cabeça.

— Não é aqui — disse ele. — Não é esta ilha. Os Senhores de Pendor são homens bons. Eles se lembram dos reis. Não buscam guerra nem pilhagem. Mas eles enviam seus filhos para o oeste para caçar dragões. Por esporte. Como se os dragões do Extremo Oeste fossem patos ou gansos a serem mortos! Nada de bom resultará disso.

Dracoalto aceitou Medra como seu aluno com boa vontade.

— Aprendi minha arte com um mago que me deu de graça tudo o que sabia, mas nunca encontrei ninguém a quem transmitir esse conhecimento, até você chegar — contou a Medra. — Os jovens vêm até mim e perguntam: "Para que serve isso? O senhor pode encontrar ouro?". "O senhor pode me ensinar como transformar pedras em diamantes? Pode me dar uma espada que mate um dragão? Qual é a utilidade de falar sobre o equilíbrio das coisas? Isso não dá lucro", dizem eles. Não dá lucro! — E o velho continuou a falar sobre a insensatez dos jovens e os males dos tempos modernos.

Quando se tratava de ensinar o que sabia, ele era incansável, generoso e exigente. Pela primeira vez, a magia foi apresentada a Medra não como um conjunto de dons estranhos e atos ilógicos, mas sim como uma arte e um ofício, que poderia ser conhecido verdadeiramente com muito estudo e usado corretamente após muita prática, embora, mesmo assim, nunca perderia sua estranheza. A maestria de Dracoalto sobre magias e feitiços não era muito maior do que a de seu aluno, mas ele tinha em sua mente a clara ideia de algo muito maior, a totalidade do conhecimento. E isso fazia dele um mago.

Ao ouvi-lo, Medra pensou em como ele e Anieb haviam caminhado na escuridão e na chuva, com o brilho tênue que lhes mostrava apenas o próximo passo que poderiam dar, e em como haviam olhado para topo vermelho da montanha ao amanhecer.

— Cada feitiço depende de todos os outros feitiços — explicou Dracoalto. — Cada movimento de uma única folha move todas as folhas de todas as árvores em todas as ilhas de Terramar! Existe um padrão. É isso que você buscar e nisso que deve confiar. Nada dá certo se não fizer parte do padrão. Somente nele há liberdade.

Medra ficou três anos com Dracoalto e, quando o velho mago morreu, o Senhor de Pendor pediu a Medra que assumisse seu lugar. Apesar de suas reclamações e repreensões contra os caçadores de dragões, Dracoalto fora respeitado na ilha, e seu sucessor teria respeito e poder. Talvez tentado a pensar que havia chegado o mais perto possível da Ilha de Morred, Medra ficou mais um tempo em Pendor. Ele viajou com o jovem senhor em seu navio, passando pelos Portais de Torin e chegando ao Extremo Oeste para procurar dragões. Havia um grande desejo em seu coração de ver um dragão. Mas tempestades inoportunas e o clima cruel daqueles anos fizeram com que o navio deles voltasse para Ingat três vezes, e Medra se recusou a levá-lo para o oeste novamente com aquelas ventanias. Ele havia aprendido muito sobre manipulação climática desde seus dias em um veleiro de um só mastro na Baía de Havnor.

Pouco depois disso, ele deixou Pendor, encaminhando-se outra vez para o sul, e talvez tenha ido para Ensmer. De uma forma ou de outra, ele finalmente chegou a Geath, nas Ilhas Noventa.

Lá se pescava baleias, como ainda fazem. Esse era um comércio do qual ele não queria participar. Os navios locais cheiravam mal e o vilarejo também. Ele não gostava de embarcar em navios de escravos, mas a única embarcação que saía de Geath para o leste era uma galé que levava óleo de baleia para o Porto de O. Ele tinha ouvido falar do Mar Cercado ao sul e a leste de O, onde havia ilhas ricas, pouco conhecidas, que não faziam comércio com as terras do Mar Central. Talvez o que ele buscava estivesse lá. Assim, embarcou como manipulador do clima na galé, que era remada por quarenta escravos.

O tempo estava bom, para variar: um vento a favor, um céu azul vivo com pequenas nuvens brancas, a luz suave do sol no fim da primavera. Eles saíram de Geath com facilidade. No fim da tarde, ele ouviu o capitão dizer ao timoneiro:

— Mantenha o barco rumo ao sul esta noite para não chamarmos a atenção de Roke.

Ele nunca tinha ouvido falar dessa ilha e perguntou:

— O que tem lá?

— Morte e desolação — respondeu o capitão do navio, um homem baixo com olhos pequenos, tristes e sábios como os de uma baleia.

— Guerra?

— Anos atrás. Peste, feitiçaria maléfica. As águas do entorno são amaldiçoadas.

— Vermes — esclareceu o timoneiro, irmão do capitão. — Se você pegar um peixe em qualquer lugar perto de Roke, vai encontrá-lo cheio de vermes como um cachorro morto em um monte de estrume.

— As pessoas ainda moram lá? — perguntou Medra, e o capitão respondeu:

— Bruxas.

E seu irmão disse:

— Comedores de vermes.

Havia muitas dessas ilhas no Arquipélago, tornadas improdutivas e desoladas pelas pragas e maldições de feiticeiros rivais; eram lugares malévolos, seja para visitar ou apenas para passar por perto, e Medra não pensou mais naquela ilha, até aquela noite.

Dormindo no convés com o rosto iluminado pela luz das estrelas, ele teve um sonho simples e vívido: era dia, as nuvens corriam em um céu radiante e, do outro lado do mar, ele avistou, iluminada pelo sol, a curva de uma colina verdejante e alta. Ele acordou com a visão ainda clara em sua mente, sabendo que a tinha visto dez anos antes, no quartel das minas de Samory, dentro do quarto bloqueado por feitiços.

Ele se sentou. O mar escuro estava tão calmo que o reflexo das estrelas era visto aqui e ali na parte calma das grandes ondulações. As galés raramente saíam da vista da terra firme e quase nunca eram remadas durante a noite, parando em qualquer baía ou porto; mas não havia ancoradouro nessa travessia e, como o tempo estava brando, eles haviam erguido o mastro e a grande vela quadrada. O navio avançava com calma; os escravos remadores dormiam em seus bancos e a tripulação livre estava toda adormecida, exceto pelo timoneiro e o vigia, mas o vigia cochilava. A água sussurrava nos flancos da galé, cujas vigas rangiam um pouco, e a corrente de um escravo não parava de chacoalhar.

— Eles não precisam de um manipulador do clima em uma noite como esta, e ainda não me pagaram — disse Medra para si mesmo. Ele havia acordado de seu sonho com o nome Roke em mente.

Por que ele nunca tinha ouvido falar da ilha nem a tinha visto em um mapa? Mesmo que ela fosse amaldiçoada e deserta, como diziam, por que não estaria registrada nos mapas?

— Eu poderia voar até lá como uma andorinha-do-mar e voltar ao navio antes do amanhecer — disse em pensamento, mas sem tomar a atitude. Ele estava indo para o Porto de O. Terras em ruínas eram muito comuns. Não havia necessidade de voar para procurá-las. Ele se acomodou em um amontoado de cabos e observou as estrelas. Olhando para o oeste, ele avistou as quatro estrelas brilhantes da constelação de Forja sobre o mar. Elas estavam um pouco embaçadas e, enquanto ele as observava, elas se apagaram, uma após a outra.

Um tremor dos mais leves e sutis passou pelas ondulações lentas e suaves.

— Capitão — chamou Medra, levantando-se —, acorde.

— O que foi agora?

— Um vento de bruxa está chegando. A favor. Arreie a vela.

Nenhum vento soprava. A brisa era suave, a grande vela estava frouxa. Apenas as estrelas do oeste se apagavam e desapareciam em uma escuridão silenciosa que lentamente chegava cada vez mais alto. O capitão olhou o céu.

— Vento de bruxa, você diz? — perguntou ele, relutante.

Homens ardilosos usavam o clima como arma, enviando granizo para arruinar as plantações de um inimigo ou um vendaval para afundar navios; e essas tempestades, estranhas e selvagens, podiam ser carregadas pelo vento para muito longe do local ao qual tinham sido enviadas, perturbando agricultores na época da colheita ou marinheiros a centenas de quilômetros de distância.

— Arreie a vela — disse Medra, categórico. O capitão bocejou, xingou e começou a gritar comandos. Os tripulantes se levantaram lentamente e, também lentamente, começaram a recolher a vela enquanto o timoneiro, depois de fazer várias perguntas ao capitão e a Medra, começou a berrar com os escravos e a andar entre eles, despertando-os com sua corda nodosa. A vela estava parcialmente arriada, os remos parcialmente manejados, o feitiço de permanência de Medra parcialmente pronunciado, quando o vento de bruxa atacou.

O impacto veio com um enorme estrondo, em meio à escuridão repentina e à chuva torrencial. O navio se inclinou como um cavalo empinado e depois virou com tanta força e para tão longe que o mastro se soltou da base, embora os estais o segurassem. A vela bateu na água, se encheu e puxou a galé para o lado; os remos longos deslizaram nas cavilhas, os escravos acorrentados se debateram e gritaram em seus bancos, os barris de óleo se soltaram e se chocaram uns contra os outros, puxando a embarcação e mantendo-a inclinada, com o convés na vertical em relação ao mar, até que uma enorme onda de tempestade o atingiu e o inundou, fazendo-o afundar. Todos os gritos e clamores das vozes dos homens subitamente desapareceram. Não havia nenhum ruído além do rugido da chuva no mar, que diminuía à medida que o vento anormal passava rumo ao leste. Atravessando-o, uma ave marinha branca batia as asas emergindo da água escura e voando, frágil e desesperada, para o norte.

À primeira luz da manhã, marcados nas areias estreitas sob os penhascos de granito, havia rastros de um pássaro pousando. A partir deles, surgiram os rastros de um homem caminhando, arrastando-se pela praia por um longo caminho que se estreitava entre os penhascos e o mar. Em seguida, os rastros sumiram.

Medra conhecia o perigo de assumir repetidamente qualquer forma que não fosse a sua, mas estava abalado e enfraquecido pelo naufrágio e pelo longo voo noturno; além disso, a praia cinzenta só o levou aos pés de penhascos íngremes que ele não podia escalar. Ele fez o feitiço e disse a palavra mais uma vez; então, como andorinha-do-mar, voou com asas rápidas e laboriosas até o topo dos penhascos. Em seguida, possuído pelo voo, ele sobrevoou uma terra sombria ao amanhecer. Bem à frente, cintilando à primeira luz do sol, ele viu a curva de uma alta colina verdejante.

Voou para lá, pousou e, ao tocar a terra, voltou a ser um homem.

Ele ficou ali parado por um tempo, perplexo. Teve a sensação de que não foi por um ato ou decisão deliberada que retornou à própria forma, mas que, ao tocar aquele solo, aquela colina, ele se tornou ele mesmo. Uma magia maior do que a sua prevalecia ali.

Ele olhou em volta, curioso e cauteloso. Por toda a colina, a erva-faísca florescia e as longas pétalas amarelas chamejavam a grama. As crianças de Havnor conheciam aquela flor. Elas a chamavam de faísca desde o incêndio de Ilien, quando o Senhor do Fogo atacou as ilhas e Erreth-Akbe o enfrentou, derrotando-o. Contos e canções dos heróis surgiram na memória de Medra enquanto ele estava ali: Erreth-Akbe e os heróis que o antecederam, a Rainha Águia, Heru, Akambar, que expulsou os kargs para o leste, Serriadh, o pacificador, Elfarran, de Soléa, e Morred, o Encantador Branco, o rei amado. Os corajosos e os sábios se colocaram diante dele como se tivessem sido invocados, como se ele os tivesse chamado, embora não fosse o caso. Ele os viu. Eles estavam entre as gramas altas, entre as flores em forma de chama que balançavam ao vento da manhã.

Então, todos desapareceram e ele ficou sozinho na colina, abalado e intrigado. Eu vi as rainhas e os reis de Terramar, pensou, e eles são somente a grama que cresce nesta colina.

Ele contornou lentamente o lado leste do topo da colina, que já estava iluminado e quente com a luz do sol que se erguia apenas alguns dedos acima do horizonte. Sob o sol, avistou os telhados de um vilarejo na margem de uma baía que se abria para o leste e, além do vilarejo, a linha elevada do limite do mar atravessando metade do mundo. Virando-se para o oeste, ele viu campos, pastos e estradas. Ao norte, havia extensas colinas verdejantes. Em uma dobra de terra ao sul, um bosque de árvores altas atraiu e reteve seu olhar. Pensou que fosse o início de uma grande floresta como Faliern em Havnor, mas depois não entendeu por que pensou isso, pois além do bosque ele conseguiu avistar charnecas e pastos sem árvores.

Ele permaneceu ali por um longo tempo antes de descer pela grama alta e as ervas daninhas. No sopé da colina, chegou a uma trilha. Ela o conduziu por terras agrícolas que pareciam bem cuidadas, mas muito solitárias. E procurou por uma estrada ou caminho que levasse à cidade, mas não havia nenhum que levasse para o leste. Não havia ninguém nos campos, alguns deles recém-arados. Nenhum cachorro latiu quando ele passou. Mas em uma encruzilhada, um burro velho que pastava em uma pradaria pedregosa se aproximou da cerca de madeira e colocou a cabeça para fora, desejando companhia. Medra parou para acariciar a cabeça marrom-acinzentada e ossuda. Como homem da cidade e homem do mar, ele sabia pouco sobre as fazendas e seus animais, mas achou que o burro o olhava com bondade.

— Onde estou, burro? — perguntou ele. — Como faço para chegar ao vilarejo que avistei?

O burro encostou a cabeça com força em sua mão para que ele continuasse a coçar aquele ponto logo acima dos olhos e abaixo das orelhas. Enquanto fazia isso, o burro balançou a orelha direita. Assim, quando ele se separou do burro, tomou a direita da encruzilhada, embora ela aparentemente levasse de volta à colina; e logo ele alcançou casas e, em seguida, uma rua que o levou finalmente ao vilarejo na margem da baía.

O lugar estava estranhamente silencioso, como as terras agrícolas. Nem uma voz, nem um rosto. Era difícil se sentir desconfortável em um vilarejo de aparência comum em uma doce manhã de primavera, mas com tamanho silêncio ele precisou se perguntar se estava realmente em um lugar assolado por uma praga ou em uma ilha amaldiçoada. Ele prosseguiu. Entre uma casa e uma velha ameixeira havia um varal com as roupas balançando à brisa ensolarada. Um gato apareceu na esquina de um jardim, não era um animal abandonado e faminto, mas um gato de patas brancas, belos bigodes, próspero. E, por fim, descendo a ruazinha íngreme, que ali era de paralelepípedos, ele ouviu vozes.

Parou para escutar e não ouviu nada.

Chegou ao fim da rua. Ela se abria em uma pequena praça comercial. As pessoas estavam reunidas ali, mas não eram muitas. E não compravam ou vendiam. Não havia estandes ou barracas montadas. Elas estavam esperando por ele.

Desde que ele desceu a colina verdejante que se erguia acima da cidade e viu as sombras claras na grama, seu coração ficou tranquilo. Ele estava ansioso, tomado por uma sensação de grande estranheza, mas não assustado. Ficou parado e olhou para as pessoas que vieram ao seu encontro.

Três delas se aproximaram: um homem idoso, grande e de peito largo, com cabelos brancos e brilhantes, e duas mulheres. Feiticeiro reconhece feiticeiro, e Medra soube que elas eram mulheres de poder.

Ele ergueu a mão fechada em um punho e, virando-a e abrindo-a, ofereceu-a a eles com a palma para cima.

— Ah — disse uma das mulheres, a mais alta das duas, e riu. Mas não respondeu ao gesto.

— Diga, quem é você? — quis saber o homem de cabelos brancos, muito cortês, mas sem saudação ou boas-vindas. — Como chegou aqui?

— Nasci em Havnor e fui treinado como construtor de navios e feiticeiro. Eu estava em um navio que ia de Geath para o Porto de O. Fui o único que não se afogou na noite passada, quando um vento de bruxa nos atingiu. — Ele então ficou em silêncio. A lembrança do navio e dos homens acorrentados nele consumiu sua mente, assim como o mar escuro os havia consumido. Ele ofegou, como se estivesse emergindo de um afogamento.

— Como você chegou aqui?

— Como… como um pássaro, uma andorinha-do-mar. Esta é a Ilha de Roke?

— Você se transformou?

Ele fez que sim com a cabeça.

— A quem você serve? — perguntou a mais baixa e mais jovem das mulheres, falando pela primeira vez. Ela tinha um rosto severo e perspicaz, com longas sobrancelhas pretas.

— Não tenho mestre.

— Qual era sua missão no Porto de O?

— Em Havnor, anos atrás, eu estava em servidão. Aqueles que me libertaram me falaram de um lugar onde não há mestres e onde o reinado de Serriadh é lembrado e as artes são honradas. Estou procurando esse lugar, essa ilha, há sete anos.

— Quem lhe disse isso?

— Mulheres da Mão.

— Qualquer um pode fechar o punho e mostrar a palma da mão — observou a mulher alta, em tom amigável. — Mas nem todo mundo pode voar até Roke. Ou nadar, ou navegar, ou vir de qualquer maneira. Portanto, devemos perguntar o que o trouxe aqui.

Medra não respondeu de imediato.

— O acaso — falou por fim —, atendendo a um antigo desejo. Não foi a arte. Não foi o conhecimento. Acho que cheguei ao lugar que procurava, mas não sei. Acho que vocês podem ser as pessoas de quem me falaram, mas não sei. Acho que as árvores que vi da colina guardam algum grande mistério, mas não sei. Só sei que, desde que pus os pés naquela colina, me sinto como quando era criança e ouvi a *Saga de Enlad* ser cantada pela primeira vez. Estou perdido entre maravilhas.

O homem de cabelos brancos olhou para as duas mulheres. Outras pessoas se aproximaram e houve uma conversa murmurada entre elas.

— Se você ficasse aqui, o que faria? — perguntou a mulher de sobrancelhas pretas.

— Posso construir barcos ou consertá-los e navegá-los. Posso descobrir coisas, acima e abaixo do solo. Posso manipular o clima, se vocês precisarem disso. E aprenderei a arte com qualquer pessoa que queira me ensinar.

— O que você quer aprender? — questionou a mulher mais alta com sua voz branda.

Medra sentiu que estava diante da pergunta da qual o resto de sua vida dependia, para o bem ou para o mal. Ele voltou a ficar em silêncio por um tempo. Começou a falar, mas parou, até que finalmente disse:

— Não pude salvar ninguém, nem uma só pessoa, nem aquela que me salvou — afirmou ele. — Nada que eu saiba poderia tê-la libertado. Eu não sei nada. Se vocês sabem como ser livre, eu imploro, me ensinem!

— Livre! — exclamou a mulher alta, e sua voz estalou como um chicote. Em seguida, ela olhou para seus companheiros e, depois de um tempo, sorriu um pouco. Voltando-se para Medra, disse: — Somos prisioneiros e, portanto, a liberdade é algo que estudamos.

Você chegou aqui através das paredes de nossa prisão. Em busca de liberdade, você diz. Mas você deve saber que sair de Roke pode ser ainda mais difícil do que chegar a ela. Uma prisão dentro de outra, e algumas delas foram construídas por nós mesmos. — Ela olhou para os outros. — O que vocês acham?

As pessoas falaram pouco, parecendo se consultar e concordar entre si quase em silêncio. Por fim, a mulher mais baixa olhou para Medra com seus olhos abrasadores.

— Fique, se você quiser — disse ela.

— Eu quero.

— E como quer que chamemos você?

— Andorinha — respondeu ele, e assim foi chamado.

O que ele encontrou em Roke foi tanto menos quanto mais do que a esperança e os rumores que ele havia buscado por tanto tempo. A Ilha de Roke, disseram a ele, era o coração de Terramar. A primeira terra que Segoy ergueu das águas no início dos tempos foi a brilhante Éa, do mar do norte, e a segunda foi Roke. Aquela colina verdejante, a Colina de Roke, tinha uma base mais profunda do que a de todas as ilhas. As árvores que ele havia visto, que às vezes pareciam estar em um lugar da ilha e às vezes em outro, eram as árvores mais antigas do mundo, e a fonte e núcleo da magia.

— Se o Bosque fosse derrubado, toda a magia fracassaria. As raízes daquelas árvores são as raízes do conhecimento. Os padrões que as sombras de suas folhas fazem à luz do sol formam as palavras que Segoy disse na Criação.

Assim falou Brasa, sua professora destemida de sobrancelhas pretas.

Em Roke, todo o ensino da arte mágica era realizado por mulheres. Não havia nenhum homem em posição de poder na ilha, e os homens eram poucos.

Trinta anos antes, os senhores piratas de Wathort haviam enviado uma frota para conquistar Roke, não por sua riqueza, que era pouca, mas para destruir o poder de sua magia, que tinha a reputação de ser grande. Um dos feiticeiros de Roke havia traído a ilha para os homens ardilosos de Wathort, diminuindo seus feitiços de defesa e alerta. Quando esses feitiços foram quebrados, os piratas tomaram a ilha, não por meio de feitiçaria, mas pela força e pelo fogo. Os grandes navios piratas ocuparam a Baía de Thwil, suas hordas queimaram e pilharam todas as casas e campos que encontraram, os traficantes de escravos levaram homens, meninos e jovens mulheres. Quando partiram, após alguns dias, não deixaram nenhuma aldeia em pé, e as fazendas estavam em ruínas ou desoladas.

O vilarejo à margem da baía, Thwil, compartilhava algo da estranheza da Colina e do Bosque, pois, embora os invasores tivessem passado por ela para capturar escravos, saquear e incendiar o lugar, o fogo tinha se apagado e as ruas estreitas tinham confundido os saqueadores. A maioria dos habitantes da ilha que sobreviveram eram mulheres sábias e suas crianças, que tinham se escondido no povoado ou no Bosque Imanente. Os homens que agora viviam em Roke eram os meninos que foram poupados, agora adultos, e os poucos homens salvos, agora idosos. Só havia um governo, o das mulheres da Mão, pois foram os feitiços delas que protegeram Roke por tanto tempo e que a protegem ainda mais agora.

Elas tinham pouca confiança nos homens. Um homem as havia traído. Homens as atacaram. E foram as ambições dos homens, segundo elas, que perverteram todas as artes em nome dos lucros.

— Não nos envolvemos com os governos deles — disse a alta Véu em sua voz suave.

E ainda assim, falou Brasa, dirigindo-se a Medra:

— Nós fomos nossa própria ruína.

Homens e mulheres da Mão haviam se unido em Roke há cem anos ou mais, formando uma liga de magos. Orgulhosos e seguros de seus poderes, eles ensinavam outras pessoas a se unirem em segredo contra os instigadores de guerras e os escravizadores até que pudessem enfrentá-los abertamente. As mulheres sempre foram as líderes da liga, contou Brasa, e as mulheres, disfarçadas de vendedoras de bálsamos e produtoras de redes e coisas do gênero, foram de Roke para outras terras ao redor do Mar Central, tecendo uma rede ampla e fina de resistência. Mesmo agora, ainda restavam fios e nós dessa rede. Medra encontrou um desses rastros, primeiro na aldeia de Anieb, e vinha seguindo-os desde então. Mas não foram eles que o levaram a Roke. Desde a invasão, a Ilha de Roke havia se isolado completamente, trancando-se dentro de poderosos feitiços de proteção tecidos e refeitos pelas sábias mulheres da ilha, e não faziam comércio com nenhum outro povo.

— Não podemos salvá-los — disse Brasa. — Não pudemos nos salvar.

Véu, com sua voz e sorriso gentis, era implacável. Disse a Medra que, embora tivesse consentido que ele permanecesse em Roke, a ideia era vigiá-lo.

— Você atravessou nossas defesas uma vez — justificou ela. — Tudo o que você diz sobre si mesmo pode ser verdade, mas pode não ser. O que pode me dizer que me faria confiar em você?

Ela concordou com os outros em dar a ele uma casinha no porto e um emprego para ajudar a construtora de barcos de Thwil, que havia aprendido seu ofício sozinha e que faria bom uso da habilidade dele. Véu não colocou empecilhos em seu caminho e sempre o cumprimentou gentilmente. Mas ela tinha dito: "O que pode me dizer que me faria confiar em você?" E ele não tinha resposta para dar.

Brasa geralmente fazia uma careta quando ele a cumprimentava. Ela o submetia a questionamentos repentinos, ouvia as respostas e não dizia nada.

Ele perguntou a ela, com certa timidez, o que era o Bosque Imanente, pois quando perguntou aos outros, eles disseram: "Brasa pode explicar". Ela se recusou a responder, não de forma arrogante, mas definitiva, dizendo:

— Você só pode aprender sobre o Bosque nele e com ele. — Alguns dias depois, ela foi até as areias da Baía de Thwil, onde ele estava consertando um barco de pesca. Ela o ajudou como pôde e perguntou sobre a construção de barcos, e ele lhe contou e mostrou o que sabia fazer. Foi uma tarde tranquila, mas depois disso ela foi embora de repente, como costumava fazer. Ele sentia certa admiração por Brasa; ela era imprevisível. Por isso ficou surpreso quando ela disse:

— Vou ao Bosque depois da Longa Dança. Venha, se quiser.

Aparentemente, da Colina de Roke avistava-se toda a extensão do Bosque, mesmo assim, nem sempre se retornava aos campos ao caminhar por ela. Caminhava-se sob árvores que, no Bosque, eram todas de uma única espécie, que não crescia em outros lugares, mas não tinha outro nome em hárdico, apenas "árvore". Na Língua Arcaica, disse Brasa, cada uma daquelas árvores tinha seu próprio nome. Seguia-se em frente, e depois de algum tempo, estava de novo entre árvores conhecidas, carvalhos, faias, freixos, castanheiras, nogueiras e salgueiros, verdes na primavera e nuas no inverno; havia abetos escuros, cedros e uma árvore perene alta que Medra não conhecia, de casca macia e avermelhada e folhagem em camadas. Seguia-se e a trilha entre as árvores nunca era a mesma. As pessoas em Thwil o alertaram de que era melhor não ir longe demais, pois somente retornando pelo caminho que se havia percorrido era possível ter a certeza de chegar aos campos.

— Até onde vai a floresta? — perguntou Medra, e Brasa disse:

— Até onde a mente alcança.

As folhas das árvores falavam, contou ela, e as sombras podiam ser lidas.

— Estou aprendendo a lê-las — revelou ela.

Quando estava em Orrimy, Medra aprendeu a ler a escrita comum do Arquipélago. Mais tarde, Dracoalto, de Pendor, ensinou a ele algumas das runas de poder. Esse era um saber amplamente conhecido. O que Brasa aprendeu sozinha no Bosque Imanente não era conhecido por ninguém, exceto pelas pessoas com quem ela compartilhava seu conhecimento. Ela passava o verão inteiro sob os beirais do Bosque, tendo apenas uma caixa para manter sua pequena provisão de alimentos longe dos camundongos e ratos da floresta, um abrigo feito de galhos e uma fogueira perto de um riacho que passava pela floresta e desaguava no riozinho que descia até a baía.

Medra acampou nas proximidades. Ele não sabia o que Brasa queria dele; esperava que ela quisesse ensiná-lo, que começasse a responder às suas perguntas sobre o Bosque. Mas ela não disse nada, e ele, tímido e cauteloso, temia invadir a solidão dela, que o assustava tanto quanto a estranheza do próprio Bosque. No segundo dia que passou lá, ela disse a ele para acompanhá-la e o levou para bem dentro da mata. Eles caminharam por horas em silêncio. No verão, ao meio-dia, o bosque ficava silencioso. Nenhum pássaro cantava. As folhas não se mexiam. As passagens entre as árvores eram infinitamente diferentes e todas iguais. Não percebeu quando eles voltaram, mas sabia que tinham caminhado para além das margens de Roke.

Eles saíram novamente entre os campos e pastos em uma noite quente. Enquanto voltavam ao local do acampamento, ele viu as quatro estrelas da constelação de Forja surgirem acima das colinas a oeste.

Brasa se separou dele apenas com um:

— Boa noite.

No dia seguinte, disse ela:

— Vou me sentar sob as árvores.

Sem saber ao certo o que ela esperava dele, Medra a seguiu de longe até chegarem à parte mais profunda do bosque, onde todas as árvores eram do mesmo tipo, inominadas, mas cada uma com seu próprio nome. Quando ela se sentou na camada macia de folhas secas entre as raízes de uma árvore grande e velha, ele encontrou um lugar não muito distante para se sentar; e enquanto ela observava, ouvia e ficava imóvel, ele observava, ouvia e ficava imóvel. Fizeram isso por vários dias. Então, em uma manhã, sentindo-se rebelde, ele ficou perto do riacho enquanto Brasa entrou no Bosque. Ela não olhou para trás.

Véu chegou do vilarejo de Thwil naquela manhã, trazendo-lhes uma cesta com pão, queijo, coalhada de leite e frutas de verão.

— O que você aprendeu? — perguntou a Medra com seu jeito sereno e gentil, e ele respondeu:

— Que sou um tolo.

— Por que isso, Andorinha?

— Um tolo poderia passar a eternidade sob as árvores e não se tornaria mais sábio.

A mulher alta abriu um leve sorriso.

— Minha irmã nunca ensinou um homem antes — disse ela. Então, olhou para ele e desviou o olhar para os campos de verão. — Ela nunca olhou para um homem antes — justificou.

Medra ficou em silêncio. Seu rosto estava quente. Ele baixou os olhos.

— Pensei... — disse ele, e se calou.

Nas palavras de Véu, ele percebeu imediatamente o outro lado da impaciência, da ferocidade e dos silêncios de Brasa.

Ele tinha tentado pensar em Brasa como se ela fosse intocável, embora desejasse tocar a pele macia e marrom dela, e seus cabelos escuros e brilhantes. Quando ela o encarou em um desafio repentino e incompreensível, pensou que ela estava com raiva dele. Temia insultá-la, ofendê-la. O que ela temia? O desejo dele? O próprio? Mas ela não era uma garota inexperiente, era uma mulher sábia, uma maga, aquela que andava no Bosque Imanente e entendia os padrões das sombras!

Tudo isso passou por sua mente como uma inundação rompendo uma represa, enquanto ele estava na entrada do bosque com Véu.

— Pensei que magos se mantinham separados — falou ele, enfim. — Dracoalto disse que fazer amor é perder o poder.

— É o que dizem alguns homens sábios — respondeu Véu baixinho, e sorriu outra vez, despedindo-se dele.

Medra passou a tarde inteira confuso e irritado. Quando Brasa saiu do Bosque rumo a seu caramanchão de folhas rio acima, ele foi até lá, levando a cesta de Véu como desculpa.

— Posso falar com você? — perguntou ele.

Ela assentiu com um movimento breve de cabeça, franzindo as sobrancelhas pretas.

Ele não disse nada. Ela se agachou para ver o que havia na cesta.

— Pêssegos! — exclamou ela e sorriu.

— Meu mestre, Dracoalto, disse que magos que fazem amor perdem seu poder — falou Medra sem rodeios.

Ela não disse nada, tirando o que havia na cesta e dividindo em duas porções.

— Você acha que isso é verdade? — perguntou ele.

Ela deu de ombros.

— Não — respondeu.

Ele ficou sem palavras. Depois de um tempo, ela o encarou.

— Não — repetiu em uma voz suave e calma —, não acho que seja verdade. Acho que todos os verdadeiros poderes, todos os antigos poderes, na raiz são um só.

Ele continuou ali, e ela disse:

— Veja os pêssegos! Estão todos maduros. Temos de comê-los imediatamente.

— Se eu revelasse a você meu nome — começou ele —, meu nome verdadeiro...

— Eu revelaria o meu a você — completou Brasa. — Se... se for assim que devemos começar.

No entanto, eles começaram com os pêssegos.

Os dois eram tímidos. Quando Medra segurou a mão dela, a dele tremeu, e Brasa, cujo nome verdadeiro era Elehal, se virou fazendo uma careta. Então, ela tocou a mão dele de leve. Quando ele acariciou seu cabelo escuro e sedoso, ela pareceu apenas suportar o toque, e ele parou. Quando tentou abraçá-la, ela ficou imóvel, rejeitando-o. Então ela se virou e, feroz, apressada, desajeitada, agarrou-o em seus braços. Não foi a primeira noite, nem as primeiras noites que passaram juntos, que proporcionou a eles muito prazer ou tranquilidade. Mas eles aprenderam um com o outro e transformaram a vergonha e o medo em paixão. Então, os longos dias em silêncio na floresta e as longas noites sob as estrelas se tornaram alegria para eles.

Quando Véu retornou do vilarejo para trazer a eles os últimos pêssegos, eles riram; os pêssegos eram o próprio emblema de sua felicidade. Tentaram fazer com que ela ficasse e jantasse com eles, mas ela não quis.

— Fiquem aqui enquanto podem — disse ela.

O verão terminou cedo demais naquele ano. A chuva se antecipou; a neve caiu no outono, até mesmo no sul de Roke. Foi uma tempestade atrás da outra, como se os ventos tivessem se levantado em fúria contra a manipulação e a intromissão dos homens ardilosos. As mulheres se sentavam junto ao fogo nas casas solitárias de fazenda; as pessoas se reuniam ao redor das lareiras no vilarejo de Thwil. Elas ouviam o vento soprar e a chuva cair ou o silêncio da neve. Fora da Baía de Thwil, o mar trovejava nos recifes e nos penhascos espalhados pela costa da ilha, um mar no qual nenhum barco podia se aventurar.

Todos compartilhavam o que tinham. Nesse aspecto, era de fato a Ilha de Morred. Ninguém em Roke passava fome ou ficava sem moradia, embora ninguém tivesse muito mais do que precisava.

Escondidos do resto do mundo, não apenas pelo mar e pela tempestade, mas também por suas defesas que escondiam a ilha e despistavam os navios, eles trabalhavam, conversavam e cantavam as canções, como o *Conto de inverno* e a *Saga do Jovem Rei*. E eles tinham livros, como as *Crônicas de Enlad* e a *História dos Heróis Ladrões*. Os anciões e anciãs liam em voz alta esses preciosos livros em um salão perto do cais, onde as pescadoras faziam e remendavam suas redes. Havia uma lareira ali, e elas acendiam o fogo. As pessoas vinham até mesmo das fazendas do outro lado da ilha para ouvir a leitura das histórias, escutando em silêncio, atentas.

— Nossas almas estão famintas — explicou Brasa.

Ela morava com Medra em sua casinha não muito longe da Casa da Rede, embora passasse muitos dias com sua irmã Véu. Brasa e Véu ainda eram pequenas e viviam em uma fazenda perto de Thwil quando os invasores chegaram de Wathort. A mãe as escondeu em um porão e depois usou seus feitiços para tentar defender o marido e os irmãos, que não se esconderam e lutaram contra os invasores. Eles foram massacrados junto do gado. A casa e os celeiros foram queimados. As meninas ficaram no porão naquela noite e nas noites seguintes. Os vizinhos que finalmente vieram enterrar os corpos apodrecidos encontraram as duas crianças, silenciosas, famintas, armadas com uma enxada e um arado quebrado, prontas para defender os montes de pedras e terra que haviam empilhado sobre seus mortos.

Medra só conhecia alusões a essa história, feitas por Brasa. Certa noite, Véu, que era três anos mais velha do que a irmã e para quem aquela lembrança era muito mais clara, contou a ele a história por completo. Brasa estava sentada junto deles, ouvindo em silêncio.

Em troca, ele contou às duas sobre as minas de Samory, o feiticeiro Gelluk e a escrava Anieb.

Quando ele terminou, Véu ficou em silêncio por um longo tempo e depois disse:

— Foi isso que você quis dizer quando chegou aqui: *Não pude salvar nem aquela que me salvou.*

— E você me perguntou: *O que você pode me dizer que me faria confiar em você?*

— Você me disse — admitiu Véu.

Medra pegou sua mão e encostou a testa nela. Ao contar sua história, ele havia segurado as lágrimas. Agora não conseguia mais fazer isso.

— Ela me deu liberdade — justificou ele. — E ainda sinto que tudo o que faço é feito por meio dela e para ela. Não, não é por ela. Não podemos fazer nada pelos mortos. Mas por...

— Por nós — completou Brasa. — Por nós que vivemos, escondidos, sem matarmos, sem sermos mortos. Os mortos estão mortos. Os grandes e poderosos seguem seu caminho sem serem controlados. Toda esperança que resta no mundo está nas pessoas que não são importantes.

— Temos que nos esconder para sempre?

— Falou como um homem — disse Véu, com um sorriso gentil e ferido.

— Sim — falou Brasa. — Temos que nos esconder, e para sempre, se necessário. Porque para além dessas praias a única opção é ser morto e matar. Você disse isso, e eu acredito.

— Mas não é possível esconder um verdadeiro poder — observou Medra. — Não por muito tempo. Ele morre quando permanece escondido, quando não é compartilhado.

— A magia não morrerá em Roke — afirmou Véu. — *Em Roke, todos os feitiços são fortes*. Foi o que disse o próprio Ath. E vocês caminharam sob as árvores... Nosso trabalho deve ser o de manter essa força. Escondê-la, sim. Acumulá-la, como um jovem dragão acumula seu fogo. E compartilhá-la. Mas somente aqui. Transmiti-la de um para o outro, aqui, onde é seguro e onde os grandes ladrões e assassinos menos a procurariam, já que ninguém aqui é importante. E um dia o dragão atingirá o máximo de sua força. Ainda que leve mil anos...

— Mas, fora de Roke — respondeu Medra —, há pessoas comuns que são escravizadas, passam fome e morrem na miséria. Será que elas precisam fazer isso por mil anos sem nenhuma esperança?

Ele olhava de uma irmã para a outra: uma tão tranquila e inabalável, a outra, sob a máscara da severidade, rápida e carinhosa como a primeira chama de um incêndio.

— Em Havnor — prosseguiu ele —, longe de Roke, em uma aldeia no Monte Onn, entre pessoas que não conhecem nada do mundo, ainda há mulheres da Mão. Essa rede não se rompeu depois de tantos anos. Como ela foi tecida?

— Com habilidade — respondeu Brasa.

— E de forma abrangente! — Ele olhou de uma para a outra novamente. — Não fui bem-ensinado na Cidade de Havnor — explicou. — Meus professores me disseram para não usar a magia para fins maléficos, mas eles viviam com medo e não tinham força contra os fortes. Eles me deram tudo o que tinham para dar, mas era pouco. Foi por mera sorte que não segui o caminho errado. E pela força que Anieb me deu. Se não fosse por ela, eu seria agora um servo de Gelluk. No entanto, ela mesma não foi ensinada e, por isso, foi escravizada. Se a feitiçaria é mal ensinada pelos melhores e usada para fins malignos pelos poderosos, como nossa força poderá crescer aqui? De que se alimentará o jovem dragão?

— Este é o centro — afirmou Véu. — Devemos nos manter no centro. E esperar.

— Devemos dar o que temos para dar — retrucou Medra. — Se todos são escravos, exceto nós, qual é o valor de nossa liberdade?

— A verdadeira arte prevalece sobre a falsa. O padrão se manterá — disse Brasa, franzindo a testa. Ela estendeu o atiçador para reunir suas homônimas na lareira e, com um golpe, colocou a pilha em chamas. — Eu sei disso. Mas nossas vidas são curtas, e os padrões são muito longos. Se ao menos Roke fosse agora o que já foi um dia... Se tivéssemos mais pessoas da verdadeira arte reunidas aqui, ensinando e aprendendo, e também perseverando...

— Se Roke fosse agora o que já foi um dia, conhecida por ser forte, aqueles que nos temem viriam novamente para nos destruir — comentou Véu.

— A solução está no sigilo — concluiu Medra. — Mas o problema também.

— Nosso problema é com os homens — respondeu Véu —, me perdoe, querido irmão. Os homens são mais importantes para os outros homens do que as mulheres e as crianças. Podemos ter cinquenta bruxas aqui e eles não darão muita atenção. Mas se soubessem que temos cinco homens poderosos, eles tentariam nos destruir outra vez.

— Por isso, embora houvesse homens entre nós, éramos as *mulheres* da Mão — afirmou Brasa.

— Vocês ainda são — disse Medra. — Anieb era uma de vocês. Ela, você e todos nós vivemos na mesma prisão.

— O que podemos fazer? — questionou Véu.

— Conhecer nossa força! — respondeu Medra.

— Uma escola — disse Brasa. — Onde as pessoas sábias poderiam vir para aprender umas com as outras, para estudar o padrão... O Bosque nos protegeria.

— Os senhores da guerra desprezam os acadêmicos e os professores — comentou Medra.

— Acho que também os temem — falou Véu.

Então, naquele longo inverno, eles conversaram, e outras pessoas conversaram com eles. Aos poucos, a conversa passou da visão para a intenção, do desejo para o planejamento. Véu sempre foi cautelosa, alertando sobre os perigos. Duna, de cabelos brancos, estava tão ansioso que Brasa o provocou dizendo que ele queria começar a ensinar sortilégios a todas as crianças de Thwil. Quando Brasa passou a acreditar que a liberdade de Roke consistia em oferecer liberdade aos outros, ela se concentrou em como as mulheres da Mão poderiam se fortalecer novamente. Mas sua mente, formada em suas longas solidões entre as árvores, sempre buscava forma e clareza, e ela perguntou:

— Como podemos ensinar nossa arte se não sabemos o que ela é?

E todas as mulheres sábias da ilha conversaram sobre isso: qual era a verdadeira arte da magia e em que ponto ela se tornava falsa; como o equilíbrio das coisas era mantido ou perdido; quais ofícios eram necessários, quais eram úteis e quais eram perigosos; por que algumas pessoas tinham um dom, mas não outro, e se era possível aprender uma arte da qual não se tinha dom inato. Nessas discussões, eles elaboraram os nomes que, desde então, têm sido dados às maestrias: descoberta, manipulação do clima, transformação, cura, invocação, padronização, nomeação, e as habilidades da ilusão e do conhecimento de canções. Essas são as artes dos Mestres de Roke até hoje, embora o Mestre Cantor tenha tomado o lugar do Mestre Descobridor quando a descoberta passou a ser considerada uma arte meramente útil e indigna de um mago.

E foi nessas discussões que a escola em Roke começou.

Há quem diga que o início da escola foi bem diferente. Dizem que Roke costumava ser governada por uma mulher chamada Mulher das Trevas, que estava em conluio com os Antigos Poderes da Terra. Dizem que ela vivia em uma caverna sob a Colina de Roke, jamais aparecendo à luz do dia, mas tecendo vastos feitiços sobre a terra e o mar que compeliam os homens à sua vontade maligna, até que o primeiro Arquimago chegou a Roke, abriu e entrou na caverna, derrotou a Mulher das Trevas e tomou seu lugar.

Só há uma verdade nessa história: de fato, um dos primeiros Mestres de Roke abriu e entrou em uma grande caverna. Mas, embora as raízes de Roke sejam as raízes de todas as ilhas, essa caverna não ficava em Roke.

E é verdade que, na época de Medra e Elehal, a população de Roke, tanto os homens como as mulheres, não temiam os Antigos Poderes da Terra, mas os reverenciavam, buscando neles força e visão. Isso mudou com o passar dos anos.

A primavera chegou tarde novamente naquele ano, fria e tempestuosa. Medra se dedicou à construção de barcos. Quando as flores de pêssego floresceram, ele havia feito um barco esguio e robusto para o alto-mar, construído de acordo com o estilo de Havnor. Ele a chamou de *Auspiciosa*. Pouco tempo depois, a levou para fora da Baía de Thwil, sem levar nenhum companheiro com ele.

— Procure por mim no final do verão — disse ele a Brasa.

— Estarei no Bosque — respondeu ela. — E meu coração estará com você, minha lontra escura, minha andorinha branca, meu amor, Medra.

— E o meu com você, minha brasa de fogo, minha árvore florida, meu amor, Elehal.

Na primeira de suas viagens de descoberta, Medra, ou Andorinha, como era chamado, navegou para o norte, subindo o Mar Central até Orrimy, que tinha visitado alguns anos antes. Lá, havia pessoas da Mão em quem ele confiava. Uma delas era um homem chamado Corvo, um rico recluso que não tinha o dom da magia, mas uma grande paixão pelo que era escrito, por livros de ensinamentos e história. Foi Corvo que, como ele dizia, enfiou o nariz de Andorinha em um livro até que ele aprendesse a ler.

— Feiticeiros iletrados são a maldição de Terramar! — gritou ele. — O poder ignorante é uma maldição!

Corvo era um homem estranho, teimoso, arrogante, obstinado e, para defender sua paixão, corajoso. Anos antes, ele havia desafiado o poder de Losen, indo ao Porto de Havnor disfarçado e levando quatro livros de uma antiga biblioteca real. Tinha acabado de conseguir, com grande orgulho, um tratado arcano vindo de Way sobre a prata movediça.

— Também peguei isso bem debaixo do nariz de Losen — contou ele a Andorinha. — Venha dar uma olhada! Pertenceu a um feiticeiro famoso.

— Tinaral — disse Andorinha. — Eu o conheci.

— Lixo de livro, não é? — falou Corvo, que era rápido em captar sinais quando eram associados aos livros.

— Não sei. Estou atrás de uma presa maior.

Corvo inclinou a cabeça.

— O Livro dos Nomes.

— Perdeu-se com Ath quando ele foi para o oeste — afirmou Corvo.

— Um mago chamado Dracoalto me contou que, quando Ath ficou em Pendor, ele contou a um feiticeiro que havia deixado o Livro dos Nomes com uma mulher nas Ilhas Noventa para que ela o guardasse.

— Uma mulher! Para guardá-lo! Nas Ilhas Noventa! Ele estava louco?

Corvo vociferou, mas só de pensar que o Livro dos Nomes ainda poderia existir, ele estava preparado para partir para as Ilhas Noventa assim que Andorinha quisesse.

Então eles navegaram para o sul na *Auspiciosa*, desembarcando primeiro na fétida Geath e, em seguida, disfarçados de vendedores ambulantes, foram de uma ilhota a outra entre canais intrincados. Corvo tinha abastecido o barco com mercadorias melhores do que a maioria dos moradores das ilhas estava acostumada a ver, e Andorinha as oferecia a preços justos, principalmente em escambo, já que havia pouco dinheiro entre os ilhéus. A popularidade deles os precedia. Sabia-se que eles trocavam a mercadoria por livros, desde que fossem antigos e estranhos. Mas nas ilhas todos os livros eram antigos e estranhos, ao menos os que restavam.

Corvo ficou muito feliz ao receber um bestiário manchado de água da época de Akambar em troca de cinco botões de prata, uma faca com cabo de madrepérola e um pedaço de seda de Lorbanery. Ele se sentou na *Auspiciosa* e entoou as descrições antigas de harikki, otak e urso-dos-mares-gelados. Mas Andorinha desembarcava em todas as ilhas, mostrando seus produtos nas cozinhas das donas de casa e nas tavernas modorrentas frequentadas pelos homens idosos. Às vezes, ele fechava o punho e virava a mão abrindo a palma, mas ninguém retribuía o gesto.

— Livros? — estranhou um trançador de junco em Sudidi do Norte. — Como aquilo ali? — Ele apontou para longas tiras de papel velino que haviam sido trançadas no telhado de palha da casa. — Aquilo serve para alguma outra coisa? — Corvo, observando as palavras legíveis aqui e ali entre juncos no beiral, começou a tremer de raiva. Andorinha o levou de volta ao barco antes que ele explodisse.

— Era só um manual de cura de feras — admitiu Corvo, quando estavam navegando e ele havia se acalmado. — "Esparavão", eu li, e algo sobre os úberes das ovelhas. Mas, que ignorância! Ignorância total! Cobrir a casa com isso!

— E era um conhecimento útil — comentou Andorinha. — Como as pessoas podem ser algo além de ignorantes quando o conhecimento não é guardado, não é ensinado? Se os livros pudessem ser reunidos em um só lugar...

— Como a Biblioteca dos Reis — mencionou Corvo, sonhando com glórias perdidas.

— Ou a sua biblioteca — sugeriu Andorinha, que tinha se tornado um homem mais sutil do que costumava ser.

— São fragmentos — desprezou Corvo, desmerecendo o trabalho de sua vida. — Restos!

— Começos — retrucou Andorinha.

Corvo apenas suspirou.

— Acho que podemos ir para o sul outra vez — disse Andorinha, direcionando a embarcação para o canal aberto. — Rumo a Pody.

— Você tem um dom para os negócios — reconheceu Corvo. — Sabe onde procurar. Foi direto para aquele bestiário no sótão do celeiro..., mas não há muito o que procurar aqui. Nada relevante. Ath não teria deixado o mais importante de todos os livros de ensinamentos entre ignorantes que o usariam como palha! Leve-nos a Pody, se quiser. E depois volte para Orrimy. Já vi o suficiente.

— E estamos sem botões — observou Andorinha. Ele estava animado; assim que pensou em Pody, soube que estava indo na direção certa. — Talvez eu consiga descobrir alguns pelo caminho — disse ele. — É o meu dom, sabe.

Nenhum deles tinha estado em Pody antes. Era uma ilha sulina modorrenta com uma bela e antiga cidade portuária chamada Telio, construída em arenito rosado, e campos e pomares que deveriam ser férteis. Mas os senhores de Wathort a governaram por um século, cobrando impostos, se apossando de escravos e desgastando a terra e o povo. As ruas ensolaradas de Telio eram tristes e sujas. As pessoas viviam nelas como na selva, em tendas e barracas feitas de sucata, ou sem nenhum abrigo.

— Ah, este lugar não serve — disse Corvo, enojado, evitando uma pilha de excrementos humanos. — Essas criaturas não têm livros, Andorinha!

— Espere, espere — disse seu companheiro. — Preciso de um dia.

— É perigoso — advertiu Corvo —, é inútil. — Mas ele não fez mais nenhuma objeção. O jovem modesto e ingênuo que ele havia ensinado a ler se tornou seu guia insondável.

Ele o seguiu por uma das ruas principais e, a partir dela, entrou em um bairro de casas pequenas, o antigo bairro dos tecelões. Eles cultivavam linho em Pody e havia casas construídas em pedra, agora quase sem uso, e teares que podiam ser vistos perto das janelas de algumas casas. Em uma pracinha, onde havia sombra do sol quente, quatro ou cinco mulheres estavam sentadas fiando ao lado de um poço. As crianças brincavam nas proximidades, cansadas por causa do calor, magrelas, olhando sem muito interesse para os estranhos. Andorinha tinha caminhado até lá sem hesitar, como se soubesse para onde estava indo. Então, parou e cumprimentou as mulheres.

— Ah, bonitão — disse uma delas sorrindo —, nem nos mostre o que tem na bolsa, pois não tenho um centavo de cobre ou marfim, nem vejo um há um mês.

— Mas talvez você tenha um pouco de linho, senhora? Tecido ou linha? Ouvi dizer até em Havnor que o linho de Pody é o melhor. E posso ver a qualidade do que você está fiando. É uma bela linha. — Corvo observava o companheiro, divertindo-se, mas com um pouco de desdém; ele conseguia barganhar um livro com muita astúcia, mas conversar com mulheres comuns sobre botões e linha não era para ele. — Permita que eu abra isso — sugeriu Andorinha ao estender a bolsa sobre os paralelepípedos, e as mulheres e as crianças sujas e tímidas se aproximaram para ver as maravilhas que ele tinha para mostrar. — Estamos procurando o tecido, o fio não tingido e outras coisas também, mas estamos sem botões. Se vocês tiverem algum de chifre ou osso, talvez? Eu trocaria um desses chapéus de veludo por três ou quatro botões. Ou um desses rolos de fita; veja a cor dela. Ficaria linda em seu cabelo, senhora! Ou papel, ou livros. Nossos mestres em Orrimy estão procurando essas coisas, se a senhora tiver alguma delas para se desfazer, quem sabe.

— Ah, você é um homem bonito — disse a mulher que havia falado primeiro, rindo, enquanto ele segurava a fita vermelha contra a trança preta dela. — E eu gostaria de ter algo para você!

— Não serei tão ousado a ponto de pedir um beijo — galanteou Medra —, mas uma mão aberta, quem sabe?

Ele fez o sinal; ela o olhou por um momento.

— Isso é fácil — disse ela baixinho, e fez o sinal em resposta —, mas nem sempre é seguro, entre estranhos.

Ele continuou mostrando seus produtos e brincando com as mulheres e crianças. Ninguém comprou nada. Elas olhavam para as bugigangas como se fossem tesouros. Deixou que olhassem e tocassem em tudo o que quisessem; na verdade, deixou que uma das crianças roubasse um pequeno espelho de latão polido, viu-o desaparecer sob a camisa esfarrapada sem dizer nada. Por fim, ele disse que precisava seguir em frente, e as crianças se afastaram enquanto ele dobrava a bolsa.

— Tenho uma vizinha — disse a mulher de tranças pretas — que talvez tenha algum papel, se você quiser.

— Tem algo escrito nele? — perguntou Corvo, que estava sentado na borda do poço, entediado. — Com marcas?

Ela o olhou de cima a baixo.

— Com marcas, senhor — disse ela. E então, dirigindo-se a Andorinha, em um tom diferente: — Se você quiser vir comigo, ela mora por aqui. E embora seja apenas uma menininha, e pobre, posso garantir, vendedor, ela tem a mão aberta. Embora talvez nem todas nós tenhamos.

— Nenhuma tem — disse Corvo, gesticulando —, portanto, poupe seu esforço, mulher.

— Ah, é o senhor que tem que poupar, senhor. Somos pessoas pobres aqui. E ignorantes — falou ela, com um brilho nos olhos, e mostrou o caminho.

Ela os levou a uma casa no final de uma rua. Já tinha sido um lugar bonito, com dois andares construídos em pedra, mas estava praticamente vazia, deteriorada, os caixilhos das janelas e as pedras da fachada tinham sido arrancados. Eles atravessaram um pátio com um poço. Ela bateu em uma porta lateral, e uma garota a abriu.

— Argh, é a toca de uma bruxa — disse Corvo, ao sentir o cheiro de ervas e fumaça aromática, e deu um passo para trás.

— Curandeiras — disse a guia. — Ela está doente de novo, Dory?

A garota assentiu, olhando para Andorinha e depois para Corvo. Ela tinha cerca de treze ou quatorze anos, era corpulenta, embora magra, e tinha um olhar sombrio e firme.

— São homens da Mão, Dory, um baixo e bonito e outro alto e orgulhoso, e dizem que estão procurando papéis. Sei que você já teve alguns, mas talvez não tenha agora. Eles não têm nada de que você precise na bolsa deles, mas talvez paguem pelo que quiserem com um pouco de marfim. Não é? — Ela virou os olhos brilhantes para Andorinha, e ele assentiu.

— Ela está muito doente, Celeris — disse a garota. Olhou novamente para Andorinha. — Você não é um curandeiro? — Era uma acusação.

— Não.

— Ela é — disse Celeris. — Como a mãe dela e a mãe da mãe dela. Deixe-nos entrar, Dory, ou pelo menos eu, para falar com ela. — A garota entrou por um instante e Celeris disse a Medra: — É de tuberculose que a mãe dela está morrendo. Nenhum curandeiro é capaz de curar isso. Mas ela era capaz de curar escrófula e aliviar dores com seu toque. Ela era uma maravilha, e Dory tem grandes chances de seguir o caminho dela.

A garota fez sinal para que entrassem. Corvo preferiu esperar do lado de fora. O cômodo era alto e comprido, com traços de uma antiga elegância, mas muito velho e muito pobre. A parafernália dos curandeiros e as ervas secas estavam por toda parte, embora dispostas de forma organizada. Perto da lareira de pedra fina, onde um raminho de ervas doces queimava, havia uma cama. A mulher que a ocupava estava tão debilitada que sob a luz fraca parecia apenas ossos e sombra. Quando Andorinha se aproximou, ela tentou se sentar e falar. A filha apoiou a cabeça dela no travesseiro e, quando Andorinha chegou bem perto, ouviu-a:

— Feiticeiro — disse ela. — Não por acaso.

Como mulher de poder, ela sabia o que ele era. Ela o havia chamado ali?

— Sou um descobridor — disse ele. — E um buscador.

— Você pode ensinar a menina?

— Posso levá-la àquelas que podem.

— Faça isso.

— Farei.

Ela recostou a cabeça e fechou os olhos.

Abalado pela intensidade daquele pedido, Andorinha se endireitou e respirou fundo. Ele se virou e olhou para a garota, Dory. Ela não retribuiu o olhar, observando a mãe com um pesar impassível e taciturno. Somente depois que a mulher adormeceu é que Dory se mexeu, indo ajudar Celeris, que, como amiga e vizinha, fazia-se útil e estava recolhendo os panos encharcados de sangue espalhados pela cama.

— Ela sangrou de novo agora há pouco, e não consegui estancar — explicou Dory. As lágrimas escorriam de seus olhos e desciam por suas bochechas. Sua expressão quase não mudou.

— Oh, criança, oh, ovelhinha — disse Celeris, abraçando-a; mas, embora retribuísse o abraço de Celeris, Dory não se curvou.

— Ela está indo para lá, para o muro, e não posso ir junto — disse a menina. — Ela está indo sozinha e não posso acompanhá-la...

Você não pode ir? — Ela se desvencilhou de Celeris, olhando novamente para Andorinha. — Você pode ir!

— Não — respondeu ele. — Não sei o caminho.

No entanto, enquanto Dory falava, ele viu o mesmo que a garota: uma extensa colina descendo para a escuridão, e, atravessando-a, à altura do crepúsculo, um muro baixo de pedras. E, enquanto olhava, pensou ter visto uma mulher ao lado do muro, muito magra, insubstancial, osso e sombra. Mas aquela não era a mulher moribunda na cama. Era Anieb.

Depois que a visão se foi, ele ficou de frente para a garota-bruxa. O olhar acusador dela lentamente mudou. Ela colocou o rosto entre as mãos.

— Temos de deixá-las ir — disse ele.

Ela respondeu:

— Eu sei.

Celeris olhava de um para o outro com seus olhos brilhantes e perspicazes.

— Não é apenas um homem habilidoso — disse ela —, mas um homem ardiloso. Bem, você não é o primeiro.

Ele tinha um olhar questionador.

— Esta é a Casa de Ath — disse Celeris.

— Ele morava aqui — esclareceu Dory, com um vislumbre de orgulho que interrompeu sua dor impotente por um instante. — O Mago Ath. Há muito tempo. Antes de partir para o oeste. Todas as minhas antepassadas eram mulheres sábias. Ele ficou aqui. Com elas.

— Onde tem uma bacia? — falou Celeris. — Vou pegar água para deixar isso de molho.

— Eu busco a água — disse Andorinha. Ele pegou a bacia e saiu para o pátio, para poço. Como antes, Corvo estava sentado na borda, entediado e agitado.

— Por que estamos perdendo tempo aqui? — perguntou ele, enquanto Andorinha descia o balde no poço. — Agora você está buscando e carregando coisas para bruxas?

— Sim — respondeu Andorinha —, e farei isso até que ela morra. E então levarei a filha dela para Roke. E se você quiser ler o Livro dos Nomes, pode vir conosco.

Assim, a escola de Roke recebeu sua primeira estudante de além-mar, juntamente com seu primeiro bibliotecário. O Livro dos Nomes, que agora é mantido na Torre Isolada, era a base do conhecimento e do método de Nomeação, que é a base da magia de Roke. A garota Dory que, como diziam, ensinava seus professores, tornou-se a mestra de todas as artes de cura e da ciência herbal e estabeleceu esse campo de conhecimento em Roke com grande honra.

Quanto a Corvo, incapaz de ficar longe do Livro dos Nomes mesmo por um mês, mandou buscar seus próprios livros em Orrimy e se estabeleceu com eles em Thwil. Ele permitia que as pessoas da escola os estudassem, desde que demonstrassem o devido respeito aos livros, e a ele.

Assim, o padrão anual foi estabelecido para Andorinha. No final da primavera, ele saía em sua *Auspiciosa*, procurando e encontrando pessoas para a escola de Roke: crianças e jovens, em sua maioria, que tinham o dom da magia e, às vezes, homens ou mulheres adultos. A maioria das crianças era pobre e, embora ele não levasse nenhuma delas contra a vontade, seus pais ou mestres raramente sabiam a verdade: Andorinha era um pescador que queria um menino para trabalhar em seu barco ou uma menina para treinar nos galpões de tecelagem, ou estava comprando escravos para seu senhor em outra ilha. Se mandassem uma criança com ele para que ela tivesse uma oportunidade ou se, devido à pobreza, vendessem uma criança para trabalhar para ele, Andorinha pagava por elas em marfim verdadeiro; se vendessem uma criança como escrava, ele pagava em ouro e ia embora no dia seguinte, quando o ouro se transformava de volta em esterco de vaca.

Ele viajou muito pelo Arquipélago, até mesmo para o Extremo Leste. E nunca voltava ao mesmo vilarejo ou ilha sem que se passassem anos, deixando seu rastro esfriar. Mesmo assim, começaram a falar dele. Chamavam-no de Comprador de Crianças, um temido feiticeiro que levava crianças para sua ilha no norte gelado e lá sugava o sangue delas. Nas aldeias de Way e Felkway, ainda se conta aos pequenos sobre o Comprador de Crianças, como um incentivo para que elas desconfiem de estranhos.

Nessa época, havia muitas pessoas da Mão que sabiam o que estava acontecendo em Roke. Jovens chegavam ali enviados por elas.

Homens e mulheres vinham para serem ensinados e para ensinar. Muitos enfrentavam dificuldades para chegar lá, pois os feitiços que escondiam a ilha estavam mais fortes do que nunca, fazendo com que ela parecesse apenas uma nuvem ou um recife entre as ondas; e o vento de Roke soprava impedindo qualquer navio de chegar à Baía de Thwil, a menos que houvesse um feiticeiro a bordo que soubesse como redirecionar esse vento. Mesmo assim, as pessoas chegavam lá, e com o passar dos anos, a escola precisou de uma casa maior do que qualquer uma que existisse no vilarejo de Thwil.

No Arquipélago, os homens construíam navios e as mulheres construíam casas, esse era o costume; mas, ao construir uma grande estrutura, as mulheres deixavam que os homens trabalhassem com elas, sem as superstições das mineiras que mantinham os homens fora das minas, ou dos construtores de navios, que proibiam as mulheres de assistir ao assentamento da quilha. Assim, homens e mulheres de grande poder ergueram o Casarão de Roke. A pedra fundamental foi colocada no topo de uma colina acima do vilarejo de Thwil, perto do Bosque e com vista para a Colina. As paredes foram construídas não apenas com pedra e madeira, mas também alicerçadas em magia e fortalecidas com feitiços.

De pé naquela colina, Medra havia dito:

— Há um veio de água, bem abaixo de onde estou, que nunca secará.

A população de Roke cavou cuidadosamente e chegou à água; deixando que ela jorrasse para a luz do sol; e a primeira parte do Casarão que construíram foi seu centro, o pátio da fonte.

Lá, Medra caminhava com Elehal, no calçamento branco, antes que as paredes fossem construídas em volta do pátio.

Ela havia plantado uma jovem sorveira do Bosque ao lado da fonte. Eles vieram para ter certeza de que ela estava crescendo. O vento da primavera soprava forte em direção ao mar, descendo a Colina de Roke, soprando a água da fonte para longe. Na encosta da Colina, eles podiam ver um pequeno grupo de pessoas: um círculo de jovens estudantes que estavam aprendendo a fazer truques de ilusão com o feiticeiro Hega de O; eles o chamavam de Mestre Mão. A erva-faísca, depois de florescer, lançava suas cinzas ao vento. Havia mechas grisalhas nos cabelos de Brasa.

— Então, vá — disse ela — e deixe que resolveremos esse assunto do Código. — O franzido de sua testa estava mais feroz do que nunca, mas sua voz raramente era tão dura quando ela falava com ele.

— Eu fico, se você quiser, Elehal.

— Eu quero que você fique. Mas não fique! Você é um descobridor, precisa partir para descobrir. Só que concordar com o Caminho, ou o Código, como Waris quer que chamemos, é duas vezes mais trabalhoso do que construir a Casa. E causa dez vezes mais brigas. Queria poder me afastar disso! Queria poder simplesmente caminhar com você, assim... E queria que você não fosse para o norte.

— Por que estamos brigando? — questionou ele, um tanto desanimado.

— Porque há mais de nós! Reúna vinte ou trinta pessoas de poder em uma sala e cada uma delas vai tentar fazer as coisas de seu jeito. E se você colocar homens que sempre fizeram tudo do seu jeito junto com mulheres que fizeram do jeito delas, um ficará ressentido com o outro. Além disso existem algumas discordâncias verdadeiras e reais entre nós, Medra. Elas precisam ser resolvidas, e não podem ser resolvidas facilmente. Embora um pouco de boa vontade possa ajudar muito.

— É o Waris?

— Waris e vários outros homens. E eles *são* homens, e consideram isso algo mais importante do que qualquer outra coisa. Para eles, os Antigos Poderes são abomináveis. E os poderes das mulheres são suspeitos, porque eles supõem que estejam todos ligados aos Antigos Poderes. Como se esses Poderes pudessem ser controlados ou usados por qualquer alma mortal! Mas eles colocam os homens onde nós colocamos o mundo. Por isso, afirmam que um verdadeiro feiticeiro deve ser homem. E celibatário.

— Ah, é isso — respondeu Medra, triste.

— Sim, isso. Minha irmã me contou ontem à noite que ela, Ennio e os carpinteiros se ofereceram para construir uma parte da casa que será só deles, ou até mesmo uma casa separada, para que possam se manter puros.

— Puros?

— A palavra não é minha, é do Waris. Mas eles se recusaram. Eles querem que o Código de Roke separe os homens das mulheres e querem que os homens tomem as decisões por todos. Agora, que acordo podemos fazer com eles? Por que eles vieram para cá, se não querem trabalhar conosco?

— Deveríamos mandar embora os homens que não querem.

— Embora? Com raiva? Para que digam aos Senhores de Wathort ou Havnor que as bruxas de Roke estão preparando uma tempestade?

— Eu me esqueço... Eu sempre me esqueço — respondeu ele, outra vez abatido. — Eu me esqueço das paredes da prisão. Não sou tão tolo quando estou fora delas... Quando estou aqui, não consigo acreditar que seja uma prisão. Mas lá fora, sem você, eu me lembro... não quero ir, mas é necessário. Não quero admitir que algo aqui possa estar errado ou dar errado, mas preciso... Dessa vez, eu vou, e vou para o norte, Elehal. Mas quando eu voltar, vou ficar. O que eu tiver de descobrir, descobrirei aqui. Já não descobri?

— Não — disse ela —, apenas a mim..., mas há muita busca e descoberta a ser feita no Bosque. O suficiente para que nem mesmo você fique inquieto. Por que o norte?

— Para levar a Mão para Enlad e Éa. Nunca fui até lá. Não sabemos nada sobre as feitiçarias deles. *Enlad dos Reis, e a brilhante Éa, a mais antiga das ilhas*! Certamente encontraremos aliados lá.

— Mas Havnor está entre nós — disse ela.

— Não vou passar por Havnor com meu barco, meu amor. Pretendo contorná-la. Pela água. — Ele sempre conseguia fazê-la rir; era o único capaz disso. Quando ele estava ausente, ela falava pouco e mantinha o temperamento calmo, tendo aprendido o quanto a impaciência era inútil no trabalho que precisava ser feito. Às vezes ela ainda fazia cara feia, às vezes sorria, mas não ria. Quando podia, ia sozinha para o Bosque, como sempre havia feito. Mas, durante aqueles anos de construção da Casa e fundação da escola, ela raramente conseguia ir até lá e, mesmo nessa época, às vezes levava alguns estudantes para aprender com ela os caminhos dentro da floresta e os padrões das folhas, pois ela era a Padronista.

Andorinha partiu no final daquele ano em sua jornada. Ele levou consigo um garoto de quinze anos chamado Mote, um manipulador do clima promissor que precisava de treinamento no mar, e Sava, uma mulher de sessenta anos que havia chegado a Roke com ele sete ou oito anos antes. Sava havia sido uma das mulheres da Mão na ilha da Arca. Embora não tivesse nenhum dos dons de feitiçaria, ela sabia tão bem como fazer com que um grupo de pessoas confiasse umas nas outras e trabalhasse em conjunto que era considerada uma mulher sábia em Arca e, agora, em Roke. Ela pediu a Andorinha que a levasse para ver sua família, mãe, irmã e dois filhos; ele deixaria Mote com ela e os traria de volta a Roke quando estivesse retornando. Assim, eles partiram para o nordeste, atravessando o Mar Central em um clima de verão, e Andorinha pediu a Mote para colocar um pouco de vento mágico na vela, para que conseguissem chegar em Arca antes da Longa Dança.

Enquanto costeavam a ilha, ele mesmo criou uma ilusão em torno da *Auspiciosa*, para que ela não parecesse um barco, e sim um tronco à deriva, pois os piratas e os captores de escravos de Losen eram numerosos naquelas águas.

De Sesesry, na costa leste da Arca, onde ele deixou seus passageiros, e depois de dançar a Longa Dança ali, ele navegou pelo Estreito de Ebavnor, com a intenção de seguir para o oeste ao longo da costa sul de Omer. Ele manteve o feitiço de ilusão no barco. Na claridade brilhante do solstício de verão, com o vento norte soprando, ele viu, bem acima do estreito azul e do marrom-azulado mais vago da terra, a longa cadeia montanhosa e a imponderável cúpula do Monte Onn.

Veja, Medra. Veja!

Era Havnor, a terra dele, onde estava sua família; se viva ou morta, ele não sabia; onde Anieb jazia em seu túmulo, lá no alto da montanha. Ele nunca havia voltado, nunca havia chegado tão perto. Quanto tempo se passara? Dezesseis anos, dezessete anos. Ninguém o conheceria, ninguém se lembraria do menino Lontra, exceto sua mãe, pai e irmã, se ainda estivessem vivos. E certamente havia pessoas da Mão no Grande Porto. Embora ele não as conhecesse quando menino, deveria conhecê-las agora.

Ele navegou pelos amplos estreitos até o Monte Onn ficar escondido pelos promontórios na boca da Baía de Havnor. Ele não o veria novamente a não ser que seguisse por aquela passagem estreita. Então, ele veria a montanha, toda a sua extensão e crista, sobre as águas calmas onde ele tentava levantar o vento mágico quando tinha doze anos; e navegando, veria as torres despontando da água, indistintas no começo, meros pontos e linhas, mas depois erguendo suas bandeiras brilhantes, a cidade branca no centro do mundo.

Era pura covardia manter-se longe de Havnor agora: ele temia por sua pele, temia descobrir que sua família tinha morrido, temia se lembrar de Anieb de maneira muito vívida.

Pois houve momentos em que ele sentiu que, assim como a tinha invocado viva, morta ela poderia invocá-lo. O vínculo entre eles, que os havia unido e permitido que ela o salvasse, não havia se rompido. Muitas vezes ela apareceu em seus sonhos, parada em silêncio como quando ele a viu pela primeira vez na fétida torre de Samory. E ele a tinha visto, anos antes, na visão do curandeiro moribundo em Telio, no crepúsculo, ao lado do muro de pedras.

Ele sabia agora, por Elehal e outros em Roke, o que era aquele muro. Ele ficava entre os vivos e os mortos. E, naquela visão, Anieb havia caminhado nesse lado, não no lado que seguia para a escuridão.

Será que ele a temia? Ela, que o havia libertado?

Ele enfrentou o vento forte, contornou Cabo Sul, e navegou em direção à Grande Baía de Havnor.

***

Estandartes ainda tremulavam nas torres da Cidade de Havnor e um rei ainda governava o lugar; os estandartes eram de cidades e ilhas conquistadas, e o rei era o senhor da guerra Losen. Ele nunca deixava o palácio de mármore, onde ficava sentado o dia todo, servido por escravos, assistindo ao movimento da sombra da espada de Erreth-Akbe passando pelos telhados da cidade baixa como um grande relógio de sol. Ele dava ordens e os escravos diziam:

— Está feito, vossa majestade.

Ele realizava audiências, e os anciões vinham e diziam:

— Nós obedeceremos, vossa majestade.

Ele convocava seus feiticeiros e o mago Matinal vinha, fazendo uma reverência.

— Faça-me andar! — gritava Losen, batendo em suas pernas paralisadas com as mãos fracas.

O mago dizia:

— Majestade, como sabe, minha habilidade limitada não foi suficiente, mas mandei chamar o melhor curandeiro de toda a Terramar, que vive na distante Narveduen, e quando ele chegar, vossa alteza certamente voltará a andar, sim, e dançará a Longa Dança.

Então, Losen praguejava e chorava, e seus escravos traziam vinho, e o mago saía, fazendo uma reverência e verificando, à medida que se distanciava, se o feitiço de paralisia estava seguro.

Para Matinal, era muito mais conveniente que Losen fosse o rei do que governar ele mesmo, abertamente, Havnor. Os homens de armas não confiavam nos homens de ofício e não gostavam de servi-los. Independentemente dos poderes de um mago, a menos que ele fosse tão poderoso quanto o Inimigo de Morred, ele não conseguiria manter exércitos e frotas unidos se os soldados e marinheiros decidissem não obedecer. As pessoas já tinham o hábito de temer e obedecer a Losen, um hábito antigo e bem aprendido. Elas atribuíam a ele poderes que teve no passado: de estratégia ousada, liderança firme e crueldade absoluta; e atribuíam a ele poderes que nunca teve, como o controle sobre os feiticeiros que o serviam.

Não havia mais nenhum feiticeiro servindo a Losen, exceto Matinal e alguns humildes ocultistas. Matinal havia expulsado ou matado seus rivais, um após o outro, para conquistar a preferência de Losen e, há anos, desfrutava do domínio exclusivo sobre toda Havnor.

Quando era aprendiz e assistente de Gelluk, ele havia incentivado seu mestre no estudo dos conhecimentos do Caminho, encontrando-se livre enquanto Gelluk cuidava de sua prata movediça. Mas o fim abrupto de Gelluk o abalou. Havia algo de estranho naquilo, algum elemento ou pessoa faltando. Convocando o útil Cão de Caça para ajudá-lo, Matinal fez uma investigação minuciosa sobre o que havia acontecido. Onde Gelluk estava, é claro, não era nenhum mistério. Cão de Caça o localizou na cicatriz de uma encosta e disse que ele estava enterrado bem lá embaixo. Matinal não tinha nenhuma intenção de exumá-lo. Mas Cão de Caça não conseguiu farejar o *garoto* que estava com ele: não sabia dizer se ele estava enterrado na colina com Gelluk ou se tinha fugido. O garoto não deixou rastros de feitiço como o mago deixou, disse Cão de Caça, e havia chovido muito forte durante toda a noite seguinte, por isso, quando Cão de Caça pensou ter encontrado os rastros do garoto, descobriu que eram de uma mulher; e ela estava morta.

Matinal não puniu Cão de Caça por seu fracasso, mas se lembrava dele. Não estava acostumado com fracassos e não gostava deles. E não gostou do que Cão de Caça lhe contou sobre o tal garoto, Lontra, e se lembrava disso.

O desejo de poder se alimenta de si mesmo, crescendo à medida que se devora. Matinal sofria de fome. Estava faminto. Pouco o satisfazia governar Havnor, uma terra de pedintes e fazendeiros pobres. Qual era a vantagem de possuir o Trono de Maharion se ninguém se sentava nele além de um aleijado bêbado? Que glória havia nos palácios da cidade quando ninguém vivia neles além de escravos rastejantes? Ele poderia ter qualquer mulher que quisesse, mas as mulheres drenariam seu poder, sugariam sua força. Ele não queria nenhuma mulher por perto. Ele ansiava por um inimigo: um oponente que valesse a pena destruir.

Por um ano ou mais, os espiões de Matinal o procuraram, murmurando sobre uma insurgência secreta em todo o seu reino, grupos rebeldes de feiticeiros que se autodenominavam a Mão. Ansioso para encontrar seu inimigo, ele mandou que investigassem um desses grupos. Concluiu-se que não passavam de um monte de mulheres idosas, parteiras, carpinteiros, um coveiro, um aprendiz de funileiro e alguns garotos. Humilhado e furioso, Matinal mandou matar todos junto com o homem que os denunciou. Foi uma execução pública, em nome de Losen, pelo crime de conspiração contra o rei. Talvez não tivesse havido intimidação suficiente desse tipo nos últimos tempos. Mas aquilo ia contra a natureza de Matinal. Ele não gostava de transformar em espetáculo público os tolos que o fizeram acreditar que deviam ser temidos. Preferiria ter lidado com eles à sua maneira, em seu próprio tempo. Para ser estimulante, o medo deve ser imediato; ele precisava ver as pessoas com medo dele, ouvir seu pavor, farejar e sentir o gosto do medo. Mas como ele governava em nome de Losen, era Losen quem deveria ser temido pelos exércitos e pelos povos, e ele próprio deveria se manter em segundo plano, contentando-se com escravos e aprendizes.

Pouco tempo depois, ele havia mandado Cão de Caça tratar de alguns assuntos e, quando a missão terminou, o velho disse a ele:

— O senhor já ouviu falar da Ilha de Roke?

— Ao sul e a oeste de Kamery. O Senhor de Wathort é proprietário dela há cerca de quarenta ou cinquenta anos. — Embora raramente saísse da cidade, Matinal se orgulhava de seu conhecimento de todo o Arquipélago, obtido a partir dos relatórios de seus marinheiros e das maravilhosas cartas antigas mantidas no palácio. Ele as estudava à noite, pensando em onde e como poderia estender seu império.

Cão de Caça assentiu, como se a localização fosse tudo o que o interessava em Roke.

— E?

— Uma das mulheres idosas que vocês torturaram antes de queimarem o grupo todo, sabe? Bem, quem me contou foi o sujeito encarregado de queimá-los. Ela falou sobre o filho em Roke. Ela o chamava para que viesse, sabe. Mas como se ele tivesse o poder para fazer isso.

— E?

— Pareceu estranho. Uma mulher idosa de uma aldeia no interior, que nunca viu o mar, chamando o nome de uma ilha distante daquele jeito.

— O filho era um pescador que falava sobre suas viagens. — Matinal abanou a mão. Cão de Caça fungou, assentiu e saiu.

Matinal nunca ignorava nenhuma trivialidade mencionada por Cão de Caça, porque muitas delas tinham se mostrado nada triviais. Era por isso que ele não gostava do velho, e porque Cão de Caça era inabalável. Matinal nunca o elogiava e o usava tão raramente quanto possível, mas Cão de Caça era útil demais para não ser usado.

O feiticeiro guardou o nome Roke em sua memória e, quando o ouviu de novo, e no mesmo contexto, soube que Cão de Caça estava outra vez seguindo uma pista verdadeira.

Três crianças, dois garotos de quinze ou dezesseis anos e uma garota de doze, foram capturados por uma das patrulhas de Losen ao sul de Omer, navegando um barco de pesca roubado com vento mágico. A patrulha só os pegou porque também tinha um manipulador do clima a bordo, que levantou uma onda para inundar o barco roubado. Levados de volta a Omer, um dos garotos se desmanchou em lágrimas e falou sobre se juntar à Mão. Ao ouvir essa palavra, os homens avisaram que eles seriam torturados e queimados, ao que o garoto gritou que, se o poupassem, ele revelaria tudo sobre a Mão, Roke e os grandes magos de Roke.

— Traga-os aqui — disse Matinal ao mensageiro.

— A garota voou para longe, senhor — informou o homem, relutante.

— Voou?

— Ela assumiu a forma de um pássaro. Disseram que era uma águia-pesqueira. Não se esperava isso de uma garota tão jovem. Mas ela desapareceu antes que eles percebessem.

— Traga os meninos, então — disse Matinal com extrema paciência.

Eles trouxeram um dos meninos. O outro havia pulado do navio, atravessando a Baía de Havnor, e foi morto por uma flecha. O garoto que eles trouxeram estava em uma crise de pavor tão grande que até Matinal ficou enojado. Como poderia assustar uma criatura que já estava cega e paralisada de medo? Ele lançou um feitiço de amarração no garoto que o manteve aprumado e imóvel como uma estátua de pedra, e o deixou assim por uma noite e um dia. De vez em quando, ele falava com a estátua, dizendo-lhe que era um rapaz inteligente e que poderia ser um bom aprendiz no palácio. E talvez até pudesse finalmente ir para Roke, pois Matinal estava pensando em ir até lá para se encontrar com os magos da ilha.

Quando foi desamarrado, o garoto tentou fingir que ainda era de pedra e se recusou a falar. Matinal teve que entrar em sua mente, da maneira que havia aprendido com Gelluk há muito tempo, quando Gelluk era um verdadeiro mestre em sua arte. Matinal descobriu o que podia. Depois, o garoto não servia mais para nada e teve de ser descartado. Era humilhante ser enganado mais uma vez pela estupidez daquelas pessoas; e tudo o que ele havia descoberto sobre Roke era que a Mão estava lá, e que havia uma escola onde se ensinava feitiçaria. E ele havia descoberto o nome de um homem.

A ideia de uma escola para feiticeiros o fez rir. Uma escola para javalis selvagens, pensou ele, uma faculdade para dragões! Mas a existência de algum tipo de esquema e reunião de homens de poder em Roke parecia provável, e quanto mais pensava na ideia de uma liga ou aliança entre feiticeiros, mais assustado ficava. Não era natural e só poderia existir sob grande força, a pressão de uma determinação — a determinação de um mago poderoso o suficiente para manter até mesmo feiticeiros fortes a seu serviço. Ali estava o inimigo que ele queria!

Avisaram que o Cão de Caça estava na porta. Matinal mandou chamá-lo.

— Quem é Andorinha? — perguntou ele, assim que viu o velho.

Com a idade, Cão de Caça passou a se parecer com seu nome, enrugado, com um nariz comprido e olhos tristes. Ele fungou e parecia prestes a dizer que não sabia, mas já tinha aprendido que era inútil tentar mentir para Matinal. Ele suspirou.

— Lontra — disse ele. — Aquele que matou o velho Cara Branca.

— Onde ele está se escondendo?

— Não está se escondendo. Estava andando pela cidade, conversando com as pessoas. Foi visitar a mãe no Derradeiro Caminho do outro lado da montanha. Está lá agora.

— Você deveria ter me contado antes — falou Matinal.

— Não sabia que o senhor estava atrás dele. Estou procurando-o há muito tempo. Ele me enganou. — Cão de Caça falou sem rancor.

— Ele enganou e matou um grande mago, meu mestre. Ele é perigoso. Quero vingança. Com quem ele falou aqui? Quero ver essas pessoas. Depois, me encontrarei com ele.

— Algumas mulheres idosas nas docas. Uma velha ocultista. A irmã dele.

— Traga-as aqui. Leve meus homens.

Cão de Caça fungou, suspirou e assentiu.

Não havia muitas informações a serem obtidas das pessoas que os homens de Matinal levaram até ele. Sempre a mesma coisa: elas faziam parte da Mão, e a Mão era uma liga de poderosas feiticeiras da Ilha de Morred ou de Roke; e o homem, Lontra ou Andorinha, vinha de *lá*, embora tivesse nascido em Havnor; e elas o respeitavam muito, embora ele fosse apenas um descobridor. A irmã havia desaparecido, talvez tenha ido com Lontra para o Derradeiro Caminho, onde vivia a mãe. Matinal vasculhou a mente turva e desprovida de inteligência daquelas pessoas, torturou a mais jovem entre elas e depois queimou todas elas em um lugar onde Losen, sentado à janela, pudesse assistir. O Rei precisava de algumas distrações.

Tudo isso levou apenas dois dias e, durante todo esse tempo, Matinal estava procurando e sondando a aldeia do Caminho Derradeiro, enviando Cão de Caça para lá antes dele, enviando seu próprio representante para vigiar. Quando descobriu onde o homem estava, ele se dirigiu até lá depressa, na forma de uma águia, pois Matinal era um ótimo transformador, tão destemido que assumia até mesmo a forma de um dragão.

Ele sabia que era bom ter cautela com o tal homem. Lontra havia derrotado Tinaral, e havia essa questão de Roke. Havia alguma força nele ou com ele. No entanto, era difícil para Matinal temer um mero descobridor que andava com parteiras e criaturas do gênero. Ele não conseguiu se convencer a se esgueirar e se esconder. Então, atacou em plena luz do dia, na praça da aldeia do Caminho Derradeiro, transformando suas garras em pernas e suas grandes asas em braços.

Uma criança correu para a mãe, gritando. Não havia mais ninguém por perto. Mas Matinal virou a cabeça, ainda com vestígios dos movimentos rápidos e rígidos das águias, olhando fixamente. Feiticeiro conhece feiticeiro, e ele sabia em que casa estava sua presa. Ele caminhou até ela e abriu a porta.

Um homem de pele marrom e magro, sentado à mesa, olhou para ele.

Matinal levantou a mão para lançar o feitiço de amarração sobre ele. A mão ficou parada, imóvel e meio erguida ao lado de seu corpo.

Enfim, uma disputa, um inimigo que valia a pena ser combatido! Matinal deu um passo para trás e, em seguida, sorrindo, levantou os braços para o lado e para cima, muito lentamente, mas com firmeza, sem se deixar deter por qualquer coisa que o outro homem pudesse fazer.

A casa desapareceu. Não tinha paredes, nem telhado, nem ninguém. Matinal estava na terra da praça da aldeia, sob o sol da manhã, com os braços no ar.

Era apenas uma ilusão, é claro, mas ela o deteve por um instante no feitiço, e então ele teve que desfazer a ilusão, trazendo de volta o batente da porta ao seu redor, as paredes e as vigas do telhado, o brilho da luz na louça, as pedras da lareira, a mesa. Mas ninguém estava sentado à mesa. Seu inimigo havia desaparecido.

Ele ficou furioso, muito furioso, como um homem faminto cuja comida é arrancada de sua mão. Invocou o homem, Andorinha, para que reaparecesse, mas não sabia seu verdadeiro nome e nem tinha domínio sobre o coração ou a mente dele. A invocação ficou sem resposta.

Ele se afastou da casa, virou-se e lançou um feitiço de fogo sobre ela, de modo que a casa explodiu em chamas, com a palha, as paredes e todas as janelas jorrando fogo. As mulheres saíram correndo e gritando. Sem dúvida estavam escondidas no quarto dos fundos; ele não lhes deu atenção. Cão de Caça, pensou Matinal. Ele fez a invocação, usando o nome verdadeiro de Cão de Caça, e o velho foi até ele, como era de se esperar. Mas ele estava mal-humorado e disse:

— Eu estava na taverna, lá embaixo, o senhor poderia ter dito meu nome de uso e eu teria vindo.

Matinal olhou para ele uma vez. A boca de Cão de Caça se fechou e permaneceu fechada.

— Só fale quando eu permitir — disse o feiticeiro. — Onde está o homem?

Cão de Caça indicou para o nordeste com um movimento de cabeça.

— O que há lá?

Matinal abriu a boca de Cão de Caça e deu a ele voz suficiente para dizer, em um tom morto e monótono:

— Samory.

— Em que forma ele está?

— Lontra — disse a voz monótona.

Matinal riu.

— Vou esperar por ele — respondeu; suas pernas de homem se transformaram em garras amarelas, os braços em asas largas e emplumadas, e a águia voou para cima e para longe, aproveitando o vento.

Cão de Caça farejou, suspirou e seguiu, caminhando a contragosto, enquanto atrás dele na aldeia, as chamas se apagavam, as crianças choravam e as mulheres gritavam maldições para a águia.

O perigo de tentar fazer o bem é que a mente acaba confundindo a intenção da bondade com o ato de fazer as coisas bem-feitas.

Não era isso que a lontra estava pensando enquanto nadava rapidamente pelo Yennava. Ela não estava pensando em nada além da velocidade, da direção e do sabor adocicado da água do rio e do doce poder do nado. Mas Medra estava pensando em algo parecido com isso quando se sentava à mesa na casa de sua avó no Caminho Derradeiro, conversando com sua mãe e irmã, pouco antes da porta se abrir e a terrível figura brilhante aparecer.

Medra havia chegado a Havnor pensando que, como não pretendia fazer nenhum mal, não faria mal algum. Mas ele causou danos irreparáveis. Homens, mulheres e crianças haviam morrido porque ele estava lá. E tinham morrido em tormenta, queimados vivos. Ele havia colocado a irmã e a mãe sob um risco terrível, assim como ele mesmo e, por causa dele, Roke. Se Matinal (de quem ele conhecia apenas o nome de uso e a reputação) o capturasse e o usasse como se dizia que ele usava as pessoas, esvaziando suas mentes como pequenos sacos, então todos em Roke estariam expostos ao poder do feiticeiro e à força das frotas e exércitos sob seu comando. Medra trairia Roke para Havnor, assim como o feiticeiro cujo nome eles nunca mencionavam havia traído Roke para Wathort. Talvez aquele homem também tivesse pensado que não poderia fazer mal algum.

Medra estava pensando, mais uma vez, e ainda sem sucesso, em como poderia deixar Havnor imediatamente, sem ser notado, quando o feiticeiro chegou.

Agora, como lontra, ele estava pensando apenas que gostaria de permanecer lontra, na água doce e marrom, no rio vivo, para sempre. Não há morte para uma lontra, apenas vida até o fim. Mas na criatura esguia estava a mente mortal; e quando o riacho passou pela colina a oeste de Samory, a lontra subiu na margem lamacenta, e então o homem se agachou ali, tremendo.

Para onde ir agora? Por que havia ido para lá?

Ele não havia pensado. Assumiu a forma que lhe veio mais rapidamente, correu para o rio como uma lontra faria, nadou como a lontra nadaria. Mas somente em sua própria forma ele poderia pensar como um homem, se esconder, decidir, agir como um homem ou como um feiticeiro contra o feiticeiro que o perseguia.

Ele sabia que não era páreo para Matinal. Para deter aquele primeiro feitiço de amarração, ele usou toda a força de resistência que tinha. Os únicos truques que tinha eram a ilusão e a transformação. Se enfrentasse o feiticeiro outra vez, ele seria destruído. E Roke com ele. Roke e as crianças de Roke, e Elehal, seu amor, e Véu, Corvo, Dory, todos eles, a fonte no pátio branco, a árvore ao lado da fonte. Somente o Bosque permaneceria. Somente a colina verdejante, silenciosa, imóvel. Ele ouviu Elehal dizer: *Havnor está entre nós.* Ele a ouviu dizer: *Todos os verdadeiros poderes, todos os antigos poderes, na raiz são um só.*

Ele olhou para cima. A colina acima do riacho era a mesma colina para onde ele havia acompanhado Tinaral naquele dia, com Anieb presente dentro dele. Só precisava contorná-la por alguns passos ao redor até chegar à cicatriz, à sutura, ainda bastante clara sob as gramas verdes do verão.

— Mãe — disse ele, ajoelhado ali. — Mãe, abra para mim.

Ele apoiou as mãos sobre a sutura da terra, mas não havia poder nelas.

— Deixe-me entrar, Mãe — sussurrou ele na língua que era tão antiga quanto a colina. O chão estremeceu levemente e se abriu.

Ele ouviu o grito de uma águia. Levantou-se. Saltou para a escuridão.

A águia chegou, circulando e gritando sobre o vale, a encosta, os salgueiros ao lado do riacho. Ela sobrevoou, procurando e procurando, e voou de volta como tinha vindo.

Depois de muito tempo, no final da tarde, o velho Cão de Caça foi ao vale quase se arrastando. Ele parava de vez em quando e farejava. Sentou-se junto à encosta, ao lado da cicatriz no chão, repousando as pernas cansadas. Estudou o chão onde havia alguns torrões de terra fresca e a grama estava torta. Acariciou a grama torta para endireitá-la. Finalmente, ele se levantou, foi beber da água marrom clara sob os salgueiros e desceu o vale em direção à mina.

Medra acordou com dor, na escuridão. Por um longo tempo, foi tudo o que sentiu. A dor ia e vinha, mas o breu permanecia. A escuridão clareou um pouco, tornando-se um crepúsculo no qual ele podia enxergar vagamente. Ele viu uma ladeira que descia do local onde ele estava deitado em direção a um muro de pedras; do outro lado do muro, havia escuridão novamente. Mas ele não conseguia se levantar para caminhar até lá, e logo a dor voltou muito forte em seu braço, no quadril e na cabeça. Em seguida, a escuridão o cercou, e depois, nada mais.

Sede: e com ela, dor. Sede e o som da água correndo.

Ele tentou se lembrar de como fazer luz. Anieb disse a ele, queixosa: "Você não consegue fazer luz?" Mas ele não sabia. Rastejou na escuridão até que o som da água ficasse alto e as rochas sob ele estivessem molhadas, e tateou até que sua mão encontrasse a água. Ele bebeu e depois tentou rastejar para longe das pedras molhadas, pois estava com muito frio. Um dos braços estava doendo e não tinha força. Sua cabeça doía outra vez, e ele gemia e tremia, tentando se aquecer. Não havia calor nem luz.

Ele estava sentado um pouco distante de onde havia se deitado antes, olhando para si mesmo, embora ainda estivesse totalmente escuro. Ele ficou encolhido perto de onde o filetinho de água escorria da borda da mica. Não muito longe jazia outro amontoado encolhido, com seda vermelha apodrecida, cabelos longos e ossos. Para além dali, a caverna se estendia. Ele podia ver que as câmaras e passagens chegavam muito mais longe do que imaginara. Ele observou com o mesmo interesse quase indiferente com que vira o corpo de Tinaral e seu próprio corpo. Sentiu um leve arrependimento. Era justo que ele morresse ali com o homem que havia matado. Era certo. Não havia nada de errado. Mas algo nele doía, não a dor aguda que vinha do corpo, mas uma dor profunda, que durava a vida toda.

— Anieb — disse ele.

Então, ele voltou a si, com a dor intensa no braço, no quadril e na cabeça, enjoado e tonto na escuridão total. Choramingou quando se moveu, mas ele endireitou o corpo, ainda sentado. Tenho que viver, pensou ele. Preciso me lembrar de como viver. Como fazer luz. Preciso me lembrar. Preciso me lembrar das sombras das folhas.

Até onde vai a floresta?

Até onde vai a mente.

Ele olhou para a escuridão. Depois de algum tempo, moveu um pouco sua mão boa e a luz fraca emergiu dela.

O teto da caverna estava bem acima dele. A água que escorria da borda de mica brilhava em pequenos traços sob a luz enfeitiçada.

Ele já não conseguia mais ver as câmaras e passagens da caverna como as tinha visto com o olho inclemente e desencarnado. Conseguia ver apenas o que a cintilação da luz enfeitiçada mostrava ao redor e diante dele. Como quando ele havia atravessado a noite com Anieb até ela morrer, um passo após outro, na escuridão.

Ele se ajoelhou e então pensou em sussurrar: "Obrigado, Mãe". Ficou em pé e caiu, porque seu quadril esquerdo cedeu com uma dor que o fez gritar alto. Depois de um tempo, tentou novamente e se levantou. Então, começou a seguir em frente.

Ele levou muito tempo para atravessar a caverna. Colocou o braço ferido dentro camisa e manteve a mão boa pressionada contra a articulação do quadril, o que facilitou um pouco a caminhada. As paredes se estreitaram gradualmente até chegar a uma passagem. Ali o teto era muito mais baixo, logo acima de sua cabeça. A água escorria por uma das paredes e se acumulava em pequenas poças entre as pedras sob os pés. Não era o maravilhoso palácio vermelho da visão de Tinaral, com runas místicas prateadas em colunas altas e ramificadas. Era apenas a terra, apenas pó, rocha e água. O ar estava frio e sem brisa. Exceto pelo gotejamento do riacho, o silêncio era total. Além do brilho da luz enfeitiçada, estava escuro.

Medra abaixou a cabeça, parado ali.

— Anieb — disse ele —, pode voltar até aqui? Não sei o caminho — Ele esperou um pouco.

Ele viu a escuridão e ouviu o silêncio. Lentamente e hesitante, ele entrou na passagem.

Como o homem tinha escapado dele, Matinal não sabia, mas duas coisas eram certas: ele era um mago muito mais poderoso do que qualquer outro que Matinal havia conhecido e que voltaria para Roke o mais rápido possível, já que essa era a fonte e o centro de seu poder. Não adiantava tentar chegar lá antes dele; ele estava na vantagem. Mas Matinal poderia seguir o rastro e, se seus próprios poderes não fossem suficientes, ele teria consigo uma força que nenhum mago poderia enfrentar. O próprio Morred não havia chegado tão perto de ser deposto, não por bruxaria, mas simplesmente pela força dos exércitos que o Inimigo havia voltado contra ele?

— Vossa majestade está enviando as frotas — disse Matinal ao velho de olhar fixo na poltrona do palácio dos reis. — Um grande inimigo conspira contra o senhor, ao sul do Mar Central, e vamos destruí-lo. Cem navios partirão do Grande Porto, de Omer, do Porto Sul e de seu feudo em Hosk, a maior marinha que o mundo já viu! Eu os liderarei. E a glória será vossa — falou, com uma risada espontânea, fazendo Losen o encarar com uma espécie de pavor, finalmente começando a entender quem era o mestre e quem era o escravo.

Os homens de Losen eram tão bem controlados por Matinal que, depois de dois dias, a grande frota partiu de Havnor, reunindo seus colaboradores no caminho. Oitenta navios passaram por Arca e Ilien sob um vento mágico forte e constante que os levou direto a Roke. Às vezes, Matinal, em sua túnica de seda branca, segurando um grande cajado branco feito do chifre de uma fera marinha do extremo norte, subia na proa da galé principal, cujos cem remos batiam como as asas de uma gaivota. Às vezes, ele mesmo era a gaivota, a águia ou o dragão, que voava acima e à frente da frota, e quando os homens o viam voando assim, gritavam:

— O senhor dos dragões! O senhor dos dragões!

Eles desembarcaram em Ilien para buscar água e comida. O fato de um exército de tantas centenas de homens ter partido tão rapidamente os deu pouco tempo para abastecer os navios. Eles invadiram os vilarejos ao longo da costa oeste de Ilien, levando tudo o que queriam, e fizeram o mesmo em Vissti e Kamery, saqueando o que podiam e queimando o que deixavam para trás. Então, a grande frota se voltou para o oeste, em direção ao único porto da Ilha de Roke, a

Baía de Thwil. Matinal já havia visto o porto nos mapas de Havnor e sabia que havia uma colina alta acima da baía. À medida que se aproximavam, ele assumiu a forma de dragão e voou bem acima dos navios, guiando-os, olhando para o oeste em busca daquela colina.

Quando a viu, quase indistinta e verde acima do mar enevoado, ele gritou — nos navios, os homens ouviram o grito do dragão — e o feiticeiro voou mais rápido, para que o seguissem rumo à conquista.

Todos os rumores sobre Roke diziam que ela era protegida por feitiços e escondida por encantos, invisível aos olhos comuns. Se havia feitiços envolvendo aquela colina ou a baía que ele agora avistava diante de si, eles não eram mais do que teias de aranha para ele. Nada embaçou seus olhos ou o impediu enquanto ele voava sobre a baía, sobre o vilarejo e sobre um edifício semiacabado na encosta acima dele, até o topo da alta colina verdejante. Lá, expondo as garras e batendo as asas vermelho-ferrugem de dragão, ele pousou.

Voltou à forma humana. Não foi por vontade própria. Ele ficou alerta, inseguro. O vento soprava, a grama crescida balançava com o vento. O verão estava chegando e a grama estava seca, amarelada e sem flores, a não ser pelas cabecinhas brancas da erva-renderia. Uma mulher subia a colina em direção a ele pela grama alta. Ela não seguia nenhuma trilha e caminhava com facilidade, sem pressa.

Ele pensou ter levantado a mão em um feitiço para detê-la, mas ele não tinha movido a mão, e ela se aproximou. Ela só parou quando estava a alguns braços de distância e um pouco abaixo dele.

— Diga seu nome — ordenou ela, e ele respondeu:

— Teriel.

— O que veio fazer aqui, Teriel?

— Destruir vocês.

Ele a encarou, vendo uma mulher de rosto redondo, de meia-idade, baixa e forte, com cabelos grisalhos e olhos escuros sob sobrancelhas escuras, um olhar que sustentavam o dele, que o detinham, que faziam com que a verdade saísse de sua boca.

— Veio nos destruir? Destruir esta colina? As árvores lá adiante? — Ela olhou para o bosque de árvores não muito longe da colina. — Talvez Segoy, que as criou, possa desfazê-las. Talvez a terra se destrua sozinha. Talvez ela se destrua por nossas mãos, no final.

Mas não pelas suas. Falso rei, falso dragão, falso homem, não venha à Colina de Roke até que saiba em que terreno está pisando. — Ela fez um gesto com a mão, voltada para baixo, para a terra. Então se virou e desceu a colina pela grama alta, pelo mesmo caminho que havia chegado.

Havia outras pessoas na colina, ele via agora, muitas outras, homens e mulheres, crianças, espíritos vivos e mortos; muitos, muitos deles. Apavorou-se diante deles e se encolheu, tentando fazer um feitiço que o escondesse de todos.

Mas ele não fez nenhum feitiço. Não tinha mais nenhuma magia dentro de si. A magia o havia abandonado e sido absorvida por aquela terrível colina, pelo solo terrível sob seus pés, desaparecido. Ele não era mais feiticeiro, apenas um homem como os outros, sem poder.

Ele sabia disso, sabia perfeitamente, mas ainda assim tentou proferir feitiços e erguer os braços em encantamento e bater no ar com fúria. Então, olhou para o leste, forçando os olhos em busca do movimento dos remos da galé e das velas de seus navios que viriam para punir aquele povo e salvá-lo.

Tudo o que ele viu foi uma névoa na água, em todo o mar além da entrada da baía. Enquanto observava, a névoa se tornava mais espessa e escura, emergindo sobre as ondas lentas do mar.

A Terra, em sua rotação expondo-se ao Sol, cria os dias e as noites, mas dentro dela não há dias. Medra caminhou através da noite. Ele mancava muito e nem sempre conseguia manter acesa a luz enfeitiçada. Quando ela falhava, ele tinha de parar, se sentar e dormir. O sono nunca virava morte, como ele imaginava que viraria. Ele acordava, sempre com frio, sempre com dor, sempre com sede e, quando conseguia emanar um vislumbre de luz, levantava-se e seguia em frente. Nunca viu Anieb, mas sabia que ela estava lá. Ele a seguia. Às vezes, havia grandes salas. Às vezes, havia poças de água parada. Era difícil romper a imobilidade da superfície das águas, mas ele bebia delas. Ele achava que tinha descido cada vez mais fundo por um longo tempo, até chegar à maior dessas poças, e depois disso o caminho voltou a subir. Às vezes, Anieb o seguia. Ele conseguia dizer o nome dela, embora ela não respondesse. Ele não conseguia dizer o outro nome, mas conseguia pensar nas árvores, nas raízes das árvores. Aquele era o reino das raízes das árvores. Até onde vai a floresta? Até onde as florestas vão. Até onde as vidas vão, até as profundezas das raízes das árvores. Até onde as folhas projetam sombras. Não havia sombras ali, apenas a escuridão, mas ele seguiu em frente, sempre em frente, até que viu Anieb diante dele. Ele viu o brilho de seus olhos, a nuvem de seus cabelos encaracolados. Ela olhou para ele por um instante e, em seguida, virou para o lado e desceu uma ladeira comprida e íngreme na escuridão.

Não era totalmente escuro onde ele estava. O ar se movia contra seu rosto. Bem à frente, fraca e pequena, havia uma luz que não era enfeitiçada. Ele seguiu em frente. Já estava rastejando há muito tempo, arrastando a perna direita, que não suportava seu peso. Ele continuou adiante. Sentiu o cheiro do vento da noite e viu o céu noturno por entre os galhos e folhas das árvores. Uma raiz de carvalho arqueada formava a boca da caverna, não maior do que um homem ou um texugo precisaria para passar rastejando. Ele rastejou. Ficou deitado sob a raiz da árvore, vendo a luz se dissipar e uma ou duas estrelas surgirem entre as folhas.

Foi lá que Cão de Caça o encontrou, a quilômetros de distância do vale, a oeste de Samory, à beira da grande floresta de Faliern.

— Achei você — disse o velho, olhando para o corpo enlameado e relaxado. E acrescentou: — Tarde demais — em tom de arrependimento. Ele se abaixou para ver se poderia pegá-lo ou arrastá-lo, e sentiu o calor fraco da vida. — Você é durão — disse. — Aqui, acorde. Vamos lá. Lontra, acorde.

Ele reconheceu Cão de Caça, embora não conseguisse se sentar e mal conseguisse falar. O velho colocou sua própria jaqueta em volta dos ombros de Medra e deu-lhe água do próprio cantil. Depois se agachou ao seu lado, com as costas apoiadas no imenso tronco de carvalho, e ficou olhando para a floresta por um tempo. A manhã estava chegando ao fim, estava quente, a luz do sol de verão se filtrava pelas folhas em mil tons de verde. Um esquilo gritou, lá no alto do carvalho, e um gaio respondeu. Cão de Caça coçou o pescoço e suspirou.

— O feiticeiro está seguindo o rastro errado, como sempre — disse ele por fim. — Disse que você tinha ido para a Ilha de Roke e que ele o pegaria lá. Eu não disse nada.

Ele olhou para o homem que conhecia apenas como Lontra.

— Você entrou lá, naquele buraco, com o velho feiticeiro, não foi? Você o encontrou?

Medra assentiu.

— Hum — fez Cão de Caça, com uma risada curta e grunhida. — Você encontra o que procura, não é? Como eu. — Ele viu que seu companheiro estava angustiado e disse: — Vou tirar você daqui. Chamar um carroceiro da aldeia lá embaixo, quando eu tiver fôlego. Ouça. Não se preocupe. Eu não persegui você durante todos esses anos para entregá-lo ao Matinal. Da mesma forma que entreguei você a Gelluk. Eu me arrependi disso. Pensei muito a respeito. O que eu disse a você sobre os homens de ofício se manterem unidos. E para quem trabalhamos. Percebi que não tinha muita escolha quanto a isso. Mas, tendo feito um desfavor a você, pensei que, se o encontrasse novamente, faria um favor, se pudesse. De descobridor para descobridor, entende?

A respiração de Lontra estava ficando pesada. Cão de Caça colocou a mão na de Lontra por um instante e disse:

— Não se preocupe. — E se levantou. — Fique tranquilo — disse.

Ele encontrou um carroceiro que os levaria até o Derradeiro Caminho. A mãe e a irmã de Lontra estavam morando com primos enquanto reconstruíam a casa queimada da melhor forma possível. Elas o receberam com uma alegria incrédula. Sem saber da ligação de Cão de Caça com o senhor da guerra e seu feiticeiro, elas o trataram como se fosse da família, o bom homem que havia encontrado o pobre Lontra meio morto na floresta e o levou para casa. Um homem sábio, disse Rosa, a mãe de Lontra, certamente um homem sábio. Nada era bom demais para um homem assim.

Lontra demorou a se recuperar, a se curar. A emendadora de ossos fez o que pôde em relação ao braço quebrado e ao quadril ferido, a mulher sábia tratou com sálvia os cortes causados pelas pedras nas mãos, cabeça e joelhos, a mãe serviu a ele todas as iguarias que conseguiu encontrar nos jardins e nos bosques de frutas silvestres, mas ele estava tão fraco e debilitado quanto no dia em que Cão de Caça o trouxera. Não havia coração nele, disse a mulher sábia de Derradeiro Caminho. O coração estava em algum outro lugar, sendo consumido pela preocupação, pelo medo ou pela vergonha.

— Então, onde ele está? — perguntou Cão de Caça.

Depois de um longo silêncio, Lontra disse:

— Na Ilha de Roke.

— Para onde o velho Matinal foi com a grande frota. Entendo. Tenho amigos lá. Bem, sei que um dos navios está de volta, porque vi um dos tripulantes lá embaixo, na taverna. Vou perguntar a ele. Descobrir se conseguiram chegar a Roke e o que aconteceu lá. O que posso dizer é que aparentemente o velho Matinal só vai chegar em casa tarde da noite. Hum, hum — fez ele, satisfeito com sua piada. — Vai chegar em casa tarde da noite — repetiu e se levantou. Ele olhou para Lontra, que não era grande coisa para se ver. — Fique tranquilo — falou, e foi embora.

Ele ficou fora por vários dias. Quando voltou, em uma carroça puxada por um cavalo, estava com uma aparência tal que a irmã de Lontra correu para dizer a ele:

— Cão de Caça ganhou uma batalha ou uma fortuna! Ele está andando atrás de um cavalo da cidade, em uma carroça da cidade, como um príncipe!

Cão de Caça veio atrás dela.

— Bem — começou ele —, em primeiro lugar, quando cheguei à cidade, fui até o palácio, só para ouvir as notícias, e o que encontro? O velho Rei Pirata de pé, dando ordens como costumava fazer. De pé! Ele não fica de pé há anos. Gritando ordens! E alguns dos homens faziam o que ele mandava, mas outros não. Então, saí de lá, pois esse tipo de situação é perigosa em um palácio. Em seguida, procurei amigos meus e perguntei onde estava o velho Matinal e se a frota tinha ido a Roke e tudo o mais. Matinal, disseram, ninguém tinha notícias de Matinal. Nem um sinal dele ou enviado por ele. Talvez eu pudesse encontrá-lo, disseram eles, zombando de mim, hum. Eles sabem que eu o adoro. Quanto aos navios, alguns voltaram, com os homens a bordo dizendo que nunca chegaram à Ilha de Roke, que nunca a viram, navegaram até onde os mapas marítimos diziam haver uma ilha, e não havia ilha alguma. Mas alguns homens de uma das grandes galés estavam lá. Eles disseram que, quando chegaram perto do local onde a ilha deveria estar, entraram em um nevoeiro tão espesso quanto um pano molhado, e o mar também ficou espesso, de modo que os remadores mal conseguiam empurrar os remos, e eles ficaram presos nessa situação por um dia e uma noite. Quando saíram dali, não havia nenhum outro navio da frota no mar, e os escravos estavam quase se rebelando, de modo que o capitão trouxe a galé de volta o mais rápido que pôde. Outro navio, o velho *Nuvem de tempestade*, que era o navio do próprio Losen, chegou enquanto eu estava lá. Conversei com alguns homens que estavam nele. Eles disseram que não havia nada além de neblina e recifes em toda a área onde Roke deveria estar, então eles navegaram com outros sete navios para o sul, e se encontraram com uma frota que vinha de Wathort. Talvez os senhores de lá tenham ouvido falar que uma grande frota estava chegando para fazer incursões, pois não pararam para fazer perguntas, apenas lançaram fogo de feiticeiro contra nossos navios e pararam ao lado deles para tentar embarcar; os homens com quem conversei disseram que foi uma batalha e tanto apenas para escapar deles e que nem todos conseguiram. Durante todo esse tempo, eles não receberam nenhuma notícia de Matinal, e nenhum clima foi favorável para eles a menos que tivessem um intermediário a bordo. Assim, eles voltaram pelo Mar Central, disse o homem do *Nuvem de tempestade*, um atrás do outro, como cães que perdem uma briga. E então, gostou das notícias que trago?

Lontra estava lutando contra as lágrimas; ele escondeu o rosto.

— Sim — disse ele —, obrigado.

— Achei que fosse gostar. Quanto ao Rei Losen, vai saber — prosseguiu Cão de Caça. Ele fungou e suspirou. — Se eu fosse ele, me *aposentaria* — disse. — Acho que é isso mesmo o que vou fazer.

Lontra conseguiu controlar a expressão e a voz. Limpou os olhos e o nariz, pigarreou e disse:

— Talvez seja uma boa ideia. Venha para Roke. É mais seguro.

— Parece ser um lugar difícil de encontrar — brincou o Cão de Caça.

— Eu posso encontrá-lo — disse Lontra.

IV. Medra

Um velho em nossa porta havia
Que aos ricos ou pobres recebia
Muitos vinham, pequenos e gigantes,
Mas do Portão de Medra, poucos iam adiante.
Assim a água fluía e fluía,
Assim a água fluía.

Cão de Caça ficou em Derradeiro Caminho. Lá ele podia ganhar a vida como descobridor, e gostava tanto da taverna quanto da hospitalidade da mãe de Lontra.

No início do outono, Losen foi visto pendurado por uma corda amarrada a seus pés em uma janela do Novo Palácio, apodrecendo, enquanto seis senhores da guerra disputavam seu reino e os navios da grande frota se perseguiam e lutavam entre si pelos Estreitos e pelo mar agitado pelos feiticeiros.

Mas *Auspiciosa*, navegada e conduzida por dois jovens ocultistas da Mão de Havnor, levou Medra em segurança do Mar Central até Roke.

Brasa estava no cais para encontrá-lo. Mancando e muito magro, ele foi até ela e segurou suas mãos, mas não conseguiu erguer o rosto à altura do dela. Ele disse:

— Tenho muitas mortes em meu coração, Elehal.

— Venha comigo até o Bosque — sugeriu ela.

Eles foram para lá juntos e ficaram até o inverno chegar. No ano seguinte, construíram uma casinha às margens do Thwilburn que dá para o Bosque, e moraram lá nos verões.

Eles trabalharam e ensinaram no Casarão. Viram a construção ser erguida pedra após pedra, e cada pedra foi impregnada com feitiços de proteção, resistência e paz. Viram o Código de Roke ser estabelecido, embora nunca com a firmeza que desejavam, e sempre enfrentando oposição; pois os magos vinham de diferentes ilhas e se erguiam entre os alunos escola, mulheres e homens de poder, conhecimento e orgulho, jurando trabalhar juntos e para o bem de todos, conforme o Código, mas cada um interpretava isso de uma maneira diferente.

Tendo envelhecido, Elehal se cansou das paixões e das questões da escola e foi cada vez mais atraída para as árvores, onde ela ia sozinha, até onde a mente podia alcançar. Medra também caminhava por lá, mas não tão longe quanto ela, pois mancava.

Depois que ela morreu, ele viveu um tempo sozinho na casinha perto do Bosque.

Certo dia de outono, ele voltou para a escola. Entrou pela porta do jardim, que leva ao caminho que atravessa os campos até a Colina de Roke. Algo curioso sobre o Casarão de Roke é que ele não tem um portal nem uma grande entrada. Você pode entrar pelo que lá chamam de porta dos fundos, que, embora seja feita de chifres, emoldurada por dentes de dragão e esculpida em Árvore de Mil-Folhas, não parece ser nada demais vista de fora, quando você chega a ela caminhando por uma rua suja; também é possível entrar pela porta do jardim, feita de carvalho simples com uma tranca de ferro. Mas não há porta da frente.

Ele atravessou os salões e corredores de pedra até o local mais recluso, o pátio de mármore da fonte, onde a árvore que Elehal havia plantado agora estava alta, com seus frutos adquirindo um tom avermelhado.

Ouvindo que ele estava ali, os professores de Roke apareceram, os homens e mulheres que eram mestres em seu ofício. Medra havia sido o Mestre Descobridor, até ir para a Caverna. Agora, era uma jovem que ensinava essa arte, como ele a havia ensinado a ela.

— Estive pensando — disse ele. — Vocês são oito. Nove é um número melhor. Contem comigo como mestre novamente, se quiserem.

— O que o senhor fará, Mestre Andorinha? — perguntou o Invocador, um mago de cabelos brancos vindo de Ilien.

— Vou vigiar a porta — disse Medra. — Como manco, não vou me afastar muito dela. E como velho, saberei o que dizer àqueles que chegam. Além disso, como descobridor, vou descobrir se eles pertencem a este lugar.

— Isso nos pouparia muitos problemas e alguns perigos — comentou a jovem Descobridora.

— Como o senhor fará isso? — perguntou o Invocador.

— Vou perguntar o nome deles — revelou Medra. E sorriu. — Se eles me disserem, poderão entrar. E quando acharem que aprenderam tudo, poderão sair. Se puderem me dizer o meu nome.

E foi o que fez. Pelo resto de sua vida, Medra vigiou as portas do Casarão de Roke. A porta do jardim que se abria para a Colina foi, por muito tempo, chamada de Portão de Medra, mesmo depois que a maioria das outras coisas mudaram naquela casa com o passar dos séculos. E ainda hoje o nono Mestre de Roke é o Sentinela.

Em Derradeiro Caminho e nas aldeias em volta do sopé de Onn em Havnor, as mulheres que fiam e tecem cantam uma canção de adivinhação cujo último verso tem a ver, talvez, com o homem que foi Medra, Lontra e Andorinha.

Três coisas foram e não mais serão:
A radiante ilha de Soléa acima da onda,
No mar, nadando, um dragão
A ave marinha sobre a sepultura, em ronda.

Rosa Negra e Diamante

A canção de um barco vindo de Havnor Ocidental

Aonde vai meu amor,
Para lá irei.
Onde o barco ele rema,
Eu remarei.
Riremos juntos,
Juntos choraremos.
E se ele viver, eu viverei.
E se ele morrer, eu morrei.
Aonde vai meu amor,
Para lá irei.
Onde o barco ele rema,
Eu remarei.

A oeste de Havnor, entre colinas cobertas de carvalhos e castanheiras, fica a cidade de Glade. Pouco tempo atrás, o homem rico daquela cidade era um comerciante chamado D'Ouro. D'Ouro era dono da serraria que cortava as tábuas de carvalho para os navios que eram construídos no Porto Sul de Havnor e no Grande Porto de Havnor; também era dono dos maiores bosques de castanheiras; era dono das carroças e contratava os carroceiros que transportavam a madeira e as castanhas que seriam vendidas pelas colinas. Ele teve sucesso lidando com as árvores e, quando o filho nasceu, a mãe do bebê disse:

— Quem sabe podemos dar a ele o nome de Castanheiro ou Carvalho?

Mas o pai disse:

— Diamante. — Pois o diamante, na opinião dele, era a única coisa mais preciosa que o ouro.

Assim, o pequeno Diamante cresceu na melhor casa de Glade, como um bebê gorducho e de olhos brilhantes, um menino alegre e corado. Ele tinha uma voz suave para o canto, ouvido absoluto e muito amor pela música, por isso sua mãe, Tuly, o chamava de Pardal-Melodia e de Cotovia, entre outros apelidos amorosos, pois ela nunca gostou muito de "Diamante". O menino trinava e entoava canções alegres pela casa; aprendia todas as melodias assim que as escutava e, quando não escutava nenhuma, as inventava. A mãe pediu que Enlace, uma sábia mulher, ensinasse a ele *A criação de Éa* e a *Saga do Jovem Rei*, e no Regresso do Sol, aos onze anos, ele cantou o *Conto de inverno* para o Senhor da Terra Ocidental, que estava visitando seu domínio nas colinas acima de Glade. O Senhor e sua Senhora elogiaram o canto do menino e deram a ele uma caixinha de ouro com um diamante incrustado na tampa, que Diamante e sua mãe consideraram um presente generoso e bonito. Mas D'Ouro estava um pouco impaciente com a cantoria e as bugigangas.

— Há coisas mais importantes para você fazer, filho — disse ele. — E prêmios mais importantes a serem conquistados.

Diamante pensou que seu pai se referia aos negócios (os lenhadores, os serradores, a serraria, as castanheiras, os colhedores, os carroceiros, as carroças) e todo aquele trabalho, conversas, planejamentos, aqueles assuntos complicados dos adultos. Ele nunca sentiu que eram coisas que tinham muito a ver com ele, então como ele podia estar tão associado àquilo quanto seu pai esperava? Talvez ele descobrisse quando fosse adulto.

Mas, na verdade, D'Ouro não estava pensando apenas nos negócios. Ele havia observado algo no filho que, embora não o fizesse exatamente tirar os olhos dos negócios, o fazia levantar o olhar de tempos em tempos, e então fechá-los.

No início, ele achou que Diamante tinha um talento natural, que muitas crianças tinham e que depois perdiam, uma vaga centelha de magia. Quando garotinho, o próprio D'Ouro era capaz de fazer sua sombra cintilar e faiscar. A família o elogiava pelo truque e fazia com que ele o exibisse para as visitas; mas depois, quando ele tinha sete ou oito anos, ele perdeu o jeito e nunca mais conseguiu repeti-lo.

Quando D'Ouro viu Diamante descer as escadas sem tocar nos degraus, achou que estava sendo enganado pelos próprios olhos; mas alguns dias depois, ele viu a criança flutuando escada acima, com apenas um dedo deslizando pelo corrimão de carvalho.

— Você consegue fazer isso descendo? — perguntou D'Ouro, e Diamante disse:

— Ah, sim, desse jeito. — E desceu novamente, com a suavidade de uma nuvem exposta ao vento sul.

— Como você aprendeu a fazer isso?

— Eu só descobri — respondeu o menino, claramente em dúvida sobre a aprovação do pai.

D'Ouro não elogiou o menino, para não o deixar constrangido ou convencido em relação a algo que podia ser um dom passageiro e infantil, como sua voz suave e soprano. Já havia muito alvoroço quanto a isso.

Cerca de um ano depois, ele viu Diamante no jardim dos fundos com sua amiguinha, Rosa. As crianças estavam agachadas, as cabeças bem próximas, rindo. Havia algo de intenso ou estranho nelas que fez D'Ouro parar na janela do patamar da escada para observá-las. Alguma coisa saltitava entre elas, uma rã? Um sapo? Um grilo gigante? Ele saiu no jardim e se aproximou delas, se movendo tão silenciosamente que, embora fosse um homem grande, não o ouviram, de tão absortas que estavam. A coisa que saltitava na grama entre os dedos descalços das crianças era uma pedra. Quando Diamante levantava a mão, a pedra saltava, quando ele balançava um pouco a mão, a pedra pairava no ar, e quando virava os dedos para baixo, ela caía no chão.

— Agora você — disse Diamante para Rosa, e ela começou a imitá-lo, mas a pedra só estremeceu de leve.

— Oh — sussurrou ela —, seu pai está ali.

— Isso é muito engenhoso — disse D'Ouro.

— Foi o Di que inventou — respondeu Rosa.

D'Ouro não gostava da criança. Ela era franca e protetora, ao mesmo tempo precipitada e tímida. Era menina, um ano mais nova do que Diamante, e filha de uma bruxa. Ele queria que seu filho brincasse com garotos da mesma idade, da mesma classe, e de famílias respeitáveis de Glade. Tuly insistia em chamar a bruxa de "sábia mulher", mas uma bruxa era uma bruxa e a filha dela não era uma colega adequada para Diamante. Mas ele achou um pouco engraçado ver o filho ensinando truques para a menina-bruxa.

— O que mais você sabe fazer, Diamante? — perguntou D'Ouro.

— Tocar flauta — respondeu Diamante prontamente, e tirou do bolso o pequeno pífano que a mãe deu para ele em seu décimo segundo aniversário. Levou-o aos lábios e, com os dedos dançando, tocou uma melodia doce e familiar da costa oeste, *Aonde vai meu amor.*

— Muito bom — disse o pai. — Mas qualquer um pode tocar pífano, sabe. — Diamante olhou para Rosa. A menina virou a cabeça, olhando para baixo.

— Aprendi muito rápido — disse Diamante.

D'Ouro resmungou, nada impressionado.

— Consigo fazê-lo tocar sozinho — continuou Diamante, e afastou o pífano dos lábios. Seus dedos dançaram nos orifícios enquanto o pífano tocava uma breve música dançante. O instrumento errou várias notas e guinchou na última. — Ainda não aprendi direito — disse o menino, irritado e envergonhado.

— Muito bom, muito bom mesmo — disse o pai. — Continue praticando.

E ele continuou. D'Ouro não sabia ao certo o que dizer. Não queria encorajar o menino a dedicar mais tempo à música, nem àquela garota; já dedicava tempo demais e nenhuma das duas coisas o ajudaria a chegar a lugar nenhum na vida. Mas aquele dom, aquele dom inegável… A rocha pairando, o pífano sem sopro… Bem, seria errado dar muita importância àquilo, mas era algo que provavelmente não deveria ser desencorajado.

No entendimento de D'Ouro, dinheiro era poder, mas não o único poder. Havia outros dois, um equivalente e um maior. Havia o nascimento. Quando o Senhor da Terra Ocidental chegou ao seu domínio perto de Glade, D'Ouro ficou feliz em demonstrar-lhe sua lealdade.

O Senhor nasceu para governar e manter a paz, assim como D'Ouro nasceu para lidar com comércio e dinheiro, cada um em seu lugar; e cada um, nobre ou plebeu, se realizasse um serviço bom e honesto, merecia honra e respeito. Mas também havia senhores menores que D'Ouro podia comprar e vender, emprestar dinheiro ou deixar na mendicância, homens nascidos nobres que não mereciam nem fidelidade nem honra. O poder do nascimento e o poder do dinheiro eram contingentes e deviam ser conquistados para não serem perdidos.

Mas acima dos ricos e dos senhores estavam os chamados homens de poder: os feiticeiros. O poder deles, embora pouco exercido, era absoluto. O destino do reino do Arquipélago, há muito tempo sem rei, estava nas mãos deles.

Se Diamante tivesse nascido com esse tipo de poder, se fosse esse seu dom, todos os sonhos e planos de D'Ouro de ensinar os negócios para o filho e ter a ajuda dele para expandir a rota de transporte estabelecendo um comércio regular com Porto Sul, além de comprar as florestas de castanheiras acima de Reche..., todos esses planos definhariam. Quem sabe Diamante pudesse ir (como o tio da mãe dele) para a Escola de Feiticeiros da Ilha de Roke? Quem sabe (como tinha feito aquele tio) Diamante pudesse conquistar a glória para sua família e o controle de senhores e plebeus, tornando-se um mago na Corte dos Lordes Regentes no Grande Porto de Havnor? O próprio D'Ouro praticamente flutuou escada acima, tomado por essas visões.

Mas ele não disse nada ao menino e nada à mãe do menino. Ele era um homem propositalmente calado, desconfiado dos sonhos até que eles pudessem ser transformados em atos; e ela, embora fosse uma esposa, mãe e dona de casa bem-comportada e amorosa, já tinha exagerado demais os talentos e as realizações de Diamante. Além disso, como todas as mulheres, ela era propensa a tagarelar e fofocar, além de ser pouco seletiva em suas amizades. A garota Rosa andava com Diamante porque Tuly encorajava a mãe de Rosa, a bruxa Enlace, a vir visitá-la, consultando-a toda vez que Diamante tinha uma cutícula solta e revelando mais do que a bruxa ou qualquer outra pessoa deveria saber sobre a casa de D'Ouro. Os negócios dele não eram da conta da bruxa. Por outro lado, Enlace talvez pudesse dizer a ele se seu filho de fato demonstrava potencial, se tinha talento para magia... Mas ele recuou diante da ideia de perguntar a ela, pedir a opinião de uma bruxa sobre qualquer coisa, quanto mais uma avaliação sobre seu filho.

Ele resolveu esperar e observar. Sendo um homem paciente e muito determinado, ele agiu assim por quatro anos, até Diamante chegar aos dezesseis. Jovem grande e bem desenvolvido, bom nos esportes e estudos, ele ainda tinha o rosto corado, os olhos brilhantes e alegres. Passou por dificuldades quando sua voz mudou, com seu soprano suave se tornando desafinado e rouco. D'Ouro esperava que a cantoria do filho terminasse ali, mas o garoto continuava vagando com músicos itinerantes, cantores de baladas e gente do tipo, aprendendo com eles tudo o que não prestava. Aquilo não era vida para o filho de um comerciante que herdaria e administraria as propriedades, as serrarias e os negócios do pai, e D'Ouro explicou isso a Diamante.

— A fase da cantoria acabou, filho — disse. — Você deve pensar em se tornar um homem.

Diamante tinha recebido seu nome verdadeiro na nascente do rio Amia nas colinas acima de Glade. O feiticeiro Abeto, que tinha conhecido o tio-avô do garoto, o mago, foi até o Porto Sul para nomeá-lo. E Abeto foi convidado para a festa de aniversário de Diamante no ano seguinte, uma grande festa, com cerveja e comida para todos, além de trajes novos (uma camisa, uma saia ou uma muda de roupa) para cada criança, segundo um velho costume no oeste de Havnor, e dança no gramado da vila naquela noite quente de outono. Diamante tinha muitos amigos: todos os garotos de sua faixa etária na cidade e todas as garotas também. Os jovens dançaram, e alguns deles exageraram um pouco na cerveja, mas ninguém se comportou muito mal, e foi uma noite alegre e memorável. Na manhã seguinte, D'Ouro disse ao filho novamente que ele deveria pensar em se tornar um homem.

— Pensei um pouco sobre isso — disse o garoto, com sua voz rouca.

— E?

— Bem, eu... — começou a responder Diamante e hesitou.

— Eu sempre acreditei que você participaria dos negócios família — disse D'Ouro, em um tom de voz neutro, e Diamante não disse nada. — Você faz alguma ideia do que quer fazer?

— Às vezes.

— Chegou a conversar com o Mestre Abeto?

Diamante hesitou e respondeu:

— Não. — Ele lançou um olhar interrogativo para o pai.

— Falei com ele ontem à noite — continuou D'Ouro. — Ele me disse que existem certos dons naturais que não só são difíceis de suprimir, mas que fazer isso seria errado e prejudicial.

A luz voltou aos olhos escuros de Diamante.

— O mestre falou que tais dons ou habilidades, se não forem treinados, não são apenas desperdiçados, mas podem ser perigosos. A arte deve ser aprendida e praticada, ele disse.

O rosto de Diamante cintilou.

— Mas, segundo ele, essa arte deve ser aprendida e praticada sem outro objetivo que a própria arte.

Diamante assentiu, ansioso.

— Isso é mais verdadeiro ainda se esse dom for real, uma habilidade rara. Com suas poções do amor, uma bruxa não pode fazer grande mal; mas um ocultista de aldeia, disse ele, deve tomar cuidado, pois se a arte for usada para fins indignos, ela se torna fraca e nociva... É claro que até mesmo um ocultista é remunerado. E os feiticeiros, como você sabe, vivem com os senhores e têm o que desejam.

Diamante estava ouvindo atentamente, franzindo um pouco a testa.

— Então, para ser franco, se você tem esse dom, Diamante, ele não tem nenhuma utilidade direta para os nossos negócios. Ele deve ser cultivado sem outro objetivo e mantido sob controle... Aprendido e dominado. Só então, segundo ele, seus professores podem começar a explicar o que você pode fazer com ele e que utilidade terá para você. Ou para os outros — acrescentou D'Ouro, de modo consciente.

Houve uma longa pausa.

— Contei a ele — prosseguiu D'Ouro — que tinha visto você, com um movimento da mão e uma única palavra, transformar a escultura de madeira de um pássaro em um pássaro que voou e cantou. E que vi você fazer uma luz resplandecer no ar. Você não sabia que eu estava observando. Por muito tempo, observei e não disse nada. Eu não queria dar atenção demais a uma mera brincadeira de criança. Mas acredito que você tem um dom, talvez um grande dom. Quando contei ao Mestre Abeto o que te vi fazer, ele concordou comigo. Disse que você pode estudar com ele no Porto Sul por um ano, ou mais tempo, talvez.

— Estudar com o Mestre Abeto? — perguntou Diamante, com um tom de voz meia oitava acima.

— Se você quiser.

— Eu... Eu... Eu nunca pensei nisso. Posso pensar? Por um tempo... um dia?

— É claro — concordou D'Ouro, satisfeito com a cautela do filho. Ele tinha pensado que Diamante agarraria a oferta, o que teria sido natural, talvez, mas doloroso para o pai, a coruja que tinha, quem sabe, chocado uma águia.

Porque D'Ouro via a arte da magia com sincera humildade, como algo que estava muito além dele, e não como um mero brinquedo, a exemplo da música ou da contação de histórias, mas como uma atividade prática de imenso potencial, ao qual seus negócios nunca poderiam se equiparar. E ele também tinha, embora jamais fosse colocar dessa maneira, medo dos feiticeiros. Um pouco de desdém pelos ocultistas, com seus truques, ilusões e ladainhas, mas medo dos feiticeiros.

— Minha mãe sabe? — perguntou Diamante.

— Ela saberá quando chegar a hora. Ela não tem nenhum papel a desempenhar na sua decisão, Diamante. As mulheres não sabem nada desses assuntos e não têm nada a ver com eles. Você deve fazer sua escolha sozinho, como um homem. Entendeu? — D'Ouro foi diligente, vendo sua chance de começar a cortar o cordão umbilical do rapaz com a mãe. Como mulher, ficaria apegada, mas ele, como homem, precisava aprender a desapegar. E Diamante assentiu com firmeza o suficiente para satisfazer seu pai, ainda que tivesse um olhar pensativo.

— O Mestre Abeto disse que eu... disse que achava que eu tinha... Que eu poderia ter um... Um dom, um talento para...?

D'Ouro o tranquilizou dizendo que o feiticeiro realmente havia dito isso, embora seu tipo de dom ainda não tivesse sido descoberto, é claro. A modéstia do garoto foi um grande alívio para o pai. Temia, meio conscientemente, que Diamante se vangloriasse para ele, afirmando seu poder na hora, aquele poder misterioso, perigoso e incalculável que reduziam a riqueza, a habilidade e a dignidade de D'Ouro à impotência.

— Obrigado, pai — agradeceu o garoto. D'Ouro o abraçou e foi embora, muito satisfeito com o filho.

O ponto de encontro deles era nos arbustos, o bosque de salgueiros perto do Amia, que corria abaixo da ferraria. Assim que Rosa chegou, Diamante disse:

— Ele quer que eu vá estudar com o Mestre Abeto! O que eu vou fazer?

— Estudar com o feiticeiro?

— Ele acha que tenho um enorme talento. Para magia.

— Ele, quem?

— Meu pai. Ele viu algumas das coisas que estivemos praticando. Mas ele diz que Abeto afirma que eu deveria ir estudar com ele porque o contrário pode ser perigoso. Ai. — E Diamante bateu com as mãos na cabeça.

— Mas você tem mesmo talento.

Ele gemeu e esfregou o couro cabeludo com os nós dos dedos. Estava sentado na terra, no lugar em que eles antes brincavam, uma espécie de refúgio em meio aos salgueiros, de onde eles podiam ouvir o rio correndo sobre as pedras próximas e o zunido da ferraria ao longe. A garota se sentou de frente para ele.

— Pense em todas as coisas que você é capaz de fazer — disse ela. — Você não conseguiria fazer nada disso se não tivesse um dom.

— Um dom pequeno — disse Diamante, vagamente. — O suficiente para uns truques.

— Como você sabe?

Rosa tinha a pele muito escura, uma nuvem de cabelos crespos, a boca fina, o rosto sério e atento. Seus pés, pernas e mãos estavam nus e sujos, a saia e a jaqueta, lastimáveis. Seus dedos sujos eram delicados e elegantes, e um colar de ametistas brilhava sob a jaqueta rasgada e sem botões. A mãe dela, Enlace, ganhava bem com remédios e curas, reparação de ossos quebrados, facilitação de partos e venda de feitiços de descoberta, poções do amor e para dormir. Ela podia se dar ao luxo de pagar por roupas novas para si mesma e para a filha, comprar sapatos e se manter limpa, mas não lhe ocorria fazer isso. E cuidar da casa também não era um de seus interesses. Ela e Rosa se mantinham basicamente com frango cozido e ovos fritos, pois ela costumava receber aves como pagamento. O quintal da casa delas, um quarto e cozinha, era uma confusão de gatos e galinhas. Ela gostava de gatos, sapos e joias. O colar de ametista foi o pagamento pelo parto seguro do filho do chefe da vigilância das florestas de D'Ouro. A própria Enlace tinha os braços cheios de braceletes e pulseiras que cintilavam e tilintavam quando ela lançava um feitiço apressado. Às vezes, ela andava com um gatinho no ombro. Mas não era uma mãe atenciosa. Quando Rosa tinha sete anos, perguntou:

— Por que você me teve se não me queria?

— Como você poderia ajudar bebês a nascerem do jeito certo sem nunca ter um? — respondeu a mãe.

— Então, servi para praticar — resmungou Rosa.

— Tudo é prática — disse Enlace. Ela nunca estava de mau humor. Raramente pensava em fazer algo pela filha, mas nunca a machucou, nunca a repreendeu e deu tudo o que ela pedia: jantar, um sapo só dela, o colar de ametistas, aulas de bruxaria. Teria providenciado roupas novas se Rosa as tivesse pedido, mas ela nunca pediu. Rosa cuidava de si desde cedo; e esse era um dos motivos pelos quais Diamante a amava. Com ela, sabia o que era liberdade. Sem ela, só conseguia alcançá-la quando estava ouvindo, cantando e tocando música.

— Eu tenho, sim, um dom — disse ele, esfregando as têmporas e puxando o cabelo.

— Pare de destruir sua cabeça — disse Rosa.

— Eu sei que o Alcatrão acha que tenho.

— Claro que tem! O que importa o que Alcatrão pensa? Você já é cerca de nove vezes melhor do que ele na harpa.

Essa era outra das razões pelas quais Diamante a amava.

— Existe algum feiticeiro músico? — perguntou ele, olhando para cima. Ela refletiu.

— Não sei.

— Eu também não. Morred e Elfarran cantavam um para o outro, e ele era um mago. Acho que existe um Mestre Cantor em Roke, que ensina as canções e as histórias. Mas nunca ouvi falar de um feiticeiro músico.

— Não sei por que não poderia existir. — Ela nunca via motivo pelo qual algo não poderia existir. Outra razão pela qual ele a amava.

— Sempre tive a impressão de que são coisas meio parecidas — disse ele —, a magia e a música. Os feitiços e as melodias. Para início de conversa, porque são coisas que você tem que fazer do jeito exatamente certo.

— Prática — disse Rosa, em tom um pouco amargo. — Eu sei. — Ela jogou uma pedrinha em Diamante. A pedra se transformou em uma borboleta suspensa no ar. Ele revidou jogando uma borboleta nela, e as duas voaram e cintilaram por um momento antes de caírem na terra como pedras. Diamante e Rosa tinham descoberto várias variações do velho truque das pedras saltitantes.

— Você deveria ir, Di — disse ela. — Só para descobrir.

— Eu sei.

— E se você acabar virando um feiticeiro! Ah! Pense nas coisas que poderia me ensinar! Metamorfose..., poderíamos ser qualquer coisa. Cavalos! Ursos!

— Toupeiras — disse Diamante. — Sinceramente, estou com vontade de me esconder embaixo da terra. Sempre achei que meu pai ia me obrigar a aprender o tipo de coisa que ele faz, depois que eu recebesse meu nome. Mas durante o ano todo parece que ele ficou adiando. Acho que estava planejando isso o tempo todo. Mas e se eu for até lá e não for melhor como feiticeiro do que sou com contabilidade? Por que não posso fazer o que sei que *consigo* fazer?

— Bem, por que você não pode fazer tudo? A magia e a música, pelo menos? Você sempre pode contratar um contador.

Quando ela ria, seu rosto fino se iluminava, a boca fina se ampliava e os olhos encolhiam.

— Ah, Rosa Negra — disse Diamante —, eu amo você.

— É claro que ama. É melhor amar, mesmo. Vou enfeitiçar você se não o fizer.

Eles se ajoelharam, ficando frente a frente, com os braços esticados para baixo e as mãos unidas. E se beijaram por todo o rosto. Para os lábios de Rosa, o rosto de Diamante era aveludado e encorpado como uma ameixa, só um pouquinho espinhoso acima do lábio e no maxilar, onde ele tinha começado a se barbear há pouco tempo. Para os lábios de Diamante, o rosto de Rosa era macio como seda, só um pouquinho áspero em uma bochecha, que ela tinha esfregado com uma mão suja. Eles se aproximaram um pouco mais para que seus peitos e barrigas se tocassem, embora as mãos permanecessem esticadas ao lado do corpo. E continuaram se beijando.

— Rosa Negra — sussurrou o nome secreto que usava para ela em seu ouvido.

Ela não disse nada, mas soltou uma respiração quente no ouvido dele, que gemeu. Ele apertou as mãos dela e se afastou um pouco. Ela recuou.

Eles se sentaram sobre os tornozelos.

— Oh, Di — disse ela —, vai ser horrível quando você for embora.

— Eu não vou — respondeu ele. — Para lugar nenhum. Nunca.

Mas é claro que ele foi para o Porto Sul de Havnor, em uma das carroças do pai, conduzida por um dos carroceiros do pai, junto com o Mestre Abeto. Como regra, as pessoas fazem o que os feiticeiros as aconselham a fazer. E ser convidado por um feiticeiro para ser seu aluno ou aprendiz é uma grande honra. Abeto, que conquistou seu cajado em Roke, estava acostumado com garotos indo até ele implorar para serem avaliados e, se tivessem o dom, ensinados. Estava um pouco curioso sobre aquele garoto cujas boas maneiras escondiam certa relutância ou insegurança. A ideia de que ele tinha um dom era do pai, não do garoto. Isso era incomum, mas talvez não tão incomum entre os ricos quanto entre os plebeus. Pelo menos, ele vinha com uma taxa de aprendizagem muito boa e paga com antecedência em ouro e marfim. Se ele tivesse o que era preciso para ser um feiticeiro, Abeto o treinaria, e se ele tivesse, como o feiticeiro suspeitava, um mero talento infantil, seria mandado de volta para casa com o que restasse da taxa. Abeto era um feiticeiro honesto, correto, sério, erudito, com pouco interesse em sentimentos ou ideias. Tinha o dom da nomeação.

— A arte começa e termina com a nomeação — disse ele, o que de fato é verdade, embora possa haver muita coisa entre o começo e o fim.

Então Diamante, em vez de aprender feitiços, ilusões, transformações e todos esses truques extravagantes, como Abeto os chamava, sentou-se em uma sala estreita nos fundos da casa estreita do feiticeiro em uma rua estreita da cidade antiga, memorizando longas listas de palavras, palavras de poder na Língua da Criação. Plantas e partes de plantas, animais e partes de animais, ilhas e partes de ilhas, partes de navios, partes do corpo humano. As palavras nunca faziam sentido, nunca formavam frases, apenas listas. Listas muito longas.

A mente de Diamante divagava. "Cílio" na Língua Verdadeira é *siasa*, ele leu, e sentiu cílios roçando seu rosto em um beijo suave, cílios escuros. Ele olhou para cima assustado, sem saber o que o havia tocado. Mais tarde, quando tentou repetir a palavra, ficou calado.

— Memória, memória — disse Abeto. — Talento é inútil sem a memória!

Ele não era severo, mas era inflexível. Diamante não fazia ideia da opinião que Abeto tinha em relação a ele, e imaginou que fosse bem negativa. Às vezes, o feiticeiro o obrigava a acompanhá-lo no trabalho, principalmente quando ia lançar feitiços de proteção em navios e casas, purificar poços e participar dos conselhos da cidade, onde raramente falava, mas ouvia sempre. Outro feiticeiro, que não tinha se formado em Roke, mas tinha o dom de cura, cuidava dos doentes e moribundos do Porto Sul. Abeto deixava-o com prazer, já que do que realmente gostava era estudar e, até onde Diamante pôde perceber, não fazer nenhuma magia.

— Mantenha o Equilíbrio, esse é o segredo — dizia Abeto e: — Conhecimento, ordem e controle. — Ele repetia essas palavras com tanta frequência que elas formavam uma melodia constante na cabeça de Diamante: conhecimento, ordem e controle...

Quando Diamante colocava as listas de nomes nas melodias que inventava, ele as aprendia muito mais rápido; mas a melodia também se tornava parte do nome, e ele a cantava com tanta clareza — já que sua voz havia voltado a ser um tenor forte e sombrio — que Abeto fazia uma careta. A casa de Abeto era muito silenciosa.

Na maior parte do tempo o aluno deveria estar com o mestre, ou estudando as listas de nomes na sala onde os livros de ensinamentos e os dicionários ficavam, ou dormindo. Abeto era rígido em relação à hora de dormir e despertar. Mas de vez em quando Diamante tinha uma ou duas horas livres. Ele sempre descia até as docas e se sentava ao lado de um píer ou em uma escada que descia para a água e pensava em Rosa Negra. Assim que saía de casa e se afastava do Mestre Abeto, ele começava a pensar em Rosa Negra, e continuava pensando nela e quase nada além disso. Era algo que o surpreendia um pouco. Ele achava que devia estar com saudades de casa e pensar na mãe. E ele pensava muito nela, e sentia muitas saudades de casa quando se deitava no catre de seu quartinho vazio e estreito depois de uma ceia miserável de mingau de ervilha frio, porque aquele feiticeiro, pelo menos, não vivia de modo tão luxuoso quanto D'Ouro imaginara. Diamante nunca pensava em Rosa Negra durante a noite. Ele pensava na mãe, ou em quartos ensolarados e comida quente, ou uma melodia lhe vinha à mente e ele praticava mentalmente na harpa, depois adormecia. Rosa Negra vinha à sua mente apenas quando ele estava nas docas, olhando para a água do porto, os píeres, os barcos de pesca, apenas quando ele estava ao ar livre e longe de Abeto e sua casa.

Desse modo, ele apreciava seu tempo livre como se fossem verdadeiros encontros com ela. Ele sempre a amara, mas não entendia que a amava mais do que a qualquer pessoa e a qualquer coisa. Quando estava com ela, ou mesmo quando estava nas docas pensando nela, ele estava vivo. E ele nunca se sentia completamente vivo na casa e na presença do Mestre Abeto. Sentia-se um pouco morto. Não morto, mas um pouco morto.

De vez em quando, sentado na escada do cais, com a água suja do porto batendo um degrau abaixo, com os gritos das gaivotas e dos trabalhadores da doca coroando o ar com uma música aguda e monótona, ele fechava os olhos e via seu amor de forma tão clara, tão próxima, que estendia a mão para tocá-la. E se ele estendesse a mão apenas em sua cabeça, como quando harpeava mentalmente, a tocava, de fato. Sentia a mão dela na dele, e a face dela, quente-fria, sedosa-áspera, repousava contra sua boca. Em sua mente, ele conversava com ela, e em sua mente ela respondia com a voz rouca dizendo seu nome.

— Diamante...

Mas quando ele voltava pelas ruas do Porto Sul, ele a perdia. Jurava mantê-la com ele, pensar nela, pensar nela à noite, mas ela desvanecia. Ao abrir a porta da casa do Mestre Abeto, ele já estava recitando listas de nomes ou imaginando o que haveria para o jantar, pois na maior parte do tempo, estava faminto. Era apenas quando ele conseguia ter uma hora livre e voltar correndo para as docas que conseguia pensar nela.

Por isso ele começou a considerar aquelas horas como verdadeiros encontros com ela, e passou a viver em função daqueles momentos, sem saber em função do que vivia até que seus pés estivessem nas pedras e seus olhos no porto e na linha distante do mar. Aí, ele se lembrava do que valia a pena se lembrar.

O inverno passou, assim como o início frio da primavera, e com o calor do fim da primavera chegou uma carta da mãe de Diamante, trazida por um carroceiro. Ele a leu e a levou para o Mestre Abeto, dizendo:

— Minha mãe quer saber se eu posso passar um mês em casa neste verão.

— Provavelmente não — respondeu o feiticeiro e depois, parecendo notar a presença de Diamante, largou a caneta e disse: — Jovem, devo lhe perguntar se você deseja continuar estudando comigo.

Diamante não fazia ideia do que dizer. Pensar que a decisão cabia a ele nunca tinha lhe ocorrido.

— O senhor acha que eu deveria? — perguntou, por fim.

— Provavelmente não — respondeu o feiticeiro.

Diamante esperava se sentir aliviado, livre, mas percebeu que se sentia rejeitado, envergonhado.

— Sinto muito — disse ele, com dignidade o bastante para atrair o olhar de Abeto.

— Você poderia ir para Roke — acrescentou o feiticeiro.

— Para Roke?

A forma como o garoto o encarou boquiaberto irritou Abeto, mas ele sabia que não deveria. Feiticeiros estão acostumados com a confiança exagerada nos jovens de sua espécie. Esperam que a modéstia venha com o tempo, se vier.

— Eu disse Roke. — O tom de Abeto demonstrou que ele não estava acostumado a ter que se repetir. E então, porque aquele garoto, aquele garoto cabeça-mole, mimado e sonhador havia se tornado benquisto por Abeto por sua paciência conformada, o feiticeiro teve pena dele e disse: — Você deveria ir para Roke ou encontrar um feiticeiro para lhe ensinar o que você precisa aprender. É claro que precisa daquilo que posso ensinar. Você precisa dos nomes. A arte começa e termina com a nomeação. Mas esse não é seu dom. Você tem uma memória ruim para palavras. Você deve treiná-la diligentemente. No entanto, é evidente que você tem habilidades e que elas precisam ser cultivadas e disciplinadas, algo que outro homem poderá lhe oferecer melhor do que eu. — Como se vê, às vezes, modéstia gera modéstia, mesmo nos locais mais improváveis. — Se você quiser ir para Roke, eu enviaria com você uma carta recomendando a atenção especial do Mestre Invocador.

— Oh — exclamou Diamante, perplexo. A arte do Invocador é talvez a mais arcana e perigosa de todas as artes da magia.

— Talvez eu esteja errado — continuou Abeto, com sua voz seca e monótona. — Seu dom pode ser para o padronismo. Ou talvez seja um talento comum de moldagem e metamorfose. Não tenho certeza.

— Mas o senhor está... Eu sou mesmo...

— Ah, sim. Você é excepcionalmente lerdo, meu jovem, em reconhecer as próprias habilidades. — Aquelas palavras foram ditas com dureza, e Diamante ficou um pouco tenso.

— Pensei que o meu dom fosse para a música — disse ele.

Abeto descartou a ideia com um movimento da mão.

— Estou falando da Verdadeira Arte — advertiu. — Agora, serei franco com você. Aconselho que escreva para seus pais, eu farei o mesmo, informe-os da sua decisão de ir para a escola em Roke, se for essa sua decisão; ou para o Grande Porto, caso o Mago Desassossego o aceite, e acredito que aceitará, por recomendação minha. Mas aconselho você a não ir para casa. O envolvimento de família, amigos e tudo o mais é exatamente do que você precisa se libertar. Agora e daqui em diante.

— Os feiticeiros não têm família?

Abeto ficou satisfeito por ver um pouco de determinação no rapaz.

— Eles são a família uns dos outros — respondeu.

— E não têm amigos?

— Eles podem ser amigos. Por acaso eu disse que era uma vida fácil? — Silêncio. Abeto olhou diretamente para Diamante. — Havia uma garota.

Diamante o fitou por um instante, abaixou os olhos e não disse nada.

— Seu pai me contou. A filha de uma bruxa, uma colega de brincadeiras de infância. Ele acreditava que você havia ensinado feitiços a ela.

— Foi ela quem me ensinou.

Abeto assentiu.

— É bastante compreensível, entre crianças. E bastante impossível agora. Você entende?

— Não — respondeu Diamante.

— Sente-se — sugeriu Abeto. Depois de um momento, Diamante se sentou na cadeira dura de espaldar alto que estava à sua frente.

— Aqui eu posso proteger você, e fiz isso. Em Roke, você estará perfeitamente seguro, é claro. Ali, as próprias paredes..., mas se você for para casa, deve estar disposto a se proteger. É algo difícil para um jovem, muito difícil... Um teste para sua determinação, que ainda não foi fortalecida, para uma mente que ainda não encontrou seu verdadeiro objetivo. Recomendo fortemente que você não corra esse risco. Escreva para seus pais e vá para o Grande Porto ou para Roke. Metade da sua anuidade, que vou lhe devolver, cobrirá as primeiras despesas.

Diamante endireitou-se e permaneceu imóvel. Ele vinha ganhando um pouco da altura e do perfil do pai nos últimos tempos e parecia bastante com um homem, ainda que muito jovem.

— O que o senhor quis dizer, Mestre Abeto, ao mencionar que me protegeu aqui?

— Simplesmente como me protejo — respondeu o feiticeiro; e um instante depois, continuou, irritado. — A barganha, garoto. O poder que cedemos em troca do nosso poder. O estado inferior da existência ao qual renunciamos. Certamente você sabe que todo homem poderoso de verdade é celibatário.

Houve uma pausa, e Diamante disse:

— Então, o senhor garantiu que... que eu...

— É claro. Era minha responsabilidade como seu professor.

Diamante assentiu. E disse:

— Obrigado. — Imediatamente se levantou. — Com sua licença, Mestre — falou. — Tenho que refletir.

— Aonde você vai?

— Para a orla.

— É melhor ficar aqui.

— Aqui eu não consigo pensar.

Abeto talvez tivesse percebido, então, o que enfrentaria; mas tendo dito ao garoto que não seria mais seu mestre, não era capaz, em sã consciência, de controlá-lo.

— Você tem um dom verdadeiro, Essiri — disse ele, usando o nome que dera ao garoto nas fontes do Amia, uma palavra que na Língua Arcaica significa Salgueiro. — Um dom que não compreendo totalmente. E acho que você não compreende de modo algum. Tome cuidado! Usar um dom de forma errônea, ou se recusar a usá-lo, pode causar grande perda, grande mal.

Diamante assentiu, sofrendo, penitente, disciplinado, inabalável.

— Vá em frente — disse o feiticeiro. E Diamante foi.

Mais tarde, Abeto percebeu que nunca deveria ter deixado o garoto sair de casa. Ele havia subestimado a força de vontade de Diamante, ou a força do feitiço que a garota havia lançado sobre ele. A conversa com o garoto se deu pela manhã. Abeto retornou ao antigo encantamento que estava anotando e só na hora do jantar pensou em seu aluno, e só depois de jantar sozinho admitiu que Diamante havia fugido.

Abeto estava relutante em praticar qualquer uma das artes menores da magia. E não lançou mão do feitiço de descoberta, como qualquer ocultista faria. Nem chamou Diamante. Ele estava irado;

talvez até mesmo magoado. Tinha simpatizado com o garoto e se oferecido para escrever ao Invocador sobre ele, e já no primeiro teste de caráter, Diamante falhou.

— Vidro — murmurou o feiticeiro. Pelo menos essa fraqueza provava que Diamante não era perigoso. Era melhor não deixar certos talentos livres, mas não havia nenhuma maldade naquele sujeito, nenhuma má intenção. Nenhuma ambição. — Nenhuma firmeza — disse Abeto para o silêncio da casa. — Ele que rasteje para casa, para sua mãe.

Ainda assim, estava irritado por ter sido decepcionado por Diamante, sem uma palavra sequer de agradecimento ou de desculpas. Que falta de educação, pensou.

Enquanto apagava a lamparina e se deitava, a filha da bruxa ouviu uma coruja chamando, o pequeno e fluido uh-uh-uh-uh que fazia as pessoas chamá-las de corujas-risonhas. Ela ouviu com o coração pesaroso. Aquele era o sinal deles, nas noites de verão, quando escapavam para se encontrar no bosque de salgueiros às margens do Amia, quando todos os outros estavam dormindo. Ela não pensava nele à noite. No inverno, ela tinha se emanado para ele noite após noite. Tinha aprendido o feitiço de emanação de sua mãe e sabia que era um feitiço verdadeiro. Ela emanava para ele seu toque, sua voz dizendo seu nome, repetidas vezes. Mas sempre encontrava uma parede de ar e silêncio. Ela não tocava nada. Ele a havia isolado. Ele não ouvia.

Mas várias vezes durante o dia, de repente, havia momentos em que sua mente percebia que ele estava por perto e que podia tocá-lo se estendesse a mão. Mas à noite ela só se deparava com sua ausência vazia, sua recusa. Ela havia parado de tentar alcançá-lo há meses, mas seu coração ainda estava muito ferido.

— Uh-uh-uh — disse a coruja, sob sua janela, e então exclamou: — Rosa Negra! — Despertada de seu sofrimento, ela pulou da cama e abriu as venezianas.

— Venha aqui fora — sussurrou Diamante, que era apenas uma sombra sob a luz das estrelas.

— Minha mãe não está em casa. Entre! — Ela o encontrou na porta.

Eles se abraçaram apertado, forte e em silêncio por um longo tempo. Para Diamante, era como se ele tivesse seu futuro, sua própria vida, sua vida inteira, nos braços.

Finalmente ela se afastou, beijou o rosto dele e sussurrou:

— Senti sua falta, senti sua falta, senti sua falta. Quanto tempo você pode ficar?

— O tempo que eu quiser.

Ela segurou a mão dele e o levou para dentro. Ele sempre foi um pouco relutante em entrar na casa da bruxa, um lugar de cheiro acre, bagunçado, cheio de mistérios femininos e bruxarias, muito diferente de sua casa limpa e confortável, ainda mais diferente da austeridade fria da casa do feiticeiro. Ele ficou parado ali tiritando como um cavalo, era alto demais para as vigas adornadas com ervas. E estava muito tenso e exausto, tendo caminhado sessenta e cinco quilômetros em dezesseis horas sem se alimentar.

— Onde está sua mãe? — perguntou ele, em um sussurro.

— Está velando a velha Avenca. Ela morreu esta tarde e minha mãe vai ficar lá a noite toda. Mas como você chegou aqui?

— Andando.

— O feiticeiro deixou você voltar para casa?

— Eu fugi.

— Fugiu! Por quê?

— Para não perder você.

Ele olhou para ela, aquele rosto vívido, feroz e escuro sob a nuvem de cabelo frisado. Ela vestia apenas uma camisola, e ele viu a elevação infinitamente delicada e terna de seus seios. Ele a puxou para si outra vez, mas depois de abraçá-lo ela se afastou de novo, franzindo a testa.

— Não me perder? — repetiu ela. — Você não pareceu preocupado em me perder durante todo o inverno. O que fez você voltar agora?

— Ele quer que eu vá para Roke.

— Para Roke? — Ela fixou os olhos nele. — Para Roke, Di? Então você realmente tem o dom..., poderia ser um ocultista?

Descobrir que ela estava do lado de Abeto foi um golpe.

— Ocultistas não são nada para ele. Ele quis dizer que eu poderia ser um feiticeiro. Fazer magia. Não apenas bruxaria.

— Ah, entendo — disse Rosa depois de um instante. — Só não entendo por que você fugiu.

Eles soltaram as mãos um do outro.

— Você não entende? — perguntou ele, exasperado com ela por não entender, e com ele por também não ter entendido. — Um feiticeiro não pode ter nenhum envolvimento com mulheres. Com bruxas. Com essa coisa toda.

— Ah, eu sei. Está abaixo deles.

— Não só está abaixo deles…

— Ah, mas está. Aposto que você teve que desaprender todos os feitiços que eu ensinei. Não é?

— Não são coisas iguais.

— Não. Não é a Arte Elevada. Não é a Língua Verdadeira. Um feiticeiro não deve sujar seus lábios com palavras comuns. "Fraco como magia de mulher, perverso como magia de mulher". Acha que eu não sei o que dizem? Então, por que você voltou aqui?

— Para ver você!

— E me ver para quê?

— O que você acha?

— Esse tempo todo em que esteve fora, você nunca se emanou para mim, nunca deixou que eu me emanasse para você. Queria que eu ficasse esperando até você se cansar de brincar de feiticeiro… Bom, eu cansei de esperar. — A voz dela soou quase inaudível, um sussurro rouco.

— Alguém anda aparecendo aqui — disse ele, incrédulo por ela estar se virando contra ele. — Quem está atrás de você?

— Não é da sua conta, se tiver alguém! Vá embora, me dê as costas. Feiticeiros não podem ter nenhum envolvimento com o que eu faço, com o que minha mãe faz. Bem, eu também não quero ter nenhum envolvimento com o que você faz, nunca. Então, vá!

Faminto, frustrado, incompreendido, Diamante estendeu a mão para abraçá-la de novo, para fazer com que o corpo dela entendesse o corpo dele, repetindo aquele primeiro e profundo abraço que envolvia todos os anos da vida deles. Ele se viu de pé, a meio metro de distância, com as mãos ardendo, os ouvidos zumbindo e os olhos ofuscados. Havia um raio nos olhos de Rosa e as mãos dela soltavam faíscas enquanto as fechava em punhos.

— Nunca mais faça isso — murmurou ela.

— Não se preocupe — disse Diamante, virou-se e saiu. Um fio de sálvia seca se prendeu à cabeça dele e o seguiu.

Ele passou a noite no antigo ponto de encontro deles entre os salgueiros. Talvez com esperança de que ela fosse até lá, mas ela não foi, e ele logo dormiu por puro cansaço. Acordou ao primeiro raio de luz fria. Sentou-se e refletiu. Ele olhou para a vida sob aquela luz fria. O problema era diferente do que ele tinha acreditado. Desceu até o rio onde tinha sido batizado. Bebeu água, lavou as mãos e o rosto, tentou parecer o mais decente possível e atravessou a cidade até chegar à bela casa no alto, a casa de seu pai.

Depois dos primeiros gritos e abraços, os funcionários e a mãe dele o colocaram sentado para o café da manhã. Assim, foi com comida quente na barriga e uma certa coragem fria no coração que ele encarou o pai, que tinha saído antes do café para vistoriar uma série de carroças de madeira que iam para o Grande Porto.

— Ora, filho! — Eles encostaram bochecha com bochecha. — Quer dizer que o Mestre Abeto lhe deu férias?

— Não, senhor. Eu fui embora.

D'Ouro fixou os olhos nele, depois se serviu e se sentou.

— Foi embora — disse.

— Sim, senhor. Decidi que não quero ser feiticeiro.

— Humm — fez D'Ouro, mastigando. — Veio embora por livre e espontânea vontade? Totalmente? Com permissão do Mestre?

— Por livre e espontânea vontade, sim, mas sem a permissão dele.

D'Ouro mastigava muito lentamente, com os olhos na mesa. Diamante tinha visto o pai daquele jeito quando o vigia da floresta relatou uma infestação nos bosques de castanheiras, e quando ele descobriu que um negociante de mulas o havia enganado.

— Ele queria que eu fosse para a faculdade em Roke para estudar com o Mestre Invocador. Ele ia me mandar para lá. Decidi não ir.

Depois de algum tempo, D'Ouro perguntou, ainda olhando para a mesa:

— Por quê?

— Não é a vida que eu quero.

Outra pausa. D'Ouro olhou para a esposa, que estava perto da janela ouvindo em silêncio. Depois olhou para o filho. Lentamente, a mistura de raiva, decepção, confusão e respeito no rosto do homem cedeu lugar a algo mais simples, um olhar de cumplicidade, quase uma piscadela.

— Compreendo — disse. — E o que você decidiu que quer?

Uma pausa.

— Isto — respondeu Diamante. Sua voz soou firme. Ele não olhou nem para o pai nem para a mãe.

— Ahã! — fez D'Ouro. — Bem! Posso dizer que estou feliz com isto, filho. — Ele comeu uma tortinha de porco em uma só bocada. — Ser feiticeiro, ir para Roke, tudo isso nunca pareceu real, não exatamente. E com você longe, eu não sabia para que servia tudo isto, para dizer a verdade. Todos os meus negócios. Se você está aqui, faz sentido, entende. Faz sentido. Ora! Mas ouça, você simplesmente fugiu do feiticeiro? Ele sabia para onde você estava indo?

— Não. Vou escrever para ele — respondeu Diamante, em sua nova e firme voz.

— E ele não vai ficar bravo? Dizem que os feiticeiros têm temperamento explosivo. São orgulhosos.

— Ele está bravo — reconheceu Diamante —, mas não vai fazer nada.

E nada aconteceu. Na verdade, para espanto de D'Ouro, o Mestre Abeto devolveu dois quintos muito bem contados da taxa de aprendizagem. Junto com o pacote, que foi entregue por um dos carroceiros de D'Ouro que tinha transportado uma carga de estacas para o Porto Sul, havia um bilhete para Diamante: A verdadeira arte exige um só coração.

O endereço no exterior do bilhete era a runa hárdica para salgueiro. O bilhete foi assinado com a runa do Abeto, que tinha dois significados: a árvore cicuta e sofrimento.

Diamante estava sentado na cama confortável em seu quarto iluminado pelo sol no andar de cima, ouvindo a mãe cantar enquanto ela andava pela casa. Ele segurou a carta do feiticeiro e releu a mensagem e as duas runas várias vezes. A mente fria e indolente que havia se desenvolvido nele naquela manhã nos salgueiros aceitou a lição. Nada de magia. Nunca mais. Ele nunca tinha se entregado de coração àquilo. Para ele, era apenas uma brincadeira, uma brincadeira para brincar com Rosa Negra. Até mesmo os nomes da Língua Verdadeira que ele tinha aprendido na casa do feiticeiro, embora reconhecesse a beleza e o poder que havia neles, ele poderia abandonar, deixar escapar, esquecer. Aquela não era a língua dele.

A língua que ele só podia falar com ela. E a tinha perdido, deixado escapar. O coração dividido não possui uma língua verdadeira. De agora em diante ele poderia falar apenas a linguagem do dever: ganhar e gastar, despesa e renda, lucro e prejuízo.

Nada mais além disso. Houve ilusionismos, pequenos feitiços, seixos que se transformavam em borboletas, pássaros de madeira que voavam com asas vivas por um ou dois minutos. Mas, na verdade, nunca houve uma escolha. Existia apenas um caminho para ele.

D'Ouro estava imensamente feliz e bastante inconsciente disso.

— O velho recuperou a alegria — disse um carroceiro ao vigia da floresta. — Está leve como manteiga fresca.

D'Ouro, sem saber que estava leve, só pensava em como a vida era leve. Tinha comprado o bosque de Reche com certeza por um preço muito alto, mas pelo menos o velho Galho Baixo da Colina Leste não era o proprietário e agora ele e Diamante poderiam cultivá-lo como deveria ser cultivado. Entre as castanheiras havia muitos pinheiros, que poderiam ser derrubados e vendidos como mastros, estacas e madeira serrada e o espaço reflorestado com mudas de castanheira. Com o tempo, seria uma plantação pura como o Grande Bosque, o coração de seu reino de castanheiras. Com o tempo, é claro. Carvalhos e castanheiras não brotam da noite para o dia como amieiros e salgueiros. Mas havia tempo. Agora, havia tempo. O garoto tinha acabado de fazer dezessete anos e ele só tinha quarenta e cinco. Estava no auge. Estivera se sentindo velho, mas isso era bobagem. Ele estava no auge. As árvores mais velhas, que já não eram mais vigorosas, deveriam ser retiradas com os pinheiros. Daria para extrair delas um pouco de madeira boa para mobílias.

— Ora, ora, ora — dizia ele à esposa com frequência —, tudo cor-de-rosa de novo, hein? O tesouro dos seus olhos voltou para casa, hein? Chega de ficar deprimida, hein?

E Tuly sorria e acariciava a mão dele.

Uma vez, em vez de sorrir e concordar, ela disse:

— É maravilhoso tê-lo de volta, mas... — E D'Ouro parou de ouvir. As mães nasceram para se preocupar com os filhos, e as mulheres nasceram para nunca se contentar. Não havia motivo para ouvir a ladainha de ansiedades com que Tuly se arrastava pela vida. É claro que ela achava que a vida de mercador não era boa o suficiente para o garoto. Para ela, nem ser rei em Havnor seria bom o bastante.

— Quando ele conseguir uma namorada — disse D'Ouro, como resposta ao que quer que ela estivesse dizendo —, estará tudo resolvido. Viver com feiticeiros, você sabe, do jeito que eles vivem, o atrasou um pouco. Não se preocupe com Diamante. Ele saberá o que quer quando encontrar!

— Espero que sim — respondeu Tuly.

— Pelo menos ele não está vendo a filha da bruxa — comentou D'Ouro. — Acabou.

Depois lhe ocorreu que sua esposa também não estava mais vendo a bruxa. Durante anos, elas foram unidas como unha e carne, apesar das advertências dele, e agora Enlace nunca estava perto da casa. As amizades femininas nunca duravam. Ele a provocou com isso. Ao vê-la espalhando poejo e erva-de-são-joão nos baús e varais de roupas para afastar uma infestação de traças, ele disse:

— Esse é o tipo de coisa para a qual você pediria à sua amiga, aquela sábia mulher, por um feitiço. Ou vocês não são mais amigas?

— Não — respondeu a esposa em sua voz calma e firme —, não somos.

— Mais uma coisa boa! — decretou D'Ouro. — O que aconteceu com aquela filha dela, então? Foi embora com um malabarista, pelo que ouvi dizer?

— Um músico — corrigiu Tuly. — No verão passado.

— Uma festa do dia do seu nome — disse D'Ouro. — Hora de um pouco de diversão, um pouco de música e dança, garoto. Dezenove anos. Comemore!

— Eu vou para a Colina do Leste com as mulas de Sul.

— Não, não, não. Sul pode lidar com isso. Fique em casa e faça sua festa. Você tem trabalhado duro. Vamos contratar uma banda. Quem é o melhor do país? Alcatrão e sua turma?

— Pai, eu não quero festa — respondeu Diamante e se levantou, com os músculos tiritando como os de um cavalo. Ele era mais alto do que D'Ouro agora, e quando se movia bruscamente, era assustador. — Vou para a Colina do Leste — repetiu, e saiu da sala.

— Qual é o problema agora? — perguntou D'Ouro para a esposa, uma pergunta retórica. Ela olhou para ele e não disse nada, uma resposta nada retórica.

Depois que D'Ouro saiu, ela encontrou seu filho na sala de contabilidade examinando os registros financeiros. Ela olhou para as páginas. Listas compridas, imensas, de nomes e números, dívidas e créditos, lucros e prejuízos.

— Di — chamou ela, e ele ergueu os olhos. O rosto dele ainda era redondo e um pouco corado, como pêssego, embora os ossos estivessem mais pesados, e os olhos, melancólicos.

— Não quis magoar o pai — disse.

— Se ele quer uma festa, vai fazer uma — respondeu ela. A voz de mãe e filho eram parecidas, mais agudas, mas com tons profundos, e mantidas em um silêncio uniforme, contido, controlado. Ela se empoleirou em um banquinho ao lado dele junto à escrivaninha alta.

— Não posso — disse ele, e se calou. Então, prosseguiu: — Eu realmente não quero dançar.

— Está procurando alguém para você se casar — disse Tuly, seca e afetuosa.

— Não me importo com isso.

— Sei que você não se importa.

— O problema é...

— O problema é a música — disse a mãe, enfim.

Ele assentiu.

— Meu filho, não há motivo — disse, em um tom de repente intenso —, não há motivo *nenhum* para você desistir de tudo que ama!

Ele pegou a mão dela e a beijou enquanto ficavam sentados lado a lado.

— As coisas não se misturam — explicou ele. — Deveriam, mas não se misturam. Descobri isso quando desisti da feitiçaria. Pensei que poderia ser tudo. Você sabe..., fazer magia, tocar música, ser filho do meu pai, amar Rosa. Não funciona assim. As coisas não se misturam.

— Elas se misturam, se misturam sim — assegurou Tuly. — Está tudo conectado, emaranhado!

— Talvez estejam, para as mulheres. Mas eu... Não posso ter dois corações.

— Dois corações? Você? Você desistiu da magia porque sabia que se não o fizesse, a trairia.

Ele ouviu a palavra com um choque visível, mas não negou.

— Mas por quê? — quis saber a mãe. — Por que você desistiu da música?

— Devo ter um só coração. Não posso tocar harpa se estou negociando com um criador de mulas. Não posso fazer baladas se estou pensando no que temos que pagar aos colhedores para impedi-los de trabalhar para o Galho Baixo! — A voz dele estava um pouco trêmula agora, com um vibrato, e os olhos não estavam tristes, mas irados.

— Então você colocou um feitiço em si mesmo — concluiu ela —, exatamente como aquele feiticeiro colocou em você. Um feitiço para se manter seguro. Para se manter ao lado dos criadores de mulas e dos colhedores de castanhas e essas coisas. — Ela empurrou o livro contábil cheio de listas de nomes e números, em um toque rápido e desdenhoso. — Um feitiço de silêncio — falou.

Depois de um longo tempo, o jovem disse:

— O que mais eu posso fazer?

— Não sei, meu querido. Quero que você fique seguro. Amo ver seu pai feliz e orgulhoso de você. Mas não suporto ver você infeliz, sem orgulho! Não sei. Talvez você esteja certo. Talvez para um homem seja sempre uma coisa só. Mas sinto falta de ouvir você cantar.

Ela estava aos prantos. Os dois se abraçaram, e ela acariciou o cabelo espesso e brilhante dele, se desculpando por ser cruel, e ele a abraçou outra vez, dizendo que ela era a melhor mãe do mundo, e então ela foi embora. Mas quando estava saindo, se virou por um instante e disse:

— Permita que ele faça a festa, Di. Permita-se recebê-la.

— Está bem — disse ele, para confortá-la.

D'Ouro encomendou cerveja, comida e fogos de artifício, mas Diamante cuidou da contratação dos músicos.

— É claro que vou levar minha banda — garantiu Alcatrão. — Nunca perderia isso! Você terá todos os músicos do mundo ocidental aqui para uma das festas do seu pai.

— Pode dizer a eles que só a banda de vocês será paga.

— Ah, eles virão pela glória — respondeu o harpista, um quarentão magro, de queixo comprido e olhos esbugalhados. — Talvez você também dê uma palhinha com a gente, hein? Você levava jeito para a coisa antes de começar a trabalhar. E sua voz não seria nada mal, se você tivesse trabalhado nela.

— Duvido — disse Diamante.

— Aquela garota de quem você gostava, a Rosa da bruxa, ela está com o Lábia, pelo que ouvi dizer. Sem dúvida eles vão aparecer.

— Vejo vocês, então — disse Diamante, demonstrando grandeza, beleza e indiferença, e partiu.

— Você é importante demais para parar e conversar hoje em dia — reclamou Alcatrão —, embora eu tenha ensinado tudo o que ele sabe sobre harpa. Mas o que isso significa para um homem rico?

A maldade de Alcatrão deixou os nervos de Diamante à flor da pele, e o peso da festa o fez perder o apetite. Por um tempo, ele nutriu a esperança de estar doente e poder deixar de comparecer. Mas o dia chegou, e ele estava lá. Não com tanta evidência, tanto destaque, tanta extravagância quanto seu pai, mas presente, sorrindo, dançando. Todos os seus amigos de infância também estavam lá, metade deles agora aparentemente casados com a outra metade, mas ainda havia muito flerte acontecendo, e várias garotas bonitas se aproximando dele. Ele bebeu bastante da excelente cerveja do Cervejeiro Gadge e descobriu que conseguia suportar a música se dançasse, conversasse e risse enquanto isso. Então ele dançou com todas as garotas bonitas, uma de cada vez, e depois dançou de novo com aquelas que voltaram a procurá-lo, e todas voltaram.

Foi a maior festa que D'Ouro deu até aquele momento, com uma pista de dança montada no gramado da cidade, no caminho para sua casa, e uma tenda para os velhos comerem, beberem e fofocarem, além de roupas novas para as crianças, malabaristas e marionetistas, alguns deles contratados e alguns deles que apenas apareceram para pegar o que pudessem em moedas de cobre e cerveja grátis. Qualquer festividade atraía artistas e músicos itinerantes; era o ganha-pão deles, e embora não fossem convidados, eram bem-vindos. Um declamador de contos com uma voz e uma gaita de foles monótonas estava entoando a *Saga dos Senhores dos Dragões* para um grupo de pessoas sob o grande carvalho no alto da colina. Quando a banda de harpa, pífano, viola e tambor de Alcatrão fez um intervalo para respirar e beber um pouco, um novo grupo pulou na pista de dança.

— Ei, lá está a banda do Lábia! — gritou a garota bonita mais próxima de Diamante. — Vamos, eles são os melhores!

Lábia, um sujeito de pele clara e aparência chamativa, tocava trompa de madeira de palheta dupla. Com ele estavam um violista, um tocador de tambor e Rosa, que tocava pífano. A primeira música deles foi marcada, agitada e genial, rápida demais para alguns dos dançarinos. Diamante e sua parceira continuaram e as pessoas os aplaudiram e elogiaram quando terminaram a dança, suados e ofegantes.

— Cerveja! — gritou Diamante, e foi levado em um turbilhão de jovens, homens e mulheres, todos rindo e conversando.

Ele ouviu o início da música seguinte atrás de si, uma viola solitária, forte e triste como uma voz de tenor: *Aonde vai meu amor.*

Ele entornou uma caneca de cerveja de um só gole, e as garotas que estavam com ele observaram os músculos em sua garganta forte enquanto ele engolia, e riram, conversaram, enquanto ele tiritava todo como um cavalo de carroça picado por moscas. Ele disse:

— Oh! Não posso...

Ele disparou em direção ao pôr do sol, para além das lanternas penduradas ao redor da barraca do cervejeiro.

— Para onde ele vai? — perguntou uma delas e a outra respondeu:

— Ele vai voltar. — E elas riram e conversaram.

A música acabou.

— Rosa Negra — disse ele, atrás dela na escuridão.

Ela virou a cabeça e olhou para ele. Suas cabeças estavam no mesmo nível, ela sentada de pernas cruzadas na plataforma de dança, ele ajoelhado na grama.

— Vamos até os salgueiros — sugeriu ele.

Ela não disse nada. Lábia, olhando para ela, levou a trompa de madeira aos lábios. O baterista deu uma batida tripla em seu tambor, e eles começaram uma balada de marinheiro.

Quando ela olhou de novo, Diamante tinha desaparecido.

Alcatrão voltou com a banda uma hora e pouco depois, com má vontade por causa do descanso e pior ainda pela cerveja. Interrompeu a música e a dança, gritando para Lábia cair fora.

— Ah, abaixe esse nariz, seu tocador de harpa — disse Lábia, e Alcatrão se ofendeu. As pessoas tomaram partido, e quando a disputa chegou ao clímax, Rosa colocou o pífano no bolso e saiu.

Longe das lanternas da festa, estava escuro, mas ela sabia o caminho mesmo na escuridão. Ele estava lá. Os salgueiros tinham crescido naqueles dois anos. Havia apenas um espaço minúsculo para se sentar entre os brotos verdes e as folhas longas e caídas.

A música recomeçou, distante, abafada pelo vento e pelo murmúrio do rio correndo.

— O que você queria, Diamante?

— Conversar.

Eles eram apenas vozes e sombras um para o outro.

— E? — disse ela.

— Eu queria pedir para você ir embora comigo — falou ele.

— Quando?

— No passado. Quando nós brigamos. Eu disse tudo errado. Eu pensava... — Houve uma longa pausa. — Eu pensava que poderia continuar fugindo. Com você. E tocar música. Ganhar a vida. Juntos. Eu queria dizer isso.

— Você não disse isso.

— Eu sei. Eu disse tudo errado. Eu fiz tudo errado. Eu traí tudo. A magia. E a música. E você.

— Estou bem — disse ela.

— Está?

— Não sou muito boa no pífano, mas sou boa o suficiente. O que você não me ensinou, consigo preencher com um feitiço, se for preciso. E a banda, eles são bons. Lábia não é tão ruim quanto parece. Ninguém mexe comigo. Nós ganhamos a vida, uma vida muito boa. Nos invernos, vou ficar com minha mãe para dar uma ajuda a ela. Então, estou bem. E você, Di?

— Comigo, tudo errado.

Ele começou a dizer algo, mas não disse.

— Acho que éramos crianças — começou ele. — Agora…

— O que mudou?

— Eu fiz a escolha errada.

— Uma vez? — perguntou ela. — Ou duas?

— Duas.

— É a terceira vez que conta.

Por um momento, nenhum dos dois falou. Ela conseguia distinguir o volume do corpo dele entre as sombras das folhas.

— Você está maior do que era — disse. — Você ainda consegue fazer luz, Di? Quero ver você.

Ele balançou a cabeça.

— Era a única coisa que você conseguia fazer que eu nunca aprendi. E você nunca conseguiu me ensinar.

— Eu não sabia o que estava fazendo — respondeu ele. — Às vezes, dava certo, às vezes não.

— E o feiticeiro do Porto Sul não ensinou você a fazer dar certo?

— Ele só me ensinou nomes.

— Por que você não consegue mais fazer luz agora?

— Eu desisti, Rosa Negra. Ou eu fazia isso ou não fazia mais nada. Só se pode ter um coração.

— Não sei por quê — discordou ela. — Minha mãe pode curar uma febre e facilitar um parto e encontrar um anel perdido, talvez isso não seja grande coisa comparado ao que os feiticeiros e os senhores dragões conseguem fazer, mas ainda assim, não é nada. E ela não desistiu de nada por isso. Ser minha mãe não a impediu. Ela me teve para que pudesse aprender a fazer partos! Só porque aprendi a tocar música com você, tive que desistir de lançar feitiços? Também posso fazer uma febre baixar agora. Por que você deveria parar de fazer uma coisa para poder fazer a outra?

— Meu pai — começou ele, mas parou e deu uma espécie de risada. — Essas coisas não combinam — disse ele. — O dinheiro e a música.

— O pai e a garota-bruxa — completou Rosa Negra.

O silêncio se instalou entre eles outra vez. As folhas dos salgueiros se agitaram.

— Você voltaria para mim? — perguntou ele. — Você iria embora comigo, viveria comigo, se casaria comigo, Rosa Negra?

— Não para a casa do seu pai, Di.

— Para qualquer lugar. Fugir.

— Mas você não pode me ter sem a música.

— Nem à música sem você.

— Eu iria — respondeu ela.

— Lábia quer um harpista?

Ela hesitou; riu.

— Se ele quis até uma tocadora de pífano — disse ela.

— Não tenho praticado desde que fui embora, Rosa Negra — explicou ele. — Mas a música sempre esteve na minha cabeça, como você...

Ela estendeu as mãos para ele. Eles se ajoelharam frente a frente, com as folhas de salgueiro dançando em seus cabelos. Beijaram-se, timidamente no início.

Nos anos que se seguiram, depois que Diamante saiu de casa, D'Ouro ganhou mais dinheiro do que nunca. Todos os negócios deram lucros. Era como se a boa sorte tivesse se aferrado a ele e ele não conseguisse se livrar dela. Ele ficou extremamente rico.

Mas não perdoou o filho. Havia um final feliz, mas ele não o quis aceitar. Partir daquele jeito, sem dizer nem uma palavra, na noite do seu dia do próprio nome, ir embora com a garota-bruxa, deixando todo o trabalho honesto por fazer, ser um músico vagamundo, um tocador de harpa, dedilhando, cantando e sorrindo por centavos... Para D'Ouro, não restou nada além de vergonha, dor e raiva. Essa foi sua tragédia.

Tuly a compartilhou com ele por um longo tempo, já que ela só conseguia ver o filho se mentisse para o marido, o que tinha dificuldade em fazer. Ela chorava ao pensar em Diamante faminto, dormindo em condições difíceis. As noites frias de outono eram angustiantes para ela. Mas conforme o tempo passava e ela o ouvia sendo chamado de Diamante, o cantor do Oeste de Havnor, Diamante que havia tocado harpa e cantado para os grandes senhores na Torre da Espada, seu coração ficou mais leve. E uma vez, quando D'Ouro estava no Porto Sul, ela e Enlace pegaram uma carroça puxada por burro e foram até a Colina Leste, onde ouviram Diamante cantar a *Balada da Rainha Perdida*, e Rosa se sentou com elas, enquanto a pequena Tuly se acomodou no colo de Tuly. E se aquele instante não foi um final feliz, foi uma alegria verdadeira, e o que mais se pode pedir, afinal.

Os Ossos da Terra

Estava chovendo outra vez e o feiticeiro de Re Albi estava profundamente tentado a fazer um feitiço climático, só um feiticinho, para mandar a chuva para o outro lado da montanha. Seus ossos doíam. Doíam ansiando que o sol saísse e irradiasse por sua carne e os secasse. É óbvio que ele podia recitar um feitiço de dor, mas isso só a esconderia por um tempo. Não havia cura para o que o afligia. Ossos velhos precisam de sol. O feiticeiro ficou parado na porta de casa, entre a sala escura e o ar livre coberto de chuva, impedindo-se de fazer o feitiço, furioso consigo mesmo por se impedir e por ter que ser impedido.

Ele nunca praguejava (homens de poder não praguejam, não é seguro), mas pigarreou com uma tosse rosnada, como um urso. Um instante depois, uma trovoada desceu das encostas mais altas e escondidas da Montanha de Gont, ecoando de norte a sul e morrendo nas profundezas das florestas cobertas pelas nuvens.

Trovão é um bom sinal, pensou Dulse. A chuva pararia logo. Ele levantou o capuz e saiu na chuva para alimentar as galinhas.

Verificou o galinheiro, encontrando três ovos. Bochecha Vermelha estava chocando. Seus ovos estavam prestes a eclodir. Os ácaros a estavam perturbando e ela parecia desmazelada e cansada. Ele pronunciou algumas palavras contra os ácaros, disse a si mesmo para se lembrar de limpar os ninhos artificiais assim que os filhotes nascessem e foi para pátio do galinheiro, onde Bochecha Marrom, Cinza, Perneira, Candura e Rei se amontoavam sob os beirais fazendo comentários baixinhos e rabugentos sobre a chuva.

— Vai parar ao meio-dia — disse o feiticeiro às galinhas. Ele as alimentou e voltou para casa, pisando na lama, com três ovos quentes. Quando era criança, ele gostava de andar na lama. Ainda se lembrava de gostar do frescor da lama se infiltrando entre os dedos dos seus pés. E ainda gostava de andar descalço, mas não gostava mais de lama; era uma substância pegajosa, e não gostava de se abaixar para limpar os pés antes de entrar em casa. Quando seu chão era de terra, ele não se importava, mas agora tinha um piso de madeira, como o de um senhor, um mercador ou um arquimago. Para manter o frio e a umidade longe de seus ossos. Não tinha sido ideia dele. Silêncio tinha vindo do Porto de Gont, na primavera anterior, para colocar um piso na velha casa. Os dois tiveram uma de suas discussões a respeito. Ele já deveria saber, depois de todo aquele tempo, que não adiantava discutir com Silêncio.

— Pisei direto na terra por setenta e cinco anos — falou Dulse. — Mais alguns anos não vão me matar!

Mas Silêncio, é claro, não respondeu, deixando que Dulse escutasse o que dissera e sentisse a tolice completa que era aquilo.

— A terra é mais fácil de limpar — disse ele, sabendo que a luta já estava perdida.

Era bem verdade que tudo que se tem de fazer com um piso de argila bem batida era varrê-lo e de vez em quando borrifá-lo para manter a poeira baixa. Mas aquilo soou como tolice mesmo assim.

— Quem vai colocar esse piso? — perguntou, agora apenas ranzinza.

Silêncio fez um movimento de cabeça querendo dizer que seria ele mesmo.

De fato, o garoto era um trabalhador de primeira mão, carpinteiro, marceneiro, pedreiro, telhador; ele provara isso quando morou ali como aprendiz de Dulse e o tempo que viveu entre o povo rico do Porto de Gont não amoleceu suas mãos. Ele trouxe as tábuas da serraria de Sexto em Re Albi, conduzindo uma junta de bois do Velhote; colocou e poliu o piso no dia seguinte, enquanto o velho feiticeiro estava no Lago do Pântano colhendo torre-de-joias. Quando Dulse chegou em casa, lá estava o piso, brilhando como um lago escuro.

— Vou ter que lavar os pés toda vez que chegar — resmungou. Ele entrou com cuidado. A madeira era tão lisa que parecia macia sob as solas dos pés nus. — Cetim — disse. — Não pode ter feito isso tudo em um dia sem um ou dois feitiços. Uma cabana de aldeia com um piso de palácio. Bem, quando chegar o inverno, vai ser um espetáculo ver o fogo cintilar nisso! Ou agora vou ter que comprar um tapete? Uma tapeçaria de velocino com trama dourada?

Silêncio sorriu. Estava satisfeito consigo mesmo.

Ele tinha aparecido na porta de Dulse alguns anos antes. Bem, alguns, não, uns vinte ou vinte e cinco anos antes. Já fazia um bom tempo a essa altura. Ele era realmente um garoto na época, de pernas compridas, cabelo revoltos e rosto delicado. Boca firme e olhos claros.

— O que você quer? — perguntara o feiticeiro, sabendo o que ele queria, o que todos queriam, e desviando o olhar daqueles olhos claros. Ele era um bom professor, o melhor em Gont, e sabia disso. Mas estava cansado de ensinar, não queria outro aprendiz subalterno. E pressentia perigo.

— Aprender — sussurrou o garoto.

— Vá para Roke — respondeu o feiticeiro. O garoto usava sapatos e um bom casaco de couro. Ele podia pagar ou trabalhar por uma passagem de navio para a escola.

— Eu já estive lá.

Ao ouvir isso, Dulse olhou para ele outra vez. Nada de capa, nada de cajado.

— Foi reprovado? Mandado embora? Fugiu?

O garoto balançou a cabeça a cada pergunta. Fechou os olhos; a boca já estava fechada. Ele ficou ali, intensamente concentrado, sofrendo: respirou fundo, olhou diretamente nos olhos do feiticeiro.

— Minha habilidade está aqui, em Gont — disse ele, ainda falando quase em um sussurro. — Meu mestre é Heleth.

Diante disso, o feiticeiro, cujo verdadeiro nome era Heleth, ficou tão imóvel quanto o garoto, encarando-o, até que ele abaixou o olhar.

Em silêncio, Dulse buscou o nome do garoto e viu duas coisas: uma pinha e a runa da Boca Fechada. Então, buscando mais, um nome foi dito em sua mente; mas não o proferiu.

— Estou cansado de ensinar e falar — disse ele. — Preciso de silêncio. Isso é o suficiente para você?

O garoto assentiu uma única vez.

— Então, para mim, seu nome é Silêncio — afirmou o feiticeiro. — Você pode dormir no canto, sob a janela oeste. Tem um velho catre no depósito de lenha. Coloque-o para tomar ar. Não traga ratos aqui para dentro com ele. — E o feiticeiro saiu andando, altivo, rumo a Overfell, furioso com o garoto por vir e consigo mesmo por ceder; mas não era a raiva que fazia seu coração bater forte. Caminhando a passos largos (na época ele conseguia caminhar a passos largos), com o vento marítimo o impelindo sempre para a esquerda e com a luz do sol da manhã atingindo o mar bem além da grande sombra da montanha, pensou nos magos de Roke, os mestres da arte da magia, os professores do mistério e do poder. Ele estava além da força dos mestres, não é? E estará além da minha, pensou, e sorriu. Ele era um homem tranquilo, mas não era contra uma pitada de perigo.

Então, parou e sentiu a terra sob seus pés. Estava descalço, como sempre. Quando era aluno de Roke, usava sapatos. Mas quando voltara para casa em Gont, para Re Albi, com seu cajado de feiticeiro, se livrou deles. Ele ficou parado ali sentindo a terra e a rocha do topo do penhasco sob seus pés, e os penhascos lá embaixo e as raízes da ilha na escuridão, mais abaixo ainda. Na escuridão das profundezas das águas, todas as ilhas se tocavam e eram uma só. Foi o que Ard, com quem teve seus primeiros ensinamentos, havia dito, e foi o que seus professores em Roke haviam dito. Mas aquela era a ilha dele, a rocha dele, a terra dele. A feitiçaria dele originava-se ali. "Minha habilidade está aqui", havia dito o garoto, mas era algo mais profundo do que a habilidade. Era algo que Dulse talvez pudesse ensinar a ele: o que era mais profundo do que a habilidade. Algo que ele havia aprendido ali, em Gont, antes mesmo de ir para Roke.

E o garoto precisava de um cajado. Por que Nemmerle permitiu que ele saísse de Roke sem um, de mãos vazias, como um aprendiz ou uma bruxa? Um poder como aquele não deveria vagar por aí sem ser canalizado e sinalizado.

Ard não tinha cajado, pensou Dulse, e no mesmo instante ele atinou: o garoto quer obter seu cajado de mim. De carvalho gontês, das mãos de um feiticeiro gontês. Bem, se merecer, farei um para ele. Se conseguir manter a boca fechada. E deixarei meus livros de ensinamentos para ele. Caso consiga limpar um galinheiro, entender as Glosas de Danemer e manter a boca fechada.

O novo aluno limpou o galinheiro e capinou o canteiro de feijão, aprendeu o significado das Glosas de Danemer e dos Arcanos de Enlades, e manteve a boca fechada. Ele escutava. Ouvia o que Dulse dizia; às vezes, até o que o feiticeiro pensava. Fazia o que Dulse queria e até o que ele nem sabia que queria. O dom do garoto estava muito além da orientação de Dulse, mas ele fizera certo ao ir para Re Albi, e os dois sabiam disso.

Naqueles anos, o feiticeiro às vezes refletia sobre filhos e pais. Ele havia brigado com o próprio pai, um garimpeiro-ocultista, porque escolheu Ard para ensiná-lo. O pai tinha dito, aos gritos, que um aluno de Ard não era filho dele, e havia cultivado a própria raiva, morrendo sem perdoá-lo.

Dulse já tinha visto homens jovens chorarem de alegria no nascimento do primeiro filho. E tinha visto homens pobres pagarem às bruxas o equivalente a um ano de ganhos pela promessa de um menino saudável, e também um homem rico tocar o rosto de seu bebê, nascido em berço de ouro, sussurrando, encantado: "Minha imortalidade!" Ele tinha visto homens baterem em seus filhos, intimidá-los e humilhá-los, despeitá-los e frustrá-los, odiando a morte que viam neles. Tinha visto ainda o ódio que emanava como resposta dos olhos dos filhos, a ameaça, o desprezo implacável. E ao ver tudo isso, Dulse compreendeu por que nunca havia buscado se reconciliar com o próprio pai.

Ele tinha visto um pai e um filho trabalhando juntos do amanhecer ao pôr do sol, o velho guiando um boi cego, o homem de meia-idade conduzindo o arado de tração, sem que nunca uma palavra fosse dita. Quando eles seguiram para casa, o velho pousou a mão por um instante no ombro do filho.

Ele sempre se lembrara daquilo. E se lembrava agora, ao olhar, sob a luz da lareira, nas noites de inverno, para o rosto escuro curvado sobre um livro de ensinamentos ou uma camisa que precisava de remendos. Os olhos voltados para baixo, a boca fechada, o espírito disposto a ouvir.

— Uma vez na vida, se tiver sorte, um feiticeiro encontra alguém com quem pode conversar. — Nemmerle disse isso a Dulse uma ou duas noites antes de Dulse partir de Roke, um ou dois anos antes de ser escolhido como Arquimago. Ele tinha sido o Mestre Padronista e o mais gentil de todos os professores que Dulse teve na escola. — Acho que, se você ficasse, Heleth, poderíamos conversar.

Por um momento, Dulse não conseguiu dar uma resposta. Depois, gaguejando, sentindo-se culpado por sua ingratidão e incrédulo por sua obstinação, respondeu:

— Mestre, eu ficaria, mas meu trabalho é em Gont. Gostaria que fosse aqui, com o senhor...

— Esse é um dom raro, saber onde se precisa estar antes de ter ido a todos os lugares onde não se precisa estar. Bem, mande-me alunos de vez em quando. Roke precisa da magia gontesa. Acho que estamos deixando coisas de lado por aqui, coisas de que se vale a pena saber...

Dulse tinha enviado alunos para a escola, uns três ou quatro deles, rapazes gentis, com dom para uma coisa ou outra; mas aquele pelo qual Nemmerle esperava tinha ido e partido por vontade própria e Dulse não sabia o que pensavam dele em Roke. E Silêncio, é claro, não contou. Era nítido que, em dois ou três anos lá, o jovem tinha aprendido o que alguns garotos só aprendiam em seis ou sete anos e muitos nunca nem sequer aprendiam. Para Silêncio, aquilo tinha sido apenas uma preparação.

— Por que você não veio até mim primeiro? — quis saber Dulse. — Para depois ir a Roke e se aprimorar?

— Eu não queria desperdiçar seu tempo.

— Nemmerle sabia que você estava vindo trabalhar comigo?

Silêncio balançou a cabeça.

— Se você tivesse se dignado a contar a ele suas intenções, talvez ele tivesse me enviado uma mensagem.

Silêncio pareceu impactado.

— Ele era seu amigo?

Dulse fez uma pausa.

— Era meu mestre. Teria sido meu amigo, talvez, se eu tivesse ficado em Roke. Os feiticeiros têm amigos? Não mais do que têm esposas ou filhos, eu suponho..., uma vez ele me disse que, em nosso ofício, tem sorte o homem que encontra alguém com quem conversar..., tenha isso em mente. Se você tiver sorte, um dia terá de abrir a boca.

Silêncio fez uma reverência com a cabeça de cabelos revoltos e pensativa.

— Se ela não tiver enferrujado de tanto ficar fechada — acrescentou Dulse.

— Se o senhor me pedir, eu falo — respondeu o jovem, tão sério, tão disposto a negar toda sua natureza a pedido de Dulse, que o feiticeiro teve que rir.

— Eu pedi para você não falar — reconheceu ele. — E o que disse não foi por necessidade minha. Falo por dois. Não se preocupe. Saberá o que dizer quando chegar a hora. Essa é a arte, hein? Saber o que dizer e quando dizer. E o resto é silêncio.

O jovem dormiu em um catre sob a janelinha voltada para o oeste da casa de Dulse por três anos. Ele aprendeu feitiçaria, alimentou as galinhas, ordenhou a vaca. E uma vez sugeriu que Dulse criasse cabras. Fazia cerca de uma semana que ele não dizia nada, uma semana fria e chuvosa de outono. E então, falou:

— O senhor poderia criar algumas cabras.

Dulse estava com o grande livro de ensinamentos aberto sobre a mesa. Estava tentando tecer novamente um dos Feitiços de Acastan, muito incompleto e tornado ineficaz pelas Emanações de Fundaur, séculos antes. Ele tinha começado a ter noção da palavra que faltava para preencher uma das lacunas, estava com ela quase na ponta da língua, até que:

— O senhor poderia criar algumas cabras — disse Silêncio.

Dulse se considerava um homem prolixo, impaciente e de temperamento irascível. A necessidade de não xingar tinha sido um fardo para ele na juventude, e por trinta anos a imbecilidade de aprendizes, clientes, vacas e galinhas o tinha colocado à prova penosamente. Aprendizes e clientes assustavam-se com suas palavras, mas as vacas e galinhas não davam atenção às suas explosões. Ele nunca tinha ficado irritado com Silêncio antes. Fez-se uma pausa muito longa.

— Para quê?

Silêncio aparentemente não notou a pausa ou a extrema suavidade no tom de voz de Dulse.

— Leite, queijo, cabrito assado, companhia — respondeu o garoto.

— Você já criou cabras? — perguntou Dulse, com a mesma voz mansa e educada. Silêncio sacudiu a cabeça.

Ele era, de fato, um garoto da cidade, nascido no Porto de Gont. Não tinha dito nada sobre si mesmo, mas Dulse perguntou ao redor. O pai, um estivador, morreu no grande terremoto quando Silêncio tinha entre sete e oito anos; a mãe era cozinheira em uma pousada à beira-mar. Aos doze, o menino se meteu em algum tipo de encrenca, provavelmente por mexer com magia, e a mãe conseguiu colocá-lo como aprendiz de Elassen, um respeitável ocultista de Valmouth. Lá, o menino obteve seu verdadeiro nome e aprendeu um pouco sobre carpintaria e trabalho agrícola, não muito mais que isso; e depois de três anos, Elassen teve a generosidade de pagar a passagem do garoto para Roke. Era tudo que Dulse sabia sobre ele.

— Não gosto de queijo de cabra — respondeu Dulse.

Silêncio assentiu, acatando, como sempre.

Nos anos que se seguiram desde então, Dulse às vezes se lembrava de como não perdera a paciência quando Silêncio perguntou sobre criar cabras; e todas as vezes a lembrança o enchia de uma satisfação apaziguadora, como a que se tem ao dar a última mordida em uma pera perfeitamente madura.

Depois de passar os dias seguintes tentando reencontrar a palavra perdida, ele colocou Silêncio para estudar os Feitiços de Acastan. Juntos, eles finalmente o completaram, foi um trabalho difícil.

— Como arar usando um boi cego — disse Dulse.

Pouco tempo depois, entregou a Silêncio o cajado que havia feito para ele, de carvalho gontês.

E o Senhor do Porto de Gont tentou novamente fazer com que Dulse descesse para executar o que precisava ser executado no Porto de Gont, então Dulse enviou Silêncio em seu lugar, e lá ele ficou.

E agora Dulse estava parado na soleira da porta de casa, segurando três ovos enquanto a chuva fria escorria por suas costas.

Há quanto tempo estava parado ali? Por que estava parado ali? Antes, estava pensando na lama, no chão, em Silêncio. Será que ele veio caminhando pela trilha além de Overfell? Não, isso foi anos antes, anos atrás, sob a luz do sol. Agora estava chovendo. Ele havia alimentado as galinhas e voltou para casa com três ovos, que ainda estavam quentes em sua mão, ovos sedosos, marrons e mornos, e o som do trovão ainda estava em sua mente, a vibração do trovão estava em seus ossos, em seus pés. Trovão?

Não. Houvera uma trovoada um pouco antes. Mas isso não foi um trovão. Ele tinha tido aquela sensação estranha e não a reconhecera, quando... Quando? Há muito tempo, antes de todos os dias e anos nos quais ele estivera pensando. Quando, quando foi? Antes do terremoto. Um pouco antes do terremoto. Um pouco antes de quase um quilômetro da costa de Essary despencar dentro do mar e as pessoas morrerem comprimidas pelas ruínas de suas aldeias e uma grande onda inundar os cais do Porto de Gont.

Ele desceu da soleira da porta para a terra, para poder sentir o chão com os nervos das solas dos pés, mas a lama encobria e conspurcava qualquer mensagem que a terra tivesse para ele. Então, colocou os ovos na soleira da porta, sentou-se ao lado deles, limpou os pés com água da chuva do balde ao lado do degrau, enxugou-os com o pano pendurado na alça do balde, enxaguou e torceu o pano, voltou a pendurá-lo, pegou os ovos, levantou-se lentamente e entrou em casa.

Ele lançou um olhar penetrante para o cajado, que estava encostado no canto atrás da porta. Colocou os ovos na despensa, comeu depressa uma maçã, porque estava com fome, e pegou o cajado. Era de teixo, envolvido em cobre no pé, gasto a ponto de estar acetinado no cabo. Foi dado a ele por Nemmerle.

— Fique! — Dulse disse na língua do cajado, soltando-o. O cajado ficou parado como se ele o tivesse enfiado em um encaixe.

— Até a raiz — disse o homem, impaciente, na Língua da Criação. — Até a raiz!

Ele observou o cajado que estava no chão brilhante. Logo o viu vibrar muito suavemente, como um balanço, um tremor.

— Ah, ah, ah — disse o velho feiticeiro.

— O que devo fazer? — perguntou em voz alta depois de um instante. O cajado estremeceu, ficou parado, balançou outra vez.

— Chega disso, meu caro — disse Dulse, colocando a mão sobre ele. — Vamos lá. Não é de se admirar que eu continue pensando no Silêncio. Eu deveria mandar buscá-lo... mandar trazê-lo... não. O que Ard disse? Encontre o centro, encontre o centro. Essa é a pergunta a ser feita. É o que deve ser feito... — Enquanto ele murmurava para si mesmo, arrumando seu manto pesado, colocando água para ferver no fogo baixo que tinha acendido antes, ele se perguntou se sempre falou sozinho, se tinha falado o tempo todo quando Silêncio morava com ele. Não. Tornou-se um hábito depois que Silêncio foi embora, pensou, com a parte de sua mente que continuava pensando nas coisas comuns da vida, enquanto o resto tramava terror e destruição.

Ele cozinhou os três ovos novos e outro, que já estava na despensa, e os colocou em uma bolsa junto com quatro maçãs e um cantil com vinho resinado, para o caso de precisar ficar fora a noite toda. Encolheu os ombros sob o manto pesado por causa da artrite, pegou o cajado, disse ao fogo para se apagar e foi embora.

Ele já não criava mais uma vaca. Ficou olhando para o pátio das aves, refletindo. A raposa vinha visitando o pomar nos últimos tempos. Mas as galinhas teriam que procurar alimento se ele ficasse longe. Teriam que se arriscar, como todo mundo. Ele deixou o portão entreaberto. Embora a chuva já não passasse de uma garoa enevoada, elas estavam encolhidas sob os beirais do galinheiro, desoladas. O Rei não tinha cantado nenhuma vez esta manhã.

— Vocês têm algo para me dizer? — perguntou Dulse a elas.

Bochecha Marrom, sua favorita, se sacudiu e disse o próprio nome algumas vezes. As outras não disseram nada.

— Bem, se cuidem. Vi a raposa na noite de lua cheia — avisou Dulse, e seguiu seu caminho.

Enquanto caminhava, ele refletiu; refletiu muito; rememorou. Rememorou tudo o que podia sobre assuntos dos quais Ard havia falado apenas uma vez e há muito tempo. Assuntos estranhos, tão estranhos que ele nunca soube se eram magia verdadeira ou mera bruxaria, como diziam em Roke. Assuntos dos quais ele certamente nunca tinha ouvido falar em Roke, nem tinha falado sobre eles lá, talvez temendo que os Mestres o desprezassem por levar tais coisas a sério, talvez sabendo que eles não as entenderiam, porque eram assuntos gonteses, verdades de Gont. Coisas que não estavam escritas nem mesmo nos livros de tradição de Ard, que tinham vindo do Grande Mago Ennas de Perregal. Só existiam no boca a boca. Verdades da terra natal.

— Se você precisa ler a Montanha — dissera Ard — vá para o Lago Escuro no topo do pasto das vacas de Semere. Você pode avistar os caminhos lá do alto. Precisa encontrar o centro. Ver por onde entrar.

— Entrar? — sussurrara o garoto Dulse.

— O que você poderia fazer estando do lado de fora?

Dulse ficou em silêncio por um longo tempo e depois respondeu:

— Como?

— Assim. — E os longos braços de Ard se estenderam para o alto na invocação de algo que, Dulse saberia depois, era um grande feitiço de Transformação. Ard falou as palavras do feitiço do jeito errado, como aqueles que ensinam feitiçaria devem fazer para que o feitiço não funcione. Dulse sabia que o truque era ouvi-las do jeito certo e se lembrar delas. Quando Ard terminou, Dulse repetiu as palavras em sua mente, em silêncio, esboçando parcialmente os gestos estranhos e desajeitados que faziam parte do feitiço. De repente, sua mão parou.

— Mas não se pode desfazer isso! — disse ele em voz alta.

Ard assentiu.

— É irrevogável.

Ele não conhecia nenhuma transformação que fosse irrevogável, nenhum feitiço que não pudesse ser desdito, exceto a Palavra de Desamarração, que só é dita uma vez.

— Mas por quê...?

— Pela necessidade — respondeu Ard.

Dulse sabia que não devia pedir explicações. A necessidade de falar tal feitiço não podia ser frequente; a chance de um dia precisar usá-lo era muito pequena. Ele deixou o terrível feitiço submergir em sua mente e ficar escondido e encoberto por mil magias e encantos úteis ou belos e esclarecedores, por toda a tradição e as regras de Roke, toda a sabedoria dos livros que Ard deixou para ele como herança. Bruto, monstruoso, inútil, ele ficou na escuridão de sua mente por sessenta anos, como a pedra angular de uma casa mais antiga e esquecida no porão de uma mansão cheia de luzes, tesouros e crianças.

A chuva havia cessado, embora a névoa ainda escondesse o pico da montanha e fragmentos de nuvem flutuassem pelas florestas altas. Embora não fosse um caminhante incansável como Silêncio, que teria passado a vida vagando pelas florestas da Montanha de Gont se pudesse, Dulse nasceu em Re Albi e conhecia as estradas e os caminhos ao redor dela como se fossem parte de si mesmo. Ele pegou o atalho no poço de Rissi e, antes do meio-dia, saiu no pasto alto de Semere, uma parte plana da montanha. Um quilômetro e meio abaixo, estavam as construções da fazenda, agora todas iluminadas pelo sol e abrigadas do vento em uma colina na qual um rebanho de ovelhas se movia como a sombra de uma nuvem. O Porto de Gont e sua baía estavam escondidos sob as colinas íngremes e emaranhadas que ficavam no interior, acima da cidade.

Dulse vagou um pouco antes de encontrar o que ele supôs ser o Lago Escuro. Era pequeno, metade lama e junco, com uma trilha pouco definida e pantanosa até a água, sem rastros além de marcas dos cascos de cabras. A água era escura, embora estivesse sob o céu claro e muito acima dos solos de turfa. Ele seguiu as pegadas de cabra, resmungando quando seu pé escorregou na lama e ele torceu o tornozelo para não cair. Ao chegar na beira da água, ficou parado. Abaixou-se para esfregar o tornozelo. E ouviu.

Silêncio absoluto.

Nenhum vento. Nenhum canto de pássaro. Nenhum mugido ou balido ou chamado de voz distante. Como se toda a ilha tivesse parado. Nenhuma mosca zumbia.

Ele olhou para a água escura. Ela não refletia nada.

Relutante, deu um passo à frente, descalço e com as pernas nuas; tinha guardado o manto na mochila uma hora antes, quando o sol saiu. Juncos roçavam suas pernas. A lama era macia e sugava seus pés, cheia de raízes de junco emaranhadas. Ele não fez ruídos ao se mover lentamente para dentro do lago, e os círculos das ondulações causados por seus movimentos eram sutis e pequenos. Grande parte do lago era rasa. Mas depois, seu pé cauteloso não sentiu fundo, e ele parou.

A água tremia. Ele a sentiu primeiro nas coxas, tocando-as suavemente como pelos fazendo cócegas; então viu o tremor da superfície por todo o lago. Não as ondulações redondas que ele fez, que já haviam desaparecido, mas uma agitação, uma aspereza, um estremecimento, repetidamente.

— Onde? — sussurrou ele, e depois disse a palavra em voz alta na língua que todas as coisas que não têm outra língua entendem.

Fez-se silêncio. Então um peixe saltou da água preta e trêmula, um peixe branco-acinzentado do comprimento de sua mão, e enquanto saltava, gritou em uma voz baixa e clara, na mesma língua: "Yaved!"

O velho feiticeiro continuou parado ali. Ele se lembrou de tudo o que sabia sobre os nomes de Gont, todas as encostas, penhascos e ravinas vieram à sua mente, e em um minuto ele viu onde ficava Yaved. Era o lugar onde as cristas das montanhas se separavam, um pouco para o interior do Porto de Gont, bem no fundo do emaranhado de colinas acima da cidade. Era o local da falha. Um terremoto que se iniciasse ali poderia abalar a cidade, causar avalanches e maremotos, unir os penhascos da baía como mãos batendo palmas. Dulse arrepiou-se, estremeceu todo como a água do lago.

Ele se virou e foi para a margem, apressado, sem prestar atenção onde colocava os pés e sem se importar em romper o silêncio espirrando água e respirando com dificuldade. Avançou penosamente pela longa trilha entre os juncos até chegar ao solo seco e à relva áspera, e ouviu o zumbido de mosquitos e grilos. Ele se sentou no chão duro, pois suas pernas estavam tremendo.

— Não vai dar certo — disse, falando consigo mesmo em hárdico, e depois completou: — Não consigo fazer isso. — E continuou em seguida: — Não consigo fazer isso sozinho.

Ele estava tão atormentado que, quando decidiu chamar Silêncio, não conseguiu lembrar a abertura do feitiço, que ele conhecia há sessenta anos; então, quando pensou que tinha conseguido, começou a dizer uma Invocação, e o feitiço começou a funcionar antes que ele percebesse o que estava fazendo, ele parou e desfez o feitiço palavra por palavra.

Ele arrancou um pouco de relva e esfregou a lama viscosa dos pés e das pernas. Como ainda não estava seca, ela apenas se espalhou por sua pele.

— Odeio lama — sussurrou ele. Depois bateu os dentes com força e parou de tentar limpar as pernas. — Terra, terra — falou baixinho, batendo gentilmente no chão em que estava sentado. E depois, de modo muito lento, muito cauteloso, ele começou a falar o feitiço de invocação.

Em uma rua movimentada que levava aos cais movimentados do Porto de Gont, o feiticeiro Ogion parou de repente. O capitão do navio ao lado dele deu vários passos adiante e se virou para ver Ogion falando para o nada.

— Mas eu irei, mestre! — disse ele. E depois de uma pausa: — Quão urgente?

E após uma pausa mais longa, ele disse para o nada algo em uma língua que o capitão do navio não entendeu, e fez um gesto que escureceu o ar à sua volta por um instante.

— Capitão — disse ele —, sinto muito, não poderei enfeitiçar suas velas. Um terremoto está próximo. Devo alertar a cidade. Pode dizer a eles lá embaixo, a todos os navios que podem navegar, que devem ir para o mar aberto. Passem pelos Penhascos Bracejados! Boa sorte para vocês. — E ele se virou e voltou correndo pela rua, um homem alto e forte com cabelos grisalhos grossos, agora correndo como um veado.

O Porto de Gont fica na extremidade interna de uma longa e estreita baía entre falésias. A entrada pelo mar fica entre dois grandes promontórios, os Portões do Porto e os Penhascos Bracejados, a menos de trinta metros de distância um do outro. A população do Porto de Gont está protegida dos piratas do mar. Mas a segurança da população é também seu risco: a longa baía acompanha uma falha geológica, e mandíbulas que se abrem podem se fechar.

Depois que fez o que pôde para alertar a cidade e viu todos os guardas do portão e os guardas do porto fazendo o que podiam para impedir que as poucas estradas se tornassem bloqueios assassinos para pessoas em pânico, Ogion se trancafiou em um recinto da torre de sinalização do Porto, trancou a porta, pois todos o procuravam, e enviou uma emanação para o Lago Escuro, no pasto de vacas de Semere, na Montanha.

Seu antigo mestre estava sentado na relva perto do lago, comendo uma maçã. Pedaços de casca de ovo salpicavam o chão perto das pernas dele, que estavam cobertas de lama seca. Quando ele olhou para cima e viu a emanação de Ogion, abriu um sorriso largo e doce. Mas ele parecia velho. Nunca parecera tão velho. Ogion não o via há mais de um ano, por estar ocupado; estava sempre ocupado no Porto de Gont, cuidando dos negócios dos senhores e do povo, sem nunca ter a chance de caminhar nas florestas da encosta da montanha ou de ir se sentar com Heleth na casinha de Re Albi, para ouvir e ficar calado. Heleth era um homem velho, perto dos oitenta agora; e estava assustado. Ele sorriu de alegria ao ver Ogion, mas estava assustado.

— O que temos de fazer, acho — disse sem preâmbulos —, é tentar evitar que a falha abra demais. Você nos Portões e eu na extremidade interna, na Montanha. Trabalhando juntos, sabe. Podemos conseguir. Posso sentir que está aumentando, você sente?

Ogion balançou a cabeça. Ele deixou que sua emanação se sentasse na relva perto de Heleth, embora ela não curvasse os ramos da planta onde pisava ou se sentava.

— Eu não fiz nada além de deixar a cidade em pânico e mandar os navios para fora da baía — disse ele. — O que é que o senhor sente? Como sente?

Eram perguntas técnicas, de mago para mago. Heleth hesitou antes de responder.

— Aprendi sobre isso com Ard — falou ele, e fez outra pausa.

Ele nunca havia contado nada a Ogion sobre Ard, ocultista que não tinha fama nem mesmo em Gont, a não ser, talvez, má fama. Ogion sabia apenas que Ard nunca tinha estudado em Roke, tinha feito sua formação em Perregal, e que algum mistério ou vergonha ofuscava aquele nome. Embora fosse tagarela para um feiticeiro, Heleth era silencioso como uma pedra sobre certas coisas. Por isso, Ogion, que respeitava o silêncio, nunca perguntou a ele sobre Ard.

— Não é magia de Roke — disse o velho. Sua voz saiu seca, um pouco forçada. — Mas não é nada contra o equilíbrio. Nada pegajoso.

Aquela sempre foi a palavra dele para atos malignos, feitiços para obter ganhos, maldições, magia das trevas: "coisa pegajosa".

Depois de algum tempo buscando as palavras, ele continuou:

— Lama. Pedras. É uma magia suja. Velha. Muito velha. Tão velha quanto a Ilha de Gont.

— Os Antigos Poderes? — murmurou Ogion.

Heleth disse:

— Não tenho certeza.

— E essa magia controlará a própria terra?

— É mais uma questão de se infiltrar nela, eu acho. Por dentro. — O velho estava enterrando o miolo da maçã e os pedaços maiores da casca do ovo sob a terra solta, com tapinhas escrupulosos. — É claro que sei as palavras, mas terei que aprender o que fazer durante o processo. Esse é o problema dos grandes feitiços, não é? Você aprende o que está fazendo enquanto faz. Não tem a chance de praticar. — Ele olhou para cima. — Ah... é isso! Você sentiu?

Ogion balançou a cabeça.

— Faça um esforço — disse Heleth, com a mão ainda batendo na terra de modo distraído, gentil, como se faria com uma vaca assustada. — Daqui a pouco, acho. Você pode manter os Portões abertos, meu caro?

— Diga-me o que senhor irá fazer...

Mas Heleth estava balançando a cabeça:

— Não — respondeu. — Não há tempo. Não é seu tipo de coisa. — Ele estava cada vez mais distraído com o que quer que fosse que sentia na terra ou no ar, e através dele Ogion também sentiu aquela tensão crescente e intolerável.

Eles ficaram sentados e em silêncio. A crise passou. Heleth relaxou um pouco e até sorriu.

— Coisas muito antigas — disse ele — as que eu vou fazer. Neste momento, gostaria de ter refletido mais sobre elas. E as transmitido para você. Mas pareciam um pouco rudimentares. Opressivas. Ela não disse onde aprendeu. Foi aqui, é claro..., existem diferentes tipos de conhecimento, afinal.

— Ela?

— Ard. Minha professora. — Heleth olhou para cima, seu rosto era indecifrável, sua expressão possivelmente astuta. — Você não sabia? Não, acho que nunca mencionei. Eu me pergunto que diferença isso fez para a magia dela, o fato de ser uma mulher. Ou para a minha, o fato de eu ser um homem. O que importa, me parece, é na casa de quem moramos. E quem deixamos entrar na casa. Esse tipo de coisa... É isso! De novo...

A tensão e a imobilidade repentinas dele, o rosto tenso e a introspecção, eram como os de uma mulher em trabalho de parto quando seu útero se contrai. Foi o pensamento de Ogion ao mesmo tempo em que perguntava:

— O que o senhor quis dizer com "na Montanha"?

O espasmo passou; Heleth respondeu:

— Dentro dela. Lá em Yaved. — Ele apontou para as colinas emaranhadas abaixo deles. — Vou entrar, tentar evitar que as coisas deslizem, hein? Vou descobrir como no momento em que estiver tentando, sem dúvida. Acho que você deveria retornar a si. As coisas estão ficando tensas.

Ele parou de falar outra vez, parecendo estar com uma dor intensa, encurvado e contraído. Esforçou-se para se levantar. Sem pensar, Ogion estendeu a mão para ajudá-lo.

— Não adianta — disse o velho feiticeiro, sorrindo —, você é apenas vento e luz do sol. E agora vou ser terra e pedra. É melhor você ir. Adeus, Aihal. Mantenha a... Mantenha a boca aberta, pelo menos dessa vez, hein?

Obediente, Ogion voltou a si no recinto abafado e ornamentado com tapeçarias no Porto de Gont, sem entender a piada do velho até que se virou para a janela e viu os Penhascos Bracejados no fim da longa baía, as mandíbulas prontas para se fecharem.

— Manterei — disse ele, e entrou em ação.

— O que tenho que fazer, veja — disse o velho feiticeiro, ainda conversando com Silêncio porque era reconfortante falar com ele, mesmo que não estivesse mais lá —, é entrar na montanha, bem lá dentro. Mas não do jeito que um feiticeiro-garimpeiro faz, não apenas deslizando entre as coisas e olhando e experimentando. Mais fundo. Sem parar, até o interior. Não até as veias, mas até os ossos. Vamos lá. — E ali, sozinho no pasto alto, à luz do meio-dia, Heleth abriu bem os braços no gesto de invocação que inicia todos os grandes feitiços; e falou.

Nada aconteceu enquanto ele dizia as palavras que Ard, sua velha professora-bruxa de boca amarga e braços longos e magros, havia ensinado, as palavras ditas do modo errado no passado, agora ditas de verdade.

Nada aconteceu, e ele teve tempo de lamentar a luz do sol e o vento do mar, e de duvidar do feitiço, e de duvidar de si mesmo antes que a terra se erguesse à sua volta, seca, quente e escura.

Lá dentro, soube que deveria se apressar, que os ossos da terra doíam ao se mover, e que ele deveria se transformar neles para guiá-los, mas não podia se apressar. Havia nele a perplexidade de qualquer transformação. Um dia já tinha sido raposa, touro e libélula, e sabia como era mudar de espécie. Mas agora era diferente, aquela dilatação lenta. Estou me ampliando, ele pensou.

Ele estendeu a mão em direção a Yaved, em direção à dor, ao sofrimento. Ao se aproximar, sentiu uma grande força fluir para dentro dele, vinda do oeste, como se Silêncio o tivesse pegado pela mão afinal. Por meio dessa ligação, ele poderia enviar sua própria força, a força da Montanha, para ajudar. Eu não disse a ele que não voltaria, Dulse pensou essas últimas palavras em hárdico, sua última dor, pois estava nos ossos da montanha agora. Ele conhecia as artérias de fogo e os batimentos do grande coração. Ele sabia o que fazer. E sem usar nenhuma língua humana, disse:

— Aquiete-se, tranquilize-se. Pronto, pronto. Resista. Assim, pronto. Podemos ficar calmos.

E ele estava calmo, estava imóvel, resistia, rocha na rocha e terra na terra na escuridão tórrida da montanha.

Foi o mago delas, Ogion, que as pessoas viram em pé, sozinho, no telhado da torre de sinalização do cais, quando as ruas subiram e desceram em ondas, os paralelepípedos escapando, as paredes de tijolos de barro inchadas transformando-se em pó e os Penhascos Bracejados se fechando, gemendo. Foi Ogion que elas viram, com as mãos estendidas à frente do corpo, se distendendo, se separando: e os penhascos, se separando junto com elas, se endireitando, impassíveis. A cidade estremeceu e parou. Foi Ogion quem deteve o terremoto. As pessoas viram, elas disseram.

— Meu professor estava comigo, e a professora dele estava com ele — disse Ogion quando o elogiaram. — Pude manter o Portão aberto porque ele manteve a Montanha imóvel. — As pessoas elogiaram sua modéstia e não o escutaram. Escutar é um dom raro, e os homens querem ter seus heróis. Quando a cidade estava em ordem outra vez, e todos os navios voltaram e as muralhas estavam sendo reconstruídas, Ogion escapou dos elogios e subiu para as colinas acima do Porto de Gont. Ele encontrou o vale pequeno e estranho chamado Ravina do Aparador, cujo verdadeiro nome na Língua da Criação era Yaved, assim como o verdadeiro nome de Ogion era Aihal. Ele andou por ali o dia todo, como se estivesse procurando algo. À noite, deitou-se no chão e falou com a ravina.

— Você deveria ter me contado. Para que eu pudesse me despedir — disse. Então, ele chorou, e suas lágrimas caíram na terra seca entre as hastes de relva e formaram pequenas manchas de lama, pequenas manchas pegajosas.

Ele dormiu ali no chão, sem nenhum catre ou cobertor separando-o da terra. Ao nascer do sol, ele se levantou e caminhou pela estrada principal até Re Albi. Não entrou na aldeia, mas passou por ela para ir até a casa que ficava isolada ao norte das outras, na entrada de Overfell. A porta estava aberta.

Os últimos feijões tinham se tornado grandes e grossos nas videiras; os repolhos estavam crescendo. Três galinhas vieram cacarejando e bicando pelo pátio empoeirado, uma vermelha, uma marrom, uma branca; uma galinha cinza estava chocando sua ninhada no galinheiro. Não havia pintinhos, e nenhum sinal do galo, que Heleth chamava de Rei. O rei está morto, pensou Ogion. Talvez um pintinho esteja sendo chocado agora mesmo para tomar seu lugar. Ele pensou ter sentido o cheiro de raposa no pomarzinho atrás da casa.

Ele varreu a poeira e as folhas que tinham entrado pela porta aberta do chão de madeira polida. Colocou o colchão e o cobertor de Heleth no sol para arejar. Vou ficar aqui por um tempo, pensou. É uma boa casa. Depois de um instante, pensou: Talvez eu crie algumas cabras.

No Pântano Alto

A ilha de Semel fica ao norte e a oeste de Havnor, do outro lado do Mar de Paln, e ao sul e a oeste das Enlades. Embora seja uma das grandes ilhas do Arquipélago de Terramar, não existem muitos relatos sobre Semel. Enlad tem sua história gloriosa, Havnor tem sua riqueza e Paln tem sua má reputação, mas Semel tem apenas bois e ovelhas, florestas e povoados, e o grande e silencioso vulcão chamado Andanden, que se eleva acima de tudo.

Ao sul de Andanden existe um terreno onde as cinzas caíram a trinta metros de profundidade quando o vulcão falou pela última vez. Rios e córregos cortam o caminho do mar atravessando essa alta planície; eles serpenteiam e se empoçam, alagam e se desviam, transformando a planície em um pântano, uma vasta terra alagada e desolada com um horizonte longínquo, algumas árvores e poucas pessoas. No solo cheio de cinzas cresce um capim abundante e vivo onde as pessoas do lugar criam gado, engordando os bois para fornecer carne à populosa costa sul, deixando os animais vagarem por quilômetros de planície, com os rios servindo como cercas.

Assim como todas as montanhas, o Andanden define o clima. Ele concentra as nuvens à sua volta. No pântano alto, o verão é curto e o inverno é longo.

Na escuridão do início de um dia de inverno, um viajante parou em uma encruzilhada, nenhuma das duas trilhas era muito promissora, meros rastros de gado entre os juncos; o viajante procurou algum sinal do caminho que deveria escolher.

Enquanto descia a última encosta da montanha, avistou uma ou outra casa nas terras pantanosas e uma aldeia não muito distante. Achou que estava a caminho da aldeia, mas em algum ponto, tomou um desvio errado. Os juncos altos se erguiam às margens das trilhas, de tal maneira que, se uma luz brilhasse em algum lugar, ele não a veria. A água gorgolejava baixinho em algum lugar perto de seus pés. Ele tinha destruído seus sapatos caminhando pelas cruéis estradas de lava escura do Andanden. As solas estavam gastas e seus pés doíam por causa da umidade gelada das trilhas do pântano.

O dia escureceu depressa. Uma névoa vinha do sul, apagando o céu. As estrelas só brilhavam nitidamente acima do enorme e escuro vulto da montanha. O vento assobiava nos juncos, brando e melancólico.

O viajante parou na encruzilhada e assobiou de volta para os juncos. Algo se moveu em uma das trilhas, algo grande, escuro, na escuridão.

— Você está aí, minha querida? — perguntou o viajante. Ele falou na Língua Arcaica, a Língua da Criação.

— Venha, então, Ulla — disse ele, e a novilha deu um ou dois passos na direção dele, na direção do nome dela, enquanto ele caminhava para encontrá-la. Ele identificou a grande cabeça mais pelo tato do que pela visão, acariciando a curva sedosa entre os olhos, coçando a testa dela na altura das protuberâncias dos chifres não desenvolvidos.

— Linda, você é linda — disse ele respirando o hálito de capim dela, recostando-se em seu imenso calor. — Pode me guiar, querida Ulla? Pode me levar para onde eu preciso ir?

Ele teve sorte em encontrar uma novilha da fazenda, não um dos gados errantes que só o levariam para ainda mais fundo nos pântanos. Sua Ulla estava acostumada a pular cercas, mas depois de andar um pouco, ela começou a pensar com carinho no estábulo e na mãe, de quem ela às vezes ainda roubava um pouco de leite; e agora ela desejava levar o viajante para casa. Ela andava por uma das trilhas devagar, mas com determinação, e ele a acompanhava, com a mão nas ancas dela, quando a trilha era larga o suficiente para isso. Quando ela atravessou um riacho com água até os joelhos, ele se segurou em sua cauda. Ela subiu a margem baixa e lamacenta e abanou a cauda para liberá-la, mas esperou por ele, que se arrastava de forma ainda mais desajeitada atrás dela. Em seguida, ela avançou cuidadosamente. Ele se encolheu contra o flanco dela e se agarrou a seu corpo, pois o riacho o tinha congelado até os ossos e ele tremia de frio.

— Muu — disse a guia dele, baixinho, e ele viu um quadradinho de luz amarela logo à sua esquerda.

— Obrigado — agradeceu ele, abrindo o portão para a novilha, que foi cumprimentar a mãe, enquanto ele cambaleava pelo pátio escuro da casa até a porta.

Devia ser o Baga à porta, mas por que ele bateu, ela não sabia.

— Entre, seu bobo! — disse, e ele bateu outra vez; ela largou seus remendos e foi até a porta. — Será que você já está bêbado? — disse ela, e então ela o viu.

A primeira coisa que ela pensou foi em um rei, um lorde, o alto, aprumado e belo Maharion das canções. O que ela pensou em seguida foi em um andarilho, um homem perdido, com roupas sujas, abraçando a si mesmo com os braços trêmulos.

Ele disse:

— Eu me perdi. Cheguei à aldeia? — A voz dele era rouca e áspera, a voz de um andarilho, mas sem o sotaque de um andarilho.

— Fica quase um quilômetro adiante — disse Dádiva.

— Tem alguma pousada?

— Não até você chegar a Oraby, de dezesseis a vinte quilômetros ao sul. — Ela refletiu muito brevemente. — Se precisar de um quarto para passar a noite, tenho um. Ou San talvez tenha, se você estiver indo para a aldeia.

— Ficarei aqui, se permitir — respondeu ele com modos principescos, batendo os dentes e segurando o batente da porta para se manter em pé.

— Tire os sapatos — falou ela —, estão encharcados. Depois, entre. — Ela se afastou e disse: — Venha até o fogo. — E fez com que ele se sentasse no assento de Bren, perto da lareira. — Atice um pouco — sugeriu ela. — Você quer um pouco de sopa? Ainda está quente.

— Obrigado, senhora — murmurou ele, agachando-se junto ao fogo. Ela trouxe uma tigela de caldo. Ele bebeu com avidez, mas com cautela, como se há muito tempo tivesse se desacostumado à sopa quente.

— Você veio pela montanha?

Ele assentiu.

— Para quê?

— Para chegar aqui — respondeu ele, que estava começando a tremer menos. Seus pés descalços davam pena, machucados, inchados e encharcados. Ela queria dizer a ele para aproximá-los do calor do fogo, mas não queria pressupor. Fosse o que fosse, ele não era andarilho por opção.

— Não são muitas as pessoas que vêm para cá, no Pântano Alto — disse ela. — Só vendedores ambulantes e coisas do tipo. Mas não no inverno.

Ele terminou a sopa e ela pegou a tigela. Ela se sentou em seu lugar, o banquinho ao lado da lamparina a óleo à direita da lareira, e retomou os remendos.

— Fique bem aquecido, depois eu lhe mostrarei sua cama — disse ela. — Não há lareira naquele quarto. Como está o clima lá em cima na montanha? Dizem que está nevando.

— Algumas rajadas de neve — respondeu ele. Ela conseguiu vê-lo direito agora, à luz da lamparina e do fogo. Ele não era um homem jovem, era magro e não tão alto quanto ela imaginara. Tinha um rosto bonito, mas havia algo errado, algo fora do lugar. Ele parece arruinado, pensou ela, um homem arruinado.

— Por que você veio para o pântano? — questionou. Ela tinha o direito de perguntar, pois o havia acolhido, mas sentiu certo desconforto ao fazer a pergunta.

— Me disseram que há uma infecção no gado daqui. — Agora que ele não estava mais endurecido pelo frio, sua voz ficou linda. Ele falava como os contadores de histórias quando narravam as partes dos heróis e dos senhores dos dragões. Talvez ele fosse um contador ou um cantor? Mas não; a infecção, ele tinha dito.

— Tem.

— Talvez eu possa ajudar os animais.

— Você é curandeiro?

Ele assentiu.

— Então você será mais do que bem-vindo. A praga do gado é terrível. E está piorando.

Ele não disse nada. Ela podia ver o calor entrando nele, desimpedindo-o.

— Coloque os pés perto do fogo — disse ela de repente. — Tenho alguns sapatos antigos do meu marido. — Custou-lhe muito dizer isso, mas, depois de dizer, ela se sentiu aliviada, também desimpedida. Afinal, por que ela vinha guardando os sapatos de Bren? Eram pequenos demais para Baga e grandes demais para ela. As roupas ela tinha doado, mas ficou com os sapatos, não sabia para quê. Para esse sujeito, aparentemente. As coisas fazem sentido se você esperar, pensou. — Vou pegá-los para você — disse. — Os seus já se estragaram.

Ele olhou para ela. Seus olhos escuros eram grandes, profundos, opacos como os olhos de um cavalo, indecifráveis.

— Ele faleceu — disse ela —, há dois anos. A febre do pântano. É preciso tomar cuidado com ela por aqui. Com a água. Moro com meu irmão. Ele está na vila, na taberna. Temos gado leiteiro. Eu faço queijo. Nosso rebanho está saudável. — E ela fez o sinal para afastar o mal. — Eu o mantenho bem fechado. Nas fazendas, a infecção está muito grave. Talvez o clima frio acabe com isso.

— É mais provável que mate as feras que adoecem — disse o homem. Sua voz parecia um pouco sonolenta.

— Eu me chamo Dádiva — disse ela. — O nome do meu irmão é Baga.

— Cândido. — Ele se autodenominou depois de uma pausa, e pareceu que era um nome que ele tinha inventado para si. Não combinava com ele. Nada nele combinava, formava um todo. No entanto, ela não desconfiava dele. Sentia-se confortável em sua presença. Ele não queria fazer mal a ela. Sentiu que havia bondade nele, na maneira como ele falava dos animais. Ele saberia como tratá-los, pensou ela. Ele mesmo era como um animal, uma criatura silenciosa e maltratada, que precisava de proteção, mas não conseguia pedir.

— Venha — disse ela —, antes que você durma aí. — E ele a seguiu obedientemente até o quarto de Baga, que não passava de um armário construído no canto da casa. O quarto dela ficava atrás da chaminé. Baga logo chegaria bêbado e ela colocaria o colchão de palha junto à chaminé para ele. Para deixar o viajante ter uma boa cama por uma noite. Talvez ele deixasse uma ou duas moedas de cobre com ela quando fosse embora. Sua casa estava passando por uma terrível escassez de moedas de cobre atualmente.

Ele acordou, como sempre, em seu quarto na Casa Grande. Não entendeu por que o teto estava baixo e o ar tinha um cheiro fresco, mas azedo, e o gado estava berrando lá fora. Precisava ficar quieto e voltar a esse outro lugar e a esse outro homem, cujo nome de batismo ele não conseguia se lembrar, embora o tivesse dito ontem à noite a uma novilha ou a uma mulher. Ele sabia seu verdadeiro nome, mas não valia a pena usá-lo ali, aonde quer que fosse, nem em nenhum lugar. Passara por estradas escuras, encostas íngremes e um vasto terreno verde, cortado por rios dos quais as águas faziam reluzir. Um vento frio soprara. Os juncos assobiaram, a vaca jovem o conduzira para o outro lado do riacho, e Emer abrira a porta. Ele soube o nome dela assim que a viu. Mas ele precisava usar outro nome. Não deveria chamá-la pelo nome verdadeiro dela. Deveria se lembrar do nome que havia dito para ela chamá-lo. Não poderia ser Irioth, embora fosse Irioth. Talvez, com o tempo, passasse a ser outro homem. Não; isso era errado; ele deveria ser esse homem. As pernas desse homem doíam e os pés dele estavam machucados. Mas tinha uma boa cama, uma cama de penas, quente, e ele não precisava sair dela ainda. Cochilou um pouco, distanciando-se de Irioth.

Quando finalmente se levantou, perguntou-se quantos anos tinha e olhou para as mãos e os braços para ver se tinha setenta. Ainda aparentava ter quarenta anos, embora se sentisse com setenta e se movesse como tal, cheio de dores. Ele vestiu suas roupas, mesmo estando sujas depois de dias e dias de viagem. Havia um par de sapatos embaixo da cadeira, usados, mas bons e resistentes, e um par de meias de lã tricotadas para acompanhá-los. Ele calçou as meias nos pés surrados e foi mancando até a cozinha. Emer estava junto à grande pia, coando algo pesado em um pano.

— Obrigado pela meia e pelos sapatos — disse ele, e ao agradecer pelo presente, se lembrou do nome de batismo dela, mas disse apenas "senhora".

— De nada — falou ela; colocou o que quer que fosse em uma enorme tigela de cerâmica e limpou as mãos no avental. Ele não sabia absolutamente nada sobre mulheres. Não vivia onde havia mulheres desde os dez anos de idade. Na época, tinha medo delas, das mulheres que gritavam para que ele saísse do caminho naquela outra grande cozinha, há muito tempo. Mas, desde que passou a viajar por Terramar, conheceu mulheres e achou fácil conviver com elas, como com os animais; elas faziam suas atividades sem prestar muita atenção nele, a menos que ele as assustasse. Ele tentava não fazer isso. Não tinha nenhuma vontade ou motivo para assustá-las. Elas não eram homens.

— Gostaria de um pouco de coalhada fresca? É bom para o café da manhã. — Ela o observou, mas não por muito tempo, e sem olhar nos olhos dele. Como um animal, como um gato, ela o estava observando, mas não o desafiando. Havia um gato, um grande gato cinza, sentado em frente à lareira, olhando para as brasas. Irioth aceitou a tigela e a colher que ela lhe entregou e sentou-se no banco. O gato saltou para o lado dele e ronronou.

— Olhe só isso — disse a mulher. — Ele não é amigável com a maioria das pessoas.

— É a coalhada.

— Ou talvez ele reconheça um curandeiro.

Era tranquilo ali com a mulher e o gato. Ele tinha encontrado uma boa casa.

— Está frio lá fora — disse ela. — Havia gelo no cocho esta manhã. Você vai seguir viagem em um dia assim?

Houve uma pausa. Ele se esqueceu de que tinha de responder com palavras.

— Eu ficaria se pudesse — disse ele. — Eu ficaria aqui.

Ele a viu sorrir, mas ela também estava hesitante e, depois de um tempo, disse:

— Bem, de nada, senhor, mas tenho que perguntar, você pode pagar um pouco?

— Ah, sim — respondeu ele, confuso, se levantou, mancando, e voltou ao quarto para pegar sua bolsa. Ele levou para ela certa quantia em dinheiro, uma pequena coroa de ouro enladiana.

— Apenas pela comida e o fogo, você sabe, a turfa está custando muito caro — dizia ela, até que viu o que ele ofereceu.

— Oh, senhor — falou ela, e ele entendeu que tinha feito algo errado.

— Não há ninguém na aldeia que tenha troco para isso — revelou ela. Olhou para o rosto dele por um instante. — A aldeia inteira junta não teria troco para isso! — acrescentou e riu. Estava tudo bem, então, embora a palavra "troco" ficasse ecoando na cabeça dele.

— Ela não foi trocada — respondeu ele, mas sabia que não era isso que ela queria dizer. — Desculpe — pediu. — Se eu ficasse um mês, se eu ficasse o inverno, isso compensaria? Preciso ter um lugar para ficar enquanto trabalho com os animais.

— Guarde isso — disse ela, com outra risada e um movimento apressado de suas mãos. — Se conseguir curar o gado, os criadores vão lhe recompensar e você poderá me pagar depois. Chame isso de fiança, se quiser. Mas guarde isso, senhor! Fico tonta só de olhar... Baga — disse ela, quando um homem ossudo e nobre entrou pela porta acompanhado de uma rajada de vento frio —, este senhor ficará aqui enquanto estiver curando o gado, apresse o trabalho! Ele nos deu uma garantia de pagamento. Por isso, você vai dormir junto à chaminé, e ele, no quarto. Este é meu irmão Baga, senhor.

Baga abaixou a cabeça e murmurou. Seus olhos estavam vazios. Para Irioth, parecia que o homem tinha sido envenenado. Quando Baga saiu de novo, a mulher se aproximou e disse, decidida, em voz baixa:

— Não tem nada de mau nele, a não ser a bebida, mas não sobrou muito nele além de bebida. Ela consumiu a maior parte de sua mente e a maior parte do que temos. Então, se não se importar, coloque seu dinheiro onde ele não o veja, senhor. Ele não vai procurar por ele. Mas se o encontrasse, o pegaria. Na maioria das vezes ele não sabe o que está fazendo, o senhor compreende?

— Sim — disse Irioth. — Compreendo. Você é uma mulher bondosa. — Ela estava falando sobre o irmão, sobre o fato de ele não saber o que estava fazendo. Ela o estava perdoando. — Uma irmã bondosa — acrescentou ele. As palavras eram tão novas para ele, palavras que ele nunca tinha dito ou pensado antes, que ele pensou as ter dito na Língua Verdadeira, aquela que ele não deveria falar. Mas ela apenas deu de ombros, com um sorriso carrancudo no rosto.

— Tem vezes que eu poderia sacudir a cabeça idiota dele até arrancar — disse ela, e voltou ao seu trabalho.

Ele não tinha percebido o quanto estava cansado até chegar ao abrigo. Passou o dia todo cochilando diante da lareira com o gato cinza, enquanto Dádiva entrava e saía realizando seu trabalho, oferecendo-lhe comida várias vezes, comida simples e rústica, mas ele comia tudo, devagar, valorizando-a. Quando anoiteceu, o irmão saiu e ela disse, suspirando:

— Ele vai fazer uma nova dívida na taberna com o argumento de que temos um inquilino. Não que seja culpa sua.

— Ah, sim — disse Irioth. — A culpa foi minha. — Mas ela perdoou; e o gato cinza ficou encostado na coxa dele, sonhando. Os sonhos do gato vieram à sua mente, nas várzeas onde ele conversava com os animais, nos lugares escuros. O gato pulava para lá, e de repente havia leite e a sensação profunda e macia. Não havia culpa, apenas a grande inocência. Não havia necessidade de palavras. Eles não o encontrariam ali. Ele não estava ali para ser encontrado. Não havia necessidade de dizer nenhum nome. Não havia ninguém além dela, e do gato sonhador, e do fogo tremeluzindo. Ele havia atravessado a montanha morta por estradas escuras, mas ali os riachos corriam lentamente entre pastos.

Ele estava louco, e ela não sabia o que a havia possuído para deixá-lo ficar, mas ela não conseguia sentir medo ou desconfiar dele. E daí que ele estava louco? Ele era gentil e talvez tenha sido um sábio antes do que aconteceu com ele. E não era tão louco assim. Louco em certas partes, louco em certos momentos. Nada nele era completo, nem mesmo sua loucura. Ele não conseguia se lembrar do nome que havia dito a ela, e disse às pessoas da aldeia para o chamarem de Otak. Provavelmente também não se lembrava do nome dela; só a chamava de senhora. Mas talvez fosse por cortesia da parte dele. Ela o chamava de senhor por cortesia, e porque nem Cândido nem Otak pareciam nomes adequados para ele. Ela tinha ouvido falar que um otak era um animalzinho com dentes afiados e sem voz, mas não havia criaturas assim nos Pântanos Altos.

Ela pensou que talvez o que ele dissera sobre estar ali para curar a doença do gado fosse uma de suas loucuras. Ele não agia como os curandeiros que vinham com remédios, feitiços e pomadas para os animais. Mas, depois de descansar por alguns dias, ele perguntou a ela quem eram os criadores de gado da aldeia e foi embora, ainda com os pés feridos, usando os sapatos velhos de Bren. Ver aquilo fez o coração dela se revirar.

Ele voltou à noite, mais cansado do que nunca, pois é claro que San o havia levado para Cerros Largos, onde estava a maioria de seus bovinos. Ninguém tinha cavalos, exceto Alder, e eles eram para seus vaqueiros. Ela deu a seu hóspede uma bacia de água quente e uma toalha limpa para os pés castigados, e então pensou em perguntar se ele queria tomar banho, e ele quis. Eles aqueceram a água, encheram a velha banheira e ela foi para o quarto enquanto ele tomava banho junto à lareira. Quando ela saiu, estava tudo limpo, enxuto, e as toalhas penduradas diante do fogo. Ela nunca tinha conhecido um homem que cuidasse das coisas dessa maneira, e quem poderia esperar isso de um homem rico? Será que no lugar de onde veio ele não tinha empregados? Mas ele não dava mais trabalho do que o gato. Lavava as próprias roupas, até mesmo o lençol, fez isso e o pendurou em um dia ensolarado antes que ela percebesse.

— Não precisava fazer isso, senhor, posso lavar suas coisas com as minhas — disse ela.

— Não é necessário — respondeu ele daquela maneira distante, como se mal soubesse do que ela estava falando; mas depois disse: — Você trabalha demais.

— Quem não trabalha? Eu gosto de fazer queijo. É interessante. E sou forte. Só tenho medo de envelhecer e não conseguir levantar os baldes e as formas. — Ela mostrou a ele seu braço redondo e musculoso, fechando o punho e sorrindo. — Muito bom para cinquenta anos de idade! — disse ela. Era uma bobagem se gabar, mas ela tinha orgulho de seus braços fortes, de sua energia e habilidade.

— Acelera o trabalho — respondeu ele, sério.

Ele tinha um jeito maravilhoso de lidar com as vacas. Quando estava lá e ela precisava de ajuda, ele tomava o lugar de Baga e, como ela disse à sua amiga Rúbia, rindo, ele era mais habilidoso com as vacas do que o antigo cachorro do Bren tinha sido.

— Ele fala com elas, e eu juro que elas levam em consideração o que ele diz. E aquela novilha o segue como se ela fosse um cachorrinho. — Independentemente do que estivesse fazendo nas fazendas com os bovinos, os criadores estavam começando a pensar bem dele. É claro que eles aceitariam qualquer promessa de ajuda. Metade do rebanho de San estava morto. Alder não queria dizer quantas cabeças havia perdido. Os corpos dos animais estavam por toda parte. Se o clima não estivesse frio, o pântano estaria fedendo a carne podre. Não podiam beber água a menos que tivesse sido fervida por uma hora, ou que viesse dos poços, o dela e o da aldeia, que dava nome ao lugar.

Certa manhã, um dos vaqueiros de Alder apareceu no pátio da frente montado em um cavalo e conduzindo uma mula selada.

— O Mestre Alder disse que o Mestre Otak pode montá-la, pois é uma distância de dezesseis a vinte quilômetros até os Campos do Leste — afirmou o jovem.

O hóspede de Dádiva saiu de casa. A manhã estava clara e enevoada, os pântanos encobertos por vapores reluzentes. Andanden flutuava acima das brumas, uma forma vasta e incompleta contra o céu do norte.

O curandeiro não disse nada ao vaqueiro, mas foi direto até a mula, ou melhor, o bardoto, já que era a filha da grande jumenta de

San com o cavalo branco de Alder. Ela era uma ruana branca, jovem, com a cara bonita. O curandeiro se aproximou e conversou com ela por um minuto, dizendo algo em seu ouvido grande e delicado e acariciando sua crina.

— Ele faz isso — explicou o vaqueiro a Dádiva. — Fala com elas. — Ele achava divertido e desdenhava. Era um dos companheiros de bebedeira de Baga na taverna, jovem e bastante digno, para um vaqueiro.

— Ele está curando o gado? — perguntou ela.

— Bem, ele não pode eliminar a infecção de uma só vez. Mas parece que consegue curar um animal se chegar antes que ele comece a cambalear. E ele diz que pode manter a doença longe dos que ainda não foram atingidos. Por isso, o mestre o manda percorrer toda a região para fazer o que pode ser feito. Para muitos, já é tarde demais.

O curandeiro verificou as cinchas, afrouxou uma correia e montou na sela, sem muita habilidade, mas o bardoto não fez nenhuma objeção. Ela virou o focinho longo e branco e os belos olhos para ver o cavaleiro. Ele sorriu. Dádiva nunca tinha visto o homem sorrir.

— Vamos? — disse ele ao vaqueiro, que partiu imediatamente com um aceno para Dádiva e um relincho de sua jumentinha. O curandeiro o seguiu. O bardoto tinha um cavalgar suave, pernas longas, e sua brancura brilhava à luz da manhã. Dádiva achou que era como ver um príncipe partir cavalgando, como algo saído de um conto, as figuras montadas que cavalgavam pela névoa reluzente atravessando o amarelo vago dos campos de inverno, desvaneciam na luz e sumiam.

O trabalho nos pastos era duro. "Quem não trabalha duro?", tinha perguntado Emer, mostrando seus braços redondos e fortes, suas mãos calejadas e vermelhas. Alder, o criador de gados, queria que ele ficasse naqueles prados até tocar em todos os animais vivos dos grandes rebanhos locais. Alder tinha enviado dois vaqueiros para acompanhá-lo. Eles fizeram uma espécie de acampamento, com lona de chão e uma barraca aberta. Não havia nada para queimar no pântano além de pequenos arbustos e juncos mortos, e o fogo mal dava para ferver água, quanto mais para aquecer um homem. Os vaqueiros saíam a cavalo e tentavam reunir os animais para que ele pudesse se aproximar deles em um rebanho, em vez de ir de um em um enquanto se espalhavam em busca de alimento nos pastos de capim seco e gelado. Eles não conseguiam manter o gado agrupado por muito tempo e se irritavam com os animais e com ele por não ser mais rápido. Ele estranhava a falta de paciência deles com os animais, que tratavam como coisas, lidando com eles como um balseiro de toras lida com as toras em um rio, com mera força.

Também não tinham paciência com ele, sempre pedindo que se apressasse e terminasse logo o trabalho; nem com eles mesmos, com a vida deles. Quando conversavam entre si, era sempre sobre o que fariam na cidade, em Oraby, quando recebessem o pagamento. Ele ouviu falar muita coisa sobre as prostitutas de Oraby, Deise e Loirinha e aquela a quem chamavam de Sarça Ardente. Ele tinha de se sentar com os jovens, pois todos precisavam do pouco calor que o fogo podia proporcionar, mas eles não o queriam ali e nem ele queria estar com eles. Ele sabia que tinham um vago medo dele como ocultista, e certa inveja, mas, acima de tudo, desprezo. Ele era velho, e além disso, não era um deles. Medo e inveja ele conhecia e evitava, e do desprezo ele se lembrava. Ficava feliz por não ser um deles, por não quererem conversar com ele. Ele tinha medo de cometer um erro com eles.

Ele se levantou na manhã gelada enquanto os outros ainda dormiam enrolados em seus cobertores. Ele sabia onde havia gado por perto e foi até lá. A doença era muito familiar para ele agora. Sentia-a em suas mãos como uma queimação e, se estivesse muito avançada, como um enjoo. Ao se aproximar de um boi que estava deitado, ele se sentiu zonzo e vomitou. Não se aproximou mais, mas disse palavras que poderiam aliviar a morte e prosseguiu.

Os animais o deixavam andar entre eles, selvagens como eram e não tendo recebido nada das mãos dos homens além de castração e massacre. Ele tinha prazer na confiança que depositavam nele, orgulhava-se dela. Não devia, mas se orgulhava. Se quisesse tocar um dos grandes animais, só precisava ficar em pé e conversar um pouco com eles na língua daqueles que não falam.

— Ulla — disse ele, nomeando-os. — Ellu. Ellua.

Os animais ficavam parados, grandiosos, indiferentes; às vezes um deles passava um bom tempo encarando-o. Às vezes, algum se aproximava dele com passadas tranquilas e majestosas, e respiravam na palma aberta de sua mão. Ele podia curar todos os que vinham até ele. Colocava as mãos sobre eles, sobre os flancos e o pescoço de pelos duros e quentes, e enviava a cura por suas mãos dizendo e repetindo as palavras de poder. Depois de algum tempo, o animal sacudia ou balançava um pouco a cabeça, ou dava um passo. E ele abaixava as mãos e ficava ali, esgotado e vazio, por um tempo. Então aparecia outro, grande, curioso, timidamente ousado, coberto de lama, sentindo a doença como um formigamento, uma sensação de calor nas mãos, uma tontura.

— Ellu — dizia ele, caminhava até o animal e colocava as mãos sobre ele até que as sentisse frescas, como se um fluxo de água corresse por elas.

Os vaqueiros estavam discutindo se era seguro ou não comer a carne de um boi morto pela doença. O suprimento de alimentos que tinham levado, que já era escasso no início, estava prestes a acabar. Em vez de cavalgarem de trinta a cinquenta quilômetros para se reabastecerem, queriam cortar a língua de um boi que tinha morrido nas proximidades naquela manhã.

Ele já os obrigava a ferver toda a água que usassem. Então, disse:

— Se vocês comerem essa carne, em um ano começarão a ficar tontos. Acabarão cegos e morrerão como os animais.

Eles xingaram e zombaram, mas acreditaram nele. Ele não tinha ideia se o que havia dito era verdade. Parecia ser verdade quando falou. Talvez ele quisesse irritá-los. Talvez quisesse se livrar deles.

— Voltem cavalgando — disse ele. — Podem me deixar aqui. Há comida suficiente para um homem por mais três ou quatro dias. O bardoto me levará de volta.

Eles não precisaram ser persuadidos. Partiram deixando tudo para trás, cobertores, barraca, panela de ferro.

— Como vamos levar tudo isso de volta para a aldeia? — perguntou ele ao bardoto. Ela observou os dois cavalinhos e disse o que bardotos dizem.

— Hiiiin! — fez ela. Sentiria falta dos cavalinhos.

— Temos que terminar o trabalho aqui — explicou para ela, que o olhou com indiferença. Todos os animais eram pacientes, mas a paciência dos equinos era maravilhosa, pois era dada de graça. Os cães eram leais, mas havia mais obediência nisso. Os cães eram hierarcas, dividindo o mundo em senhores e plebeus. Os equinos eram todos senhores. Eles concordavam em ser coniventes. Ele se lembrava de ter caminhado entre as grandes patas emplumadas dos cavalos de carroça, sem medo. Com a reconfortante respiração deles em sua cabeça. Muito tempo atrás. Ele foi até a linda bardoto e conversou com ela, chamando-a de querida, confortando-a para que ela não se sentisse sozinha.

Foram necessários mais seis dias para que ele passasse pelos grandes rebanhos nos pântanos do leste. Passou os últimos dois dias cavalgando até grupos dispersos de gado que haviam se desgarrado rumo aos pés da montanha. Muitos deles ainda não estavam infectados, e ele poderia protegê-los. O bardoto o carregava sem sela e tornou a viagem mais fácil. Mas não havia mais nada para ele comer. Quando ele cavalgou de volta para a aldeia, estava tonto e com os joelhos fracos. Levou muito tempo para chegar em casa, depois de sair do estábulo de Alder, onde deixou o bardoto. Emer o cumprimentou, repreendeu-o e tentou fazê-lo comer, mas ele explicou que ainda não podia comer.

— Enquanto fiquei lá no meio da doença, nos campos doentes, me senti mal. Depois de um tempo, vou conseguir voltar a comer — explicou.

— Você é louco — resmungou ela, muito furiosa. Era uma fúria doce. Por que mais fúrias não podiam ser doces? — Pelo menos tome um banho! — disse ela.

Ele sabia como fedia e agradeceu a ela.

— Quanto Alder está lhe pagando por tudo isso? — perguntou ela enquanto a água esquentava. Ela ainda estava indignada, falando de forma mais direta do que o normal.

— Não sei — respondeu ele.

Ela parou e o fuzilou com os olhos.

— Você não fixou um preço?

— Fixar um preço? — estranhou ele. Então se lembrou de quem ele não era e falou humildemente. — Não. Não fixei.

— Santa inocência — disse Dádiva, sibilando a palavra. — Ele vai esfolar você. — Ela jogou uma chaleira cheia de água fumegante na banheira. — Ele tem marfim — disse ela. — Diga a ele que tem que ser marfim. Passou dez dias por aí morrendo de fome e frio para curar os animais dele! San não tem nada além de cobre, mas Alder pode pagar em marfim. Mas me desculpe se estou me metendo em seus negócios. Senhor. — Ela saiu pela porta com dois baldes, indo até a bomba. Atualmente, ela não usava a água do riacho para nada. Era sábia, e gentil. Por que ele tinha vivido tanto tempo entre pessoas que não eram gentis?

— Teremos que ver — disse Alder no dia seguinte — se meus animais estão curados. Se eles sobreviverem ao inverno, saberemos que suas curas foram bem-sucedidas, que resistiram. Não que eu duvide disso, mas o que é justo é justo, certo? Você não me pediria para lhe pagar o que estou pensando em lhe pagar se a cura não funcionar e os animais acabarem morrendo, pediria? Sai para lá com essa chance! Mas eu também não lhe pediria para esperar todo esse tempo sem pagamento. Então, aqui está um adiantamento do que está por vir, e por enquanto está tudo quite entre nós, certo?

As moedas de cobre nem estavam guardadas decentemente em uma bolsa. Irioth teve de estender a mão e o criador de gado colocou nela seis moedas de cobre, uma a uma.

— Agora sim! Isso é justo e correto! — disse ele, expansivo. — E talvez você possa cuidar dos meus filhotes de um ano nos pastos de Lago Comprido daqui a um ou dois dias.

— Não — respondeu Irioth. — O rebanho de San estava diminuindo rapidamente quando eu saí. Sou necessário lá.

— Oh, não é, não, Mestre Otak. Enquanto você estava na região leste, um ocultista curandeiro chegou, um sujeito que já esteve aqui antes, da costa sul, e então San o contratou. Você trabalhará para mim e será bem pago. Talvez até melhor do que cobre se os animais ficarem bem!

Irioth não disse sim nem não, nem obrigado, foi embora sem falar. O criador de gado olhou para ele e cuspiu.

— Passe longe — disse ele.

A preocupação surgiu na mente de Irioth como não havia acontecido desde que ele chegou ao Pântano Alto. Tentou afastá-la. Um homem de poder veio curar o gado, outro homem de poder. Mas era um ocultista, disse Alder. Não um feiticeiro, não um mago. Apenas um curandeiro, um curandeiro de gado. Não preciso temê-lo. Não preciso temer seu poder. Preciso vê-lo, para ter certeza, por garantia. Se ele fizer o que eu faço aqui, não haverá mal algum. Podemos trabalhar juntos. Se eu fizer o que ele faz aqui. Se ele usar apenas feitiçaria e não fizer por mal. Como eu.

Ele caminhou pela rua irregular de Purewells até a casa de San, que ficava mais ou menos no meio do caminho, em frente à taverna. San, um homem durão de trinta e poucos anos, estava conversando com um estranho na porta de casa. Quando eles viram Irioth, pareceram ficar desconfortáveis. San entrou em casa e o estranho o seguiu.

Irioth foi até a soleira da porta. Ele não entrou, mas falou pela porta aberta.

— Mestre San, é sobre o gado que você tem lá entre os rios. Posso ir até eles hoje. — Ele não sabia por que havia dito isso. Não era o que ele queria dizer.

— Ah — disse San, aproximando-se da porta, e hesitando um pouco. — Não precisa, Mestre Otak. Este é o Mestre Brilho do Sol, que veio para lidar com a infecção. Ele já curou animais para mim antes, de podridão do casco e coisa assim. Como você já está ocupado demais com os bovinos de Alder, sabe…

O ocultista saiu de trás de San. O nome dele era Ayeth. O poder dele era pequeno, manchado, corrompido pela ignorância, pelo mau uso e pela mentira. Mas a inveja dele era como um fogo ardente.

— Tenho vindo fazer negócios aqui há cerca de dez anos — disse ele, olhando Irioth de cima a baixo. — Aí chega um homem que vem de algum lugar ao norte e toma meus negócios, algumas pessoas brigariam por causa disso. Uma briga de ocultistas é uma coisa ruim. Se é que você é um ocultista, ou seja, um homem de poder. Eu sou. Como a boa gente daqui bem sabe.

Irioth tentou dizer que não queria brigar. Tentou dizer que havia trabalho para os dois. Tentou dizer que não tiraria o trabalho do homem. Mas todas essas palavras foram queimadas pelo ácido da inveja do outro homem, que não as queria ouvir e as queimou antes que fossem ditas.

O olhar de Ayeth ficou mais insolente ao ver Irioth gaguejar. Ele começou a dizer alguma coisa para San, mas Irioth interrompeu.

— Você tem… — gaguejou ele — Você tem que ir embora. Volte. — Ao dizer "volte", a mão esquerda golpeou o ar como uma faca, e Ayeth caiu de costas contra uma cadeira, olhando fixamente.

Ele era só um ocultista menor, um curandeiro trapaceiro com alguns feitiços lamentáveis. Pelo menos era o que parecia. Mas e se ele estivesse trapaceando, escondendo sua força, um rival escondendo seu poder? Um rival invejoso. Ele devia ser impedido, devia ser submetido à amarração, nomeado, desafiado. Irioth começou a dizer as palavras de amarração para ele, e o homem, abalado, se encolheu, diminuindo, murchando, gritando em um lamento fino e alto. Isso é errado, errado, eu estou fazendo o mal, pensou Irioth. Ele manteve as palavras do feitiço em sua boca, lutando contra elas e, por fim, gritou mais uma palavra. Então Ayeth se agachou ali, vomitando e tremendo, e San ficou olhando e tentando dizer: "Sai para lá! Sai para lá!" E nenhum mal foi feito. Mas o fogo queimava as mãos de Irioth, queimava os olhos quando ele tentava esconder os olhos nas mãos, queimava a língua quando ele tentava falar.

Por muito tempo, ninguém quis encostar nele. Ele tinha convulsionado e caído diante da porta de San. Agora estava ali deitado como um homem morto. Mas o curandeiro do sul afirmou que ele não estava morto e que era tão perigoso quanto uma víbora. San contou que Otak tinha amaldiçoado Brilho do Sol e dito certas palavras terríveis que o fizeram ficar cada vez menor, gemendo como um graveto na fogueira, e depois, de repente, voltou a ser ele mesmo, só que muito doente, e quem poderia culpá-lo? O tempo todo uma luz envolveu o outro, Otak, como um fogo bruxuleante, as sombras pulavam, e a voz dele não se pareceu com nenhuma voz humana. Foi uma coisa terrível.

Brilho de Sol disse a todos que se livrassem do sujeito, mas não ficou por perto para ver esse acontecimento. Ele voltou pela estrada sul logo depois de tomar um caneco de cerveja na taverna, alegando que não havia espaço para dois ocultistas em uma aldeia e que voltaria, quem sabe, quando aquele homem, ou o que quer que ele fosse, tivesse ido embora.

Ninguém queria encostar nele. As pessoas olhavam de longe para o monte que jazia na porta da casa de San. A esposa de San chorava alto por toda rua.

— Mau agouro! Mau agouro! — gritava ela. — Oh, meu bebê vai nascer morto, eu sei!

Baga foi buscar a irmã depois de ouvir a história de Brilho do Sol na taverna, a versão de San e várias outras versões já existentes. Na melhor delas, Otak tinha se erguido a três metros de altura e atingido Brilho do Sol com um raio, transformando-o em um pedaço de carvão antes de espumar pela boca, ficar azul e desabar em um monte.

Dádiva correu para a aldeia. Ela foi direto para a soleira da porta, curvou-se sobre o monte e colocou a mão nele. Todo mundo suspirou e murmurou:

— Sai para lá! Sai para lá! — Exceto a filha mais nova de Rúbia, que não entendeu os sinais e disse:

— Agilize o trabalho!

A pilha se moveu e se levantou lentamente. Eles viram que se tratava do curandeiro, exatamente como era antes, sem fogos ou sombras, embora parecesse muito doente.

— Vamos — disse Dádiva, e o colocou de pé, subindo lentamente a rua com ele.

Os aldeões sacudiam a cabeça. Dádiva era uma mulher corajosa, mas outra coisa era ser corajosa demais. Ou, como disseram na mesa da taverna, corajosa da maneira errada, no lugar errado, você sabe. Ninguém deve se meter com feitiçaria se não nasceu para isso. Nem com ocultistas. É fácil se esquecer disso. Eles parecem iguais às outras pessoas. Mas não são como as outras pessoas. Parece que não há mal nenhum em um curandeiro. Cura a podridão dos cascos, limpa um úbere endurecido. Não há problema nisso. Mas é só atravessar o caminho de um deles e veja só: sombras, maldições e convulsões. Estranho. Aquele lá sempre foi estranho. De onde ele veio, afinal? Me responda.

Ela o colocou na cama, tirou os sapatos dos pés dele e o deixou dormindo. Baga chegou tarde e mais bêbado do que o normal, acabou caindo e batendo a testa no suporte de lenha. Sangrando e furioso, ele ordenou a Dádiva que colocasse o "ocurtista pa for di casa", já, com um pé na bunda. Em seguida, vomitou nas cinzas e caiu no sono junto à lareira. Ela o puxou para o colchão, tirou os sapatos dos pés dele e o deixou dormindo. Então foi dar uma olhada no outro. Ele parecia febril, e ela colocou a mão na testa dele. O curandeiro abriu os olhos, fixando-os diretamente nos dela, inexpressivo.

— Emer — disse ele, e fechou os olhos novamente.

Ela se afastou, aterrorizada.

Deitou-se na própria cama, no escuro, e pensou: Ele conhecia o mago que deu meu nome. Ou eu disse meu nome. Talvez eu o tenha dito em voz alta enquanto dormia. Ou alguém contou para ele. Mas ninguém sabia. Ninguém jamais soube meu nome, a não ser o mago e minha mãe. E eles estão mortos, estão mortos... Eu disse meu nome enquanto dormia...

Mas ela sabia que não.

Ela estava de pé com a lamparina a óleo na mão, a luz refletindo um brilho vermelho entre seus dedos e dourado em seu rosto. Ele disse o nome dela. Ela o deixou dormir.

Ele dormiu até tarde na manhã seguinte e acordou como se estivesse doente, fraco e plácido. Ela não conseguia ter medo dele. Descobriu que ele não se lembrava de nada do que havia acontecido na aldeia, nem do outro feiticeiro e nem mesmo das seis moedas que ela havia encontrado espalhadas na colcha, que ele devia ter segurado na mão o tempo todo.

— Não tenho dúvidas de que foi isso que Alder lhe pagou — disse ela. — O muquirana!

— Eu disse que ia ver os animais dele no... no pasto, entre os rios, foi isso? — perguntou ele, ficando ansioso, o olhar assustado estava voltando ao seu rosto; então ele se levantou do banco.

— Sente-se — ordenou ela.

Ele se sentou, mas continuou preocupado.

— Como você pode curar se está doente? — disse ela.

— De que outra forma, então? — respondeu ele.

Mas logo ele se acalmou outra vez, acariciando o gato cinza.

O irmão dela entrou.

— Venha aqui fora — disse a ela assim que viu o curandeiro cochilando no assento. — Não o deixarei mais ficar aqui — falou ele, agindo como senhor da casa com ela, com aquele grande corte preto na testa, olhos que pareciam ostras e as mãos tremendo.

— Você vai para onde? — perguntou ela.

— É ele quem tem que ir.

— A casa é minha. A casa é de Bren. Ele fica. Você pode ir ou ficar, você escolhe.

— Também escolho se ele fica ou vai, e ele vai. Não é você quem decide tudo. Todas as pessoas dizem que ele deve ir embora. Ele não é prudente.

— Ah, claro, agora que ele curou metade dos rebanhos e recebeu seis cobres por isso, é hora de ir embora, realmente! Ele vai ficar aqui enquanto eu quiser, e acabou.

— Eles não vão comprar nosso leite e queijo — resmungou Baga.

— Quem disse isso?

— A esposa de San. Todas as mulheres.

— Então levarei os queijos para Oraby — respondeu ela — e os venderei lá. Tenha alguma dignidade, irmão, vá lavar esse corte e troque de camisa. Você está fedendo a taverna. — E ela foi para dentro da casa. — Ai, meu Deus — disse e desatou a chorar.

— Qual é o problema, Emer? — perguntou o curandeiro, virando o rosto magro e os olhos estranhos para ela.

— Oh, não vale a pena, eu sei que não vale a pena. Nada vale a pena com um bêbado — lamentou ela.

Ela enxugou os olhos com o avental.

— Foi isso que derrubou você — disse ela —, a bebida?

— Não — respondeu ele, sem se ofender, talvez sem entender.

— É claro que não foi. Peço perdão — disse ela.

— Talvez ele beba para tentar ser outro homem — disse ele. — Para se alterar, para mudar...

— Ele bebe porque bebe — resumiu ela. — Para alguns, é só isso. Vou para a leiteria agora. Vou trancar a porta da casa. Há... estranhos rondando. Descanse. Está muito frio lá fora. — Ela queria garantir que ele ficaria dentro de casa, longe do perigo, e que ninguém viria importuná-lo. Mais tarde, ela iria à aldeia, daria uma palavrinha com algumas pessoas sensatas e, se pudesse, daria fim àquela falação sem sentido.

Quando ela chegou lá, a esposa de Alder, Rúbia, e várias outras pessoas concordaram que uma briga entre ocultistas por causa de trabalho não era novidade e que não havia motivo para se preocupar com isso. Mas San, sua esposa e o pessoal da taverna não queriam deixar o assunto de lado, já que aquela era a única coisa interessante que tinham para falar durante o resto do inverno, exceto a morte do gado.

— Além disso — disse Rúbia —, meu homem nunca foi avesso a pagar cobre quando achava que teria de pagar marfim.

— O gado que ele tocou está ficando em pé, então?

— Até onde podemos ver, sim. E não há novos doentes.

— Ele é um verdadeiro ocultista, Rúbia — comentou Dádiva, muito séria. — Tenho certeza.

— Esse é o problema, meu bem — disse Rúbia. — E você sabe disso! Este não é um lugar para um homem como ele. Seja ele quem for, não é da nossa conta, mas por que ele veio para cá, é o que você tem que perguntar.

— Para curar os animais — respondeu Dádiva.

***

Não fazia nem três dias que Brilho de Sol tinha partido quando um novo estranho apareceu na cidade: um homem que subia a estrada do sul em um bom cavalo e que pediu hospedagem na taverna. Mandaram-no para a casa de San, mas a esposa dele gritou quando viu que havia um estranho na porta, dizendo que se San deixasse outro bruxo entrar, o bebê dela nasceria morto de novo. Os gritos dela puderam ser ouvidos em várias casas da rua, e uma multidão, ou seja, dez ou onze pessoas, se reuniram entre a casa de San e a taverna.

— Bem, não posso deixar isso acontecer — disse o estranho em tom amigável. — Não posso provocar um nascimento prematuro. Será que há um quarto acima da taverna?

— Mande-o para a leiteria — disse um dos vaqueiros de Alder. — Dádiva abriga qualquer um que chegar. — Ouviram-se alguns risos abafados e pedidos de silêncio.

— Volte por ali — disse o taberneiro.

— Obrigado — disse o viajante, e conduziu seu cavalo pelo caminho indicado.

— Todos os estrangeiros na mesma cesta — disse o taberneiro, e, naquela noite, a frase foi repetida na taberna várias dezenas de vezes, tornando-se uma fonte inesgotável de admiração, a melhor coisa que alguém havia dito desde a infecção do gado.

Dádiva estava na leiteria, tinha acabado de concluir a ordenha do fim da tarde. Ela estava coando o leite e arrumando as panelas.

— Senhora — disse uma voz na porta; ela pensou que fosse o curandeiro e respondeu: — Só um minuto enquanto eu termino isso… — E então, ao se virar, viu um estranho e quase deixou a panela cair. — Ah, você me assustou! — exclamou. — O que posso fazer por você, então?

— Estou procurando uma cama para passar a noite.

— Não, me desculpe, já tenho um hóspede, e somos meu irmão e eu. Veja com San na aldeia…

— Eles me mandaram para cá. Disseram: "Todos os estrangeiros na mesma cesta". — O estrangeiro tinha trinta e poucos anos, rosto redondo e aparência agradável, vestia roupas simples, embora o animal robusto que estava atrás dele fosse um bom cavalo. — O estábulo já está ótimo, senhora. É meu cavalo que precisa de uma boa cama; ele está cansado. Dormirei no estábulo e de manhã terei partido. É ótimo dormir com as vacas em uma noite fria. Terei prazer em lhe pagar, senhora, se duas moedas de cobre servirem; meu nome é Falcão.

— Sou Dádiva — disse ela, um pouco desconcertada, mas gostando do rapaz. — Muito bem, então, Mestre Falcão. Acomode seu cavalo e cuide dele. Ali tem uma bomba de água e bastante feno. Venha até a casa depois. Posso lhe servir um pouco de sopa de leite, e um tostão será mais do que suficiente, obrigada. — Ela não sentia que devia chamá-lo de senhor, como sempre fazia com o curandeiro. Esse homem não tinha nada daqueles modos nobres. Ela não viu um rei assim que olhou para ele, como aconteceu com o outro.

Quando ela terminou de trabalhar na leiteria e foi para a casa, o novo hóspede, Falcão, estava agachado junto à lareira, acendendo o fogo com habilidade. O curandeiro estava em seu quarto dormindo. Ela olhou para dentro e fechou a porta.

— Ele não está muito bem — comentou ela, falando baixo. — Passou vários dias curando o gado no leste, além do pântano, no frio e ficou esgotado.

Enquanto ela trabalhava na cozinha, Falcão dava uma mãozinha de vez em quando, da maneira mais natural, de modo que ela começou a se perguntar se todos os homens de outras partes do mundo eram mais habilidosos em casa do que os homens do Pântano. Era fácil conversar com ele e ela contou sobre o curandeiro, já que não tinha muito a dizer sobre si mesma.

— Eles usam um ocultista e depois falam mal dele por sua utilidade — desabafou ela. — Não é justo.

— Mas ele os assustou de alguma maneira, não foi?

— Acho que sim. Outro curandeiro apareceu, um sujeito que já passou por aqui antes. Pelo que sei, ele não é grande coisa. Ele não ajudou em nada a minha vaca que estava com o úbere endurecido, há dois anos. E seu bálsamo é só gordura de porco, eu juro. Bem, aí ele disse a Otak: "Você está roubando meu negócio". E talvez o Otak tenha dito a mesma coisa em resposta. E eles perderam a paciência, e talvez tenham feito alguns feitiços malévolos. Acho que Otak fez. Mas ele não fez nenhum mal ao homem, e caiu desmaiado. Agora ele não se lembra mais do que aconteceu, enquanto o outro homem saiu ileso. E dizem que todos os animais que Otak tocou ainda estão em pé e saudáveis. Ele passou dez dias por aí, sob o vento e a chuva, tocando os animais e curando-os. E sabe quanto o criador de gado deu a ele? Seis tostões! Não é de se admirar que ele tenha ficado um pouco furioso. Mas eu não digo... — Ela se deteve, e então prosseguiu: — Não digo que ele não é um pouco estranho, às vezes. Como as bruxas e os ocultistas são, eu acho. Talvez eles tenham que ser assim, lidando com tais poderes e males como fazem. Mas ele é um homem honesto e gentil.

— Senhora — respondeu Hawk —, posso lhe contar uma história?

— Ah, você é contador de histórias? Ah, por que não disse isso logo? Então é isso que você faz? Fiquei me perguntando, por ser inverno e tudo mais, e você viajando. Mas com esse cavalo, achei que devia ser um comerciante. Se pode me contar uma história? Seria a alegria de minha vida, e quanto mais longa, melhor! Mas tome sua sopa primeiro e espere eu me sentar para ouvir...

— Eu não sou um verdadeiro contador de histórias, senhora — disse ele com seu sorriso amistoso —, mas tenho uma história para contar...

E quando ele tomou sua sopa e ela sentou-se para fazer os remendos, ele contou.

— No Mar Central, na Ilha dos Sábios, a Ilha de Roke, onde toda a magia é ensinada, há nove Mestres — começou ele.

Ela fechou os olhos, extasiada, e ficou ouvindo.

Ele nomeou os Mestres: Mão e Herbalista, Invocador e Padronista, Cifra dos Ventos e Cantor, Nomeador e Transformador.

— As artes do Transformador e do Invocador são muito perigosas — explicou ele. — A mudança, ou a transformação, talvez a senhora conheça. Até mesmo um curandeiro comum talvez saiba como fazer mudanças ilusórias, transformando uma coisa em outra por algum tempo, ou assumindo uma aparência que não é a sua. A senhora já viu isso?

— Já ouvi falar — sussurrou ela.

— E, às vezes, as bruxas e os ocultistas vão dizer que invocaram os mortos para que falem por meio deles. Talvez uma criança pela qual os pais estão sofrendo. Na cabana da bruxa, na escuridão, eles ouvem a criança chorar ou rir...

Ela acenou com a cabeça.

— Esses são apenas feitiços de ilusão, de aparência. Mas existem verdadeiras transformações e verdadeiras invocações. E essas podem representar verdadeiras tentações para o feiticeiro! É uma coisa maravilhosa voar com as asas de um falcão, senhora, e ver a terra lá embaixo com os olhos de um falcão. E invocar, que na verdade é nomear, é um grande poder. Conhecer o nome verdadeiro é ter poder, como a senhora sabe. E a arte do invocador encontra-se diretamente aí. É uma coisa maravilhosa invocar a aparência e o espírito de alguém morto há muito tempo. Ver a beleza de Elfarran nos pomares de Solea, como Morred viu quando o mundo era jovem…

A voz dele ficou muito baixa, muito sombria.

— Bem, vamos à minha história. Há quarenta anos ou mais, nasceu uma criança na Ilha de Arca, uma ilha rica do Mar Central, ao sul e a leste de Semel. Essa criança era filho de um subordinado da casa do Senhor da Arca. Não era filho de um homem pobre, mas não era um menino de muita importância. E os pais dele morreram jovens. Por isso, não lhe davam muita atenção, até que tiveram de notá-lo pelo que ele fazia e podia fazer. Ele era um pestinha esquisito, como dizem. Tinha poderes. Era capaz de acender ou apagar uma fogueira com uma palavra. Conseguia fazer panelas e frigideiras voarem. Era capaz de transformar um rato em um pombo e fazê-lo voar pelas grandes cozinhas do Senhor da Arca. E se alguém o contrariasse ou assustasse, ele fazia maldades. Uma vez, virou uma chaleira de água fervente em cima de um cozinheiro que o maltratou.

— Misericórdia — sussurrou Dádiva. Ela não tinha costurado um ponto sequer desde que ele começou a história.

— Ele era só uma criança, e os feiticeiros daquela casa provavelmente não eram homens sábios, pois o trataram com pouca sabedoria ou gentileza. Talvez tivessem medo dele. Eles amarraram as mãos e amordaçaram a boca dele para impedi-lo de fazer feitiços. Eles o trancaram em um porão, uma cela de pedra, até considerarem que ele estava domado. Depois o mandaram embora para viver nos estábulos da grande fazenda, pois ele tinha jeito com os animais e ficava mais calmo quando estava com cavalos. Mas ele brigou com um cavalariço e transformou o pobre rapaz em um monte de esterco. Quando os feiticeiros recuperaram a forma do cavalariço, amarraram o menino outra vez, amordaçaram a boca dele e o colocaram em um navio para Roke. Eles acharam que os Mestres de lá talvez pudessem domá-lo.

— Pobre criança — murmurou ela.

— De fato, pois até os marinheiros também tinham medo dele e o deixaram preso daquele jeito durante toda a viagem. Quando o Sentinela do Casarão de Roke o viu, ele soltou as mãos e a língua do menino. E a primeira coisa que o garoto fez na Casa da Criação, dizem, foi virar a Longa Mesa do refeitório de cabeça para baixo e azedar a cerveja, além de transformar em porco, por pouco tempo, um aluno que tentou impedi-lo..., mas o rapaz tinha encontrado seus iguais entre os Mestres.

"Eles não o puniram, mas mantiveram seus poderes descontrolados amarrados por feitiços até que pudessem fazer com que ele ouvisse e começasse a aprender. Isso levou muito tempo. Havia nele um espírito de rivalidade que o fazia encarar qualquer poder que não tivesse, qualquer coisa que não conhecesse, como uma ameaça, um desafio, uma coisa contra a qual deveria lutar até vencer. Existem muitos meninos assim. Eu era um deles. Mas tive sorte. Aprendi minha lição ainda jovem.

"Bem, esse garoto finalmente aprendeu a domar sua raiva e a controlar seu poder. E era um poder muito grande. Qualquer arte que ele estudasse era fácil para ele, fácil demais, por isso ele desprezava a ilusão, a manipulação do clima e até mesmo a cura, porque eram coisas que não o amedrontavam, não o desafiavam. Ele não via nenhuma virtude em si mesmo por dominá-las. Assim, depois de receber seu nome do Arquimago Nemmerle, o garoto se dedicou à grande e perigosa arte da invocação. E ele estudou com o Mestre dessa arte por um longo tempo.

"Ele sempre morou em Roke, pois é lá que todo o conhecimento de magia chega e é mantido. E ele não tinha nenhum desejo de viajar e conhecer outros tipos de pessoas, ou de ver o mundo, dizendo que podia invocar o mundo todo para vir até ele, o que era verdade. Talvez seja aí que o perigo dessa arte reside.

"Agora, o que é proibido ao invocador, ou a qualquer mago, é invocar um espírito vivo. Sim, podemos enviar a eles uma voz, ou uma representação, uma aparição, de nós mesmos. Mas não os invocamos, em espírito ou em carne, para que venham até nós. Somente os mortos devem ser invocados. Somente as sombras. Dá para entender o porquê disso. Invocar um homem vivo é ter total poder sobre ele, corpo e mente. Ninguém, por mais forte, sábio ou grandioso que seja, pode possuir e usar outra pessoa.

"Mas o espírito de rivalidade se desenvolveu no menino quando ele se tornou um homem. É um espírito forte em Roke: sempre ser melhor do que os outros, sempre ser o primeiro... A arte se torna uma competição, um jogo. O fim se torna um meio para um fim menor que ele mesmo... Não havia nenhum homem mais talentoso do que aquele, mas se alguém se saísse melhor do que ele em alguma coisa, ele achava difícil suportar. Isso o assustava e o irritava.

"Não havia lugar para ele entre os Mestres, já que um novo Mestre Invocador tinha sido escolhido, um homem forte no auge da vida, sendo pouco provável que se aposentasse ou morresse. Entre os acadêmicos e os outros professores, nosso rapaz tinha um lugar de honra, mas não era um dos Nove. Ele tinha sido preterido. Talvez não fosse bom para ele permanecer ali, sempre entre feiticeiros e magos, entre garotos aprendendo magia, todos desejando mais e mais poder, competindo para serem os mais fortes. De qualquer maneira, com o passar dos anos ele se tornou cada vez mais distante, continuando seus estudos em sua cela na torre, separado dos outros, ensinando poucos alunos e falando pouco. O Invocador enviava alunos talentosos para ele, mas muitos dos meninos da escola mal o conheciam. Nesse isolamento, ele começou a praticar certas artes que não são boas de se praticar e que não levam a nada de positivo.

"Um invocador se acostuma a solicitar aos espíritos e sombras que venham conforme sua vontade e a irem embora quando ele manda. Talvez esse homem tenha começado a pensar: Quem pode me proibir de fazer a mesma coisa com os vivos? Para que tenho esse poder se não me é possível usá-lo? Então ele começou a chamar os vivos para irem até ele, aqueles em Roke a quem ele temia, considerando-os rivais, aqueles cujo poder ele invejava. Quando vinham, ele tomava o poder deles, deixando-os calados. Eles não podiam dizer o que havia acontecido com eles, o que havia acontecido com o poder deles. Eles não sabiam.

"Então, ele invocou seu próprio mestre, o Invocador de Roke, pegando-o desprevenido.

"Mas o Invocador lutou contra ele tanto em corpo quanto em espírito e me chamou, então eu fui. Juntos, lutamos contra a determinação que nos destruiria."

A noite havia caído. A lamparina de Dádiva havia se apagado. Apenas o brilho vermelho do fogo iluminava o rosto de Falcão. Não era o rosto que ela havia imaginado. Era cansado, severo e cheio de cicatrizes em um dos lados. O rosto do falcão, pensou. E ficou imóvel, ouvindo.

— Esta não é uma história de contador, senhora. Esta não é uma história que você ouvirá outra pessoa contar.

"Naquela época, eu era novo no cargo de Arquimago. Era mais jovem do que o homem com quem lutamos e talvez não o temesse o suficiente. Fizemos o possível para enfrentá-lo de igual para igual, ali no silêncio, na cela da torre. Ninguém mais sabia o que estava acontecendo. Nós lutamos. Lutamos por muito tempo. E então tudo acabou. Ele se quebrou. Como um graveto se quebrando. Ele estava quebrado. Mas fugiu. O Invocador havia usado parte de sua força para fazer o bem combatendo aquela determinação inflexível. E eu não tinha nem a força para deter aquele homem quando ele fugiu e nem inteligência para mandar alguém atrás dele. E não tinha mais um pingo de poder em mim para segui-lo. Então, ele fugiu de Roke. Desapareceu completamente.

"Não conseguimos esconder a briga que tivemos com ele, embora falássemos o mínimo possível a esse respeito. E muitos ali disseram: já vai tarde, pois ele sempre foi meio louco e agora estava completamente louco.

"Mas depois que o Invocador e eu nos recuperamos das feridas em nossas almas, pode-se dizer, e da grande estupidez espiritual consequente de uma luta como essa, começamos a pensar que não era bom ter um homem de grande poder, um mago, vagando por Terramar sem estar em seu juízo perfeito e talvez cheio de sentimentos de vergonha, raiva e vingança.

"Não conseguimos encontrar nenhum vestígio dele. Sem dúvida, ele se transformou em um pássaro ou peixe ao sair de Roke, até chegar a alguma outra ilha. E um feiticeiro pode se esconder de todos os feitiços de busca. Perguntamos a seu respeito, da maneira que podemos fazer, mas nada nem ninguém respondeu. Assim, partimos à sua procura, o Invocador foi para as ilhas do leste e eu para o oeste. Pois quando pensei nesse homem, comecei a ver em minha mente uma grande montanha, um cone erodido, com um amplo terreno verde a seus pés, se estendendo para o sul. Eu me lembrei das minhas aulas de geografia que tive quando era garoto em Roke, da configuração da terra de Semel e da montanha cujo nome é Andanden. Então, cheguei ao Pântano Alto. Acho que vim pelo caminho certo."

Fez-se silêncio. A fogueira sussurrava.

— Devo falar com ele? — perguntou Dádiva em uma voz firme.

— Não — respondeu o homem como um falcão. — Eu falarei. — E ele disse: — Irioth.

Ela olhou para a porta do quarto. Ela se abriu e ele estava lá, magro e cansado, com os olhos escuros cheios de sono, perplexidade e dor.

— Ged — disse ele. Curvou a cabeça. Depois de um tempo, olhou para cima e perguntou: — Pode tirar meu nome de mim?

— Por que eu deveria fazer isso?

— Ele significa apenas mágoa. Ódio, orgulho, ganância.

— Tirarei esses nomes de você, Irioth, mas não o seu nome.

— Eu não entendia — disse Irioth — no que diz respeito aos outros, que eles são outros. Todos nós somos outros. Devemos ser. Eu estava errado.

O homem chamado Ged se aproximou e segurou as mãos dele, que estavam meio estendidas, em súplica.

— Você errou. Você voltou. Mas está cansado, Irioth, e o caminho é duro quando se segue sozinho. Venha para casa comigo.

A cabeça de Irioth pendeu, como se dominada pelo cansaço absoluto. Toda a tensão e paixão haviam saído de seu corpo. Mas ele ergueu os olhos, não para Ged, mas para Dádiva, que estava em silêncio no canto da lareira.

— Tenho trabalho aqui — disse ele.

Ged também olhou para ela.

— Tem mesmo — confirmou ela. — Ele cura o gado.

— Os animais me mostram o que devo fazer — justificou Irioth — e quem eu sou. Eles sabem meu nome. Mas nunca o dizem.

Depois de algum tempo, Ged puxou o homem mais velho para perto de si com gentileza e o envolveu em um abraço. Disse algo a ele em voz baixa, e o soltou. Irioth inspirou fundo.

— Eu não tenho valor lá, entende, Ged? — disse ele. — Aqui, eu tenho. Se me deixarem fazer o trabalho. — Ele olhou novamente para Dádiva, e Ged também. Ela olhou para os dois.

— O que você acha, Emer? — perguntou aquele que parecia um falcão.

— Eu diria — disse ela, com a voz fina e estridente, dirigindo-se ao curandeiro — que se os bovinos de Alder permanecerem em pé durante o inverno, os criadores vão implorar para que você fique. Ainda que talvez não morram de amores por você.

— Ninguém ama um ocultista — disse o Arquimago. — Ora, Irioth! Vim até aqui em pleno inverno para buscar você e tenho que voltar sozinho?

— Diga a eles... diga a eles que eu estava errado — pediu Irioth. — Diga a eles que eu fiz coisas erradas. Diga a Thorion... —Ele parou de falar, confuso.

— Direi a ele que as mudanças na vida de um homem podem estar além de todas as artes que conhecemos e de toda a nossa sabedoria — afirmou o Arquimago. Ele olhou para Emer novamente. — Ele pode ficar aqui, senhora? É esse o seu desejo, assim como o dele?

— Ele é dez vezes mais útil e companheiro para mim do que meu irmão — declarou ela. — E um homem gentil e sincero, como eu lhe disse. Senhor.

— Muito bem, então. Irioth, meu caro companheiro, professor, rival e amigo, adeus. Emer, mulher de coragem, minha reverência e meus agradecimentos a você. Que seu coração e seu lar tenham paz. — E ele fez um gesto que deixou um rastro cintilante no ar, acima da pedra da lareira, por um instante. — Agora vou para o estábulo das vacas — disse ele, e foi.

A porta se fechou. Tudo ficou silencioso, exceto pelo sussurro do fogo.

— Venha para perto do fogo — disse ela. Irioth se aproximou e se sentou no banco. — Aquele era o Arquimago? De verdade?

Ele assentiu.

— O Arquimago do mundo — disse ela. — No estábulo das minhas vacas. Ele deveria ficar com a minha cama…

— Ele não aceitaria — disse Irioth.

Ela sabia que ele estava certo.

— Seu nome é lindo, Irioth — comentou ela depois de algum tempo. — Eu nunca soube o verdadeiro nome de meu marido. Nem ele o meu. Não falarei seu nome novamente. Mas gosto de sabê-lo, já que você sabe o meu.

— Seu nome é lindo, Emer — respondeu ele. — Eu o direi quando você me pedir para dizê-lo.

Libélula

I. Iria

Os ancestrais do pai dela possuíam um amplo e rico território na ampla e rica Ilha de Way. Sem reivindicar nenhum título ou privilégio da corte na época dos reis, durante todos os anos sombrios após a queda de Maharion, eles sustentaram suas terras e sua gente com mãos firmes, investindo seus lucros na terra, defendendo algum tipo de justiça e combatendo tiranos mesquinhos. Quando a ordem e a paz retornaram ao Arquipélago, sob o domínio dos sábios de Roke, a família, bem como suas fazendas e aldeias prosperaram por algum tempo. Tal prosperidade e a beleza dos prados, das pastagens e das colinas coroadas de carvalhos transformaram o território em um ditado, de modo que as pessoas diziam: "tão gorda quanto uma vaca de Iria" ou "tão sortudo quanto um Irian". Os patrões e muitos colonos do território acrescentavam o nome do lugar a seus sobrenomes, chamando-se Irian. Mas, apesar dos agricultores e pastores prosseguirem, de estação em estação, de ano em ano e de geração em geração, tão estáveis e seguros quanto os carvalhos, a família proprietária da terra se transformou e, com o tempo, entrou em decadência.

Uma briga entre irmãos por causa da herança os dividiu. Os herdeiros administraram mal suas propriedades, um por ganância, e o outro, por insensatez. Um deles teve uma filha que se casou com um comerciante e ela tentou administrar sua propriedade de longe, na cidade; o outro teve um filho cujos filhos, por sua vez, também brigaram, dividindo ainda mais a terra já dividida. Na época em que a garota chamada Libélula nasceu, o território de Iria, embora ainda fosse uma das mais belas regiões de colinas, campos e prados de toda Terramar, era um campo de batalha de discussões antigas e litígios. As terras cultivadas foram tomadas por ervas daninhas, as fazendas acabaram destelhadas, os galpões de ordenha perderam a utilidade e os pastores seguiam seus rebanhos montanha acima, em busca de pastos melhores. A antiga casa que antes era o centro do território estava praticamente em ruínas na colina entre os carvalhos.

O proprietário era um dos quatro homens que se autodenominavam Patrão de Iria. Os outros três o chamavam de Patrão da Velha Iria. Ele gastou a juventude e o que restou de sua herança nos tribunais e antecâmaras dos Senhores de Way, em Shelieth, para provar que tinha direito a todo o território de acordo com a configuração de cem anos antes. Retornou sem sucesso e amargurado, depois passou a vida adulta bebendo o vinho tinto forte do último vinhedo que restara e caminhando junto aos limites de sua terra com uma tropa de cães maltratados e mal alimentados para manter os intrusos longe.

Enquanto esteve em Shelieth, ele se casou com uma mulher sobre a qual ninguém em Iria sabia nada, pois ela era de alguma outra ilha, algum lugar do oeste, segundo se dizia; e ela nunca chegou a Iria, pois morreu no parto, ainda na cidade.

Quando voltou para casa, trouxe uma filha de três anos. Entregou-a à caseira e se esqueceu dela. Quando ficava bêbado, às vezes se lembrava da menina. Caso conseguisse encontrá-la, fazia com que ela ficasse em pé, ao lado de sua poltrona, ou sentada em seu colo para ouvir sobre todas as injustiças que haviam sido cometidas contra ele e contra a casa de Iria. Ele xingava, chorava, bebia e fazia com que ela bebesse também, prometendo honrar a herança dela e ser fiel a Iria. Ela engolia os goles de vinho, mas detestava os xingamentos, as promessas, as lágrimas, e os beijos molhados que se seguiam. Ela fugia assim que podia, e corria para junto dos cães, dos cavalos e do gado. Jurava a eles que seria leal à mãe, a quem ninguém conhecia, honrava ou era fiel, exceto ela.

Quando ela fez treze anos, o velho viticultor e a caseira, que eram os únicos que restavam na casa, disseram ao Patrão que tinha chegado o momento do dia de nomeação da filha dele. Perguntaram se deveriam chamar o ocultista do Lago Oeste ou se a bruxa da aldeia serviria. O Patrão de Iria teve um ataque de fúria.

— Uma bruxa da aldeia? Uma bruxa amaldiçoada para dar o verdadeiro nome à filha de Irian? Ou um ocultista traiçoeiro, servo rastejante daqueles oportunistas usurpadores das terras do meu avô? Se aquele gambá colocar os pés nas minhas terras, farei com que os cães arranquem seu fígado, podem avisar a ele, se quiserem! — E assim por diante. A velha Deise voltou para a cozinha, o velho Coelho voltou para suas videiras, e a Libélula de treze anos saiu correndo de casa e desceu a colina até a aldeia, lançando os xingamentos do pai aos cães, que, loucos de agitação com a gritaria do velho, latiram, latiram e correram atrás dela.

— Volte, sua cadela malévola! — gritou ela. — Para casa, seu traidor rastejante! — E os cães se calaram e voltaram para a casa com o rabo entre as pernas.

Libélula encontrou a bruxa da aldeia tirando larvas de uma ferida infectada no traseiro de uma ovelha. O nome de uso da bruxa era Rosa, como o de muitas mulheres de Way e de outras ilhas do Arquipélago Hárdico. Pessoas que têm um nome secreto que guarda o poder delas da mesma forma que um diamante guarda a luz geralmente gostam que seu nome público seja corriqueiro, comum, como os nomes das outras pessoas.

Rosa estava murmurando um feitiço rotineiro, mas eram suas mãos e sua faca afiada que faziam a maior parte do trabalho. A ovelha suportava pacientemente a escavação da faca, seus olhos âmbar, fendidos e opacos, encaravam o silêncio; de vez em quando, ela batia a patinha dianteira esquerda e suspirava.

Libélula observou atentamente o trabalho de Rosa. A bruxa extraiu uma larva, jogou-a no chão, cuspiu nela e voltou ao exame. A menina se recostou na ovelha, e a ovelha se recostou na garota, dando e recebendo conforto. Rosa extraiu a última larva, jogou-a no chão, cuspiu nela e disse:

— Agora, me passe aquele balde. — Ela lavou a ferida com água salgada. A ovelha soltou um suspiro profundo e, de repente, saiu do pátio, andando na direção da casa. Ela já tinha perdido a paciência com o remédio. — Gaiato! — gritou Rosa. Uma criança suja surgiu debaixo de um arbusto onde estava dormindo e foi atrás da ovelha, pela qual ele havia sido indicado como responsável, embora ela fosse mais velha, maior, mais bem alimentada e provavelmente mais sábia do que ele.

— Falaram que você deveria dar meu nome — disse Libélula. — Meu pai teve um ataque de fúria. Então, é isso.

A bruxa não disse nada. Ela sabia que a garota estava certa. Quando o Patrão de Iria dizia que permitia ou não permitia algo, ele jamais mudava de ideia, orgulhando-se de sua intransigência, já que, na opinião dele, somente homens fracos diziam uma coisa e depois a desdiziam.

— Por que não posso dar a mim mesma meu verdadeiro nome? — perguntou Libélula, enquanto Rosa lavava a faca e suas mãos na água salgada.

— Não se pode fazer isso.

— Por que não? Por que tem de ser uma bruxa ou um ocultista? O que é preciso *fazer*?

— Bem — disse Rosa, e jogou a água salgada na terra solta do pequeno pátio na frente de sua casa, que, como a maioria das casas de bruxas, ficava um pouco afastada da aldeia. — Bem — repetiu ela, endireitando-se e olhando vagamente à sua volta, como se procurasse uma resposta, uma ovelha ou uma toalha. — Você precisa ter algum conhecimento sobre o poder, entende — falou e, por fim, olhou para Libélula com um dos olhos. O outro era um pouco desviado para o lado. Às vezes, Libélula achava que a vesguice estava no olho esquerdo de Rosa, às vezes parecia estar no direito, mas um olho sempre encarava a frente e o outro observava algo fora do campo de visão, depois da curva da esquina, em outro lugar.

— Que poder?

— O único — respondeu Rosa. E tão de repente quanto a ovelha havia saído, a bruxa entrou em sua casa. Libélula a seguiu, mas somente até a porta. Ninguém entrava na casa de uma bruxa sem ser convidado.

— Você disse que eu tinha o poder — argumentou a garota diante da penumbra fétida da cabana de um único cômodo.

— Eu disse que você tem uma força interior, uma grande força — falou a bruxa de dentro da escuridão. — E você também sabe disso. O que você vai fazer com isso eu não sei, nem você. Isso você precisa descobrir. Mas não existe o poder de nomear a si mesma.

— Por que não? O que melhor representa mais uma pessoa do que seu nome verdadeiro?

Fez-se um longo silêncio.

A bruxa ressurgiu com um fuso de pedra-sabão e um novelo de lã gordurosa. Ela se sentou no banco ao lado porta e começou a girar o fuso. Então fiou um metro de fio marrom-acinzentado antes de responder.

— Meu nome sou eu. É verdade. Mas o que é um nome, afinal? É como os outros me chamam. Se não existisse outros, apenas eu, para que eu iria querer um nome?

— Mas — disse a Libélula e hesitou, capturada pelo argumento. Depois de um tempo, falou: — Então um nome tem que ser um presente?

Rosa assentiu.

— Dê meu nome, Rosa — pediu a garota.

— Seu pai disse não.

— Eu digo sim.

— Ele é o Patrão aqui.

— Ele pode me manter pobre, burra e sem valor, mas não pode me manter sem nome!

A bruxa suspirou, como a ovelha, inquieta e constrangida.

— Esta noite — disse Libélula. — Em nossa nascente, sob a Colina de Iria. O que o olho dele não vê o coração não sente. — Seu tom de voz era meio persuasivo, meio violento.

— Você deve ter um dia de nomeação adequado, com festa e baile, como qualquer jovem — afirmou a bruxa. — É ao amanhecer que um nome deve ser dado. E aí deve haver música e festa e tudo mais. Uma festa. Não uma fuga sorrateira à noite e sem que ninguém saiba…

— Eu saberei. Como você sabe que nome dizer, Rosa? A água conta para você?

A bruxa balançou a cabeça de cabelos cinza-escuros uma vez.

— Não posso contar. — Mas o "não posso" não queria dizer "não vou". Libélula esperou. — É o poder, como eu expliquei. É assim que acontece. — Rosa parou de fiar e ergueu um olho para uma nuvem no oeste; o outro dirigiu-se um pouco para o norte do céu. — Vocês estão lá na água, juntas, você e a criança. Você tira o nome da criança. As pessoas podem continuar usando esse nome como um nome de uso, mas aquele não é o nome dela, nem nunca foi. Portanto, agora ela não é uma criança e não tem nome. Então, você espera. Ali na água. Você abre sua mente, como... como abre as portas de uma casa para o vento entrar. Aí ele vem. Sua língua fala o nome. Sua respiração o forma. Você dá à criança a respiração, o nome. Não é possível pensar nele. Precisa deixar que ele venha até você. Ele deve vir por meio de você e da água até a criança a quem pertence. Esse é o poder, a maneira como ele funciona. É tudo assim. Não é uma coisa que você faz. É preciso saber deixar que aconteça. Essa é a habilidade.

— Os magos podem fazer mais do que isso — disse a garota depois de um tempo.

— Ninguém pode fazer mais do que isso — respondeu Rosa.

Libélula girou a cabeça no pescoço, esticando-o até as vértebras estalarem, alongando incansavelmente seus longos braços e pernas.

— Você vai? — disse ela.

Depois de algum tempo, Rosa assentiu uma só vez.

Elas se encontraram na estrada sob a Colina de Iria na escuridão da noite, muito depois do pôr do sol, muito antes do amanhecer. Rosa produziu uma luz enfeitiçada para que elas pudessem se orientar no terreno pantanoso ao redor da nascente sem cair em algum buraco entre os juncos. Na escuridão fria, sob algumas estrelas e a curva escura da colina, elas se despiram e entraram na água rasa, com os pés afundando na lama aveludada. A bruxa tocou a mão da menina e disse:

— Eu tomo seu nome, criança. Você não é uma criança. Você não tem nome.

A quietude era absoluta.

Em um sussurro, a bruxa disse:

— Mulher, seja nomeada. Você é Irian.

Elas ficaram quietas por mais um instante; então, o vento da noite soprou em seus ombros nus e, tremendo, elas saíram da água, se secaram o máximo possível, avançaram com dificuldade, descalças e deploráveis entre os juncos afiados e as raízes emaranhadas e encontraram o caminho de volta para a estrada. E lá Libélula falou, em um sussurro áspero e furioso:

— Como você pôde me dar esse nome?

A bruxa não disse nada.

— Não está certo. Esse não é meu nome verdadeiro! Achei que meu nome me faria ser eu mesma. Mas isso só piorou as coisas. Você entendeu errado. Você é só uma bruxa. Você fez tudo errado. Esse nome é *dele*. Ele pode ficar com ele. Sente orgulho desse nome, de seu território idiota, de seu avô idiota. Eu não quero esse nome. Não vou ficar com ele. Ele não sou eu. Ainda não sei quem eu sou. Não sou Irian! — Ela se calou de repente, depois de dizer o nome.

A bruxa continuava sem falar nada. Elas caminharam lado a lado na escuridão. Por fim, com uma voz apaziguadora e assustada, Rosa disse:

— É o que veio…

— Se algum dia contar esse nome a alguém, eu mato você — disse Libélula.

Ao ouvir isso, a bruxa parou de caminhar. Ela grunhiu do fundo da garganta, como um gato.

— *Contar* a alguém?

Libélula também parou. Depois de um instante, ela disse:

— Desculpe. Mas eu sinto… sinto que você me traiu.

— Falei seu nome verdadeiro. Não é o que eu pensava que seria. E não me sinto à vontade com ele. É como se eu tivesse deixado algo inacabado. Mas é seu nome. Se ele trai você, então a verdade é essa. — Rosa hesitou e depois falou com menos raiva e mais frieza: — Se você quer ter o poder de me trair, Irian, eu o entrego a você. Meu nome é Etaudis.

O vento tinha ficado forte outra vez. As duas estavam tremendo, batendo os dentes. Encararam-se na estrada escura, mal enxergando onde a outra estava. Libélula estendeu a mão, tateando, e encontrou a mão da bruxa. Elas envolveram os braços em volta uma da outra, em um abraço longo e intenso. Depois foram embora às pressas, a bruxa para sua cabana perto aldeia, a herdeira de Iria subindo a colina até sua casa em ruínas, onde todos os cães, que a deixaram sair sem grande alvoroço, a receberam de volta com o clamor e a barulheira dos latidos, acordando todo mundo em um raio de oitocentos metros, exceto o Patrão, que estava totalmente bêbado junto à lareira fria.

II. Marfim

Bétula, o Patrão de Iria do Lago Oeste, não era dono da antiga casa, mas possuía as terras centrais e mais ricas do antigo território. Seu pai, mais interessado em vinhas e pomares do que em brigar com parentes, havia deixado para Bétula uma propriedade próspera. Bétula contratou homens para administrar os campos e as vinícolas, a produção e o transporte dos tonéis e todo o resto, enquanto desfrutava de sua riqueza. Ele se casou com a tímida filha do irmão mais novo do Senhor de Wayfirth e ficava imensamente feliz ao pensar que suas filhas tinham sangue nobre.

Entre a nobreza, na época, a moda era ter um feiticeiro a seu serviço, um feiticeiro de verdade, com cajado e manto cinza, treinado na Ilha dos Sábios; e por isso o Patrão de Iria do Lago Oeste contratou um feiticeiro de Roke. Ele ficou surpreso com a facilidade que era conseguir um, desde que se pagasse o preço certo.

O jovem, chamado Marfim, na verdade ainda não tinha cajado nem manto; ele explicou que seria nomeado feiticeiro quando retornasse a Roke. Os Mestres o enviaram ao mundo para ganhar experiência, pois nem todas as aulas da escola podiam dar a um homem a experiência de que ele necessita para ser um feiticeiro. Bétula pareceu um pouco desconfiado, mas Marfim garantiu que seu treinamento em Roke o havia dotado de todo tipo de magia que poderia ser necessária em Iria do Lago Oeste de Way. Para provar, ele fez parecer que uma manada de cervos atravessava a sala de jantar, seguida por uma revoada de cisnes, que entraram voando majestosamente pela parede sul e saíram pela parede norte; e, por último, uma fonte com bacia de prata surgiu no centro da mesa, e quando o Patrão e sua família imitaram com cautela o feiticeiro, enchendo suas taças nela e provando o líquido, tratava-se de um vinho branco e doce.

— Vinho das Andrades — explicou o jovem com um sorriso modesto e complacente. Àquela altura, a esposa e as filhas já tinham sido totalmente conquistadas. E Bétula achou que o jovem valia o que custava, embora sua preferência, que ele não expressou, fosse pelo tinto seco de Fanian de seus próprios vinhedos, que deixava você bêbado se tomasse o suficiente, enquanto aquela coisa amarela era só água com mel.

Se o jovem feiticeiro estava buscando experiência, não obteve muita no Lago Oeste. Sempre que Bétula recebia convidados da Foz do Kember ou de domínios vizinhos, a manada de cervos, os cisnes e a fonte de vinho dourado apareciam. Ele também criava fogos de artifício muito bonitos nas noites quentes de primavera. Mas se os encarregados dos pomares e dos vinhedos viessem até o Patrão para perguntar se o feiticeiro podia colocar um feitiço de crescimento nas peras daquele ano ou quem sabe fazer um encantamento para afastar a podridão escura das videiras de Fanian na colina sul, Bétula dizia:

— Um feiticeiro de Roke não se rebaixa a essas coisas. Diga ao ocultista da aldeia para vir ganhar seu sustento! — E quando a filha mais nova começou a sofrer com uma tosse debilitante, a esposa de Bétula não se atreveu a incomodar o jovem sábio, mas enviou um humilde chamado a Rosa da Velha Iria, pedindo a ela que entrasse pela porta dos fundos e quem sabe fizesse um cataplasma ou entoasse um cântico para trazer a saúde da menina de volta.

Marfim nunca percebeu que a garota estava doente, nem as pereiras, nem as videiras. Ele se mantinha reservado, como um homem de ofício e estudo deveria fazer. Passava os dias cavalgando pelo campo na bela égua preta que seu empregador reservou para seu uso quando ele deixou claro que não tinha vindo de Roke para andar a pé na lama e na poeira das estradinhas do campo.

Em seus passeios, às vezes passava por uma casa antiga em uma colina que ficava entre grandes carvalhos. Certa vez, ele saiu da estrada da aldeia e subiu a colina, mas uma matilha de cães magricelas e mal-encarados se aproximou avançando e latindo para ele. A égua tinha medo de cachorros e era propensa a dar pinotes e disparar, então, depois disso, ele manteve distância. Mas ele tinha um olhar sensível à beleza e gostava de contemplar a velha casa enquanto sonhava sob a luz das tardes de começo de verão.

Ele perguntou a Bétula sobre o lugar.

— Aquela é Iria — contou Bétula —, a Velha Iria, quero dizer. Sou o proprietário daquela casa por direito. Mas depois de um século de rixas e brigas por causa dela, meu avô abandonou o lugar para colocar fim à disputa. Mas o Patrão de lá ainda estaria brigando comigo se não estivesse bêbado demais para falar. Não o vejo há anos. Ele tinha uma filha, eu acho.

— O nome dela é Libélula e é ela quem faz todo o trabalho, eu a vi uma vez, no ano passado. Ela é alta e tão bonita quanto uma árvore florida — disse a filha mais nova, Rosa, que estava ocupada tentando fazer uma vida inteira de observação aguçada caber em seus quatorze anos, que eram os únicos que ela teria. Ela interrompeu a fala, tossindo. A mãe lançou um olhar angustiado e ansioso para o feiticeiro. Será que ele ouviria aquela tosse dessa vez? Ele sorriu para a jovem Rosa e o coração da mãe se animou. Ele certamente não sorriria tanto se a tosse de Rosa fosse algo sério.

— Não tem nada a ver conosco, aquela gente da casa velha — afirmou Bétula, contrariado. O diplomático Marfim não perguntou mais nada. Mas ele queria ver a garota que era tão bonita quanto uma árvore florida. E passou a cavalo regularmente pela Velha Iria. Tentou parar na aldeia ao pé da colina para fazer perguntas, mas não havia lugar onde parar e ninguém respondia às perguntas. Uma bruxa estrábica bateu o olho nele e entrou correndo em sua cabana. Se ele subisse até a casa, teria de enfrentar a matilha de cães demoníacos e provavelmente um velho bêbado. Mas valia a pena correr o risco, pensou ele; estava morrendo de tédio com a vida monótona do Lago Oeste e nunca hesitava em correr riscos. Ele subiu a colina até os cães começarem a esgoelar à sua volta, frenéticos, atacando as pernas da égua. Ela avançou e lançou os cascos contra eles, e ele só a impediu de fugir graças a um feitiço de permanência e toda a força de seus braços. Os cães já estavam pulando e mordendo as pernas dele, e ele estava prestes a deixar a égua se ferir quando alguém apareceu entre os cães gritando maldições e batendo neles com uma correia. Quando conseguiu que a égua, nervosa e ofegante, ficasse parada, ele viu a garota tão bonita quanto uma árvore florida. Ela era muito alta, estava coberta de suor, tinha mãos, pés, boca, nariz e olhos grandes e a cabeça cheia de cabelos selvagens e empoeirados. Ela estava gritando:

— Quietos! Voltem para casa, seus carniceiros, terríveis, filhos de cadelas! — falou para os cães, que choramingaram e se encolheram.

Marfim colocou a mão na perna direita. Um dente de cachorro havia rasgado sua calça na panturrilha, e surgiu um filete de sangue.

— Ela está machucada? — perguntou a mulher. — Ah, peste traidora! — Ela estava acariciando a pata dianteira direita da égua. Suas mãos estavam cobertas de suor de cavalo misturado com sangue.

— Passou, passou, passou — disse ela. — Garota corajosa, coração corajoso. — A égua abaixou a cabeça e se estremeceu inteira de alívio. — Por que você a deixou ali no meio dos cães? — questionou a mulher, furiosa. Ela estava ajoelhada junto à perna da égua, olhando para Marfim. Ele a encarava de cima do animal, mas se sentia baixo, se sentia pequeno.

A garota não esperou por uma resposta.

— Vou levá-la lá para cima — disse levantando-se, e estendeu a mão para as rédeas. Marfim percebeu que deveria apear. E foi o que fez, perguntando:

— É muito grave? — E ao olhar para a perna da égua, viu apenas uma espuma viva e cheia de sangue.

— Vamos, meu amor — disse a jovem, não para ele. A égua a acompanhou com confiança. Elas seguiram pelo caminho árduo que contornava a encosta até um antigo estábulo de pedra e tijolos, sem cavalos, habitado apenas por andorinhas que faziam seus ninhos e voavam sobre os telhados gritando suas rápidas fofocas.

— Mantenha-a quieta — disse ela e o deixou segurando as rédeas da égua naquele lugar deserto. Ela retornou depois de algum tempo carregando um balde pesado e começou a limpar a perna da égua com uma esponja. — Tire a sela dela — falou a mulher, e o tom de sua voz continha um impaciente e silencioso "seu idiota!" Marfim obedeceu, meio irritado e meio intrigado com aquela gigante grosseira. Ela não lembrava árvore florida alguma, mas, de fato, era linda, de uma maneira ampla e brutal. A égua se submeteu totalmente a ela. Quando ela disse "mexa a pata!", a égua mexeu a pata. A mulher limpou a égua toda, colocou o pelego nela outra vez e se certificou de que ela ficasse em pé ao sol. — Ela vai ficar bem — avisou. — Tem um corte, mas se você lavar com água morna e sal quatro ou cinco vezes por dia, vai sarar bem. Sinto muito. — Disse a última frase com sinceridade, mas a contragosto, como se ainda se perguntasse como ele pôde deixar a própria égua ficar parada ali para ser atacada; e então olhou diretamente para ele pela primeira vez. Os olhos dela eram castanho-alaranjados claros, como topázio escuro ou âmbar. Eram olhos estranhos, assim como os dele.

— Eu também sinto muito — disse ele, tentando falar de forma despreocupada, leve.

— Ela é a égua de Irian do Logo Oeste. Você é o feiticeiro, então?

Ele fez uma reverência.

— Marfim, do Grande Porto de Havnor, a seu dispor. Posso…

Ela interrompeu.

— Pensei que você fosse de Roke.

— Eu sou — disse ele, recuperando a compostura.

Ela o encarou com aqueles olhos estranhos, tão indecifráveis quanto os de uma ovelha, pensou ele. Aí ela começou a falar:

— Você morou lá? Estudou lá? Conhece o Arquimago?

— Sim — respondeu ele com um sorriso. Em seguida, fez uma careta e se abaixou para pressionar a mão contra a canela por um segundo.

— Você também está machucado?

— Não é nada — respondeu ele. Na verdade, o que mais o irritava era que o corte havia parado de sangrar. O olhar da mulher retornou ao rosto dele.

— O que é… como é… em Roke?

Mancando sutilmente, Marfim foi até um velho degrau de montaria ali perto e se sentou. Esticou a perna, tratando do local ferido, e olhou para a mulher.

— Levaria muito tempo para lhe contar como é Roke — disse ele. — Mas seria um prazer.

— O homem é um feiticeiro, ou quase isso — disse Rosa, a bruxa —, um feiticeiro de Roke! Você não deve fazer perguntas a ele! — Mais do que escandalizada, ela estava assustada.

— Ele não se importa — garantiu Libélula. — Só que quase nunca responde.

— É claro que não!

— É claro que não por quê?

— Porque ele é um feiticeiro! Porque você é uma mulher, sem arte, sem conhecimento, sem aprendizado!

— Você poderia ter me ensinado! Mas nunca ensinou!

Rosa desdenhou de tudo o que havia ensinado ou poderia ensinar com um movimento dos dedos.

— Pois é, então eu tenho que aprender com ele — disse Libélula.

— Feiticeiros não ensinam mulheres. Você está apaixonada.

— Você e o Esfregão trocam feitiços.

— Esfregão é um ocultista da aldeia. Esse homem é um sábio. Ele aprendeu as Artes Superiores no Casarão de Roke!

— Ele me contou como é — disse Libélula. — Você caminha pela cidade, o Povoado de Thwil. Lá existe uma porta que se abre para a rua, mas ela fica fechada. Parece uma porta comum.

A bruxa prestou atenção, incapaz de resistir ao fascínio dos segredos revelados e ao contágio do desejo apaixonado.

— E quando você bate na porta, um homem surge, um homem de aparência comum. E ele faz um teste com você. É preciso dizer uma determinada palavra, uma senha, antes que ele deixe você entrar. Se não souber a senha, nunca conseguirá entrar. Mas se ele deixa você entrar, verá do outro lado que a porta é totalmente diferente... é feita de chifre, possui uma árvore entalhada e o batente é feito de um dente, o dente de um dragão que viveu muito, muito antes de Erreth-Akbe, antes de Morred, antes de haver pessoas em Terramar. No começo só havia dragões. Eles encontraram o dente no Monte Onn, em Havnor, no centro do mundo. E as folhas da árvore são esculpidas tão finas que a luz brilha através delas, mas a porta é tão forte que, se o Sentinela a fecha, nenhum feitiço consegue abri-la. Depois o Sentinela leva você por um corredor e outro, até que esteja perdido e desnorteado e, de repente, você está ao ar livre, no Pátio da Fonte, no interior mais profundo do Casarão. E é ali que o Arquimago fica, quando está no Casarão...

— Continue — murmurou a bruxa.

— Isso é tudo o que ele me disse, na verdade — respondeu Libélula, regressando ao dia ameno e nublado de primavera e à infinita familiaridade da estrada da aldeia, do jardim da frente de Rosa, de suas sete ovelhas leiteiras pastando na Colina de Iria e das coroas de bronze dos carvalhos. — Ele é muito cuidadoso ao falar sobre os Mestres.

Rosa assentiu.

— Mas ele me contou sobre alguns dos alunos.

— Não há mal nenhum nisso, suponho.

— Não sei — disse Libélula. — Ouvir falar do Casarão é maravilhoso, mas achei que as pessoas de lá seriam... não sei. É claro que a maioria deles são apenas meninos quando chegam lá. Mas eu pensei que seriam... — Ela olhou para as ovelhas na colina, com a expressão preocupada. — Alguns deles são realmente ruins e estúpidos — falou em voz baixa. — Entram na escola porque são ricos. E só estudam lá para ficarem mais ricos. Ou para obter poder.

— Ora, é claro — disse Rosa —, é para isso que eles estão lá!

— Mas poder, pelo que você me disse, não é o mesmo que obrigar as pessoas a fazerem o que você quer ou te darem dinheiro...

— Não é?

— Não!

— Se uma palavra pode curar, uma palavra pode ferir — disse a bruxa. — Se uma mão pode matar, uma mão pode curar. Uma carroça que só vai em uma direção é inútil.

— Mas em Roke, eles aprendem a usar o poder para o bem, não para o mal, não para o ganho.

— Eu diria que tudo, de certa maneira, é para o ganho. As pessoas precisam viver. Mas o que entendo disso? Ganho a vida fazendo o que sei fazer. Mas não mexo com as grandes artes, com os ofícios perigosos, como invocar os mortos. — E Rosa fez com a mão o sinal de afastar o perigo mencionado.

— Tudo é perigoso — afirmou Libélula, que estava olhando para além das ovelhas, da colina, das árvores, para as profundezas calmas, o vasto e pálido vazio que é como o céu claro antes do nascer do sol.

Rosa a observou. Ela tinha consciência de que não sabia quem era Irian ou o que ela poderia ser. Sim, era uma mulher grande, forte, desajeitada, ignorante, inocente e zangada. Mas desde que era criança, Rosa tinha percebido algo mais nela, algo além do que ela era. E quando Irian desviava o olhar do mundo daquela maneira, ela parecia entrar em outro espaço ou tempo, ou estar além de si mesma e totalmente além do conhecimento de Rosa. Então, Rosa tinha medo dela, e tinha medo por ela.

— Tenha cuidado — disse a bruxa, desgostosa. — Tudo é perigoso, tem razão, e mexer com feiticeiros é o maior perigo de todos.

Por amor, respeito e confiança, Libélula jamais ignoraria um aviso de Rosa, mas ela não conseguia ver Marfim como perigoso. Ela não o entendia, mas a ideia de temê-lo, a pessoa dele, não era algo que ela conseguia ter em mente. Ela tentava ser respeitosa, mas era impossível. Ela o achava inteligente e bem bonito, mas não pensava muito nele, e sim no que ele podia contar a ela. Ele sabia o que ela queria saber, e pouco a pouco foi contando, só que a questão deixou de ser o que ela queria saber, e ela passou a querer saber mais. Ele era paciente com ela, e era grata a ele pela paciência, sabendo que ele era muito mais rápido do que ela. Às vezes, ele sorria diante de sua ignorância, mas sem jamais zombar ou repreender. Como a bruxa, ele gostava de responder a uma pergunta com outra; mas as respostas às perguntas de Rosa sempre eram coisas que Libélula já sabia, enquanto as respostas às perguntas dele eram coisas que ela nunca tinha imaginado e achava surpreendentes, indesejáveis e até dolorosas, transformando todas as suas crenças.

Dia após dia, quando conversavam no antigo estábulo de Iria, onde criaram o hábito de se encontrar, ela perguntava e o feiticeiro lhe contava mais, embora com relutância e sempre parcialmente; ele protegia os Mestres, pensava ela, na tentativa de defender a imagem prestigiosa de Roke, até que um dia ele cedeu à insistência e por fim falou livremente.

— Há homens bons lá — garantiu ele. — O Arquimago com certeza era grande e sábio. Mas ele se foi. E os Mestres... alguns se mantêm distantes, seguindo o ensinamento arcano, buscando cada vez mais padrões, cada vez mais nomes, mas sem usar o conhecimento para nada. Outros escondem a ambição sob o manto cinzento da sabedoria. Roke não é mais o lugar onde reside o poder em Terramar. Agora esse lugar é a Corte em Havnor. Roke vive de seu grande passado, protegida por mil feitiços contra os dias atuais. E o que existe dentro daquelas paredes de feitiços? Disputas ambiciosas, medo de qualquer coisa nova, medo de jovens que desafiam o poder dos mais velhos. E no centro, nada. Um pátio vazio. O Arquimago nunca mais voltará.

— Como você sabe? — sussurrou ela.

Ele pareceu inflexível.

— O dragão o levou embora.

— Você viu o dragão? Você viu isso? — Ela cerrou as mãos, imaginando aquele voo, sem nem mesmo ouvir a resposta dele.

Depois de muito tempo, ela regressou para a luz do sol, para o estábulo, para seus pensamentos e enigmas.

— Mas mesmo que ele tenha ido embora — argumentou ela —, sem dúvidas alguns dos Mestres são realmente sábios?

Quando ele olhou para cima e falou, foi com relutância, com o vestígio de um sorriso melancólico.

— Todo o mistério e a sabedoria dos Mestres, quando expostos, não são tão importantes, sabe. Truques da profissão... ilusões maravilhosas. Mas as pessoas não querem acreditar nisso. Elas preferem as ilusões, os mistérios. Quem pode culpá-las? Há tão pouco na vida que seja bonito ou que valha a pena.

Como se quisesse deixar claro o que estava dizendo, ele pegou um pedaço de tijolo da calçada quebrada e o jogou no ar, e enquanto ele falava, o objeto flutuou acima da cabeça deles com asas azuis delicadas. Uma borboleta. Ele estendeu o dedo e a borboleta pousou nele. Depois, sacudiu o dedo e a borboleta caiu no chão, um fragmento de tijolo.

— Não há muita coisa que valha a pena em minha vida — admitiu ela, olhando para a calçada. — Tudo o que sei fazer é administrar a fazenda e tentar falar a verdade. Mas se eu achasse que tudo não passava de truques e mentiras, mesmo em Roke, eu odiaria aqueles homens por terem me enganado, enganado a todos nós. Não pode ser mentira. Não tudo. O Arquimago entrou mesmo no labirinto entre os Anciãos e voltou com o Anel da Paz. Ele penetrou na morte com o jovem rei, derrotou o mago-aranha e voltou. Sabemos disso pela palavra do próprio rei. Até aqui os harpistas vieram para cantar essa canção, e um contador veio para contá-la.

Marfim assentiu.

— Mas o Arquimago perdeu todo seu poder na terra da morte. Talvez toda a magia tenha se enfraquecido nessa época.

— Os feitiços da Rosa funcionam tão bem quanto antes — afirmou ela com convicção.

Marfim sorriu. Ele não disse nada, mas ela percebeu o quanto as conquistas de uma bruxa da aldeia pareciam insignificantes para ele, que já tinha visto grandes feitos e poderes. Ela suspirou e falou com o coração:

— Ah, se eu não fosse uma mulher!

Ele sorriu novamente.

— Você é uma mulher linda — disse ele, mas sem rodeios, não da maneira lisonjeira que usou com ela no início, antes de ela demonstrar que odiava aquilo. — Por que gostaria de ser um homem?

— Para poder ir a Roke! E ver, e aprender! Por que, por que só os homens podem ir para lá?

— Assim foi ordenado pelo primeiro Arquimago, séculos atrás — explicou Marfim. — Mas... eu também já me perguntei isso.

— Se perguntou?

— Muitas vezes. Ver apenas meninos e homens, dia após dia, no Casarão e em todos os recintos da escola. Saber que as mulheres do povoado carregam encantamentos que as impedem de sequer colocarem os pés nos campos da Colina de Roke. Uma vez a cada alguns anos, talvez, alguma dama importante recebe permissão para entrar brevemente nos pátios externos... Por que isso? Será que todas as mulheres são incapazes de compreender? Ou será que os Mestres as temem, temem ser corrompidos... não, mas temem que a admissão de mulheres possa mudar a regra à qual se apegam... A pureza dessa regra...

— As mulheres podem viver em castidade tanto quanto os homens — disse Libélula, sem rodeios. Ela sabia que era direta e grosseira, enquanto ele era delicado e sutil, mas ela não conhecia outra maneira de ser.

— É claro — respondeu ele, com um sorriso radiante. — Mas as bruxas nem sempre são castas, não é mesmo? Talvez seja isso que os Mestres temem. Talvez o celibato não seja tão necessário quanto a Regra de Roke diz. Talvez não seja uma forma de manter o poder puro, mas de manter o poder para si mesmos. Deixar de fora as mulheres, deixar de fora todas as pessoas que não concordam em se tornar eunucos para obter esse tipo de poder... Quem sabe? Uma maga! Isso mudaria tudo, todas as regras!

Ela podia ver a mente dele dançando diante da dela, levantando e brincando com ideias, transformando-as como havia transformado o tijolo em borboleta. Ela não podia dançar com ele, não podia brincar com ele, mas o observava maravilhada.

— Você poderia ir para Roke — disse ele, com os olhos brilhantes de animação, malícia e ousadia. Diante do silêncio quase suplicante e incrédulo dela, ele insistiu: — Poderia, sim. Mesmo que seja uma mulher, há maneiras de mudar sua aparência. Você tem o coração, a coragem e a vontade de um homem. Conseguiria entrar no Casarão. Tenho certeza.

— E o que eu faria lá?

— O que todos os alunos fazem. Viveria sozinha em uma cela de pedra e aprenderia a ser sábia! Talvez não seja aquilo com o que sonhou, mas isso você também descobrirá.

— Eu não conseguiria. Eles perceberiam. Eu não conseguiria nem mesmo entrar. Você disse que havia o Sentinela. Não sei o que dizer a ele.

— A senha, sim. Mas posso ensiná-la a você.

— Pode? Isso é permitido?

— Não ligo para o que é "permitido" — respondeu ele, com uma expressão que ela nunca tinha visto em seu rosto. — O próprio Arquimago disse: *Regras são feitas para serem quebradas*. A injustiça cria as regras, e a coragem as quebra. Eu tenho coragem, se você tiver!

Ela o encarou. Mal conseguia falar. Levantou-se e, depois de um instante, saiu do estábulo, seguiu pela colina, pelo caminho que a contornava até a metade. Um dos cães, seu favorito, um cão de caça grande, feio e de cabeça pesada, a seguiu. Ela parou na encosta acima da nascente pantanosa onde Rosa a havia batizado dez anos antes. Ficou ali. O cão se sentou ao lado dela e olhou para seu rosto. Nenhum pensamento estava claro em sua mente, mas as palavras se repetiam: Eu poderia ir a Roke e descobrir quem eu sou.

Ela olhou para o oeste, para os canaviais e salgueiros e para as colinas mais distantes. Todo o céu do oeste estava limpo, claro. Ela ficou parada ali e sua alma pareceu entrar naquele céu e desaparecer, sair dela.

Houve um ruído baixo, o suave *clop-clop* dos cascos da égua preta, vindo pela estrada. Então, Libélula voltou a si, gritou por Marfim e desceu correndo a colina para encontrá-lo.

— Eu vou — disse ela.

Ele não tinha planejado ou pretendido aquela aventura, mas, por mais maluca que fosse, quanto mais pensava, mais ela lhe convinha. A perspectiva de passar o longo e cinzento inverno no Lago Oeste pesava em seu espírito como uma pedra. Não havia nada ali para ele, exceto a garota Libélula, que passara a preencher seus pensamentos. Sua força enorme e inocente o havia derrotado completamente até então, mas ele fazia o que ela quisesse para que por fim ela fizesse o que ele queria, e ele achava que valia a pena jogar esse jogo. Se ela fugisse com ele, o jogo estaria praticamente ganho. Quanto à brincadeira daquilo tudo, a ideia de realmente levá-la para a Escola em Roke disfarçada de homem, havia pouca chance de dar certo, mas era algo que o agradava por ser um gesto de desrespeito a toda a devoção e pompa dos Mestres e de seus bajuladores. E se, de alguma forma, ele conseguisse, se de fato conseguisse fazer uma mulher passar por aquela porta, mesmo que por um instante, que doce seria essa vingança!

O dinheiro era um problema. A garota pensou, é claro, que ele, sendo um grande feiticeiro, estalaria os dedos e os levaria flutuando pelo mar em um barco mágico carregado com o vento mágico. Mas quando ele disse que teriam que comprar uma passagem em um navio, ela simplesmente disse:

— Eu tenho o dinheiro do queijo.

Ele adorava aquele jeito camponês dela de falar. Às vezes, ela o assustava, e ele se ressentia. Seus sonhos nunca mostravam ela se rendendo a ele, mas sim ele se rendendo a uma doçura feroz e devastadora, afundando em um abraço aniquilador, eram sonhos em que ela era algo além da compreensão e ele não era nada. Ele acordava desses sonhos abalado e envergonhado. À luz do dia, quando ele via as mãos grandes e sujas dela, quando ela falava como uma camponesa, uma simplória, ele recuperava sua superioridade. Ele só queria que houvesse alguém para quem repetir as palavras dela, um de seus velhos amigos no Grande Porto que as achasse divertidas. "Eu tenho o dinheiro do queijo", repetiu para si mesmo, voltando para o Lago Oeste, e riu.

— Tenho mesmo — falou em voz alta. A égua preta sacudiu a orelha.

Ele disse a Bétula que havia recebido uma ordem de seu professor em Roke, o Mestre Mão, e que deveria ir o quanto antes, para tratar de assuntos que ele não poderia dizer, é claro, mas que não deveria demorar muito quando estivesse lá; metade de um mês para ir, outra para voltar; voltaria antes da Lua Declinante, no máximo. Ele teve de pedir ao Patrão Bétula que lhe desse um adiantamento de seu salário para pagar a passagem de navio e a hospedagem, já que um feiticeiro de Roke não devia se aproveitar da disposição das pessoas em lhe dar tudo o que ele precisasse e sim pagar sua passagem, como um homem comum. Como Bétula concordou, ele teve de dar a Marfim os recursos para a viagem, o primeiro dinheiro de verdade que o feiticeiro tinha no bolso há anos: dez contos de marfim esculpidos com a Lontra de Shelieth de um lado e a Runa da Paz do outro em homenagem ao Rei Lebannen.

— Olá, meus xarás — disse aos contos quando ficou sozinho com eles. — Vocês e o dinheiro do queijo vão se dar muito bem.

Ele contou muito pouco a Libélula sobre seus planos, em maior parte porque fez poucos, confiando no acaso e na própria inteligência, que raramente o decepcionava quando ele tinha chance de usá-la. A garota quase não fez perguntas.

— Vou fingir que sou homem o caminho todo? — Foi uma delas.

— Sim — disse ele —, mas só com o disfarce. Não vou colocar um feitiço de aparência em você até estarmos na Ilha Roke.

— Achei que seria um feitiço de transformação — comentou ela.

— Isso seria imprudente — respondeu ele, em uma boa imitação da solenidade concisa do Mestre Transformador. — Se for necessário, eu o farei, é claro. Mas você verá que os feiticeiros são muito parcimoniosos com os grandes feitiços. Por um bom motivo.

— O Equilíbrio — disse ela, interpretando tudo o que ele dizia no sentido mais simples, como sempre.

— E talvez porque essas artes não tenham o poder que tinham antes — acrescentou ele. Ele não sabia por que tentava enfraquecer a fé dela na feitiçaria; talvez porque qualquer enfraquecimento da força, da integridade dela, fosse uma vantagem para ele. Ele tinha começado apenas ao tentar levá-la para a cama, um jogo que ele adorava. O jogo havia se transformado em uma espécie de competição pela qual ele não esperava, mas que não conseguia cessar. Agora ele não estava mais determinado a conquistá-la, mas a derrotá-la. Não podia deixar que ela o derrotasse. Tinha que provar a ela e a si mesmo que seus sonhos não tinham significado algum.

Logo no início, impaciente com a tentativa de vencer a enorme indiferença física dela, ele fez um encantamento, um feitiço de sedução de ocultista do qual desdenhou até mesmo no momento de lançá-lo, embora soubesse que era eficaz. Ele o lançou nela enquanto ela estava, como era típico, consertando o cabresto de uma vaca. O resultado não foi a empolgação enternecedora que o feitiço tinha causado nas garotas em quem ele o tinha usado em Havnor e Thwil. Libélula foi ficando cada vez mais calada e sombria. Ela parou de fazer suas infinitas perguntas sobre Roke e não respondia quando ele falava. Quando ele tentou se aproximar, segurando sua mão, ela o afastou com um golpe na cabeça que o deixou tonto. Ele viu Libélula se levantar e sair do estábulo sem dizer uma palavra, com o cachorro feio que ela tanto gostava a seguindo. O cachorro virou para trás e o olhou com um risinho.

Ela seguiu em direção à velha casa. Quando seus ouvidos pararam de zumbir, ele foi atrás dela, torcendo para que o encanto estivesse funcionando e que essa fosse apenas a maneira particularmente rude dela de, por fim, levá-lo para a cama. Ao se aproximar da casa, ele ouviu louças de barro quebrando. O pai, o bêbado, saiu cambaleando, parecendo assustado e confuso, seguido pela voz alta e áspera de Libélula:

— Fora de casa, seu traidor bêbado e rastejante! Seu libertino imundo e sem vergonha!

— Ela pegou minha caneca — disse o Patrão de Iria ao estranho, choramingando como um cãozinho, enquanto os cachorros gemiam ao redor dele. — Quebrou minha caneca.

Marfim foi embora. E não retornou por dois dias. No terceiro dia, ele experimentou passar pela Velha Iria, e ela veio correndo encontrá-lo.

— Desculpe, Marfim — disse, olhando para ele com seus olhos laranja esfumaçados. — Não sei o que me deu no outro dia. Eu estava com raiva. Mas não de você. Peço desculpas.

Ele a perdoou elegantemente. E não tentou mais usar um encantamento de amor com ela.

Em breve, pensou ele naquele momento, não precisaria de um. Teria poder real sobre ela. Finalmente havia descoberto como obtê-lo. Ela havia entregado de mão beijada. A força e a determinação dela eram enormes, mas, felizmente, ela era burra, e ele não.

Bétula estava enviando um carroceiro para a Foz do Kember com seis barris de Fanian de dez anos, encomendados pelo comerciante de vinhos de lá. E ficou contente em enviar seu feiticeiro como guarda-costas, pois o vinho era valioso e, embora o jovem rei estivesse colocando as coisas em ordem o mais rápido possível, ainda havia bandos de ladrões nas estradas. Assim, Marfim deixou o Lago Oeste na grande carroça puxada por quatro grandes cavalos, sacolejando lentamente pelo caminho, com as pernas balançando. Perto da Colina do Asno, uma figura rude surgiu da beira do caminho e pediu uma carona ao carroceiro.

— Não conheço você — respondeu, erguendo o chicote para advertir o estranho, mas Marfim contornou a carroça e disse:

— Deixe o rapaz subir, meu bom homem. Ele não fará mal algum enquanto eu estiver com você.

— Fique de olho nele, patrão — respondeu o carroceiro.

— Ficarei — afirmou Marfim, dando uma piscadela para Libélula. Ela, bem disfarçada pela sujeira, calças e camisa velha de agricultor e um chapéu de feltro asqueroso, não piscou de volta. Ela desempenhou seu papel mesmo enquanto eles estavam sentados lado a lado, com as pernas balançando sobre a porta traseira da carroça, com seis grandes barris de meio tonel de vinho sacudindo entre eles, o carroceiro sonolento, as colinas sonolentas e os campos adormecidos passando lenta, lentamente. Marfim tentou provocá-la, mas ela só balançou a cabeça. Talvez estivesse assustada com todo esse esquema, agora que havia embarcado nele. Não havia como saber. Ela estava solene e decisivamente calada. Eu poderia ficar muito entediado com essa mulher, pensou Marfim, se algum dia a tiver embaixo de mim. Esse pensamento o estimulou quase insuportavelmente, mas quando a encarou, o desejo dele desapareceu diante da presença maciça e real dela.

Não havia pousadas na estrada que atravessava o que antes foi o Domínio de Iria. Quando o sol se aproximou das planícies do oeste, eles pararam em uma fazenda que oferecia estábulos para os cavalos, um galpão para a carroça e palha no estábulo para os carroceiros. O palheiro era escuro e abafado, e a palha, mofada. Marfim não sentiu desejo algum, embora Libélula estivesse a menos de um metro dele. Ela tinha feito papel de homem tão bem durante o dia que convenceu até a ele. Talvez ela consiga enganar aqueles velhos, afinal de contas!, pensou ele. Esse pensamento o fez sorrir e ele dormiu.

Eles viajaram durante todo o dia seguinte, passando por uma ou duas chuvas de verão e, ao anoitecer, chegaram à Foz do Kember, uma cidade portuária próspera e murada. Deixaram o carroceiro cuidando dos negócios do patrão e desceram para encontrar uma pousada perto das docas. Libélula observou as paisagens da cidade em um silêncio que poderia ter sido de admiração, desaprovação ou mera apatia.

— Este é um povoado pequeno e agradável — disse Marfim —, mas a única cidade do mundo é Havnor.

Não adiantava tentar impressioná-la; a única coisa que ela disse foi:

— Os navios não fazem muitos negócios em Roke, não é? Você acha que vai demorar muito tempo para encontrar um que nos leve?

— Não se eu tiver um cajado — disse ele.

Ela parou de olhar ao redor e caminhou, imersa em pensamentos, por algum tempo. Seus movimentos eram bonitos, destemidos e graciosos, mantendo a cabeça erguida.

— Quer dizer que eles vão fazer um favor a um feiticeiro? Mas você não é um feiticeiro.

— Isso é uma formalidade. Nós, ocultistas de alto escalão, podemos carregar um cajado quando estamos a serviço de Roke. É o meu caso.

— Por *me* levar para lá?

— Por levar um aluno, sim. Um aluno de grandes talentos!

Ela não fez mais perguntas. Ela nunca discutia; essa era uma de suas virtudes.

Naquela noite, durante o jantar na pousada à beira-mar, ela perguntou com uma timidez incomum em sua voz:

— Eu tenho grandes talentos?

— Na minha opinião, tem — afirmou ele.

Ela refletiu (as conversas com ela geralmente eram lentas) e disse:

— Rosa sempre disse que eu tinha poder, mas ela não sabia de que tipo. E eu… eu sei que tenho, mas não sei qual é.

— Você está indo a Roke para descobrir — falou ele, erguendo o copo para ela. Depois de um instante, ela ergueu o copo e sorriu para ele, um sorriso tão terno e radiante que ele disse espontaneamente:

— E que aquilo que você descobrir seja tudo o que você procura!

— Se eu conseguir, será graças a você — respondeu ela.

Naquele momento, ele a amou por seu coração sincero, e ele teria renunciado a qualquer imagem que tinha dela, exceto a de sua companheira em uma aventura ousada, uma piada cavalheiresca.

Eles tiveram que dividir um quarto na estalagem lotada com outros dois viajantes, mas os pensamentos de Marfim eram perfeitamente castos, embora ele tenha rido um pouco de si mesmo por isso.

Na manhã seguinte, ele colheu o ramo de uma erva da horta da pousada e fez um feitiço para dar a ele a aparência de um belo cajado, com ponteira de cobre e exatamente da sua altura.

— Que madeira é essa? — perguntou Libélula, fascinada, quando o viu, e quando ele respondeu com uma risada:

— Alecrim. — Ela riu também.

Eles partiram pelo cais, perguntando por um navio com destino ao sul que pudesse levar um feiticeiro e seu aprendiz para a Ilha dos Sábios, e logo encontraram um navio pesado com destino a Wathort, cujo capitão levaria o feiticeiro por benevolência e o aprendiz pela metade do preço. Mesmo a metade do preço era metade do dinheiro do queijo, mas eles teriam o luxo de uma cabine, pois o *Lontra-Marinha* era um navio de dois mastros com convés.

Enquanto eles conversavam com o capitão do *Lontra-Marinha*, uma carroça chegou ao cais e começou a descarregar seis barris de meio tonel familiares.

— Aquilo é nosso — disse Marfim, e o capitão do navio respondeu:

— Com destino ao Povoado de Hort.

E Libélula disse baixinho:

— Com origem de Iria.

Ela olhou para trás, para a terra. Foi a única vez que ele a viu olhar para trás.

O manipulador do clima do navio subiu a bordo pouco antes de zarparem, não era um feiticeiro de Roke, mas um sujeito envelhecido pelo clima, com um manto marinho gasto. Marfim ergueu um pouco seu cajado ao cumprimentá-lo. O ocultista o olhou de cima a baixo e disse:

— Um só homem manipula o clima neste navio. Se não for eu, estou indo embora.

— Sou um mero passageiro, Mestre Bolseiro. Deixo os ventos em suas mãos com prazer.

O ocultista olhou para Libélula, que permaneceu reta como uma árvore e não disse nada.

— Ótimo — respondeu ele, e essa foi a última palavra que disse a Marfim.

No entanto, durante a viagem, ele conversou várias vezes com Libélula, o que deixou Marfim um pouco desconfortável. A ignorância e a confiança dela poderiam colocá-la em perigo e a ele também.

— Sobre o que vocês dois conversaram? — perguntou ele, e ela respondeu:

— Do que será de nós.

Ele olhou, surpreso.

— De todos nós. De Way e Felkway, e Havnor, e Wathort, e Roke. Todos os povos das ilhas. Ele diz que quando o Rei Lebannen estava para ser coroado, no outono passado, ele pediu a Gont que o antigo Arquimago viesse coroá-lo, mas ele não quis vir. E não havia um novo Arquimago. Então, o próprio rei colocou sua coroa. Alguns dizem que isso é errado e que ele não detém o trono por direito. Mas outros dizem que o próprio rei é o novo Arquimago. Mas ele não é feiticeiro, só rei. Por isso, outras pessoas dizem que os anos sombrios, quando não havia uma lei de justiça e a magia era usada para fins malignos, voltarão.

Depois de uma pausa, Marfim perguntou:

— Aquele velho manipulador do clima disse tudo isso?

— Acho que é um assunto do dia a dia — disse Libélula, com sua simplicidade séria.

O manipulador do clima ao menos conhecia seu ofício. O *Lontra-Marinha* rumou depressa para o sul; eles enfrentaram rajadas de verão e mares agitados, mas nunca uma tempestade ou um vento difícil. Atracaram e receberam cargas nos portos da costa norte de O, em

Ilien, Leng, Kamery e no Porto de O, e depois seguiram para o oeste para transportar os passageiros até Roke. E, tendo o oeste pela frente, Marfim sentiu um pequeno nó na boca do estômago, pois sabia muito bem como Roke era protegida. Sabia que nem ele nem o manipulador do clima poderiam fazer qualquer coisa para desviar o vento de Roke caso soprasse contra eles. E, se isso acontecesse, Libélula perguntaria: por quê? Por que o vento estava soprando contra eles?

Ele ficou satisfeito ao perceber que o ocultista também estava inquieto, de pé ao lado do timoneiro, vigiando o mastro, içando as velas ao sinal de um vento oeste. Mas o vento norte se manteve constante. Uma tempestade com trovoadas veio com esse vento, e Marfim desceu para a cabine, mas Libélula ficou no convés. Ela tinha medo da água, havia contado. Não sabia nadar e disse:

— Afogar-se deve ser uma coisa horrível... não respirar o ar... — Ela estremeceu ao pensar nisso. Esse foi o único medo que ela demonstrou ter. Mas ela não gostava da cabine baixa e apertada e ficava no convés todos os dias, dormindo ali nas noites quentes. Marfim não tentou convencê-la a entrar na cabine. Ele já sabia que persuadir não adiantava. Para tê-la, deveria dominá-la; e ele faria isso, se conseguissem ao menos chegar a Roke.

Ele subiu ao convés outra vez. O tempo estava clareando, à medida que o sol se punha, as nuvens se dispersavam pelo oeste, mostrando um céu dourado atrás da curva alta e escura de uma colina.

Marfim olhava para aquela colina com uma espécie de ódio nostálgico.

— Aquela é a Colina de Roke, rapaz — disse o manipulador do clima para Libélula, que estava ao lado dele na amurada. — Estamos entrando na Baía de Thwil agora. Onde há apenas o vento que eles querem.

Quando eles avançaram bastante para o interior da baía e lançaram a âncora, já havia anoitecido, e Marfim disse ao capitão do navio:

— Vou desembarcar de manhã.

Lá embaixo, na minúscula cabine, Libélula estava esperando por ele, solene como sempre, mas com os olhos brilhando de entusiasmo.

— Vamos desembarcar de manhã — repetiu para ela, que assentiu, aceitando.

Ela perguntou:

— Estou bem apresentável?

Marfim se sentou na cama estreita dele e a observou sentada na cama estreita dela; não era possível ficarem diretamente de frente um para o outro porque não havia espaço para os joelhos deles. No Porto de O, Libélula havia comprado uma camisa e calça decentes, por sugestão dele, para ter a aparência de um candidato mais provável à Escola. O rosto dela estava queimado pelo frio e limpo. O cabelo estava trançado e a trança estava presa, como a de Marfim. Além disso, suas mãos estavam limpas e apoiadas em suas coxas, mãos longas e fortes, como as de um homem.

— Você não parece um homem — disse ele. O rosto dela se abateu. — Não para mim. Você nunca se parecerá com um homem para mim. Mas não se preocupe. Parecerá para eles.

Ela assentiu, com uma expressão ansiosa.

— O primeiro teste é o mais importante, Libélula — explicou ele. Todas as noites, quando se deitava sozinho naquela cabine, ele ficava planejando aquela conversa. — Entrar no Casarão. Passar por aquela porta.

— Estive pensando nisso — disse ela, apressada e séria. — Não posso simplesmente dizer a eles quem eu sou? Com você lá para falar a meu favor... para dizer que, mesmo que eu seja uma mulher, tenho algum talento... E eu prometeria fazer o voto e o feitiço do celibato, e viveria separada deles se quisessem...

Ele balançou a cabeça durante toda a fala dela.

— Não, não, não, não. Sem chance. Inútil. Fatal!

— Mesmo se você...

— Mesmo se eu argumentasse a seu favor. Eles não me ouviriam. A Regra de Roke proíbe que se ensine às mulheres qualquer arte elevada, qualquer palavra da Língua da Criação. Sempre foi assim. Eles não escutariam. Portanto, é preciso mostrar a eles! E nós mostraremos a eles, você e eu. Nós os ensinaremos. Você precisa ter coragem, Libélula. Não deve fraquejar nem pensar: "Ah, se eu implorar para que me deixem entrar, eles não poderão me rejeitar". Eles podem e vão. E se você revelar quem é, eles a punirão. E a mim. — Ele deu uma ênfase pesada à última palavra e murmurou internamente: — Sai para lá.

Ela o contemplou com seu olhar indecifrável e finalmente perguntou:

— O que devo fazer?

— Você confia em mim, Libélula?

— Sim.

— Você confiará em mim inteiramente, sabendo que o risco que corro por você é ainda maior do que o risco que você corre nesta aventura?

— Sim.

— Então você deve revelar a palavra que dirá ao Sentinela.

Ela o encarou.

— Mas eu pensei que você a diria para mim... a senha.

— A senha que ele lhe pedirá é seu nome verdadeiro.

Ele deixou que aquilo fosse digerido por um tempo e depois continuou, em tom brando:

— E para fazer o feitiço de aparência em você, para torná-lo tão completo e profundo que os Mestres de Roke a verão como um homem e nada mais, para fazer isso, eu também preciso saber seu nome. — Ele fez uma nova pausa. Enquanto falava, teve a impressão de que tudo o que dizia era verdade, e sua voz soou comovida e gentil quando disse: — Eu poderia ter descoberto há muito tempo. Mas optei por não usar essas artes. Queria que você confiasse em mim o suficiente para me dizer seu nome.

Ela estava olhando para as mãos, agora apoiadas nos joelhos. Sob o brilho tênue e avermelhado da lamparina da cabine, os cílios dela projetavam sombras longas e delicadas em suas bochechas. Ela ergueu os olhos, encarando-o diretamente.

— Meu nome é Irian — disse ela.

Ele sorriu. Ela não.

Marfim não disse nada. Na verdade, ele estava perdido. Se soubesse que seria tão fácil, poderia ter obtido o nome dela e, com isso, o poder de obrigá-la a fazer o que ele quisesse, dias antes, semanas antes, com a mera fachada desse plano maluco, sem abrir mão de seu salário e de sua precária honra, sem essa viagem marítima, sem ter que ir até Roke para isso! Porque agora ele percebia como todo o plano era uma loucura. Não havia nenhum disfarce capaz de enganar o Sentinela nem por um instante. Todas as ideias dele de humilhar os Mestres, como eles o haviam humilhado, não passavam de absurdos. Obcecado pela garota, ele havia caído na armadilha que havia preparado para ela. Com amargura, percebeu que estava sempre acreditando nas próprias mentiras, preso em redes que ele mesmo havia tecido. Depois de ter feito papel de bobo em Roke, ele voltou para fazer tudo de novo. Uma raiva grande e desoladora cresceu dentro dele. Não valia a pena, nada valia a pena.

— Qual o problema? — perguntou ela. A suavidade de sua voz profunda e rouca o deixou desanimado, e ele escondeu o rosto nas mãos, lutando contra a vergonha das lágrimas.

Ela colocou a mão no joelho dele. Era a primeira vez que ela o tocava. Ele resistiu ao calor e ao peso de seu toque, que ele passou tanto tempo desejando.

Ele queria magoá-la, chocá-la e tirá-la de sua terrível e ignorante gentileza, mas o que ele disse quando finalmente falou foi:

— Eu só queria fazer amor com você.

— Queria?

— Você achou que eu era um daqueles eunucos? Que eu me castraria com feitiços para poder ser santo? Por que acha que eu não tenho um cajado? Por que acha que não estou na Escola? Você acreditou em tudo o que eu disse?

— Sim — respondeu ela. — Sinto muito. — Sua mão ainda estava no joelho dele. Disse: — Podemos fazer amor, se você quiser.

Ele endireitou o corpo, ficou sentado, imóvel.

— O que você é? — Por fim perguntou a ela.

— Eu não sei. É por isso que eu queria vir para Roke. Para descobrir.

Ele se desvencilhou, ficou em pé, curvando-se; nenhum dos dois conseguia ficar totalmente em pé na cabine baixa. Fechando e abrindo as mãos, manteve-se o mais longe possível, de costas para ela.

— Você não vai descobrir. É tudo mentira, fingimento. Velhos fazendo jogos de palavras. Eu não quis participar dos jogos deles, por isso fui embora. Quer saber o que eu fiz? — Ele se virou, mostrando os dentes em uma careta de triunfo. — Fiz uma garota, uma garota da cidade, ir ao meu quarto. Minha cela. Minha pequena e casta cela de pedra. Tinha uma janela que dava para uma ruela. Nada de feitiços... não é possível fazer feitiços com toda a magia deles acontecendo. Mas ela queria vir, e veio, e eu deixei uma escada de corda do lado de fora da janela, e ela a escalou. E estávamos no meio do ato quando os velhos chegaram! Mostrei a eles! E se eu pudesse ter feito você entrar, teria mostrado a eles outra vez, dado uma lição a eles!

— Bem, vou tentar — disse ela, ele a encarou. — Não pelos mesmos motivos que você — continuou Libélula —, mas ainda quero tentar. E nós viemos até aqui. E você sabe meu nome.

Era verdade. Ele sabia o nome dela: Irian. Era como um carvão em brasa, ardendo em sua mente. Seus pensamentos não eram capazes de guardá-lo. Seu conhecimento não era capaz de usá-lo. A língua dele não era capaz de dizê-lo.

Ela ergueu o olhar para ele, e seu rosto, marcante e forte, estava suavizado pela luz sombria da lamparina.

— Se foi só para fazer amor que você me trouxe aqui, Marfim — disse ela —, podemos fazer. Se ainda quiser.

Sem palavras, ele simplesmente balançou a cabeça. Depois de um tempo, riu.

— Acho que já acabamos... com essa possibilidade...

Ela o encarou sem arrependimento, reprovação ou vergonha.

— Irian — disse ele, e nesse momento o nome dela veio facilmente, doce e fresco como água de nascente em sua boca seca. — Irian, eis o que você deve fazer para entrar no Casarão...

III. Azver

Ele a deixou na esquina da rua, uma rua estreita, sem graça, de aparência meio suspeita, que se inclinava entre paredes sem graça até uma porta de madeira em um muro mais alto. Ele havia colocado um feitiço nela, e ela parecia um homem, embora não se sentisse um. Ela e Marfim se abraçaram, porque, afinal de contas, eram amigos, companheiros, e ele havia feito tudo isso por ela.

— Coragem! — disse ele, e a soltou. Libélula subiu a rua e parou diante da porta. Olhou para trás, mas ele havia desaparecido.

Ela bateu.

Depois de um tempo, ouviu o barulho do trinco. A porta se abriu. Um homem de meia-idade estava lá.

— O que posso fazer por você? — disse ele. Não sorriu, mas sua voz era agradável.

— Pode me deixar entrar no Casarão, senhor.

— Você sabe qual é o caminho para entrar? — Seus olhos amendoados estavam atentos, mas pareciam encará-la a quilômetros ou anos de distância.

— Este é o caminho para entrar, senhor.

— Você sabe de quem é o nome que deve me dizer para que eu o deixe entrar?

— O meu, senhor. É Irian.

— É mesmo? — perguntou ele.

Isso a fez hesitar. Ela ficou em silêncio.

— É o nome que a bruxa Rosa da minha aldeia em Way me deu, na fonte sob a Colina de Iria — explicou por fim, levantando-se e falando a verdade.

O Sentinela olhou para ela pelo que pareceu um longo tempo.

— Então é seu nome — disse ele. — Mas talvez não seja todo o seu nome. Acho que você tem outro.

— Eu não sei, senhor.

Depois de mais um longo tempo, ela disse:

— Talvez eu possa aprendê-lo aqui, senhor.

O Sentinela inclinou um pouco a cabeça. Um sorriso muito fraco fez covinhas surgirem em suas bochechas. Ele se afastou.

— Entre, filha — disse.

Ela atravessou a soleira do Casarão.

O feitiço de aparência de Marfim se desfez como uma teia de aranha. Ela era e parecia ser ela mesma.

Libélula seguiu Sentinela por um corredor de pedra. Somente no final dele pensou em se virar para trás e ver a luz brilhar através das mil folhas da árvore esculpida na porta alta em sua moldura branca como osso.

Um jovem com um manto cinza que atravessava a passagem com pressa parou ao se aproximar deles. Ele encarou Irian e, com um breve aceno de cabeça, seguiu em frente. Ela se virou para olhar para ele, que estava olhando para ela.

Um globo de fogo enevoado e esverdeado seguia rapidamente pelo corredor, na altura dos olhos, parecendo seguir o jovem. O Sentinela acenou com a mão para o globo, que desviou dele. Irian desviava e se abaixava sem parar, mas sentiu o fogo frio formigar em seu cabelo quando o globo passou por cima dela. O Sentinela olhou ao redor e seu sorriso já estava mais largo. Embora ele não dissesse nada, Libélula sentiu que ele estava ciente dela, preocupado com ela. Ela se endireitou e o seguiu.

Ele parou diante de uma porta de carvalho. Em vez de bater, desenhou um pequeno sinal ou runa na porta com a parte superior de seu cajado, um cajado leve de madeira acinzentada. A porta se abriu e uma voz ressonante falou do lado de dentro:

— Entrem!

— Espere aqui um pouco, por favor, Irian — disse o Sentinela, e entrou na sala, deixando a porta aberta atrás de si. Ela pôde avistar estantes e livros, uma mesa com mais pilhas de livros, tinteiros e escritos, dois ou três meninos sentados à mesa e o homem grisalho e atarracado com quem o Sentinela falava. Ela viu a expressão do homem mudar, viu os olhos dele se voltarem para ela em um olhar breve e assustado, viu-o questionar Sentinela, em voz baixa e intensa.

Os dois foram até ela.

— O Mestre Transformador de Roke: Irian de Way — disse o Sentinela.

O Transformador a encarou diretamente. Ele não era tão alto quanto ela. Ele olhou para o Sentinela, e depois para ela outra vez.

— Perdoe-me por falar sobre você na sua frente, jovem — disse ele —, mas é preciso. Mestre Sentinela, você sabe que eu nunca questionaria seu julgamento, mas a regra é clara. Tenho que perguntar o que o levou a quebrá-la e deixá-la entrar.

— Ela pediu — disse o Sentinela.

— Mas… — O Transformador hesitou.

— Quando foi a última vez que uma mulher pediu para entrar na escola?

— Elas sabem que a regra não as permite.

— Você sabia disso, Irian? — perguntou o Sentinela, e ela respondeu:

— Sim, senhor.

— Então, o que a trouxe aqui? — questionou o Transformador, severo, mas sem esconder sua curiosidade.

— Mestre Marfim disse que eu poderia me passar por um homem. Mas achei que deveria dizer quem eu era. Serei tão celibatária quanto qualquer outro, senhor.

Duas longas covinhas apareceram nas bochechas do Sentinela, envolvendo a lenta curva de seu sorriso. O rosto do Transformador permaneceu severo, mas ele piscou e, depois de pensar um pouco, disse:

— Com certeza... Sim... Definitivamente era o melhor plano, para ser honesto. De que Mestre você falou?

— Marfim — respondeu o Sentinela. — Um rapaz do Grande Porto de Havnor que deixei entrar há três anos e deixei sair no ano passado, como você deve se lembrar.

— Marfim! Aquele sujeito que estudou com o Mão? Ele está aqui? — perguntou o Transformador a Irian, com raiva. Ela ajustou a postura e não disse nada.

— Não na escola — respondeu o Sentinela, sorrindo.

— Ele a enganou, jovem. Fez você de boba ao tentar nos fazer de bobos.

— Eu o usei para me ajudar a chegar aqui e para me explicar o que dizer ao Sentinela — admitiu Irian. — Não estou aqui para enganar ninguém, mas para aprender o que preciso saber.

— Sempre me perguntei por que deixei aquele menino entrar — comentou o Sentinela. — Agora começo a entender.

Diante disso, o Transformador olhou para ele e, depois de refletir, disse sobriamente:

— Sentinela, o que você tem em mente?

— Acho que Irian de Way pode ter vindo até nós buscando não apenas o que ela precisa saber, mas também o que nós precisamos saber. — O tom do Sentinela foi igualmente sóbrio, e seu sorriso desapareceu. — Acho que esse pode ser um tema de conversa entre nós, os nove.

O Transformador ouviu aquilo com um olhar de verdadeiro espanto, mas não questionou o Sentinela. Disse apenas:

— Mas não perto dos alunos.

O Sentinela balançou a cabeça, concordando.

— Ela pode se hospedar na cidade — disse o Transformador, com certo alívio.

— Enquanto falamos pelas costas dela?

— Você quer levá-la para a Sala do Conselho? — questionou o Transformador, incrédulo.

— O Arquimago levou o menino Arren para lá.

— Mas..., mas Arren era o Rei Lebannen...

— E quem é Irian?

O Transformador ficou em silêncio e depois disse, calma e respeitosamente:

— Meu amigo, o que você pensa em fazer, em aprender? O que ela é, para que você peça isso por ela?

— Quem somos nós — retrucou o Sentinela — para recusá-la sem saber o que ela é?

— Uma mulher — afirmou o Mestre Invocador.

Irian esperou algumas horas nos aposentos do Sentinela, um cômodo baixo, claro e vazio, com um assento junto a uma janelinha de vidro que dava para as hortas do Casarão, hortas bonitas e bem cuidadas, com longas fileiras e canteiros de legumes, verduras e ervas, com ramos de bagas e árvores frutíferas. Ela viu um homem corpulento, de pele escura, e dois garotos saírem e capinarem uma das hortas. Observar o trabalho cuidadoso deles a deixou mais tranquila. Desejou poder ajudá-los. A espera e a estranheza eram muito difíceis. Sentinela apareceu uma vez, trazendo uma caneca de água e um prato com carne fria, pão e cebolinha, e ela comeu porque ele disse a ela para comer, mas mastigar e engolir foi uma missão árdua. Os horticultores foram embora e não havia mais nada para observar pela janela, a não ser os repolhos crescendo e os pardais saltando, de vez em quando um falcão bem alto no céu, e o vento se movendo suavemente pelas copas das árvores altas, além das hortas. O Sentinela voltou e disse:

— Venha, Irian, e conheça os Mestres de Roke.

O coração dela começou a acelerar ao ritmo do galope de um cavalo de carroça. Ela o seguiu pelo labirinto de corredores até uma sala de paredes escuras com uma fileira de janelas altas em arcos de ogiva. Um grupo de homens estava lá. Todos se viraram para encará-la quando ela entrou na sala.

— Irian de Way, meus senhores — anunciou o Sentinela. Todos ficaram em silêncio. Ele fez sinal para que ela viesse mais para o meio da sala. — O Mestre Transformador você já conheceu — disse. Ele falou o nome dos outros, mas ela não conseguiu guardar os nomes e artes deles, exceto o de Mestre Herbalista que era aquele que ela supôs ser um horticultor, e o do mais jovem entre eles, um homem alto com um rosto bonito e sério que parecia esculpido em pedra escura, o Mestre Invocador. Foi ele quem falou quando o Sentinela terminou.

— Uma mulher — disse ele.

O Sentinela assentiu uma vez, calmo como sempre.

— Foi para isso que você reuniu os Nove? Isso e nada mais?

— Isso e nada mais — admitiu o Sentinela.

— Dragões foram vistos voando sobre o Mar Central. Roke não tem um Arquimago e as ilhas não têm um rei verdadeiramente coroado. Há muito trabalho a ser feito — afirmou o Invocador, e sua voz também parecia uma pedra fria e pesada. — Quando o faremos?

Houve um silêncio incômodo, pois o Sentinela não respondeu. Por fim, um homem frágil, de olhos claros, que usava uma túnica vermelha sob o manto cinza de mago, disse:

— Você traz essa mulher para a Casa como aluna, Mestre Sentinela?

— Se eu o fizesse, caberia a todos vocês aprovar ou desaprovar — afirmou ele.

— Vocês aprovam? — perguntou o homem de túnica vermelha, sorrindo um pouco.

— Mestre Mão — chamou o Sentinela —, ela pediu para entrar como aluna, e não vi motivo para recusar.

— Há todos os motivos — alegou o Invocador.

Um homem com uma voz profunda e clara falou:

— Não é o nosso julgamento que prevalece, mas a Regra de Roke, que juramos seguir.

— Duvido que o Sentinela a desafiaria levianamente — defendeu um homem que Irian não tinha notado até falar, embora fosse um homem grande, de cabelos brancos, esquelético e com rosto marcado. Ao contrário dos outros, ele olhou para ela enquanto falava.

— Eu sou Kurremkarmerruk — apresentou-se. — Sendo o Mestre Nomeador aqui, tomo liberdade com os nomes, inclusive os meus. Quem lhe deu seu nome, Irian?

— A bruxa Rosa de nossa aldeia, senhor — respondeu ela, mantendo-se ereta, embora sua voz tenha saído aguda e áspera.

— Ela recebeu o nome errado? — perguntou o Sentinela ao Nomeador. Kurremkarmerruk balançou a cabeça.

— Não. Mas...

O Invocador, que estava de costas para eles e de frente para a lareira apagada, se virou.

— Os nomes que as bruxas dão umas às outras não é nossa preocupação no momento — argumentou ele. — Se você tem algum interesse nessa mulher, Sentinela, ele deve ser buscado fora dessas paredes, fora da porta que você jurou guardar. Ela não tem lugar aqui e nunca terá. Tudo o que pode trazer é confusão, discórdia e mais fraqueza entre nós. Não falarei mais e não direi mais nada na presença dela. A única resposta ao erro deliberado é o silêncio.

— O silêncio não é suficiente, meu senhor — disse alguém que não havia falado até então. Aos olhos de Irian, ele tinha uma aparência muito estranha, com pele avermelhada e pálida, cabelos longos e desprovidos de cor e olhos estreitos no tom de gelo. A maneira que falava também era estranha, dura e de certa maneira deturpada. — O silêncio é a resposta para tudo e para nada — arrematou ele.

O Invocador ergueu seu rosto nobre e sombrio e olhou para o homem pálido do outro lado da sala, mas não falou nada. Sem uma palavra ou gesto, ele se virou novamente e saiu da sala. Ao passar lentamente por Irian, ela se encolheu para longe dele. Era como se um túmulo tivesse se aberto, um túmulo invernal, frio, úmido e escuro. A respiração dela ficou presa na garganta. Ela ofegou um pouco para respirar. Quando se recuperou, viu o Transformador e o homem pálido observando-a atentamente.

O que tinha a voz parecida com um sino de tom grave também olhou para ela e lhe dirigiu a palavra com uma severidade simples e gentil.

— A meu ver, o homem que a trouxe aqui tinha a intenção de fazer mal, mas você não tem. No entanto, estando aqui, Irian, você faz mal a nós e a si mesma. Tudo que não está em seu devido lugar causa dano. Uma nota cantada, por mais bem cantada que seja, destrói a melodia da qual não faz parte. As mulheres ensinam as mulheres. As bruxas aprendem seu ofício com outras bruxas e com ocultistas, não com feiticeiros. O que ensinamos aqui está em um idioma que não é para as línguas femininas. O coração jovem se rebela contra essas leis, chamando-as de injustas e arbitrárias. Mas são leis verdadeiras, baseadas não no que queremos, mas no que existe. Os justos e os injustos, os tolos e os sábios, todos devem obedecê-las, ou desperdiçarão a vida e sofrerão.

O Transformador e um velho magro e de rosto perspicaz que estava ao lado dele acenaram com a cabeça em sinal de concordância. O Mestre Mão disse:

— Irian, sinto muito. Marfim foi meu aprendiz. Se eu o ensinei mal, fiz pior ao mandá-lo embora. Eu o considerava insignificante e, portanto, inofensivo. Mas ele mentiu para você e a ludibriou. Você não deve sentir vergonha. A culpa foi minha e dele.

— Não sinto vergonha — afirmou Irian. Ela olhou para todos eles. Sentiu que deveria agradecer a eles pela cortesia, mas as palavras se recusaram a vir. Ela assentiu rigidamente, virou-se e saiu da sala.

O Sentinela a alcançou quando ela parou em frente a dois corredores e ficou parada sem saber que caminho tomar.

— Por aqui — disse ele, acompanhando as passadas dela, e depois de um tempo: — Por aqui.

E assim eles logo chegaram a uma porta. Não era feita de chifre e marfim. Era de carvalho não esculpido, preta e maciça, com um trinco de ferro desgastado pelos anos.

— Esta é a porta para a horta — disse o mago, abrindo-a. — Costumavam chamá-la de Portão de Medra. Eu guardo as duas portas.

Ele a abriu. A claridade do dia ofuscou os olhos de Irian. Quando ela conseguiu enxergar com clareza, viu um caminho que saía da porta e atravessava as hortas e os campos além delas; além dos campos, havia árvores altas, e a elevação da Colina de Roke ficava à direita. Mas, parado no caminho, do lado de fora da porta, como se estivesse esperando por eles, estava o homem de cabelos pálidos e olhos estreitos.

— Padronista — disse o Sentinela, sem se surpreender.

— Para onde você vai mandar essa senhora? — perguntou o Padronista em seu modo estranho.

— Para lugar nenhum — disse o Sentinela. — Eu a deixarei sair assim como a deixei entrar, conforme seu desejo.

— Você quer vir comigo? — perguntou o Padronista a Irian.

Ela olhou para ele e para o Sentinela e não disse nada.

— Eu não moro nesta Casa. Nem em nenhuma casa — disse o Padronista. — Eu moro lá. O Bosque... ah — falou, virando-se de repente. O homem grande e de cabelos brancos, Kurremkarmerruk, o Nomeador, estava parado no final do caminho. Ele não estava parado ali antes do outro mago dizer "Ah". Irian olhava de um para o outro, em total perplexidade.

— Esta é apenas uma imagem minha, uma representação, uma emanação — explicou o velho para ela. — Eu também não vivo aqui. Mas a quilômetros de distância. — Ele gesticulou em direção ao norte. — Você pode ir até lá quando terminar com o Padronista aqui. Eu gostaria de saber mais sobre seu nome. — Ele fez um aceno de cabeça para os outros dois magos e desapareceu. Uma abelha zumbiu pesadamente em seu lugar.

Irian olhou para o chão. Depois de um longo tempo, ela disse, limpando a garganta, sem olhar para cima:

— É verdade que eu causo o mal estando aqui?

— Eu não sei — respondeu o Sentinela.

— No Bosque não há mal — disse o Padronista. — Vamos. Há uma casa velha, uma cabana. Velha, suja. Você não se importa, não é? Fique um pouco. Você vai ver. — E ele se afastou pelo caminho contornado pela salsa e os feijões. Ela olhou para o Sentinela; ele abriu um pequeno sorriso. Libélula seguiu o homem de cabelos claros.

Eles caminharam quase um quilômetro. A Colina se erguia plena contra o sol do oeste à direita deles. Atrás, a escola se estendia cinzenta e com seus muitos telhados em uma colina mais baixa. O bosque de árvores se assomava diante deles agora. Ela viu carvalhos e salgueiros, castanheiras e freixos, e árvores perenes altas. Da escuridão densa das árvores, atravessada por raios de sol, saía um riacho, com margens verdes e muitos lugares pisoteados e marrons onde o gado e as ovelhas desciam para beber ou para atravessar para o outro lado. Eles tinham atravessado a cerca de um pasto onde cinquenta ou sessenta ovelhas pastavam na grama curta e brilhante, e agora estavam perto riacho.

— É aquela casa — disse o mago, apontando para um telhado baixo e coberto de musgo, meio escondido pelas sombras das árvores da tarde. — Fique esta noite. Pode ser?

Ele pediu que ela ficasse, não ordenou. Tudo o que ela podia fazer era assentir.

— Vou trazer comida — disse ele, e seguiu em frente, acelerando o passo de modo que logo desapareceu na luz e na sombra sob as árvores, embora não tão abruptamente quanto o Nomeado. Irian ficou observando até que ele sem dúvidas tivesse partido e, em seguida, abriu caminho pelo capim alto e as ervas daninhas até a casinha.

Ela parecia muito antiga. Havia sido reconstruída e reconstruída outra vez, mas isso já fazia muito tempo. E pela atmosfera tranquila e solitária em seu interior, ninguém morava ali há muito tempo também. No entanto, ela tinha um ar agradável, como se aqueles que dormiram lá tivessem dormido em paz. Quanto às paredes decrépitas, aos ratos, à poeira, às teias de aranha e aos móveis escassos, nada disso era novidade para Irian. Ela encontrou uma vassoura gasta e varreu os excrementos dos ratos. Desenrolou seu cobertor na cama de madeira. Encontrou um jarro rachado em um armário de portas tortas e o encheu com a água do córrego que corria limpo e silencioso a dez passos da porta. Ela fez essas coisas em uma espécie de transe e, depois de terminá-las, se sentou na grama com as costas contra a parede da casa, que absorvia o calor do sol, e adormeceu.

Quando ela acordou, o Mestre Padronista estava sentado perto dela, e havia uma cesta na grama entre os dois.

— Está com fome? Coma — disse ele.

— Vou comer mais tarde, senhor. Obrigada — falou Irian.

— Estou com fome agora — disse o mago. Ele pegou um ovo cozido da cesta, quebrou-o, descascou-o e comeu. — Chamam esta de Casa do Lontra — disse ele. — É muito antiga. Tão antiga quanto o Casarão. Tudo aqui é antigo. Nós somos antigos... Os Mestres.

— O senhor não é — disse Irian. Supunha que ele tinha entre trinta e quarenta anos, embora fosse difícil dizer; ela continuava achando que o cabelo dele era branco, porque não era preto.

— Mas vim de longe. Quilômetros podem ser anos. Sou karginês, de Karego. Você conhece?

— Os Homens Grisalhos! — disse Irian, olhando-o fixamente. Todas as baladas de Deise sobre os Anciãos que saíram do leste para devastar a terra e transpassar bebês inocentes com suas lanças, e a história de como Erreth-Akbe perdeu o Anel da Paz, e as novas canções e o Conto do Rei sobre como o Arquimago Gavião tinha se infiltrado entre os Anciãos e voltado com aquele anel...

— Anciãos? — perguntou o Padronista.

— Como gelo. Branco — disse ela, desviando o olhar, envergonhada.

— Ah. — Logo em seguida, ele acrescentou: — O Mestre Invocador não é velho.

E ele lançou um olhar de soslaio com aqueles olhos estreitos e cor de gelo. Ela não disse nada.

— Acho que você ficou com medo dele.

Ela assentiu.

Como Irian não disse nada, e algum tempo se passou, ele comentou:

— Sob a sombra dessas árvores não existe nenhum mal. Apenas a verdade.

— Quando ele passou por mim — disse ela em voz baixa — eu vi um túmulo.

— Ah — fez o Padronista.

Ele havia feito um montinho com os pedaços de casca de ovo no chão, perto de seu joelho. Organizou os fragmentos brancos em uma curva e depois a fechou em um círculo.

— Sim — falou ele, estudando suas cascas de ovos; depois, cavando um pouco a terra, ele as enterrou de forma ordeira e delicada. Tirou o pó das mãos. O olhar dele se voltou novamente para Irian e depois desviou.

— Você já foi uma bruxa, Irian?

— Não.

— Mas você tem certo conhecimento.

— Não. Não tenho. Rosa não quis me ensinar. Ela disse que não se atreveria. Porque eu tinha poder, mas ela não sabia o que era.

— Sua Rosa é uma flor sábia — disse o mago, sem sorrir.

— Mas sei que... que tenho algo a fazer, a ser. É por isso que quis vir até aqui. Para descobrir. Na Ilha dos Sábios.

Ela já estava se acostumando com o rosto estranho dele e era capaz de decifrá-lo. Achava que ele parecia triste. Seu modo de falar era ríspido, rápido, seco, pacífico.

— Os homens da Ilha nem sempre são sábios, hein? — comentou ele. — Talvez o Sentinela. — Então ele a encarou, não de relance, mas diretamente, e os olhos dele captavam e sustentavam os dela. — Mas lá. No bosque. Debaixo das árvores. Lá está a velha sabedoria. Que nunca envelhece. Não posso ensinar a você. Posso levá-la ao Bosque. — Depois de um minuto, ele se levantou. — Sim?

— Sim — disse ela com incerteza.

— A casa é boa?

— Sim...

— Amanhã — disse ele, e partiu.

Assim, durante meio mês ou mais dos dias quentes de verão, Irian dormiu na Casa do Lontra, que era tranquila, e comeu o que o Mestre Padronista trazia em sua cesta: ovos, queijo, verduras, frutas, carneiro defumado... E todas as tardes foi com ele ao bosque de árvores altas, onde as trilhas pareciam nunca estar bem onde ela se lembrava de estarem, e muitas vezes levavam para muito além do que parecia ser o limite da floresta. Eles caminhavam em silêncio e raramente falavam ao descansar. O mago era um homem calado. Embora houvesse um vestígio de ferocidade nele, nunca a demonstrou a ela, e sua presença era tão cômoda quanto a das árvores, dos pássaros raros e das criaturas de quatro patas do Bosque. Como ele havia dito, não tentou ensiná-la. Quando ela perguntou sobre o Bosque, ele contou que, assim como a Colina de Roke, ele existia desde que Segoy criou as ilhas do mundo, e que toda a magia estava nas raízes das árvores, e que elas estavam interligadas com as raízes de todas as florestas que existiam ou que ainda poderiam existir.

— E às vezes o Bosque está aqui — explicou ele — e às vezes em outro lugar. Mas sempre está.

Ela nunca vira onde ele morava. Imaginou que ele dormia onde lhe desse na telha, naquelas noites quentes de verão. Ela lhe perguntou de onde vinha a comida que comiam. O que a escola não produzia para si mesma, explicou ele, os fazendeiros das redondezas forneciam, considerando-se bem recompensados pelas proteções que os Mestres davam a seus rebanhos, campos e pomares. Aquilo fez sentido para ela. Em Way, a frase "um feiticeiro sem seu mingau" significava algo sem precedentes, inédito. Mas ela não era feiticeira e, portanto, querendo ganhar seu mingau, fez o possível para consertar a Casa do Lontra, pedindo ferramentas emprestadas a um fazendeiro e comprando pregos e gesso no Vilarejo de Thwil, pois ainda tinha metade do dinheiro do queijo.

O Padronista nunca a visitava muito antes do meio-dia, então ela tinha as manhãs livres. Estava acostumada à solidão, mas ainda sentia falta de Rosa, Deise e Coelho, das galinhas, das vacas e das ovelhas, dos cachorros briguentos e tolos e de todo o trabalho que fazia em casa para manter a Velha Iria em pé e colocar comida na mesa. Então, ela trabalhava sem pressa todas as manhãs até ver o mago surgir do meio das árvores com seu cabelo da cor da luz do sol brilhando à luz do sol.

Uma vez no Bosque, ela não pensava em ganhar, merecer ou mesmo aprender. O fato de estar ali era suficiente, era tudo.

Quando ela perguntou se os alunos saiam do Casarão para ir até lá, ele respondeu:

— Às vezes. — Em outra ocasião, ele disse: — Minhas palavras não são nada. Ouça as folhas. — Essa foi a única coisa que ele disse que poderia ser chamado de ensino. Enquanto caminhava, ela ouvia as folhas quando o vento as agitava ou tornava as copas das árvores tempestuosas; observava as sombras brincarem e pensava nas raízes das árvores na escuridão da terra. Ela estava totalmente satisfeita por estar ali. No entanto, sempre, sem nenhum descontentamento ou tristeza, ela sentia que estava esperando. E essa expectativa silenciosa era mais profunda e clara quando ela saía do abrigo da floresta e avistava o céu aberto.

Certa vez, quando já haviam percorrido um longo caminho e as árvores, perenes e escuras que ela não conhecia, ficaram altas demais ao redor deles, ela ouviu um chamado — um berrante tocando, um grito? — muito distante, no limite da audição. Ficou parada, com os ouvidos atentos para o oeste. O mago seguiu em frente, virando-se apenas quando percebeu que ela não acompanhava.

— Ouvi... — disse ela, mas não conseguiu dizer o que tinha ouvido.

Ele escutou. Por fim, eles caminharam em meio a um silêncio que aquele chamado longínquo tornou mais amplo e profundo.

Ela nunca entrava no Bosque sem ele, e passaram-se muitos dias antes que ele a deixasse sozinha ali. Mas em uma tarde quente, quando chegaram a uma clareira em meio a um carvalhal, ele disse:

— Vou voltar aqui, hein? — E saiu em seu passo rápido e silencioso, perdendo-se quase que imediatamente nas profundezas sarapintadas e mutáveis da floresta.

Ela não tinha vontade de explorar sozinha. A tranquilidade do lugar exigia quietude, observação, escuta; e ela sabia quão ardilosas eram as trilhas e como o Bosque, segundo o Padronista, era "maior por dentro do que por fora". Ela se sentou sob uma sombra pontilhada pelo sol e observou as silhuetas das folhas brincando no chão. As bolotas de carvalho formavam uma camada espessa e, embora ela nunca tivesse visto porcos selvagens no bosque, ela avistou rastros deles ali. Por um instante, sentiu o cheiro de uma raposa. Seus pensamentos se moviam tão silenciosa e facilmente quanto a brisa se movia na luz quente.

Ali, sua mente muitas vezes parecia vazia de pensamentos, preenchida pela própria floresta, mas nesse dia as memórias vieram a ela, vívidas. Ela pensou em Marfim, achando que nunca mais o veria, se perguntando se ele havia encontrado um navio para levá-lo de volta a Havnor. Ele tinha dito a ela que nunca mais voltaria ao Lago Oeste; o único lugar para ele era o Grande Porto, a Cidade do Rei e, por ele, a Ilha de Way poderia afundar em um mar tão profundo quanto Soléa. Mas ela pensava com amor nas estradas e nos campos de Way. Pensou na aldeia da Velha Iria, na nascente pantanosa sob a Colina de Iria, na antiga casa que ficava ali. Pensou em Deise cantando baladas na cozinha, nas noites de inverno, marcando o ritmo com seus tamancos de madeira; e no velho Coelho nos vinhedos, com sua faca de gume afiado, mostrando a ela como podar a videira "junto à vida que há nela"; e pensou em Rosa, sua Etaudis, sussurrando encantos para aliviar a dor do braço quebrado de uma criança. Conheci pessoas sábias, pensou ela. Sua mente recuou diante da lembrança do pai, mas o movimento das folhas puxou essa memória.

Ela o viu bêbado, gritando. Sentiu as mãos dele, intrusas e trêmulas, sobre ela. Ela o viu chorando, doente, humilhado; e a dor subiu por seu corpo e se dissolveu, como uma dor que se dissolve ao se alongar os braços. Ele significava menos para ela do que a mãe que ela nem sequer havia conhecido.

Ela se espreguiçou, sentindo o corpo relaxar no calor, e sua mente retornou a Marfim. Ela nunca teve ninguém na vida a quem desejar. Quando o jovem feiticeiro apareceu cavalgando pela primeira vez, tão esbelto e arrogante, ela desejou poder desejá-lo; mas não conseguiu, e por isso pensou que ele era protegido por um feitiço. Rosa explicou a ela como os feitiços dos feiticeiros funcionavam "para que o desejo nunca entre na sua cabeça nem na deles, porque, dizem, isso tiraria o poder deles". Mas Marfim, pobre Marfim, estava muito desprotegido. Se alguém estava sob um feitiço de castidade, esse alguém devia ser ela mesma, pois, por mais charmoso e bonito que ele fosse, ela nunca foi capaz de sentir por ele nada além de um afeto, e seu único desejo era aprender o que ele poderia ensinar a ela.

Irian refletiu sobre si mesma, sentada no silêncio profundo do Bosque. Nenhum pássaro cantava; a brisa tinha cessado; as folhas pendiam imóveis. "Será que estou encantada? Será que sou uma criatura estéril, incompleta, não sou uma mulher?", perguntou a si mesma, olhando para seus braços fortes e nus, para a suave protuberância de seus seios na sombra sob a gola de sua camisa.

Ela olhou para cima e viu o Ancião sair de um corredor escuro de grandes carvalhos e vir em sua direção, atravessando a clareira.

Ele parou diante dela. Irian se sentiu corar, com o rosto e a garganta ardendo, tonta, com os ouvidos zumbindo. Procurou palavras, qualquer coisa para dizer, para desviar a atenção dele, mas não encontrou nada. Ele se sentou perto dela. Ela olhou para baixo, como se estivesse estudando o esqueleto de uma folha do ano anterior que tinha na mão.

"O que eu quero?", perguntou a si mesma, e a resposta não veio em palavras, mas atravessou o seu corpo e alma: o fogo, um fogo maior do que aquele, o voo, o voo ardente...

Ela retornou a si, ao ar calmo sob as árvores. O Ancião estava sentado perto dela, com o rosto abaixado, e ela pensou em como ele parecia frágil e leve, calmo e triste. Não havia nada a temer. Não havia mal algum.

Ele olhou para ela.

— Irian — disse ele —, você está ouvindo as folhas?

A brisa estava se movendo ligeiramente de novo; ela podia ouvir um leve sussurro entre os carvalhos.

— Um pouco — respondeu.

— Está ouvindo as palavras?

— Não.

Ela não perguntou nada e ele não disse mais nada. Logo em seguida, ele se levantou, e ela o seguiu até a trilha que sempre os levava, mais cedo ou mais tarde, para fora da floresta, até a clareira perto do Thwilburn e da Casa do Lontra. Quando chegaram, já era fim de tarde. O mago foi até o córrego e se ajoelhou para beber onde a água saía da floresta, acima de todas as passagens. Ela fez o mesmo. Depois, sentado no capim longo e fresco da margem, ele começou a falar.

— Os kargs, meu povo, adoram deuses. Deuses gêmeos, irmãos. E o rei de lá também é um deus. Mas antes e depois dos deuses sempre estão os riachos. Cavernas, pedras, colinas. Árvores. A terra. A escuridão da terra.

— Os Antigos Poderes — disse Irian.

Ele assentiu.

— Lá, as mulheres conhecem os Antigos Poderes. Aqui também, as bruxas. E o conhecimento é ruim, hein?

Ele sempre a pegava de surpresa quando acrescentava aquele pequeno "hein?" ou "né?" ao final do que parecia ser uma afirmação. Ela não disse nada.

— A escuridão é ruim — disse o Padonista. — Né?

Irian respirou fundo e olhou para ele, olhos nos olhos, enquanto estavam sentados.

— *Apenas nas trevas a luz* — respondeu ela.

— Ah — fez ele. E desviou o olhar para que ela não pudesse ver a expressão em seu rosto.

— É melhor eu ir — disse ela. — Posso caminhar pelo Bosque, mas não morar lá. Não é meu lugar. E o Mestre Cantor disse que eu causo o mal ao estar aqui.

— Todos nós causamos o mal ao existir — afirmou o Padronista. Ele fez o que sempre fazia, criou um pequeno desenho com qualquer coisa que estivesse à mão: no trecho de areia à margem do rio à sua frente, ele colocou o cabo de uma folha, uma grama e vários seixos. Ele os observou e os reorganizou.

— Agora devo falar sobre o mal — anunciou ele.

Depois de uma longa pausa, continuou.

— Você sabe que um dragão trouxe nosso Senhor Gavião, com o jovem rei, de volta da beira da morte. Em seguida, o dragão levou Gavião para sua casa, porque o poder dele havia desaparecido, ele já não era um mago. Assim, os Mestres de Roke se reuniram para escolher um novo Arquimago, aqui, no Bosque, como sempre. Mas não como sempre.

"Antes da chegada do dragão, o Invocador também havia retornado da morte, para onde ele pode ir, para onde a arte dele é capaz de levá-lo. Ele havia visto nosso senhor e o jovem rei lá, naquele país do outro lado da muralha de pedras. Ele disse que eles não voltariam. Disse que o Senhor Gavião tinha dito a ele para voltar a nós, à vida, para transmitir essa mensagem. Então, lamentamos por nosso senhor.

"Mas aí chegou o dragão, Kalessin, trazendo-o vivo.

"O Invocador estava entre nós quando estávamos na Colina de Roke e vimos o Arquimago se ajoelhar diante do Rei Lebannen. Então, quando o dragão levou nosso amigo embora, o Invocador caiu.

"Ficou deitado como se estivesse morto, frio, seu coração não batia, mas ele respirava. O Herbalista usou toda sua arte, mas não conseguiu despertá-lo. 'Ele está morto', disse ele. 'A respiração não o abandona, mas ele está morto'. Então, choramos por ele. E como havia consternação entre nós, e todos os meus padrões falavam de mudança e perigo, nos reunimos para escolher um novo guardião de Roke, um Arquimago para nos guiar. E, em nosso conselho, decidimos colocar o jovem rei no lugar do Invocador. Para nós, parecia correto que ele se sentasse entre nós. No início, apenas o Transformador se manifestou contra, mas depois concordou.

"Mas nos reunimos, nos sentamos e não conseguimos escolher. Dissemos isso e aquilo, mas nenhum nome foi sugerido. E então eu..."

Ele fez uma pausa.

— Ocorreu-me o que meu povo chama de *eduevanu*, a outra respiração. Palavras vieram a mim e eu as falei. Disse: "*Hama Gondun!*". E Kurremkarmerruk disse a eles, em hárdico: "Uma mulher em Gont". Mas quando recuperei meu juízo, não consegui explicar a eles o que isso significava. E assim nos despedimos sem que nenhum Arquimago fosse escolhido.

"O rei partiu logo depois, e o Mestre Cifra dos Ventos foi com ele. Antes da coroação do rei, eles foram a Gont e procuraram pelo nosso senhor, a fim de descobrir o que significava 'uma mulher em Gont', hein? Mas eles não o encontraram, só viram minha conterrânea Tenar do Anel. Ela disse que não era a mulher que eles procuravam. E eles não encontraram ninguém, nada. Então, Lebannen chegou à conclusão de que era uma profecia que ainda não havia se cumprido. E, em Havnor, ele colocou a coroa em sua própria cabeça.

"Herbalista, e eu também, chegamos à conclusão de que o Invocador estava morto. Achávamos que o sopro que ele exalava era resultado de algum feitiço de sua própria arte que não entendíamos, como o feitiço que as cobras conhecem e que mantém o coração delas batendo por muito tempo depois de mortas. Embora parecesse terrível enterrar um corpo que respirava, ele estava frio, seu sangue não circulava e não havia alma nele. Isso era ainda mais terrível. Então, nos preparamos para enterrá-lo. E aí, quando ele estava deitado ao lado da sepultura, os olhos dele se abriram. Ele se mexeu e falou. Ele disse: 'Invoquei a mim mesmo de volta à vida, para fazer o que deve ser feito'".

A voz do Padronista se tornou mais ríspida. De repente, ele desfez o pequeno desenho de seixos com a palma da mão.

— Então, quando Cifra dos Ventos retornou da coroação do rei, éramos nove novamente. Mas divididos. Pois o Invocador disse que deveríamos nos reunir mais uma vez e escolher um Arquimago. O rei não tinha lugar entre nós, disse ele. E "uma mulher de Gont", seja ela quem for, não tem lugar entre os homens de Roke. Né? O Cifra dos Ventos, o Cantor, o Transformador e o Mão disseram: ele está certo. E como o Rei Lebannen é um homem que retornou da morte, cumprindo essa profecia, eles disseram que o Arquimago também seria um homem que retornou da morte.

— Mas... — falou Irian, e se calou.

Depois de um instante, o Padronista continuou:

— Essa arte, a invocação, você sabe, é... terrível. É sempre um perigo. Aqui — e ele olhou para a escuridão verde-dourada das árvores — Aqui não há invocação. Nada de trazer de volta do outro lado da muralha. Não há muralha.

O rosto dele era o rosto de um guerreiro, mas quando ele olhava para as árvores, a expressão se atenuava, nostálgica.

— Então — prosseguiu ele — agora ele faz de você motivo de nosso encontro. Mas eu não irei até o Casarão. Eu não serei invocado.

— Ele não virá aqui?

— Acho que ele não quer caminhar no Bosque. Nem na Colina de Roke. Na Colina de Roke, o que é simplesmente é.

Ela não sabia o que ele queria dizer, mas não perguntou, preocupada:

— O senhor disse que ele faz de mim o motivo para vocês se encontrarem.

— Sim. Para mandar uma mulher embora são necessários nove magos. — Ele raramente sorria, e quando sorria, o fazia de forma rápida e intensa. — Devemos nos reunir para defender a Regra de Roke. E também para escolher um Arquimago.

— Se eu fosse embora — Ela o viu balançar a cabeça. — Poderia ir até o Nomeador...

— Você está mais segura aqui.

A ideia de causar males a incomodava, mas a ideia de perigo não entrava em mente dela. Ela achava isso inconcebível.

— Eu ficarei bem — disse ela. — Então, o Nomeador, você e o Sentinela?

— ...não desejamos que Thorion seja Arquimago. O Mestre Herbalista também não, embora ele indague e fale pouco.

Ele viu Irian olhando para ele espantada.

— Thorion, o Invocador, fala o verdadeiro nome dele — disse o Padronista. — Ele morreu, né?

Ela sabia que o Rei Lebannen usava o verdadeiro nome abertamente. Ele também havia retornado da morte. No entanto, ela continuava chocada e perturbada ao pensar que o Invocador fizesse isso.

— E os... alunos?

— Também divididos.

Ela pensou na Escola, onde esteve por pouco tempo. Dali, sob as sombras do Bosque, ela via a escola como paredes de pedra que confinavam um tipo de ser e mantinham todos os outros fora, como um cercado, uma gaiola. Como qualquer um poderia manter o equilíbrio em um lugar como aquele?

O Padronista empurrou quatro pedrinhas em uma pequena curva na areia e disse:

— Queria que o Gavião não tivesse ido embora. Queria poder ler o que as sombras escrevem. Mas tudo o que consigo ouvir as folhas dizerem é mudar, mudar... Tudo vai mudar, exceto elas. — Ele voltou a olhar para as árvores com nostalgia. O sol estava se pondo. Ele se levantou, despediu-se dela gentilmente e foi embora, se embrenhando sob as árvores.

Ela ficou sentada por algum tempo perto do Thwilburn. Estava preocupada com o que ele havia contado e com os pensamentos e sentimentos que ela teve no Bosque, e também preocupada com o fato de que pensamentos e sentimentos pudessem incomodá-la naquele lugar. Ela foi para a casa, preparou seu jantar de carne defumada, pão e alface de verão e comeu sem saborear. Depois vagou pela margem do riacho até a água. Ficava muito calma e quente ao fim do crepúsculo, apenas as maiores estrelas brilhavam em meio a uma névoa leitosa. Ela tirou as sandálias e colocou os pés na água. Estava fria, mas veios do calor do sol corriam por ela. Ela tirou as roupas, a calça e a camisa de homem que eram tudo o que tinha, e entrou nua na água, sentindo o empurrão e a agitação da correnteza por todo o corpo. Ela nunca tinha nadado nos riachos de Iria e odiava o mar, com suas ondas cinzentas e frias, mas aquela água rápida a agradava naquela noite. Ela se deixou levar e boiou, com as mãos se arrastando pelas rochas submersas e sedosas e sobre seus próprios flancos sedosos, as pernas deslizando entre as algas. Todos os seus problemas e inquietações foram arrastados com a correnteza, e ela boiou deliciada com a carícia do riacho, olhando para o fogo branco e suave das estrelas.

Um calafrio a percorreu. A água ficou fria. Ao se recompor, com os membros ainda moles e relaxados, ela olhou para cima e viu na margem acima dela a figura sombria de um homem.

Ela ficou de pé, nua, dentro da água.

— Vá embora! — gritou ela. — Saia daqui, seu traidor, seu sanguessuga imundo, ou vou lhe arrancar o fígado! — Ela subiu na margem, segurando-se no capim firme, e se levantou. Não havia ninguém ali. Ela ficou em chamas, tremendo de raiva. Saltou de volta para a margem, encontrou suas roupas e as vestiu, ainda xingando em voz alta: — Seu feiticeiro covarde! Seu filho da mãe traidor!

— Irian?

— Ele estava aqui! — gritou ela. — Aquele coração imundo, aquele Thorion! — Ela foi ao encontro de Padronista assim que ele apareceu sob a luz das estrelas perto da casa. — Eu estava tomando banho no riacho e ele ficou ali me observando!

— Uma emanação... apenas uma imagem dele. Ele não teria como machucá-la, Irian.

— Uma emanação com olhos, uma imagem com visão! Talvez ele seja... — Ela não continuou, de repente sem saber o que dizer. Sentia-se nauseada. Estremeceu e engoliu a saliva fria que brotou em sua boca.

O Padronista se aproximou e segurou as mãos dela entre as dele. Suas mãos eram quentes, e ela sentia um frio tão mortal que se aproximou dele para sentir o calor de seu corpo. Os dois ficaram assim por um tempo, com o rosto dela virado para ele, mas suas mãos se uniram e seus corpos se aproximaram. Por fim, ela se desvencilhou, endireitando-se, empurrando para trás os cabelos molhados.

— Obrigada — disse ela. — Eu estava com frio.

— Eu sei.

— Eu nunca sinto frio — afirmou ela. — Foi ele.

— Estou dizendo, Irian, ele não pode vir aqui, não pode fazer mal a você aqui.

— Ele não pode me fazer mal em lugar algum — disse ela, o fogo corria em suas veias novamente. — Se ele tentar, eu o destruirei.

— Ah — fez o Padronista.

Ela olhou para ele sob a luz das estrelas e disse:

— Diga qual é seu nome. Não seu nome verdadeiro. Apenas um nome pelo qual eu possa chamá-lo. Quando eu pensar em você.

Ele ficou em silêncio por um minuto e depois disse:

— Em Karego-At, quando eu era um bárbaro, eu era Azver. Em hárdico, isso é uma bandeira de guerra.

— Azver — repetiu ela. — Obrigada.

Ela ficou acordada na casinha, sentindo o ar sufocante e o teto oprimindo-a, depois dormiu repentina e profundamente. Acordou também de maneira repentina logo que o leste começou a clarear. Foi até a porta para ver o que mais gostava: o céu antes do nascer do sol. Olhando para baixo, viu Azver, o Padronista, enrolado em seu manto cinza, dormindo profundamente no chão diante de sua porta. Ela retornou em silêncio para dentro de casa. Pouco depois, ela o viu retornando ao bosque, murmurando um pouco e coçando a cabeça enquanto caminhava, como as pessoas fazem quando ainda estão meio dormindo.

Ela começou a trabalhar raspando a parede interna da casa, preparando-a para o reboco. No momento em que a primeira luz do sol entrou pela janela, houve uma batida na porta aberta. Do lado de fora estava o homem que ela havia pensado ser o horticultor, o Mestre Herbalista, de aparência sólida e firme como um boi marrom, ao lado do velho Nomeador, de rosto magro e sombrio.

Ela se aproximou da porta e murmurou um tipo de saudação. Eles, esses Mestres de Roke, a intimidavam; e além disso a presença deles significava que o tempo de paz, os dias de caminhada com o Padronista na floresta silenciosa de verão, tinha acabado. Esse tempo tinha chegado ao fim na noite anterior. Ela sabia disso, mas não queria saber.

— O Padronista mandou nos chamar — disse o Mestre Herbalista. Ele parecia desconfortável. Ao notar uma moita de ervas daninhas sob a janela, ele disse: — Isso é veludo-roxo Alguém de Havnor a plantou aqui. Não sabia que existia aqui na ilha. — Ele a examinou com atenção e colocou algumas vagens de sementes em sua bolsa.

Irian estava observando o Nomeador de maneira discreta, mas igualmente atenta, tentando distinguir se ele era o que havia chamado de emanação ou se estava ali em carne e osso. Nada nele parecia insubstancial, mas ela achava que ele não estava lá e, quando ele se colocou sob a luz do sol e não fez sombra, teve certeza.

— Está muito longe de onde o senhor mora? — perguntou ela.

Ele assentiu.

— Fiquei no meio do caminho — respondeu. Então ergueu os olhos; o Padronista estava caminhando na direção deles, bem acordado agora.

Ele os cumprimentou e perguntou:

— O Sentinela vem?

— Ele disse que achava melhor vigiar as portas — respondeu o Herbalista. Ele fechou a bolsa de muitos bolsos com cuidado e olhou para os outros. — Mas não sei se ele conseguirá manter o formigueiro sob controle.

— O que está acontecendo? — perguntou Kurremkarmerruk. — Eu estava lendo sobre dragões. Não prestando atenção nas formigas. Mas todos os garotos que estavam estudando sob minha supervisão na Torre foram embora.

— Foram convocados — disse o Herbalista, secamente.

— E? — respondeu o Nomeador, mais secamente ainda.

— Posso lhe dizer apenas o que me parece — alegou o Herbalista, relutante e desconfortável.

— Então diga — falou o velho mago.

O Herbalista ainda relutava.

— Esta senhora não é do nosso conselho — disse ele, enfim.

— Ela é do meu — disse Azver.

— Ela veio para este lugar neste momento — falou o Nomeador. — E para este lugar, neste momento, ninguém vem por acaso. Tudo o que cada um de nós sabe é só o que nos parece. Há nomes por trás dos nomes, meu Senhor Curandeiro.

O mago de olhos escuros fez uma mesura de cabeça e disse:

— Muito bem. — Evidentemente aliviado por aceitar a decisão deles em vez da própria. — Thorion tem se encontrado muito com os outros Mestres e com os jovens. Reuniões secretas, círculos internos. Rumores, sussurros. Os alunos mais jovens estão assustados, e vários deles perguntaram, a mim ou ao Sentinela, se poderiam ir embora... Deixar Roke. E nós os deixaríamos ir. Mas não há nenhum navio no porto, e nenhum chegou à Baía de Thwil desde aquele que a trouxe, senhora, e ele partiu no dia seguinte para Wathort. O Cifra dos Ventos manipula o vento de Roke contra todos. Se o próprio rei viesse, ele não conseguiria desembarcar em Roke.

— Até que o vento mude, né? — disse o Padronista.

— Thorion diz que Lebannen não é verdadeiramente rei, já que nenhum arquimago o coroou.

— Bobagem! Não foi assim! — disse o velho Nomeador. — O primeiro arquimago surgiu séculos depois do último rei. Roke governava no lugar dos reis.

— Ah — fez o Padronista. — É difícil para o caseiro entregar as chaves quando o proprietário chega em casa. Né?

— O Anel da Paz foi restaurado — relembrou o Herbalista, com sua voz paciente e preocupada —, a profecia foi cumprida, o filho de Morred foi coroado e, ainda assim, não temos paz. Onde foi que erramos? Por que não conseguimos encontrar o equilíbrio?

— Qual é a intenção de Thorion? — perguntou o Nomeador.

— Trazer Lebannen para cá — afirmou o Herbalista. — Os jovens falam de uma "verdadeira coroa". Uma segunda coroação, aqui. Pelo Arquimago Thorion.

— Sai para lá! — Irian deixou escapar, fazendo o sinal para impedir que o dito se transformasse em feito. Nenhum dos homens sorriu, e o Herbalista fez o mesmo gesto, com certo atraso.

— Como ele consegue controlar todos eles? — perguntou o Nomeador. — Herbalista, você estava aqui quando Gavião e Thorion foram desafiados por Irioth. O dom dele era tão grande quanto o de Thorion, penso eu. E ele o utilizava para usar os homens, para controlá-los totalmente. É isso que Thorion faz?

— Não sei — respondeu o Herbalista. — Só posso dizer que, quando estou com ele, quando estou no Casarão, sinto que nada pode ser feito além do que já foi feito. Que nada mudará. Nada crescerá. Que não importa quais curas eu use, a doença terminará em morte. — Ele olhou para todos ao redor como um boi ferido. — E acho que é verdade. Não há outra maneira de recuperar o Equilíbrio a não ser sem fazer nada. Fomos longe demais. O fato de o Arquimago e Lebannen entrarem corporalmente na morte e voltarem não foi correto. Eles infringiram uma lei que não deve ser infringida. Foi para restaurar essa lei que Thorion retornou.

— Como assim, para mandá-los de volta para a morte? — questionou o Nomeador, e o Padronista, em seguida:

— Quem pode dizer qual é a lei?

— Existe uma muralha — afirmou o Herbalista.

— Essa muralha não é tão enraizada quanto minhas árvores — afirmou o Padronista.

— Mas você tem razão, Herbalista, estamos desequilibrados — disse Kurremkarrnerruk, em sua voz dura e ríspida. — Quando e onde começamos a ir longe demais? O que esquecemos, para o que demos as costas, o que negligenciamos?

Irian olhou de um para o outro.

— Quando o equilíbrio está errado, ficar parado não é bom. Senão ficará mais errado ainda — explicou o Padronista. — Até que... — Ele fez um gesto rápido de reversão com as mãos abertas para baixo, subindo e para cima, descendo.

— O que é mais errado do que invocar a si mesmo de volta da morte? — disse o Nomeador.

— Thorion era o melhor de todos nós... um coração corajoso, uma mente nobre. — O Herbalista falou quase com raiva. — O Gavião o adorava. E todos nós também.

— A consciência o alcançou — falou o Nomeador. — A consciência disse a que ele sozinho poderia acertar as coisas. Para fazer isso, ele refutou a própria morte. E assim ele refuta a vida.

— E quem o enfrentará? — quis saber o Padronista. — Só o que posso fazer é me esconder em minha floresta.

— E eu na minha torre — disse o Nomeador. — E você, Herbalista, e o Sentinela, estão presos na armadilha, no Casarão. As paredes que construímos para manter todo o mal do lado de fora. Ou dentro, como talvez seja o caso.

— Somos quatro contra ele — disse o Padronista.

— Eles são cinco contra nós — completou o Herbalista.

— Será que chegamos ao ponto — perguntou o Nomeador — de estarmos no limite da floresta que Segoy plantou e de conversarmos sobre como destruir um ao outro?

— Sim — afirmou o Padronista. — O que permanece inalterado por muito tempo acaba se destruindo. A floresta é eterna porque ela morre e morre e assim vive. Não deixarei que essa mão morta me toque. Ou toque o rei que nos trouxe esperança. Uma promessa foi feita, feita através de mim. Eu a disse: "Uma mulher em Gont". Não deixarei essa fala ser esquecida.

— Então devemos ir para Gont? — disse Herbalista, tomado pela paixão de Azver. — O Falcão está lá.

— Tenar do Anel está lá — disse Azver.

— Talvez nossa esperança esteja lá — disse o Nomeador.

Eles ficaram em silêncio, inseguros, tentando acalentar a esperança.

Irian também permaneceu em silêncio, mas sua esperança se esvaiu, substituída por um sentimento de vergonha e total insignificância. Aqueles eram homens corajosos, sábios, tentando salvar o que amavam, mas não sabiam como. E ela não partilhava da sabedoria deles, não participava das decisões deles. Ela se afastou, e eles nem perceberam. Continuou caminhando, indo em direção ao Thwilburn, onde ele saía da floresta acima de um pequeno desmoronamento de pedras. A água cintilava à luz do sol da manhã e fazia um barulho alegre. Ela queria chorar, mas nunca tinha sido boa em chorar. Ela ficou observando a água, e sua vergonha lentamente se transformou em raiva.

Ela retornou até os três homens e disse:

— Azver. — Ele se virou para ela, surpreso, e se aproximou um pouco.

— Por que você quebrou a Regra por mim? Será que foi justo comigo, que nunca poderei ser o que vocês são?

Azver franziu a testa.

— O Sentinela a recebeu porque você pediu — disse ele. — Eu a trouxe para o Bosque porque as folhas das árvores me disseram seu nome antes mesmo de você chegar aqui. *Irian*, elas disseram, *Irian*.

Não sei por que você veio, mas não foi por acaso. O Invocador também sabe disso.

— Talvez eu tenha vindo para destruí-lo.

Ele olhou para ela e não disse nada.

— Talvez eu tenha vindo para destruir Roke.

Os olhos pálidos dele brilharam.

— Tente!

Um longo estremecimento a percorreu quando ela ficou frente a frente com ele. Sentia que era maior do que ele, maior do que si mesma, enormemente maior. Poderia estender um dedo e destruí-lo. Ele permaneceu ali, em sua pequena, corajosa e breve humanidade, em sua mortalidade, indefeso. Ela soltou um longo suspiro e se afastou.

A sensação de grande força estava se esvaindo dela. Ela virou um pouco a cabeça e olhou para baixo, surpresa ao ver seu braço marrom, sua manga arregaçada, a grama fresca e verde em volta de seus pés com sandálias. Ela olhou para trás, para o Padronista, e ele ainda parecia um ser frágil. Tinha pena dele e o honrava. Queria alertá-lo sobre o perigo que estava correndo. Mas nenhuma palavra lhe veio à mente. Ela se virou e voltou para a margem do córrego, perto da pequena falésia. Ali, ela se agachou e escondeu o rosto nos braços, afastando o homem, afastando o mundo.

As vozes dos magos falando eram como as vozes do riacho correndo. O riacho dizia suas palavras e eles diziam as deles, mas nenhuma delas era a palavra certa.

VI. Irian

Quando Azver se reuniu com os outros homens, havia algo em sua expressão que fez com que Herbalista dissesse:

— O que foi?

— Não sei — respondeu ele. — Talvez não devêssemos deixar Roke.

— Provavelmente não poderemos — avaliou o Herbalista. — Se o Cifra dos Ventos travar os ventos contra nós…

— Vou voltar para onde estou — disse Kurremkarmerruk, precipitando-se. Não gosto de ficar largado por aí como um sapato velho. Encontrarei vocês aqui esta noite. — E se foi.

— Eu gostaria de caminhar um pouco sob suas árvores, Azver — disse o Herbalista, com um longo suspiro.

— Vá em frente, Deyala. Ficarei aqui. — O Herbalista foi embora. Azver se sentou no banquinho rústico que Irian tinha feito e colocado junto à parede da frente da casa. Ele olhou rio acima, onde ela estava, agachada e imóvel na margem. As ovelhas no campo entre eles e o Casarão baliam baixinho. O sol da manhã estava ficando quente.

O pai dele o tinha batizado com o nome Bandeira de Guerra. Ele veio para o oeste, deixando para trás tudo o que conhecia. Aprendeu seu verdadeiro nome com as árvores do Bosque Imanente e se tornou o Padronista de Roke. Durante todo aquele ano, os padrões das sombras, dos galhos e das raízes, toda a linguagem silenciosa de sua floresta, falaram de destruição, de transgressão, de todas as coisas transformadas. Agora, ele sabia que tudo isso se referia a eles. E tinha vindo com ela.

Ela estava sob sua responsabilidade, sob os cuidados dele, e ele soube disso assim que a viu. Embora ela tivesse vindo para destruir Roke, como havia dito, ele deveria servi-la. E o fez de bom grado. Ela caminhou com ele na floresta, alta, desajeitada, destemida; afastou os galhos espinhosos dos espinheiros com sua mão grande e cuidadosa. Seus olhos, cor de mel como a água do Thwilburn na sombra, observavam tudo; ela ouvia; ficava calada. Ele queria protegê-la e sabia que não podia. Ele deu a ela um pouco de calor quando ela estava com frio. E não tinha mais nada para lhe oferecer. Ela iria para onde precisasse ir. Não entendia o perigo. Não tinha nenhuma sabedoria além da própria inocência, nenhuma armadura além da própria raiva. "Quem é você, Irian?", disse ele, observando-a agachada como um animal preso em sua mudez.

O Herbalista voltou da floresta e ficou sentado com ele por algum tempo, sem falar nada. No meio do dia, ele voltou para o Casarão, concordando em retornar com o Sentinela na manhã seguinte. Eles pediriam a todos os outros Mestres que se reunissem com eles no Bosque.

— Mas *ele* não virá — avisou Deyala, e Azver assentiu.

Durante todo o dia, ele ficou perto da Casa do Lontra, vigiando Irian, fazendo-a comer um pouco com ele. Ela entrou na casa, mas depois que eles acabaram de comer, voltou para seu lugar à margem do riacho e ficou sentada imóvel. E ele também sentiu uma letargia em seu próprio corpo e mente, uma torpeza, que ele tentou combater, mas não conseguiu se livrar. Ele pensou nos olhos do Invocador, e então foi ele quem sentiu frio, muito frio, embora estivesse sentado no calor do dia de verão. Somos governados pelos mortos, pensou ele. Esse pensamento não o abandonava.

Ele ficou grato ao ver Kurremkarmerruk descendo lentamente a margem do Thwilburn, vindo do norte. O velho atravessou o riacho descalço, segurando os sapatos em uma das mãos e o longo cajado na outra, rosnando quando pisava errado nas pedras. Ele se sentou na margem próxima para secar os pés e voltou a calçar os sapatos.

— Quando eu voltar para a Torre — disse ele —, vou a cavalo. Contrate um carroceiro, compre uma mula. Estou velho, Azver.

— Venha até a casa — disse o Padronista, e pegou água e comida para o Nomeador.

— Onde está a garota?

— Dormindo. — Azver indicou com a cabeça na direção de onde ela estava deitada, em posição fetal no capim acima das pequenas quedas d'água.

O calor do dia estava começando a diminuir e as sombras do Bosque se estendiam pelo capim, embora a Casa do Lontra ainda estivesse sob a luz do sol. Kurremkarmerruk estava sentado no banco, de costas para a parede da casa, e Azver estava na soleira da porta.

— Chegamos ao fim — disse o velho, interrompendo o silêncio.

Azver assentiu, em silêncio.

— O que o trouxe aqui, Azver? — perguntou o Nomeador. — Sempre pensei em lhe perguntar. É um caminho longo, muito longo a percorrer. E vocês não têm feiticeiros nas terras karginesas.

— Não. Mas temos as coisas das quais a magia é feita. Água, pedras, árvores, palavras...

— Mas não a palavra da Criação.

— Não. Nem dragões.

— Nunca tiveram?

— Somente em contos antigos do leste mais extremo, do deserto de Hur-at-Hur. Antes da existência dos deuses. Antes que os homens existissem. Antes de os homens serem homens, eles eram dragões.

— Que interessante — disse o velho estudioso, endireitando-se no assento. — Já contei que tenho lido sobre dragões. Você conhece esses rumores de que eles voaram sobre o Mar Central e chegam até Gont, a leste. Sem dúvida, era Kalessin levando Ged para casa, o que os marinheiros aumentaram tornando uma boa história ainda melhor. Mas um garoto daqui me jurou que toda a aldeia dele viu dragões voando nessa primavera, a oeste do Monte Onn. Então, eu estava lendo livros antigos para entender quando eles deixaram de vir a leste de Pendor. E em um antigo pergaminho palnês, encontrei essa sua história, ou algo parecido. De que os homens e os dragões eram todos da mesma espécie, mas brigavam. Alguns foram para o oeste e outros para o leste, e eles se tornaram duas espécies e esqueceram que um dia foram uma só.

— Fomos para o leste mais extremo — disse Azver. — Mas você sabe como se chama o líder de um exército na minha língua?

— *Edran* — respondeu o Nomeador prontamente, e riu. — Draco. Dragão…

Depois de um tempo, ele disse:

— Eu poderia buscar a etimologia de uma palavra mesmo estando à beira da destruição…, mas acho, Azver, que é onde estamos. Não conseguiremos derrotá-lo.

— Ele tem a vantagem — admitiu Azver, muito seco.

— Tem mesmo. Mas, já admitindo que é improvável, já admitindo que é impossível… se o derrotássemos… se ele voltasse para a morte e nos deixasse aqui vivos… O que faríamos? O que vem depois?

Depois de um bom tempo Azver disse:

— Não faço ideia.

— Suas folhas e sombras não lhe dizem nada?

— Mudança, mudança — disse o Padronista. — Transformação.

Ele olhou para cima de repente. As ovelhas, que estavam agrupadas perto da passagem da cerca, começaram a fugir, e alguém estava vindo pela trilha do Casarão.

— Um grupo de jovens — disse o Herbalista, sem fôlego, ao se aproximar deles. — O exército de Thorion. Vindo para cá. Para levar a garota. Para mandá-la embora. — Ele parou e respirou fundo. — O Sentinela estava conversando com eles quando saí. Acho que…

— Aqui está ele — disse Azver, e o Sentinela estava ali, com seu rosto liso e marrom-amarelado tranquilo como sempre.

— Eu expliquei a eles — disse — que se saíssem pelo Portão de Medra hoje, nunca mais atravessariam de volta para a casa que conheciam. Alguns deles foram a favor de voltar atrás. Mas o Cifra dos Ventos e o Cantor os incentivaram a continuar. Eles chegarão em breve.

Os Mestres conseguiam ouvir vozes de homens nos campos a leste do Bosque.

Azver foi rapidamente até onde Irian estava deitada, ao lado do riacho, e os outros o seguiram. Ela acordou e se pôs de pé, parecendo atordoada e perplexa. Eles estavam de pé em volta dela, como uma espécie de guarda, quando o grupo de trinta ou mais homens passou pela casinha e se aproximou deles. Eram, em sua maioria, alunos mais velhos; havia cinco ou seis cajados de feiticeiros entre eles, e o Mestre Cifra dos Ventos liderava. Seu rosto velho e magro parecia tenso e cansado, mas ele cumprimentou os quatro magos com cortesia, usando seus títulos.

Eles o cumprimentaram e Asver tomou a palavra.

— Venha até o Bosque, Mestre Cifra dos Ventos — disse ele — e esperaremos lá pelos que faltam para reunirmos os Nove.

— Primeiro, devemos resolver o problema que nos divide — disse o Cifra dos Ventos.

— Essa é uma questão espinhosa — disse o Nomeador.

— A mulher que está com vocês desafia a Regra de Roke — declarou o Cifra dos Ventos. — Ela deve ir embora. Um barco está esperando no cais para levá-la, e o vento, posso garantir, estará direcionada a Way.

— Não tenho dúvidas disso, meu senhor — falou Azver —, mas duvido que ela vá.

— Meu Senhor Padronista, o senhor deseja desafiar nossa Regra e nossa comunidade, que tem sido uma só há tanto tempo, mantendo a ordem contra as forças da ruína? Será o senhor, dentre todos os homens, quem quebrará o padrão?

— Não se trata de um vidro, para ser quebrado — retrucou Azver. — É alento, é fogo.

Ele fez um grande esforço para falar.

— E não conhece a morte — continuou, mas falou em seu próprio idioma, e eles não entenderam. Ele se aproximou de Irian. Sentiu o calor do corpo dela. Ela ficou encarando, naquele silêncio animal, como se não entendesse nenhum deles.

— O Senhor Thorion retornou da morte para salvar a todos nós — disse o Cifra dos Ventos, com intensidade e clareza. — Ele será o Arquimago. Sob seu governo, Roke voltará a ser o que era. O rei receberá a verdadeira coroa das mãos de Thorion e governará sob orientação dele, como Morred governou. Nenhuma bruxa maculará o solo sagrado. Nenhum dragão ameaçará o Mar Central. Haverá ordem, segurança e paz.

Nenhum dos quatro magos que estavam com Irian respondeu. No silêncio, os homens que estavam com ele murmuravam, e uma voz entre eles disse:

— Nos entreguem a bruxa.

— Não — declarou Azver, mas não conseguiu dizer mais nada. Ele ergueu seu cajado de salgueiro, mas aquilo não passava de madeira em sua mão.

Dos quatro, apenas o Sentinela se moveu e falou. Ele deu um passo à frente, olhando um jovem de cada vez e disse:

— Vocês confiaram em mim, disseram-me seus nomes. Confiarão em mim agora?

— Meu senhor — disse um deles, com um rosto escuro e um cajado de feiticeiro feito de carvalho —, confiamos em você, portanto, pedimos que deixe a bruxa partir e a paz retornar.

Irian deu um passo à frente antes que o Sentinela pudesse responder.

— Eu não sou uma bruxa — disse ela. Sua voz soou aguda, metálica, depois das vozes graves dos homens. — Não tenho arte. Não tenho conhecimento. Vim para aprender.

— Não ensinamos mulheres aqui — afirmou o Cifra dos Ventos. — Você sabe disso.

— Eu não sei de nada — disse Irian. Ela deu mais um passo à frente, encarando o mago diretamente. — Diga-me quem sou.

— Ponha-se no seu lugar, mulher — disse o mago com uma ira fria.

— Meu lugar — disse ela, lentamente, com as palavras arrastadas —, meu lugar é na colina. Onde as coisas são o que são. Diga ao morto que o encontrarei lá.

Cifra dos Ventos ficou calado. O grupo de homens murmurou, irritado, e alguns deles avançaram. Azver se interpôs entre ela e eles, e as palavras de Irian o libertaram da paralisia da mente e do corpo que acometeu.

— Diga a Thorion que o encontraremos na Colina de Roke — disse ele. — Quando ele chegar, estaremos lá. Agora venha comigo — falou a Irian.

O Nomeador, o Sentinela e o Herbalista seguiram o Padronista e Irian até o Bosque. Lá havia uma trilha para eles. Mas quando alguns dos jovens começaram a segui-los, não havia trilha.

— Voltem — ordenou o Cifra dos Ventos aos jovens.

Eles retornaram, em dúvida. O sol baixo ainda brilhava nos campos e nos telhados do Casarão, mas dentro da floresta tudo era sombra.

— Feitiçaria — diziam eles —, sacrilégio, profanação.

— É melhor irmos embora — falou o Mestre Cifra dos Ventos com o rosto sério e sombrio, seus olhos atentos perturbados. Ele voltou para a escola, e eles foram atrás dele, argumentando e discutindo, frustrados e com raiva.

***

Eles não tinham avançado muito dentro do Bosque e continuavam ao lado do riacho quando Irian parou, virou-se para o lado, e se agachou junto às enormes raízes retorcidas de um salgueiro que se inclinava sobre a água. Os quatro magos permaneceram na trilha.

— Ela falou com o outro alento — disse Azver.

O Nomeador assentiu.

— Então, devemos segui-la? — perguntou o Herbalista.

Dessa vez, foi o Sentinela que assentiu. Ele sorriu de maneira tímida e disse:

— É o que parece.

— Muito bem — disse o Herbalista, com seu olhar paciente e preocupado, e se afastou um pouco, ajoelhando-se para observar alguma plantinha ou fungo no chão da floresta.

O tempo passou como sempre passava no Bosque, parecendo não passar de fato, mas se foi, o dia se foi silenciosamente em alguns longos suspiros, um tremor de folhas, um pássaro cantando ao longe e outro respondendo ainda mais longe. Irian levantou-se devagar. Não disse nada, mas olhou para a trilha e a percorreu. Os quatro homens a seguiram.

Eles saíram em uma área de céu aberto e calmo no fim da tarde. O oeste ainda tinha certa luz quando eles atravessaram o Thwilburn e caminharam pelos campos até a Colina de Roke, que se erguia diante deles em uma curva alta e escura contra o céu.

— Eles estão chegando — disse o Sentinela. Os homens, os cinco magos e muitos estudantes, vinham atravessando as hortas e subindo a trilha do Casarão. À frente deles estava Thorion, o Invocador, alto e coberto por um manto cinza, carregando seu alto cajado de madeira branca como osso, sobre o qual pairava um tênue raio de luz enfeitiçada.

Thorion os aguardou onde as duas trilhas se encontravam e se uniam para chegar ao topo da Colina. Irian se adiantou para enfrentá-lo.

— Irian de Way — disse o Invocador em sua voz grave e clara —, para que haja paz e ordem, e para o bem do equilíbrio de todas as coisas, peço que deixe esta ilha. Não podemos lhe oferecer o que pede e por isso pedimos seu perdão. Mas, se você tentar ficar aqui, perderá o perdão e terá de aprender o que se segue à transgressão.

Ela se levantou, quase tão alta quanto ele, e igualmente ereta. Não disse nada por um minuto e depois falou com uma voz alta e áspera.

— Suba até a colina, Thorion.

Ela o deixou esperando no encontro das trilhas, um terreno plano, e subiu um pouco da trilha da colina, dando alguns passos. Ela se virou e olhou para ele outra vez.

— O que o impede de subir a colina? — perguntou ela.

O céu estava escurecendo ao redor deles. O oeste era apenas uma linha vermelha e opaca, o céu do leste estava sombrio acima do mar.

O Invocador olhou para Irian. Lentamente, ele ergueu os braços e o cajado branco na invocação de um feitiço, falando na língua que todos os feiticeiros e magos de Roke haviam aprendido, a língua da arte deles, a Língua da Criação:

— Irian, por seu nome eu a invoco e a obrigo a me obedecer!

Ela hesitou, parecendo ceder e o obedecer por um instante, até que gritou:

— Eu não sou apenas Irian!

Com isso, o Invocador correu em direção a ela, estendendo a mão, lançando-se sobre ela como se quisesse agarrá-la e segurá-la. Os dois já estavam na colina. Ela se agigantava sobre ele de uma maneira impossível, o fogo irrompia entre os dois, como um clarão de chamas vermelhas ao crepúsculo, um brilho de escamas vermelho-douradas, de asas imensas... De repente, tudo isso desapareceu, e não havia nada além da mulher em pé na trilha da colina e o homem alto curvando-se diante dela, curvando-se lentamente até a terra e se deitando.

De todos eles, o Herbalista, o curandeiro, foi o primeiro a se mover. Ele subiu a trilha e se ajoelhou ao lado de Thorion.

— Meu senhor — disse ele —, meu amigo.

Sob o manto cinza, suas mãos encontraram apenas um amontoado de roupas, ossos secos e um cajado quebrado.

— Assim é melhor, Thorion — disse ele, mas estava chorando.

O velho Nomeador se aproximou e perguntou à mulher na colina:

— Quem é você?

— Não sei meu outro nome — respondeu ela. Ela falou como ele havia falado, como ela havia falado com o Invocador, na Língua da Criação, a língua falada pelos dragões.

Ela se virou e começou a subir a colina.

— Irian — chamou Azver, o Padronista —, você voltará para nós?

Ela parou e deixou que ele se aproximasse dela.

— Voltarei, se vocês me chamarem — disse ela.

Ela estendeu a mão e tocou a dele, que inspirou profundamente.

— Para onde você vai? — perguntou ele.

— Para aqueles que darão meu nome. No fogo, não na água. Meu povo.

— No oeste — disse ele.

Ela respondeu:

— Para além do oeste.

Ela se afastou dele e dos outros e subiu a colina em meio à escuridão crescente. À medida que se afastava deles, eles a viram, todos eles, com os grandes flancos revestidos de dourado, a cauda espinhada e enrolada, as garras, a respiração que era um fogo brilhante. Ela parou um pouco no topo da colina, a cabeça comprida virada para olhar lentamente ao redor da Ilha de Roke, detendo-se longamente no Bosque, que agora era apenas um borrão de escuridão na escuridão. Então, com um ruído semelhante ao tremor de folhas de latão, as asas largas e curvas se abriram e o dragão saltou no ar, sobrevoou a Colina de Roke uma vez e voou.

Uma onda de fogo, um fio de fumaça, desceu pelo ar escuro.

Azver, o Padronista, estava de pé com a mão esquerda segurando a mão direita, que o toque dela havia queimado. Ele olhou para os homens, que estavam parados no sopé da colina, encarando o dragão.

— Certo, meus amigos — começou ele —, e agora?

Somente o Sentinela respondeu. Ele disse:

— Acho que devemos ir para nossa casa e abrir as portas.

Posfácio

As coisas teriam sido mais simples, para meus editores e para mim, se o quinto livro de Terramar tivesse sido um romance, mas não foi. Às vezes, os elementos de um livro não se juntam em uma única história, pois são, por natureza, díspares. Eles têm de ir a lugares diferentes, tomar caminhos diferentes — um recuando através dos séculos, outro rumando para Havnor, talvez, outro para Semel... Eu não poderia escrever o último romance de Terramar sem antes ter visitado ilhas e épocas que ainda não havia explorado. As histórias dos contadores de histórias, assim como as teorias científicas, são explorações, excursões pela tremenda lacuna entre o quase saber e o saber. Pontes lançadas, como uma aranha que se joga em seu primeiro longo fio de ancoragem, sem saber ao certo onde ele a levará, mas confiando que a levará.

Não há música que eu ame mais do que o início incerto do último movimento da última sinfonia de Beethoven, quando ele começa um tema e o abandona, repete uma frase e a interrompe, deixa lacunas, tateia, explora, até explodir com sua frustração em palavras: "Ah, meus caros, isso ainda não está certo!"[1] Até que tudo começa a se encaixar, e a ponte preenche o vazio.

Escrevi uma introdução aos *Contos de Terramar* quando ele foi publicado na Europa, que começou dessa forma:

> *Ao final do quarto livro de Terramar,* Tehanu, *a história chegou ao que eu sentia ser o* agora. *E, assim como no agora do denominado mundo real, eu não sabia o que aconteceria em seguida. Eu podia imaginar, prever, temer, torcer, mas não sabia. Incapaz de continuar a história de Tehanu (pois ela ainda não havia acontecido) e partindo ingenuamente do princípio de que a história de Ged e Tenar tinha atingido seu final feliz, dei ao livro um subtítulo: "O Último Livro de Terramar".*

1. *"O Freunde! nicht diese Töne!"* significa "Oh, amigos, essas notas não" ou "essa música não". "Isso ainda não está certo" é uma tradução livre, do coração.

Ah, que escritora ingênua. O agora *se move. Mesmo no tempo da narrativa, no tempo dos sonhos, no tempo do era-uma-vez, o agora não é o* passado.

Sete ou oito anos depois da publicação de Tehanu, *fui convidada a escrever uma história ambientada em Terramar. Uma mera espiada no lugar me revelou que as coisas continuaram acontecendo por lá enquanto eu não estava olhando. Já era hora de voltar e descobrir o que estava se passando no* agora.

Para que toda a história de Terramar tivesse peso e fizesse sentido em minha própria mente, para que eu pudesse levá-la até o fim, para que eu pudesse construir a ponte para o verdadeiro encerramento, eu não só tinha que descobrir o que estava acontecendo no agora, mas também tinha que voltar no tempo para descobrir o que tinha dado errado, quando e como. Por que o sábio ensinamento do Equilíbrio estava ficando cada vez mais desequilibrado?

Pessoas que vivem imersas no incessante tempo presente da mídia eletrônica podem não ter interesse no passado, deixando a mitologia substituir a história, como faziam os povos pré-alfabetizados. No entanto, como cresci com a durabilidade implacável e impossível de ser reorganizada do impresso, minha educação me deu a compreensão do passado que enxerga o presente apenas como a superfície brilhante e inquieta de um oceano. Portanto, por mais paradoxal que possa parecer, eu não queria uma mitologia do meu mundo mítico, mas a história dele, os fatos da ficção, a profundidade do tempo. O que, é claro, significava, ainda mais paradoxalmente, que eu tinha que inventar. Tatear, cometer erros, ver se funcionava. Ah, meus caros, isso não está certo!

"Uma descrição de Terramar", no final dos *Contos*, é um esboço resumido dessa história, que eu elaborei enquanto escrevia os relatos.

A primeira novela, "O Descobridor", é o "prelúdio", a história por trás da história dos primeiros quatro livros de Terramar. Escrevê-la foi realmente como balançar de um fio de aranha rumo ao desconhecido. Eu não tinha uma ideia clara de onde o jovem Lontra estava indo quando ele partiu para seu mundo sombrio e desgovernado. Eu sabia apenas que ele chegaria a Roke e lá encontraria, ou encontrou, a Escola. Ao segui-lo, eu esperava aprender, por exemplo, como os magos de Roke, como eu os conhecia, renunciaram à sua sexualidade e quanto de sua humanidade eles abandonaram com ela.

Todas as histórias são explorações dessas questões: mistérios, equilíbrios e desequilíbrios, escolhas morais. "Rosa Negra e Diamante" também tem a ver com a questão do celibato dos feiticeiros e levanta a questão: Se você pudesse fazer magia ou fazer canções, mas não ambos, qual escolheria e por quê? Em "Os Ossos da Terra", descobri quem era Ogion, quem foi o professor dele e até onde a magia poderia ou não chegar. Em "No Pântano Alto", pude lidar com o que é deixado de lado quando a magia é entendida apenas como poder. Poder sobre quem, e para fazer o quê? Salvar o mundo de seus inimigos? Isso é tudo? É suficiente? Se poder é responsabilidade, por quem você é responsável? Nessa história (como *A espada na pedra*, de T. H. White e em muitas outras fantasias), a presença de animais impede convicções totalmente centradas no ser humano, sugerindo uma ordem de coisas diferente e maior.

A última novela, "Libélula", faz a ponte direta entre *Tehanu* e o último romance. Os eventos finais ocorrem após o fim de *Tehnau* e antecedem *O outro lado do vento.* Tudo o que eu estava aprendendo sobre a relação entre as pessoas e os dragões começa a ficar claro nessa história, juntamente com a compreensão do que havia acontecido de errado com Roke. Estava começando a dar certo.

No "Prefácio" eu disse:

> *Ao longo dos anos, desde que comecei a escrever sobre Terramar, eu evidentemente mudei, assim como as pessoas que leram os livros. Todas as épocas são épocas de mudança, mas a nossa é uma época de sólida e rápida transformação moral e mental. Os arquétipos tornam-se pedras de moer, grandes simplicidades se complicam, o caos se torna elegante e aquilo que todo mundo sabe ser verdadeiro acaba se tornando aquilo que algumas pessoas costumavam pensar.*
>
> *É perturbador. Apesar de toda nossa satisfação no impermanente, na centelha fascinante dos eletrônicos, também ansiamos pelo inalterável. Apreciamos as histórias antigas por sua constância.*

Arthur sempre sonha em Avalon. Bilbo pode andar "para lá e de volta outra vez", e "lá" é sempre o Condado querido e familiar, Dom Quixote parte sempre para matar um moinho de vento... Assim, as pessoas se voltam para os reinos da fantasia em busca de estabilidade, verdades antigas, simplicidades imutáveis.

Podemos, como eu disse, nos voltar para os reinos da fantasia em busca de estabilidade, verdades antigas, simplicidades imutáveis; mas os reinos do "Era uma vez" são instáveis, mutáveis, complexos e fazem parte da história e do pensamento humano tanto quanto as nações de nossos atlas caleidoscópicos. E na vida cotidiana ou na imaginação, não vivemos como nossos pais ou ancestrais viviam. "O encantamento se altera com a idade e com a época. Conhecemos uma dúzia de Arthurs diferentes agora, todos eles verdadeiros. O Condado mudou de maneira irrevogável ainda durante a vida de Bilbo. Dom Quixote foi cavalgando para a Argentina, onde conheceu Jorge Luis Borges."

A isso, acrescento: à medida que o mundo virtual da comunicação eletrônica se torna o mundo que muitos de nós habitamos o tempo todo, ao nos voltarmos para a literatura fantástica, talvez não estejamos buscando mero consolo nem sejamos impelidos por mera nostalgia. Entrar com o coração e a mente no mundo da imaginação pode ser uma maneira deliberada e direta de nos aproximarmos, ou de retornarmos, ao envolvimento com o mundo real. Em um dos poemas de T. S. Eliot, um pássaro canta: "o gênero humano/Não pode suportar tanta realidade"[2]. Sempre achei que esse pássaro estava enganado ou que falava apenas de algumas pessoas. Acho incrível quanto do mundo real a maioria de nós consegue suportar. Não apenas suportar, mas necessitar, desejar, almejar. A realidade é a vida. É na meia-vida da irrealidade, da inverdade, da imitação, da fatuidade, do quase-verdadeiro que não é verdadeiro que nós nos sufocamos. Ser humano é viver tanto dentro quanto fora da estreita faixa do-que-acontece-agora, nas vastas regiões do passado e do possível, do conhecido e do imaginado: nosso mundo real, nosso verdadeiro Agora.

---

2. ELIOT, T.S. *Poesia*. Tradução Ivan Junqueira. Rio de Janeiro: Nova Fronteira, 1981. p.199-204. [N. da T.]

Uma descrição de Terramar

Povos e línguas

Povos

As Terras Hárdicas

O povo hárdico do Arquipélago vive do cultivo de terras, criação de animais, pesca, comércio e das artes e ofícios comuns de uma sociedade não industrial. O crescimento populacional é estável e nunca superou os limites habitáveis do território disponível. A fome é desconhecida, e a miséria, rara.

As ilhotas e aldeias são, em geral, governadas por um conselho mais ou menos democrático ou Parlamento, liderado ou representado por uma magistrada ou um magistrado eleito. Nos Extremos, quase nunca há governo além do Parlamento Insular e dos Parlamentos dos Povoados. Nas Terras Centrais, uma casta governante foi estabelecida no passado e a maioria das ilhas e cidades grandes é governada, ao menos nominalmente, por senhores ou senhoras que dela descendem, enquanto o Arquipélago foi, por séculos, inteiramente governado por reis. Os povoados e cidades, no entanto, são quase sempre totalmente autogovernados pelo Parlamento e por guildas de comércio local e exterior. As grandes guildas, uma vez que sua influência se estende por todas as Terras Centrais, não respondem a nenhum soberano ou autoridade, exceto o rei em Havnor.

Formas de dominação feudal, vassalagem e escravidão existiram no passado em algumas regiões, mas nunca sob o governo dos Reis da Casa de Havnor.

A existência da magia como poder reconhecido e efetivo exercido por certos indivíduos, mas não por todos, forma e influencia todas as instituições dos povos Hárdicos, fazendo com que, por mais que a vida cotidiana do Arquipélago se pareça com a de povos não industrializados de outras localidades, as diferenças sejam quase incomensuráveis. Uma dessas diferenças talvez se dê ou se apresente na ausência de qualquer forma de religião institucionalizada. A superstição é tão comum quanto em qualquer outro lugar, mas não há deuses, cultos ou adoração de qualquer espécie. Os rituais ocorrem apenas em oferendas tradicionais no solo dos Antigos Poderes, durante os grandes e universalmente celebrados festivais anuais como o Regresso do Sol e a Longa Dança, na declamação e entoação de canções e epopeias tradicionais durante esses festivais e, talvez, em dramatizações de palavras mágicas.

Todos os povos do Arquipélago e dos Extremos compartilham da língua e da cultura hárdicas, com variações locais. O Povo Jangadeiro do Extremo Sudoeste conserva as grandes celebrações anuais da cultura do Arquipélago, mas muito pouco além disso, e não tem comércio, agricultura ou conhecimentos sobre outros povos.

A maioria dos povos do Arquipélago tem a pele marrom ou marrom-avermelhada, cabelo preto liso e olhos escuros; os corpos são predominantemente de estatura baixa, esguios, de ossos pequenos, mas razoavelmente musculosos e de carne firme. Nos extremos Leste e Sul, a população tende a ser mais alta, com ossos mais pesados e pele mais escura. Muitos sulistas têm a pele de um marrom muito escuro. A maioria dos homens do Arquipélago têm pouco ou nenhum pelo no rosto.

Os povos de Osskil, Rogma e Borth têm a pele mais clara que outros povos do Arquipélago, e muitas vezes têm cabelos castanho-claros ou mesmo loiros e olhos claros; os homens muitas vezes têm barba. Sua língua e algumas de suas crenças são mais próximas ao karginês do que ao hárdico. Esses habitantes do extremo norte provavelmente descendem dos kargs que, depois de colonizarem as quatro grandes terras do Leste, navegaram de volta para o Oeste cerca de duzentos anos atrás.

As Terras Kargad

Nessas quatro ilhas maiores a nordeste do Arquipélago principal, a cor de pele predominante é de marrom clara a branca, com cabelos de escuros a claros e olhos de escuros a azuis ou cinzas.

Não há muita mistura entre as tonalidades de pele de kargineses e de povos do Arquipélago, exceto em Osskil, já que o Extremo Norte é isolado e pouco povoado e o povo karginês se manteve distante e hostil em relação aos povos do Arquipélago por dois ou três milênios.

As quatro ilhas Kargad são, em sua maioria, de clima árido, mas férteis quando irrigadas e cultivadas. Os kargs mantiveram uma sociedade que parece pouco influenciada, exceto no sentido negativo, pelos vizinhos mais numerosos do sul e do oeste.

Entre os kargs, o poder da magia parece ser um dom nativo muito raro, talvez por ter sido negligenciado ou ativamente reprimido pela sociedade e o governo locais. A magia não tem papel reconhecido nessa sociedade, exceto como mal a ser temido e evitado. Essa inaptidão ou rejeição em praticar magia coloca os kargs em desvantagem em relação às pessoas do Arquipélago em quase todos os aspectos, o que pode explicar por que eles se mantiveram quase sempre arredios ao comércio e outros tipos de trocas, exceto as pilhagens e invasões piratas no Extremo Sul e no Mar Gontês.

Dragões

Canções e lendas indicam que os dragões existiam antes de qualquer outra criatura viva. Antigas metáforas e eufemismos hárdicos para a palavra *dragão* são Primogênito, Veterano e Criança Mais Velha. (As palavras para a criança primogênita de uma família são *akhad* em osskiliano, e *gadda* em karginês, ambas derivadas da palavra *haath*, "dragão" na Língua Arcaica).

Referências e relatos dispersos de Gont e dos Extremos, passagens da história sagrada das Terras Kargad e do mistério arcano nos Ensinamentos Palneses, por muito tempo ignorados pelos eruditos de Roke, revelam que, no início dos tempos, dragões e seres humanos eram uma mesma classe. Até que, um dia, essas pessoas-dragão se separaram em duas classes de criaturas, incompatíveis em seus hábitos e desejos. Talvez a separação geográfica prolongada tenha causado uma divergência natural e gradual, uma diferenciação entre as espécies. O Ensinamento de Paln e as lendas karginesas sustentam que a separação foi deliberada, feita por um acordo conhecido como *verw nadan, Vedurnan*, a Divisão.

Essas lendas se encontram mais preservadas em Hur-at-Hur, a região mais oriental das Terras Kargad, onde os dragões se reduziram a animais de pouca inteligência. No entanto, é em Hur-at-Hur que as pessoas mantêm a convicção mais vívida do parentesco original entre seres humanos e dragões. E junto com esses relatos dos tempos antigos vêm histórias atuais sobre dragões que assumem a forma humana, seres humanos que assumem a forma de dragão, seres que, na verdade, são tanto humanos como dragões.

Seja lá como a Divisão tenha ocorrido, os seres humanos têm vivido no Arquipélago principal e, a leste dele, nas Terras Kargad, desde o princípio dos tempos históricos, enquanto os dragões se restringiram às ilhas mais a oeste e além. As pessoas ficam intrigadas com a escolha do mar vazio como domínio, já que os dragões são "criaturas do vento e do fogo" que se afogam quando mergulhadas no mar. Mas eles não precisam tocar nem a água nem a terra; vivem voando, no ar, sob a luz do sol, a luz das estrelas. O único uso que um dragão dá ao solo é escolher um lugar rochoso onde pôr os ovos e criar os filhotes. As ilhas pequenas e inférteis do Extremo Oeste são suficientes para isso.

A criação de Éa não traz referências claras a uma unidade inicial e eventual separação entre dragões e seres humanos, mas talvez isso se deva ao fato de que o poema, em sua suposta forma original, na Língua da Criação, remonte a uma época anterior à separação. A maior evidência da origem comum entre dragões e humanos no poema é a palavra em hárdico arcaico normalmente compreendida como "pessoas" ou "seres humanos", *alath*. Pela etimologia (das Runas Verdadeiras Atl e Htha), esta palavra significa "seres-palavra", "aqueles que dizem palavras" e, portanto, pode significar, ou incluir, dragões. Às vezes, a palavra usada é *alherath*, "seres-da-palavra-verdadeira", "aqueles que dizem palavras verdadeiras", falantes da Língua Verdadeira. O que pode significar feiticeiros humanos, dragões, ou ambos. No Ensinamento de Paln arcano, diz-se que essa palavra é usada para significar tanto feiticeiro quanto dragão.

Os dragões nascem sabendo a Língua Verdadeira, ou, como disse Ged, "o dragão e a fala do dragão são um só". Se, na origem, os seres humanos compartilhavam desse conhecimento ou identidade inata, eles os perderam, assim como perderam sua natureza de dragões.

Línguas

Presume-se que a Língua Arcaica ou Língua da Criação, com a qual Segoy criou as ilhas de Terramar no início dos tempos, seja uma língua infinita, pois nomeia todas as coisas.

É uma língua inata aos dragões, não aos seres humanos, como já foi dito. Existem exceções. Alguns seres humanos com um poderoso dom de magia, ou devido ao antigo parentesco entre humanos e dragões, conhecem algumas palavras da Língua Arcaica de forma inata. Mas a grande maioria das pessoas precisa aprender a Língua Arcaica. Hárdicos praticantes das artes da magia a aprendem com seus professores. Ocultistas e bruxas aprendem algumas palavras; feiticeiros aprendem várias, e alguns chegam a falar o idioma quase tão fluentemente quanto os dragões.

Todos os feitiços usam pelo menos uma palavra na Língua Arcaica, embora bruxas ou ocultistas de aldeia possam não saber exatamente seu significado. Os grandes feitiços são inteiramente ditos em Língua Arcaica e são compreendidos da mesma forma como são proferidos.

A língua hárdica do Arquipélago, o idioma osskiliano, de Osskil e o idioma karginês são derivações remotas da Língua Arcaica. Nenhuma dessas línguas serve para a criação de feitiços mágicos.

Os povos do Arquipélago falam hárdico. Existem tantos dialetos quanto ilhas, mas nenhum tão diferente a ponto de ser totalmente ininteligível para os outros povos.

O osskiliano, falado em Osskil e duas ilhas a noroeste dali, tem mais semelhanças com o karginês do que com hárdico. O karginês divergiu-se mais amplamente do vocabulário e sintaxe da Língua Arcaica. A maioria dos falantes (como a maioria dos falantes do hárdico) não percebem que suas línguas têm uma ancestralidade comum. Os eruditos do Arquipélago estão cientes disso, mas a maioria dos kargs negaria, pois confundem o hárdico com a Língua Arcaica, na qual os feitiços são lançados, e por isso temem e desprezam toda a língua do Arquipélago como sendo feitiçaria malévola.

Escrita

Diz-se que a escrita foi inventada pelos Mestres Rúnicos, os primeiros grandes feiticeiros do Arquipélago, talvez para ajudar a reter a Língua Arcaica. Os dragões não têm escrita.

Existem dois tipos totalmente diferentes de escrita em Terramar: as Runas Verdadeiras e a escrita rúnica.

As Runas Verdadeiras usadas no Arquipélago incorporam palavras da Língua da Criação. Elas não são meros símbolos, mas agentes reificantes: elas podem ser usadas para trazer uma coisa ou condição à existência ou provocar um acontecimento. Escrever uma runa é agir. O poder da ação varia com as circunstâncias. A maioria das Runas Verdadeiras só é encontrada em textos antigos e livros de ensinamentos, e usada apenas por feiticeiros treinados para usá-las; mas muitas delas (como o símbolo escrito na verga da porta para proteger uma casa do fogo) são de uso comum, familiar a pessoas iletradas.

Muito depois da invenção das Runas Verdadeiras, uma escrita rúnica a elas associada, mas não mágica, foi desenvolvida para a língua hárdica. Tal escrita não afeta a realidade mais do que qualquer outra; ou seja, de maneira indireta, mas considerável.

Diz-se que Segoy escreveu as Runas Verdadeiras pela primeira vez, com fogo, no vento, de modo que elas são contemporâneas à Língua da Criação. Mas isso talvez não seja possível, já que os dragões não as usam e, caso as reconheçam, não o admitem.

Cada Runa Verdadeira tem um significado, uma conotação ou um campo semântico, que pode ser mais ou menos definido em hárdico; mas o mais apropriado é dizer que as runas não são palavras e sim feitiços ou ações. No entanto, a palavra ou a runa só libera totalmente sua potência na sintaxe da Língua Arcaica e quando falada ou escrita por um feiticeiro, não na forma de declaração, e sim na intenção de agir, reforçada por voz e gesto (em um feitiço).

Se anotados, os feitiços são escritos em Runas Verdadeiras, às vezes mescladas com algumas runas hárdicas. Escrever em Runas Verdadeiras, assim como falar a Língua Arcaica, é garantir a verdade do que se diz, no caso de seres humanos. Os seres humanos não podem mentir nessa língua. Dragões podem, ao menos é o que eles dizem; e caso estejam mentindo, isso não prova que o que dizem é verdade?

O nome falado de uma Runa Verdadeira pode ser a palavra que ela representa na Língua Arcaica ou uma de suas conotações traduzida para o hárdico. Os nomes das runas mais usadas, como Pirr (usada para proteger do fogo, vento e loucura), Sifl ("boa velocidade"), Simn ("bom trabalho") são usados sem cerimônia por pessoas comuns que falam hárdico; mas os praticantes de magia pronunciam esses nomes conhecidos e de uso corrente com cautela, uma vez que realmente são palavras na Língua Arcaica, e podem influenciar os acontecimentos de maneiras inesperadas ou indesejadas.

As chamadas Seiscentas Runas do Hárdico não são as runas hárdicas usadas para escrever na língua corrente. São Runas Verdadeiras que receberam nomes "seguros", inativos na língua corrente. Seus verdadeiros nomes na Língua Arcaica devem ser memorizados em silêncio. Estudantes de feitiçaria de natureza ambiciosa continuarão a aprender as "Runas Adicionais", as "Runas de Éa" e muitas outras. Se a Língua Arcaica é infinita, as runas também o são.

O hárdico corrente, para questões de governo, negócios, mensagens pessoais ou registros históricos, contos e canções, é escrito em caracteres apropriadamente chamados de runas hárdicas. A maioria das pessoas do Arquipélago aprende algumas centenas a vários milhares desses caracteres como conteúdo principal em seus poucos anos de escolaridade. Falado ou escrito, o hárdico é ineficaz para lançar feitiços.

Literatura e fontes históricas

Há um milênio e meio ou mais, as runas hárdicas foram criadas a fim de permitir a escrita narrativa. Daquela época em diante, *A criação de Éa*, o *Conto de Inverno*, as sagas, as epopeias e as canções, que começaram todos como composições cantadas ou recitadas, foram escritos e preservados como textos. E continuam a existir em ambas as formas. Os muitos exemplares escritos dos textos antigos servem para evitar que variem demais ou que se percam por completo; mas as canções e histórias que fazem parte da educação de todas as crianças são ensinadas e aprendidas em voz alta, transmitidas ao longo dos anos, de viva voz para viva voz.

O Hárdico Antigo difere da língua corrente em vocabulário e pronúncia, mas a repetição, a fala e a escuta regulares dos clássicos mantêm a linguagem arcaica relevante (e provavelmente coloca um freio nos desvios linguísticos da fala cotidiana), ainda que as runas hárdicas, assim como os caracteres chineses, possam conciliar uma grande variedade de pronúncias e variações de sentido.

Sagas, epopeias, canções e baladas populares ainda são compostos como apresentações orais, principalmente por cantores profissionais. Novas obras de interesse geral logo são registradas na forma de folhetos ou colocadas em compilações.

Quer sejam apresentados ou lidos em silêncio, todos esses poemas e canções são conscientemente valorizados por seu conteúdo, não por suas qualidades literárias, que variam de altas a nulas. Métrica regular pouco rígida, aliteração, fraseado estilizado e estruturas repetitivas são os principais artifícios poéticos. O conteúdo inclui narrativas mítica, épica e histórica, descrições geográficas, observações práticas sobre natureza, agricultura, ensinamentos marítimos e de ofícios, fábulas e parábolas, poemas filosóficos, visionários ou espirituais, além de canções de amor. As sagas e as epopeias são geralmente apresentadas em coro, as baladas, cantadas, muitas vezes com acompanhamento de percussão; coralistas e cantores podem cantar acompanhados de harpa, viola, tambores e outros instrumentos. As canções geralmente têm menos conteúdo narrativo e muitas são valorizadas e preservadas principalmente pela melodia.

Os livros históricos e os registros e receitas de magia existem apenas na forma escrita, estas últimas em geral mesclando a escrita em runas hárdicas e em Runas Verdadeiras. Um livro de ensinamentos (uma compilação de feitiços realizados e anotados por um feiticeiro ou por uma linhagem de feiticeiros) geralmente tem apenas uma cópia.

Uma questão que costuma ter importância considerável é que as palavras desses livros de ensinamentos *não* sejam ditas em voz alta.

Os osskilianos usam as runas hárdicas para escrever em sua língua, já que a maioria de suas trocas comerciais são com terras de língua hárdica.

Os kargs são profundamente contrários a qualquer tipo de escrita, considerando-a uma feitiçaria maléfica. Eles mantêm cálculos e registros complexos tecidos em diferentes cores e espessuras de fios e são exímios matemáticos e usam a base duodecimal; no entanto, só começaram a empregar algum tipo de escrita simbólica, ainda assim de modo parcimonioso, depois que os Deuses-Reis ascenderam ao poder. Burocratas e comerciantes do Império adaptaram as runas hárdicas ao karginês, com algumas simplificações e adições, com fins comerciais e diplomáticos. Mas sacerdotes kargineses nunca aprendem a escrever e muitos kargs ainda escrevem cada runa hárdica cortando-a com um pequeno traço, para cancelar a feitiçaria que se esconde nela.

História

Observação sobre as datas: muitas ilhas têm sua própria contagem local de anos. O sistema de datação mais amplamente empregado no Arquipélago, que se origina no Conto Havnoriano, toma o ano em que Morred assumiu o trono como o primeiro da história. Por esse sistema, o "tempo presente" no relato que você está lendo é o ano 1058 do Arquipélago.

O PRINCÍPIO

Tudo o que sabemos sobre a antiguidade em Terramar pode ser encontrado em poemas e canções, transmitidos oralmente por séculos antes de um dia serem escritos.

A criação de Éa, o poema mais antigo e sagrado, tem pelo menos dois mil anos na língua hárdica; sua versão original pode ter existido milênios antes disso. Suas trinta e uma estrofes contam como Segoy ergueu as ilhas de Terramar no princípio dos tempos e criou todos os seres ao nomeá-los na Língua da Criação, a língua em que o poema foi declamado pela primeira vez.

O oceano, no entanto, é mais antigo do que as ilhas; segundo dizem as canções.

Antes da radiosa Éa existir, antes
de Segoy
que houvesse ilhas ordenar,
o vento do amanhecer soprou
no mar…

E os Antigos Poderes da Terra, que são evidentes na Colina de Roke, no Bosque Imanente, nas Tumbas de Atuan, no Terrenon, nos Picos de Paor e em muitos outros lugares, podem ser contemporâneos ao próprio mundo.

Talvez Segoy seja ou tenha sido um dos Antigos Poderes da Terra. Talvez Segoy seja um dos nomes da própria Terra. Algumas pessoas acreditam que todos os dragões, ou certos dragões, ou certas pessoas, são manifestações de Segoy. O certo é que o nome Segoy é uma denominação antiga e respeitosa formada a partir do verbo hárdico antigo *seoge*, "criar, dar forma, intencionalmente vir a ser". Da mesma raiz vem o substantivo *esege*, "força criativa, sopro, poesia".

A criação de Éa é a base da educação no Arquipélago. Por volta dos seis ou sete anos, todas as crianças já escutaram o poema e a maioria começou a memorizá-lo. Um adulto que não o saiba de cor, sendo capaz de declamá-lo ou cantá-lo com outras pessoas e de ensiná-lo às crianças, é considerado extremamente ignorante. É ensinado no inverno e na primavera, e declamado e cantado todos os anos na Longa Dança, a celebração do solstício de verão.

Uma citação extraída dele é a epígrafe de *Um feiticeiro de Terramar*:

Apenas no silêncio a palavra,
Apenas nas trevas a luz,
Apenas na morte vida:
o voo do falcão reluz
no céu límpido.

O início da primeira estrofe é citado em *Tehanu*:

A criação vem da destruição,
O fim vem do princípio,
Quem saberá com certeza?
O que conhecemos é o portal entre eles
pela qual entramos partindo.
Entre todos os seres que sempre retornam,
o ancião, o Sentinela, Segoy…

E os últimos versos da primeira estrofe:

Então, vinda da espuma, a brilhante Éa irrompeu.

História do Arquipélago

Os Reis de Enlad

Os dois primeiros textos épicos ou históricos que sobreviveram são a *Saga de Enlad* e *A canção do jovem rei* ou a *Saga de Morred*.

A *Saga de Enlad*, da qual boa parte parece ser puramente mítica, diz respeito aos reis anteriores a Morred e ao primeiro ano de Morred no trono. A capital desses governantes era Berila, na Ilha de Enlad.

Os primeiros reis e rainhas de Enlad, entre os quais estão Lar Ashal, Dohun, Enashen, Timan e Tagtar, aumentaram gradualmente seu domínio até se proclamarem governantes de Terramar. Ao sul, seu reinado não avançou além de Ilien e não incluiu Felkway a leste, Paln e Semel a oeste nem Osskil ao norte, mas eles enviaram exploradores por todo o Mar Interior e para os Extremos. Os mapas mais antigos de Terramar, atualmente nos arquivos do palácio em Havnor, foram desenhados em Berila há cerca de mil e duzentos anos.

Estes reis e rainhas tinham algum conhecimento da Língua Arcaica e de magia. Alguns certamente foram feiticeiros ou tinham feiticeiros para aconselhá-los ou ajudá-los. Em *Saga de Enlad*, no entanto, a magia é uma força errática, na qual não se pode confiar. Morred foi o primeiro homem, e o primeiro rei, a ser chamado de Mago.

Morred

A canção do jovem rei, cantada anualmente no Regresso do Sol, o festival do solstício de inverno, conta a história de Morred, chamado de Rei Mago, Encantador Branco e Rei Jovem. Morred veio de uma linha colateral da Casa de Enlad, herdando o trono de um primo; seus antepassados eram feiticeiros, conselheiros dos reis.

O poema começa com a história de amor mais conhecida e estimada no Arquipélago, a de Morred e Elfarran. No terceiro ano de seu reinado, o jovem rei foi para o sul, até a maior ilha do arquipélago, Havnor, para resolver disputas entre as cidades-estados locais. No caminho de volta em seu "drácar sem remo", ele aportou na Ilha de Solea e lá, "nos pomares primaveris", encontrou Elfarran, a Magistrada ou Senhora de Solea. Ele não prosseguiu a viagem para Enlad, mas ficou com Elfarran. Como prova de fidelidade, a presenteou com um bracelete de prata, um tesouro de família em que estava gravada uma Runa Verdadeira única e poderosa.

Morred e Elfarran se casaram e o poema descreve o reinado do casal como uma breve era de ouro, a partir da qual se estabeleceu a base ou pedra angular da ética e da governança que se seguiu.

Antes do casamento, um mago ou feiticeiro, nunca nomeado e referido apenas como Inimigo de Morred ou o Senhor da Vareta Mágica, havia cortejado Elfarran. Rancoroso e determinado a possuí-la, esse homem desenvolveu um imenso poder mágico ao longo dos poucos anos de paz que se seguiram ao casamento. Depois de cinco anos, ele reapareceu e anunciou, nas palavras do poema:

Se Elfarran não for minha, eu
desdirei a palavra de Segoy,
desfarei as ilhas,
com alvas ondas
inundarei tudo.

Ele tinha o poder de levantar ondas enormes no mar e de interromper a maré ou antecipá-la; e sua voz era capaz de encantar populações inteiras, submetendo todas as pessoas que o ouvissem ao seu controle. Foi assim que ele colocou o povo de Morred contra o rei. Aos brados, disse que o rei os traíra, e a população de Enlad destruiu as próprias cidades e campos; marinheiros afundaram os navios; e soldados, obedecendo aos feitiços do Inimigo, lutaram entre si em batalhas sangrentas e devastadoras.

Enquanto Morred tentava libertar seu povo desses feitiços e confrontar seu inimigo, Elfarran voltou com o bebê do casal, então com um ano, para sua ilha natal, Solea, onde seus próprios poderes seriam mais fortes. Mas o Inimigo a seguiu até lá com a intenção de torná-la sua prisioneira e escrava. Ela se refugiou nas Fontes de Ensa, onde, com seu conhecimento dos Antigos Poderes locais, conseguiu enfrentar o Inimigo e expulsá-lo da ilha. "As águas doces da terra repeliram o destruidor de sal", diz o poema. Mas, enquanto ele fugia, capturou o irmão dela, Salan, que navegava de Enlad para Solea a fim de ajudá-la. Transformando-o em seu *gebbeth* ou emissário, o Inimigo enviou-o até Morred com a mensagem de que Elfarran havia fugido com o bebê para uma ilhota nos Estreitos de Enlad.

Como confiava no mensageiro, Morred caiu na armadilha. Quase não escapou com vida. O Inimigo o perseguiu de leste a oeste de Enlad por uma trilha de ruínas. Nas Planícies de Enlad, ao encontrar os companheiros que lhe permaneciam leais, a maioria marinheiros que trouxeram seus navios até Enlad para ajudá-lo, Morred deu meia-volta e iniciou a batalha. O Inimigo se recusava a entrar em confronto direito, mas enfeitiçou os guerreiros do próprio Morred, enviando-os para lutar contra o rei e, o que foi pior, lançou feitiçarias que secaram os corpos dos combatentes até que eles, "em vida, pareciam os mortos-vivos negros do deserto". Para poupar seu povo, Morred retrocedeu.

Quando ele deixou o campo de batalha, começou a chover e ele viu o verdadeiro nome de seu inimigo escrito na terra com gotas de chuva.

Sabendo o nome do Inimigo, ele foi capaz de combater seus encantamentos e expulsá-lo de Enlad, perseguindo-o pelo mar invernal, "cavalgando o vento oeste, o vento da chuva, a nuvem carregada". Ambos haviam encontrado um combatente à altura e, no confronto final, em algum lugar do Mar de Éa, os dois morreram.

Na fúria de sua agonia, o Inimigo levantou uma grande onda e a enviou a toda velocidade para inundar a Ilha de Solea. Elfarran pressentiu isso, da mesma forma que pressentiu o momento da morte de Morred. Ordenou que seu povo pegasse seus barcos e, em seguida, diz o poema: "Ela tomou sua pequena harpa nas mãos" e, enquanto esperava pela onda destruidora que apenas Morred poderia ter aplacado, compôs a canção chamada *O lamento pelo encantador branco*. A ilha foi engolida pelo mar, Elfarran também. Mas seu barco-berço de madeira de salgueiro boiou livremente e conduziu o bebê Serriadh para um lugar seguro, usando a prova de fidelidade de Morred, o anel que trazia a Runa da Paz.

Nos mapas do Arquipélago, a Ilha de Solea é representada por um espaço em branco ou um redemoinho de água.

Depois de Morred, sete outros reis e rainhas governaram a partir de Enlad, e o reino cresceu gradualmente em tamanho e prosperidade.

Os Reis de Havnor

Um século e meio depois da morte de Morred, o Rei Akambar, que era antes príncipe de Shelieth, capital da Ilha de Way, transferiu a corte para Havnor e fez do Grande Porto de Havnor a capital do reino. Mais central do que Enlad, Havnor estava em melhor posição para o comércio e para o envio de frotas para proteger as ilhas hárdicas contra os ataques e as incursões dos kargineses.

A história dos Quatorze Reis de Havnor (na verdade, seis reis e oito rainhas, aproximadamente de 150-400) é contada na *Epopeia havnoriana*. Traçando as linhas sucessórias masculina e feminina e os casamentos que uniam várias casas nobres do Arquipélago, a casa real abrangia cinco principados: a Casa de Enlad, a mais antiga, na linha sucessória direta de Morred e Serriadh; as Casas de Shelieth, Éa e Havnor; e, por último, a Casa de Ilien. O príncipe Gemal foi o primeiro da Casa de Ilien a assumir o trono em Havnor. Sua neta era a rainha Heru; seu filho Maharion (que reinou de 430-452) foi o último rei antes da Idade das Trevas.

A Era dos Reis de Havnor foi um período de prosperidade, descobertas e força, porém, nos últimos cem anos desse período, os ataques dos kargs a leste e dos dragões a oeste tornaram-se frequentes e violentos.

Reis, senhores e magistrados encarregados de defender as ilhas do Arquipélago passaram a depender cada vez mais de feiticeiros para afastar dragões e frotas karginesas. Na *Epopeia havnoriana* e na *Saga dos Senhores dos Dragões*, segundo conta a história, os nomes e os feitos desses feiticeiros começam a ofuscar os dos reis.

O grande mago-erudito Ath compilou um livro de ensinamentos que reuniu muitos conhecimentos dispersos, particularmente das palavras da Língua da Criação. O Livro de Nomes escrito por ele se tornou a base da nomenclatura como parte sistemática da arte da magia. Ath deixou seu livro com um colega mago em Pody quando partiu para o oeste a mando do rei para derrotar ou expulsar uma ninhada de dragões que estava dispersando o gado, incendiando e destruindo fazendas em todas as ilhas do oeste. Em algum lugar a oeste de Ensmer, Ath confrontou o grande dragão Orm. Os relatos desse encontro divergem; mas ainda que os dragões tenham cessado suas hostilidades por um tempo, sabe-se que Orm sobreviveu, e Ath não. Seu livro, perdido por séculos, está agora na Torre Isolada em Roke.

Diz-se que a comida dos dragões é luz ou fogo; eles matam por ira, para defender seus filhotes ou por esporte, mas nunca comem a presa. Desde tempos remotos, até o reinado de Heru, eles usaram apenas as ilhas mais distantes do Extremo Oeste — que talvez fossem as fronteiras orientais de seu próprio reino — para acasalamento e procriação e raramente eram vistos pela maioria dos ilhéus. Naturalmente irritáveis e arrogantes, os dragões talvez tenham se sentido ameaçados pelo aumento da população e da prosperidade das Terras Centrais, o que causou um tráfego constante de barcos até mesmo no Extremo Oeste. Qualquer que seja o motivo, naquela época eles fizeram ataques cada vez mais frequentes, repentinos e aleatórios contra rebanhos, malhadas e habitantes das solitárias ilhas ocidentais.

Uma narrativa sobre a *Vedurnan* ou Divisão, conhecido em Hur-at-Hur, diz:

Homens escolheram o jugo,
dragões, a asa.
Homens, a posse,
Dragões, o nada.

Ou seja, seres humanos escolheram ter posses e dragões escolheram não as ter. Mas, assim como há ascetas entre os humanos, alguns dragões são ávidos por coisas brilhantes, ouro, joias; um deles foi Yevaud, que adotando forma humana, se aproximou algumas vezes das pessoas e transformou a rica Ilha de Pendor em um berçário de dragões, até ser levado de volta para o oeste por Ged. Mas os dragões saqueadores da *Epopeia* e das canções aparentemente não eram tão motivados pela ganância quanto pela raiva, por uma sensação de terem sido enganados, traídos.

As sagas e epopeias que falam sobre ataques de dragões e retaliações de feiticeiros retratam os dragões como tão impiedosos quanto qualquer animal selvagem: aterrorizantes, imprevisíveis, mas inteligentes e, às vezes mais sábios do que os feiticeiros. Embora falem a Língua Verdadeira, eles são infinitamente desonestos. Alguns claramente gostam das disputas intelectuais com os feiticeiros, "manipulando os argumentos com sua língua bifurcada". Assim como os seres humanos, todos, exceto os mais importantes entre eles, escondem os verdadeiros nomes. Na epopeia *A viagem de Hasa*, os dragões aparecem como seres imponentes, mas sensíveis, cuja raiva contra a frota humana invasora é justificada pelo amor que têm pelo próprio reino desolado. Eles anunciam ao herói:

Reme de volta para as casas do sol nascente, Hasa.
Deixe às nossas asas os intermináveis ventos do oeste,
deixe-nos o ar-mar, o desconhecido, os extremos...

Maharion e Erreth-Akbe

A rainha Heru, chamada de Águia, herdou o trono de seu pai, Denggemal da Casa de Ilien. Seu consorte Aiman era da Casa de Morred. Depois de governar por trinta anos, ela passou a coroa ao filho deles, Maharion.

O mago-conselheiro e amigo inseparável de Maharion era um plebeu e "sem pai", filho de uma bruxa de uma aldeia no interior de Havnor. Herói mais amado do Arquipélago, sua história é narrada na *Saga de Erreth-Akbe*, que bardos cantam na Longa Dança de meados do verão.

Os dons mágicos de Erreth-Akbe tornaram-se evidentes quando ele ainda era menino. Ele foi enviado para ser treinado pelos feiticeiros da corte e a Rainha o escolheu como companheiro de seu filho.

Maharion e Erreth-Akbe se tornaram "irmãos de coração". Passaram dez anos juntos lutando contra os kargs, cujas incursões esporádicas a partir do leste haviam se transformado em uma invasão colonizadora e escravizadora. Venway, Torheven, Spevy, Perregal e partes de Gont, além das Ilhas Torikles, estiveram sob o domínio karginês por uma geração ou mais. Em Shelieth, na Ilha de Way, Erreth-Akbe realizou uma grande magia contra as forças karginesas, que havia aportado com "mil navios" em Waymarsh, infestando todo o continente. Usando uma invocação dos Antigos Poderes chamada de Ensinamento das Águas (talvez a mesma usada por Elfarran em Soléa contra o Inimigo), ele transformou as águas das Fontes de Shelieth — as fontes e lagoas sagradas dos jardins dos Senhores de Way — em uma enchente que arrastou os invasores de volta para o litoral, onde o exército de Maharion os esperava. Nenhum navio da frota voltou para Karego-At.

Depois, outro desafio de Erreth-Akbe foi um mago chamado Senhor do Fogo, tão poderoso que prolongou um dia em cinco horas, embora não tenha conseguido, como prometera, parar o sol ao meio-dia e banir a escuridão das ilhas para sempre. O Senhor do Fogo assumiu a forma de dragão para lutar contra Erreth-Akbe, mas acabou sendo derrotado, às custas das florestas e cidades de Ilien que incendiou enquanto lutava.

É possível que o Senhor do Fogo fosse, na verdade, um dragão em forma humana, pois logo após sua queda, Orm, o Grande Dragão, que havia derrotado Ath, conduziu exércitos de criaturas de sua classe para atormentar as ilhas ocidentais do Arquipélago, talvez para vingar o Senhor do Fogo. Essas esquadrilhas flamejantes causaram grande terror e centenas de barcos transportaram pessoas fugindo de Paln e Semel para as Ilhas Centrais; mas os dragões não estavam causando tanto estrago quanto os kargs, então, Maharion avaliou que o perigo urgente se encontrava no leste. Ele foi para o oeste enfrentar os dragões e enviou Erreth-Akbe para o leste para tentar estabelecer a paz com o rei das Terras Kargad.

Heru, a rainha-mãe, entregou ao emissário o bracelete que Morred deu a Elfarran; seu consorte Aimal havia dado a ela quando se casaram. A joia fora passada de geração em geração de descendentes de Serriadh e era seu bem mais precioso. Nele estava esculpido um símbolo que nunca foi escrito em nenhum outro lugar, a Runa da União ou Runa da Paz, considerada garantia de um governo pacífico e justo. "Deixe que o rei karginês use o bracelete de Morred", disse a rainha-mãe. Assim, levando-o como o mais generoso dos presentes e como promessa da intenção de paz, Erreth-Akbe foi sozinho para a Cidade dos Reis em Karego-At.

Lá, ele foi bem recebido pelo Rei Thoreg, que, após a perda devastadora de sua frota, estava decidido a estabelecer uma trégua e se retirar das ilhas hárdicas ocupadas caso Maharion não impusesse represálias.

A realeza karginesa, no entanto, já estava sendo manipulada pelos sumos sacerdotes dos Deuses Gêmeos. O sumo sacerdote de Thoreg, Intathin, opondo-se a qualquer trégua ou acordo, desafiou Erreth-Akbe para um duelo de magia. Como os kargs não praticavam magia da forma como os povos hárdicos a entendiam, Intathin deve ter levado Erreth-Akbe a um local onde os Antigos Poderes da terra anulariam os poderes do adversário. O texto hárdico da *Saga de Erreth-Akbe* fala apenas do herói e do sumo sacerdote "lutando" até que:

a fraqueza da antiga escuridão
atingiu as pernas de Erreth-Akbe,
o silêncio da mãe escuridão, sua mente.
Permaneceu estendido, esquecido da fama luminosa e
da fraternidade,
Por muito tempo, e em seu peito jazia o anel rúnico, partido.

A filha do "sábio Rei Thoreg" libertou Erreth-Akbe do transe ou feitiço aprisionador e restaurou as forças dele, que entregou a ela a metade do Anel da Paz que lhe restara. (A partir dela, a peça passou às gerações seguintes por mais de quinhentos anos, até os últimos herdeiros de Thoreg, um irmão e uma irmã exilados em uma ilha deserta do Extremo Leste, e a irmã deu a peça a Ged.) Intathin ficou com a outra metade do anel partido, que "entrou para a escuridão", isto é, para o Grande Tesouro das Tumbas de Atuan. (Ged a encontrou ali e, unindo as duas metades, e com elas a Runa da Paz; ele e Tenar levaram o Anel de volta a Havnor.)

A versão karginesa da história, contada na forma de recital sagrado pelo clero, diz que Intathin derrotou Erreth-Akbe, que "perdeu cajado, amuleto e poder" e voltou para Havnor destroçado. Mas, naquela época, feiticeiros não portavam cajado, e Erreth-Akbe certamente era um homem intacto e um mago poderoso quando enfrentou o dragão Orm.

O Rei Maharion buscou a paz, mas nunca a encontrou. Enquanto Erreth-Akbe estava em Karego-At (período que pode ter durado anos), as depredações praticadas pelos dragões aumentaram. As Ilhas Centrais foram desestabilizadas por refugiados vindos das terras ocidentais, bem como por interrupções na navegação e no comércio, pois os dragões começaram a atear fogo nos barcos que ultrapassavam a oeste de Hosk, e a acossar os navios até mesmo no Mar Central. Todos os feiticeiros e homens armados sob comando de Maharion foram combater os dragões, e ele participou pessoalmente de quatro batalhas; mas espadas e flechas eram de pouca utilidade contra inimigos voadores que usavam armaduras e cuspiam fogo. Paln tornou-se "uma planície de carvão", e aldeias e povoados a oeste de Havnor foram reduzidas a cinzas. Os feiticeiros do rei enfeitiçaram e mataram vários dragões no Mar de Paln, o que provavelmente intensificou sua ira. Assim que Erreth-Akbe voltou, o Grande Dragão Orm voou para a cidade de Havnor e ameaçou incendiar as torres do palácio do rei.

Ao entrar na baía navegando "com as velas transparentes de tão desgastadas pelos ventos do leste", Erreth-Akbe não conseguiu parar para "abraçar seu irmão do coração ou saudar sua terra". Assumindo também a forma de dragão, ele voou para lutar contra Orm acima do Monte Onn. "No céu da meia-noite, labaredas de fogo" puderam ser vistas do palácio em Havnor. Eles voaram para o norte, Erreth-Akbe perseguia o dragão. Sobre o mar próximo a Taon, Orm deu meia-volta e então feriu o mago, de modo que ele precisou descer à terra e assumir sua própria forma. Seguido pelo dragão, ele foi para a Ilha Velha, Éa, primeira terra a ser erguida do mar por Segoy. Naquele solo sagrado e poderoso, ele e Orm se encontraram. Cessando a batalha, conversaram como iguais, concordando em pôr fim à inimizade entre suas espécies.

Infelizmente, os feiticeiros do rei, enfurecidos com o ataque ao núcleo do reino e encorajados pela vitória no Mar de Paln, levaram a frota para o Extremo Oeste e atacaram as ilhotas e rochas onde os dragões criavam seus filhotes, matando muitas ninhadas, "esmagando ovos monstruosos com marretas de ferro". Ao ficar ciente disso, a raiva dragonesa de Orm foi despertada e ele "se lançou rumo a Havnor como uma flecha de fogo". (Em hárdico e karginês, os dragões geralmente são referidos como machos, embora, na verdade, o gênero de todos os dragões seja uma questão de conjectura e, no caso dos mais antigos e maiores, um mistério.)

Parcialmente recuperado, Erreth-Akbe foi atrás de Orm, expulsou-o de Havnor e o perseguiu "por todo o Arquipélago e Extremos", sem nunca permitir que ele descesse à terra firme e sempre impelindo-o para o mar, até que, em um voo terrível e derradeiro, eles sobrevoaram o Território dos Dragões e chegaram à última ilha do Extremo Oeste, Selidor. Lá, na beira da praia mais distante, exaustos, eles se enfrentaram e lutaram, "garra e fogo, palavra e espada", até que:

o sangue deles escorreu mesclado, tornando a areia escarlate.
A respiração deles parou. Seus corpos à beira do mar ruidoso
jaziam, entrelaçados. Juntos entraram na terra dos mortos.

A história diz que o próprio Rei Maharion viajou a Selidor para "chorar à beira-mar". Recuperou a espada de Erreth-Akbe e colocou-a no topo da torre mais alta de seu palácio.

Após a morte de Orm, os dragões continuaram sendo uma ameaça no oeste, especialmente quando provocados por caçadores de dragões, mas cessaram as investidas contra ilhas povoadas e navegações pacíficas. Yevaud de Pendor foi o único dragão a invadir as Terras Centrais após a era dos reis. Há séculos que nenhum dragão era visto sobre o Mar Central quando Kalessin, chamado de Ancião, levou Ged e Lebannen para a Ilha de Roke.

Maharion morreu poucos anos depois de Erreth-Akbe, sem ver a paz ser estabelecida e em meio a muitos distúrbios e discórdias em seu reino. Afirmava-se abertamente que, enquanto o Anel da Paz estivesse perdido, não poderia haver um verdadeiro rei de Terramar. Fatalmente ferido em batalha contra o rebelde Gehis, Senhor das Enseadas, Maharion anunciou uma profecia: *"Herdará meu trono aquele que tiver atravessado a terra da escuridão e, sobrevivendo, chegar às praias distantes da luz do dia."*

A Idade das Trevas, a Mão e a Escola de Roke

Após a morte de Maharion em 452, vários requerentes disputaram o trono; ninguém triunfou. Em poucos anos, as competições destruíram todo o governo central. O Arquipélago se tornou um campo de batalha entre príncipes feudais herdeiros, governos de pequenas ilhas e cidades-estados e capitães piratas, todos tentando aumentar sua riqueza e ampliar ou defender fronteiras. O comércio e o tráfego de navios minguaram devido à pirataria, cidades e povoados se recolheram ao interior de suas muralhas; as artes, a pesca e a agricultura sofreram com os ataques e guerras constantes; a escravidão, que não existia sob os Reis, tornou-se comum. A magia era a principal arma em incursões e batalhas. Feiticeiros vendiam seus serviços a capitães ou buscavam o poder para si. Devido à irresponsabilidade desses feiticeiros e à distorção de seu poder, a própria magia caiu em descrédito.

Os dragões não representavam nenhuma ameaça durante este período, e os kargs haviam se isolado em suas próprias disputas internas, mas a desintegração da sociedade do Arquipélago agravava-se com o passar dos anos. O legado moral e intelectual perdurava apenas no conhecimento e no ensino da *Criação* e de outros mitos e histórias de heróis, e na preservação de ofícios e habilidades: entre eles, a arte da magia usada para fins justos.

A Mão, uma liga ou comunidade pouco coesa preocupada principalmente com a compreensão, o uso ético e o ensino da magia, foi estabelecida por homens e mulheres na Ilha de Roke cerca de cento e cinquenta anos após a morte de Maharion. Considerando a Mão uma ameaça à sua hegemonia, os capitães-magos de Wathort invadiram Roke e mataram quase todos os homens adultos da ilha. Mas a Mão já havia se espalhado entre outras ilhas por todo o Mar Central. Na figura das Mulheres da

Mão, a comunidade sobreviveu por séculos, mantendo uma rede sutil, mas perseverante, de informação, comunicação, proteção e ensino.

Por volta de 650, as irmãs Elehal e Yahan de Roke, Medra, o Descobridor, e outras pessoas da Mão fundaram uma escola, um centro onde poderiam reunir e compartilhar conhecimento, tornar as disciplinas mais claras e exercer o controle ético das práticas de feitiçaria. Tendo a Mão como representante em outras ilhas, a reputação e a influência da escola cresceram rapidamente. O mago Teriel de Havnor, considerando a escola como uma ameaça ao poder individual e livre dos magos, partiu com uma grande frota para destruí-la. Ele foi derrotado, e sua frota, dispersa. Essa vitória inicial foi suficiente para estabelecer a reputação de invulnerabilidade da escola em Roke.

Sob a influência crescente de Roke, a feitiçaria foi moldada em um conjunto coerente de conhecimento e seu uso foi cada vez mais controlado por objetivos morais e políticos. Feiticeiros treinados na escola iam para outras ilhas do Arquipélago para combater senhores de guerra, piratas e nobres feudais, combatendo ataques e incursões, impondo penalidades e acordos, reforçando fronteiras e protegendo pessoas, fazendas, povoados, cidades e navios, até que a ordem social fosse restabelecida. Nos primeiros anos, eles foram enviados para impor a paz; depois, cada vez mais, para mantê-la. Embora o trono em Havnor permanecesse vago, por mais de duzentos anos a Escola de Roke atuou na prática como governo central do Arquipélago.

O poder do Arquimago de Roke era, em muitos aspectos, semelhante ao de um rei. Ambição, arrogância e preconceito certamente influenciaram Halkel, o primeiro Arquimago, na criação de seu próprio título oficial. Ainda assim, limitados pelo ensino e prática consistentes da escola e pela vigilância de colegas, nenhum arquimago subsequente abusou gravemente de seu poder para enfraquecer os demais ou engrandecer a si mesmo.

A má reputação que a magia adquirira durante a Idade das Trevas, no entanto, continuou associada a muitas das práticas de ocultistas e bruxas. Os poderes das mulheres eram particularmente deslegitimados e difamados, ainda mais porque eram confundidos com os Antigos Poderes.

Por toda Terramar, várias fontes, cavernas, colinas, rochas e florestas eram e sempre foram locais de concentração de poder e sacralidade. Todos eram temidos ou venerados localmente; alguns eram conhecidos por toda parte.

O conhecimento desses lugares e poderes era o cerne da religião do Reino de Kargad. No Arquipélago, a tradição dos Antigos Poderes ainda fazia parte de uma base comum e profunda de pensamento e adoração. Em todas as ilhas, as artes praticadas principalmente por bruxas, como as tarefas de realizar partos e curas, procriar animais, ungir, extrair minérios, fundir metais, feitiços de plantio e cultivo, encantamentos amorosos e tudo o mais, frequentemente invocavam ou recorriam aos Antigos Poderes. Mas os feiticeiros eruditos de Roke acabaram por desconfiar das práticas antigas e não recorriam aos "Poderes da Mãe". Somente em Paln os feiticeiros combinaram as duas práticas, nos arcanos, esotéricos e supostamente perigosos Ensinamentos Palneses.

Embora, como qualquer poder, os Antigos Poderes pudessem ser desvirtuados para uso maligno a serviço da ambição (como aconteceu com a Pedra do Terrenon em Osskil), eles eram inerentemente sagrados e pré-éticos. Durante e depois da Idade das Trevas, no entanto, eles foram feminizados e demonizados pelos feiticeiros nas terras hárdicas, como aconteceu nas Terras Kargad pelos cultos dos sacerdotes-reis e dos deuses-reis. Assim, por volta do século VIII, nas Terras Centrais do Arquipélago, apenas as mulheres das aldeias conservavam as práticas de rituais e oferendas nos locais antigos. E eram desprezadas ou maltratadas por isso. Os feiticeiros se mantinham longe desses lugares. Em Roke, que fora o centro dos Antigos Poderes em toda Terramar, as manifestações mais profundas desses poderes — Colina de Roke e o Bosque Imanente — nunca eram mencionadas dessa forma. Apenas os Padronistas, que viviam toda a vida no Bosque, atuavam para estabelecer o vínculo entre artes e atos humanos com as sacralidades mais antigas da terra, lembrando aos feiticeiros e magos que seu poder não lhes pertencia, era-lhes emprestado.

História das Terras Kargad

A história das Quatro Terras é sobretudo uma lenda que envolve lutas locais e adaptações entre clãs, cidades-estados e pequenos reinos que constituíram a sociedade karginesa por milênios.

A escravidão era comum a muitas dessas formas de organização, e havia um sistema mais estrito de castas sociais e diferenciação de gênero ("divisão do trabalho") do que no Arquipélago.

A religião era um elemento unificador mesmo entre os clãs mais combatentes. Havia centenas de Zonas de Trégua nas Quatro Terras, onde nenhuma guerra ou disputa era permitida. A religião karginesa era um culto doméstico e comunitário aos Antigos Poderes, às forças ctônicas ou de Gaia que se manifestavam como espíritos locais. Eles eram adorados nessas zonas e em altares domésticos com oferendas de flores, óleo, comida, danças, corridas, sacrifícios, esculturas, canções, música e silêncio. A adoração poderia ser tanto informal quanto ritualística, privada e comunitária. Não havia clero; qualquer adulto poderia realizar as cerimônias e ensinar as crianças a fazê-lo. Essa antiga prática espiritual continuou, extraoficialmente e, algumas vezes, clandestinamente, sob as religiões institucionais mais recentes dos Deuses Gêmeos e do Deus-Rei.

Entre inumeráveis e sagrados bosques, cavernas, montanhas, colinas, fontes e pedras das Quatro Terras, o local mais sacro era uma caverna e os menires do deserto de Atuan, chamadas de Tumbas. O lugar era um centro de peregrinação desde os primeiros tempos documentados, e os reis de Atuan e, posteriormente, de Hupun mantiveram ali um albergue para quem chegava para as práticas devocionais.

Há cerca de seiscentos a setecentos anos atrás, uma religião de um deus celestial começou a se espalhar pelas ilhas, um desdobramento da adoração dos Deuses Gêmeos Atwah e Wuluah, originalmente heróis de uma saga do deserto de Hur-at-Hur. Um Pai Celestial foi incluído como chefe do panteão e uma casta sacerdotal foi criada para conduzir os ritos. Sem reprimir a adoração aos Antigos Poderes, os sacerdotes dos Deuses Gêmeos e do Pai Celestial começaram a profissionalizar a religião, gerenciando os rituais e festivais, construindo templos cada vez mais caros e controlando cerimônias públicas como casamentos, funerais e a posse de autoridades.

No início, a tendência hierárquica e centralizadora dessa religião servia como sustentáculo à ambição dos Reis de Hupun em Karego-At. Pela força das armas e por manobras diplomáticas, após mais ou menos um século a Casa de Hupun conquistou ou absorveu a maioria dos outros reinos de Kargad, que eram mais de duzentos.

Quando (no ano 440, segundo a contagem hárdica) Erreth-Akbe foi negociar a paz entre o Arquipélago e as Terras Kargad, levando o Anel da União como garantia da sinceridade de seu rei, ele chegou a Hupun, a capital do Império Kargad, e fez as tratativas com o Rei Thoreg, o governante.

Mas, por décadas, os reis de Hupun viveram em conflito com o sumo sacerdote e seus seguidores em Awabath, a Cidade Santa, a oitenta quilômetros de Hupun. Os sacerdotes dos Deuses Gêmeos estavam em vias de tomar o poder dos reis e fazer de Awabath não apenas o centro religioso, mas também político do país. A chegada de Erreth-Akbe parece ter coincidido com a última guinada do poder dos reis para os sacerdotes. O Rei Thoreg o recebeu com honra, mas Intathin, o sumo sacerdote, o enfrentou, derrotando-o ou ludibriando-o, e o manteve preso por algum tempo. O Anel que uniria os dois reinos foi quebrado.

Depois desse confronto, a linhagem dos reis kargineses manteve-se em Hupun, nominalmente respeitada, mas sem poder. As Quatro Terras eram governadas de Awabath. Os sumos sacerdotes dos Deuses Gêmeos se tornaram Sacerdotes-Reis.

No ano 840, pela contagem do Arquipélago, um dos dois Sacerdotes-Reis envenenou o outro e se autodeclarou a encarnação do Pai Celestial, o Deus-Rei, a ser adorado em carne e osso. A adoração aos Deuses Gêmeos continuou, assim como a adoração popular aos Antigos Poderes; mas o poder religioso e secular residia, a partir de então, nas mãos do Deus-Rei, escolhido (frequentemente com violência mais ou menos velada) e deificado pelos sacerdotes de Awabath. As Quatro Terras foram declaradas Império Celestial e o título oficial do Deus-Rei era Todo-Imperador.

Os últimos herdeiros da Casa de Hupun foram um menino e uma menina, Ensar e Anthil. Desejando acabar com a linhagem dos reis kargineses, mas relutante em arriscar cometer um sacrilégio ao derramar sangue real, o Deus-Rei ordenou que essas crianças fossem abandonadas em uma ilha deserta. Entre suas roupas e brinquedos, a princesa Anthil possuía a metade partida do Anel levado por Erreth-Akbe, que herdara da filha de Thoreg. Quando era uma mulher idosa, ela entregou-a ao jovem feiticeiro Ged, naufragado em sua ilha. Tempos depois, com a ajuda da Suma Sacerdotisa das Tumbas de Atuan, Arha-Tenar, Ged foi capaz de unir as metades partidas do anel e assim reconstituir a Runa da Paz. Ele e Tenar levaram o Anel restaurado para Havnor, onde ficou à espera do herdeiro de Morred e Serriadh, o Rei Lebannen.

Magia

No Arquipélago, entre os povos falantes de hárdico, a habilidade de fazer magia é um talento inato, como o dom para a música, embora muito mais raro. A maioria das pessoas não o possui. Em algumas pessoas, talvez uma em cem, é um talento latente, a ser cultivado. Em pouquíssimas pessoas, ele se manifesta sem treinamento.

O dom para a magia é fortalecido principalmente pelo uso da Língua Verdadeira, a Língua da Criação, na qual o nome de uma coisa é a própria coisa.

Essa língua, inata aos dragões, pode ser aprendida por seres humanos. Algumas poucas pessoas nascem sabendo pelo menos algumas palavras da Língua da Criação, mesmo sem aprendê-las. O ensinamento da Língua constitui o cerne do ensino da magia.

O verdadeiro nome de uma pessoa é uma palavra na Língua Verdadeira. Um elemento essencial do talento de bruxas, ocultistas e feiticeiros é o poder de conhecer o verdadeiro nome de uma criança e batizá-la. Tal conhecimento pode ser evocado, e esse presente só é recebido sob certas condições, no momento certo (geralmente no início da adolescência) e no lugar certo (uma fonte, lagoa ou riacho).

Visto que o nome de alguém é, no sentido mais literal e absoluto, a própria pessoa, deter esse conhecimento é deter um poder real, um poder de vida e de morte, sobre a pessoa. Muitas vezes, o verdadeiro nome não é conhecido por ninguém, exceto quem o dá e quem o recebe, e ambos o mantêm em segredo por toda a vida. O poder de dar o nome verdadeiro e o imperativo de mantê-lo em segredo são um só. Nomes verdadeiros foram revelados, mas nunca por quem os deu.

Algumas pessoas de grande poder, inato e desenvolvido, são capazes de descobrir o nome verdadeiro de outras, ou mesmo de vir a conhecê-lo involuntariamente. Como tal conhecimento pode ser revelado ou mal utilizado, isso é imensamente perigoso. As pessoas comuns, e os dragões, mantêm seu verdadeiro nome em segredo; feiticeiros escondem e protegem os seus com feitiços. Morred mal conseguiu começar a combater seu Inimigo antes de ver o nome dele escrito na terra pela chuva. Ged conseguiu forçar o dragão Yevaud a obedecê-lo, pois descobriu, tanto por meio da feitiçaria quanto da erudição, o verdadeiro nome de Yevaud, oculto por séculos sob nomes falsos.

A magia era um talento indômito antes da época de Morred, que, na condição de rei e de mago, estabeleceu a disciplina intelectual e moral para a arte da magia, reunindo feiticeiros para trabalharem juntos na corte pelo bem geral e para estudar as bases e os limites éticas da prática. Essa harmonia prevaleceu durante o reinado de Maharion. Na Idade das Trevas, sem controle sobre os poderes de feitiçaria e o uso indevido deles, a magia caiu em descrédito generalizado.

A Escola de Roke

A escola foi fundada por volta de 650, conforme descrito anteriormente. Os Nove Mestres ou mestres-docentes de Roke eram, originalmente:

> Cifra dos Ventos, mestre dos feitiços que controlam o clima;
> Mão, mestre de todas as ilusões;
> Herbalista, mestre das artes da cura;
> Transformador, mestre dos feitiços que transformam a matéria e os corpos;
> Invocador, mestre dos feitiços que convocam os espíritos dos vivos e dos mortos;
> Nomeador, mestre do conhecimento da Língua Verdadeira;
> Padronista, habitante do Bosque Imanente, mestre do significado e da intenção;
> Descobridor, mestre dos feitiços de descoberta, amarração e reconstituição;
> Sentinela, mestre das entradas e saídas do Casarão.

O primeiro Arquimago, Halkel, aboliu o título de Descobridor, substituindo-o pelo de Cantor. A tarefa do Cantor é a preservação e o ensino de todas as sagas, epopeias, canções etc. de tradição oral e de feitiços cantados.

O uso original, livre e impreciso das palavras *bruxa*, *ocultista* e *feiticeiro*, foi classificado em uma hierarquia estrita por Halkel. Sob suas regras:

> A *bruxaria* era restrita às mulheres. Toda magia praticada por mulheres era chamada de "ofício básico", mesmo quando

incluía práticas também chamadas de "artes elevadas", como cura, canto, transformação etc. As bruxas só deveriam aprender umas com as outras ou com ocultistas. Elas eram proibidas de frequentar a Escola de Roke, e Halkel desencorajou os feiticeiros a ensinar qualquer coisa às mulheres. Ele proibiu especificamente que se ensinasse a elas qualquer palavra da Língua Verdadeira e, embora essa interdição fosse amplamente ignorada, com o decorrer do tempo foi o que acarretou às mulheres praticantes de magia uma perda profunda e duradoura de conhecimento e poder.

O *ocultismo* era praticado por homens: era sua única distinção concreta em relação à bruxaria. Ocultistas treinavam uns aos outros e tinham algum conhecimento da Língua Verdadeira. O ocultismo incluía tanto os ofícios básicos conforme definidos por Halkel (descoberta, reparo, unção, cura de animais etc.) quanto algumas artes elevadas (cura humana, canto, manipulação do clima). Um aluno que demonstrasse talento para o ocultismo e fosse enviado a Roke para treinamento, estudaria primeiro as artes elevadas do ocultismo e, se fosse bem-sucedido, poderia prosseguir seu treinamento na arte da magia, especialmente em nomenclatura, invocação e padronização para, assim, tornar-se um feiticeiro.

Um *feiticeiro*, como Halkel definiu o termo, era um homem que recebia seu cajado de um professor, ele mesmo feiticeiro, que havia assumido a responsabilidade especial de realizar esse treinamento. Em geral, era o Arquimago quem entregava o cajado a um aluno e fazia dele um feiticeiro. Esse tipo de ensino e sucessão ocorria em outros lugares além de Roke — particularmente em Paln —, mas os Mestres de Roke passaram a olhar com desconfiança qualquer estudante que não fosse treinado em Roke.

Mago manteve-se um termo pouco preciso: um feiticeiro de grande poder.

O nome e o cargo de *arquimago* foram inventados por Halkel, e o Arquimago de Roke era o décimo Mestre, nunca incluído entre os Nove. Além de ser uma força ética e intelectual vital, o arquimago também exercia considerável poder político. De modo geral, esse poder foi usado com benevolência. Mantendo Roke como um forte elemento centralizador, normalizador e pacificador na sociedade do Arquipélago, os arquimagos enviavam ocultistas e feiticeiros treinados para estudar a prática ética da magia nas comunidades e para protegê-las de secas, pestes, invasores, dragões e do uso inescrupuloso de sua arte.

Desde a coroação do Rei Lebannen e a restauração das Cortes Supremas e dos Conselhos no Grande Porto de Havnor, Roke permaneceu sem arquimago. Ao que parece, o cargo, que originalmente não fazia parte da administração da escola ou do Arquipélago, não é mais útil ou apropriado, e Ged, a quem muitos consideram o maior dos arquimagos, pode ter sido o último deles.

Celibato e magia

A Escola de Roke foi fundada por homens e mulheres, e tanto os homens quanto as mulheres ensinaram e aprenderam ali nas primeiras décadas; porém, como ao longo da Idade das Trevas as mulheres, a bruxaria e os Antigos Poderes passaram a ser considerados impuros, difundiu-se amplamente a crença de que os homens deviam se preparar para executar a "alta magia" evitando escrupulosamente os "feitiços básicos", os "ensinamentos terrenos" e as mulheres. Um homem que não estivesse disposto a se submeter ao controle ferrenho de um feitiço de castidade nunca poderia praticar as artes elevadas. E não poderia ser mais do que um mero ocultista. Assim, os feiticeiros passaram a evitar as mulheres, recusando-se a ensiná-las ou a aprender com elas. As bruxas, que quase universalmente continuaram a praticar magia sem renunciar à própria sexualidade eram descritas pelos homens celibatários como sedutoras, impuras, corruptoras e essencialmente perversas.

Quando, em 730, o primeiro Arquimago de Roke, Halkel da Ilha de Way, baniu as mulheres da escola, entre seus Nove Mestres apenas o Padronista e o Sentinela protestaram: eles foram votos vencidos. Por mais de três séculos, nenhuma mulher ensinou ou estudou na escola em Roke. Durante aqueles séculos, a feitiçaria se tornou uma arte honrada, conferindo prestígio e poder, enquanto a bruxaria se tornou uma superstição impura e inculta, praticada por mulheres, que eram pagas por camponeses.

A crença de que um feiticeiro deve ser celibatário permaneceu incontestada por tantos séculos que provavelmente se tornou um fato psicológico. Sem esse viés de convicção, no entanto, parece que a conexão entre magia e sexualidade pode depender do homem, da magia e das circunstâncias. Não resta dúvidas de que grandes magos, como Morred, foram maridos e pais.

Durante meio milênio ou mais, os homens que tinham a ambição de executar os grandes feitiços de magia se limitaram à castidade absoluta, imposta por feitiços que eles mesmos lançavam. Na Escola de Roke, os estudantes viviam sob tal feitiço de castidade a partir do momento em que entravam no Casarão e, se porventura viessem a ser feiticeiros, pelo resto de suas vidas.

Entre ocultistas, poucos são estritamente celibatários e muitos se casam e constituem uma família.

As mulheres que praticam magia podem passar por períodos de celibato, bem como de jejum e outras práticas voltadas à purificação e concentração de poder; mas a maioria das bruxas leva uma vida sexual ativa, com mais liberdade do que a maioria das mulheres das aldeias e menos necessidade de temer abusos. Muitas empenham um "juramento de bruxa" com outra bruxa ou uma mulher comum. Elas não costumam se casar com homens, mas se o fizerem, provavelmente escolherão um ocultista.

Sobre a Autora

URSULA K. LE GUIN é uma das maiores autoras de ficção científica, além de ser aclamada também por suas obras sensíveis e poderosas de não ficção, fantasia e de ficção contemporânea. Conhecida por abordar questões de gênero, sistemas políticos e alteridade em suas obras, recebeu prêmios honrosos como Hugo, Nebula, National Book Award e muitos outros.